Sonja Bethke-Jehle

Umdrehungen
Das Leben steht still

Roman

SONJA BETHKE-JEHLE

Umdrehungen

DAS LEBEN STEHT STILL

Bibliografische Information der Deutschen Nationalbibliothek:
Die Deutsche Nationalbibliothek verzeichnet diese Publikation in der
Deutschen Nationalbibliografie; detaillierte bibliografische Daten
sind im Internet über http://dnb.dnb.de abrufbar.

© 2015 / 2025 Sonja Bethke-Jehle

Illustration: Dream Design - Cover and Art

Korrektorat: Eike Guthard und Daniela Hochstein (1. Auflage)

Lektorat / Korrektorat: Dino Coppa (2. Auflage)

Verlag: BoD · Books on Demand GmbH, Überseering 33,
22297 Hamburg, bod@bod.de

Druck: Libri Plureos GmbH, Friedensallee 273, 22763 Hamburg

ISBN: 978-3-7386-3519-5

Für meine Eltern,
die mich zum Lesen gebracht haben,
und für Markus,
der mich zum Schreiben gebracht hat.

Sonja Bethke-Jehle wurde 1984 im Odenwald geboren und studierte in Mannheim Wirtschaftsinformatik. Heute lebt sie an der Bergstraße. Das Lesen und Schreiben ist seit der Kindheit ihre große Leidenschaft. Dabei rückt sie vor allem Menschen in den Vordergrund, die Grenzen überwinden, gegen Ungerechtigkeit kämpfen oder Herausforderungen bestehen müssen und dabei über sich selbst hinauswachsen.

Seit 2015 ist sie überzeugte Selbstpublisherin und hat seitdem 10 Romane veröffentlicht.

Wenn sie nicht gerade schreibt, arbeitet sie ehrenamtlich in einer Bücherei, hilft bei der Ausleihe oder jagt während ihrer Joggingrunden nach neuen „Plot-Bunnys".

Weitere Informationen findet Ihr auf: www.sonja-bethke-jehle.de

Vorwort

Ich veröffentlichte *Umdrehungen – Das Leben steht still* im Jahr 2015, in den nächsten Jahren folgten die Veröffentlichungen von Band 2 und 3. Es war der Beginn meiner Tätigkeit als Selfpublisherin. Obwohl ich auf ein Lektorat verzichtete und kein Geld in ein professionelles Coverdesign investierte, wurde die *Umdrehungen -Trilogie* ein Erfolg, den ich nicht einkalkuliert hatte. 2017 ließ ich die Trilogie das erste Mal professionell korrekturlesen und veröffentlichte sie schließlich als *Umdrehungen – Gesamtausgabe* erneut.

Bereits 2018 erfolgte mit *Kontaktaufnahme* die erste eigenständige Veröffentlichung - dieses Mal mithilfe meiner Lektorin und einer Coverdesignerin. Drei weitere Romane (*Tango in der Dunkelheit*, *Träume in Rot* und *Schrankgeflüster*), eine Anthologie (*Neubeginn*) und eine weitere Trilogie (*Umwege mit Joris*, *Umwege mit Alex*, *Umwege mit Viola*) folgten.

Ich hatte also zehn Romane in zehn Jahren veröffentlicht und mich in der Zeit weiterentwickelt und professionalisiert. Die Arbeit mit meiner Lektorin wurde immer effektiver, ich lernte viel über das Selfpublishing und stand schließlich vor der Entscheidung, wie ich mein zehnjähriges Jubiläum feiern könnte.

Es war für mich ein großer Wunsch, die Geschichte um Ben und Zita qualitativ an die anderen Geschichten anzupassen. Die *Umdrehungen-Trilogie* war mein Debüt und Ben und Zita werden für mich immer etwas ganz Besonderes bleiben. Sie sollten den anderen Veröffentlichungen ebenbürtig werden. Ich engagierte also Renee Rott von Dream Design – Cover and Art und Dino Coppa fürs Lektorat und plante die erneute Veröffentlichung der Trilogie.

Nun haltet Ihr also die neue Version von *Umdrehungen – Das Leben steht still* in den Händen. Ich bin auf die Kritik meiner Rezensent:innen eingegangen, habe Logikfehler ausgebessert, ergänzende Szenen eingefügt und bin noch mal ganz tief in die Geschichte um Ben und Zita eingetaucht.

Die Veröffentlichung von *Umdrehungen – Das Leben geht weiter* und *Umdrehungen – Das Leben läuft gut* folgen noch in diesem Jahr, genauso wie auch die Gesamtausgabe, für die ich ebenfalls den lektorierten und korrigierten Text verwenden möchte.

Ganz im Anschluss folgt eine weitere Veröffentlichung: *Umdrehungen – Das Leben schreitet voran*. In diesem vierten Band habe ich weitere ergänzende Kurzgeschichten zusammengefasst. Es ist einerseits Prequel als auch Sequel und ergänzt die Hauptgeschichte.

Ich habe eine ganz dringende Bitte an Euch: Auch wenn Euch der erste Band überzeugt, wartet bitte mit dem Kauf auf die neue Veröffentlichung. Ich habe viel Arbeit in die Überarbeitung gesteckt und möchte Euch beim Lesen viel Freude bereiten. Diese werdet ihr mit der überarbeiteten Version haben, nicht mit der alten Veröffentlichung.

Als Selfpublisherin freue ich mich immer besonders über Rezensionen, damit die Bücher mehr Sichtbarkeit erfahren. Falls Euch die Geschichte um Ben und Zita gefallen hat, freue ich mich ebenso über eine Weiterempfehlung.

Informationen zum aktuellen Status der Veröffentlichungen bezüglich der Umdrehungen-Trilogie findet Ihr immer auf www.sonja-bethke-jehle.de. Oder besucht mich auf meinem Instagram-Feed. Ich freue mich auf Euren Besuch!

Nun wünsche ich Euch erst einmal viel Spaß mit Ben und Zita,

BETHKE-JEHLE

Roland

Der Anblick ihrer abgebissenen Fingernägel verursachte einen Kloß in seinem Hals. Das Bedürfnis zu weinen war groß.

Dabei weinte Roland sonst nie. Benny war derjenige, der sensibel war und ab und zu Tränen in den Augen hatte. Aber im Gegensatz zu Roland war er cool genug, um sich das leisten zu können. Keiner würde ihn deswegen schwach nennen. Dafür war er einfach zu lässig, zu selbstbewusst. Im Gegenteil: Die Frauen standen darauf. Sein Kumpel war ein Typ, der auf den ersten Blick hart wirkte, aber eigentlich sehr sensibel war. Wäre Roland derjenige gewesen, dem man drei Kugeln in den Rücken geschossen hätte, würde Benny jetzt wahrscheinlich weinen.

Aber bei Roland war es nicht so einfach. Er hatte zwar das Gefühl, unbedingt weinen zu müssen, aber die erlösenden Tränen kamen einfach nicht. Es war ihm schon immer schwergefallen, seinen Gefühlen in der Öffentlichkeit freien Lauf zu lassen. Selbst jetzt, in dieser besonders belastenden Situation, konnte er sich nicht fallen lassen. Stattdessen saß er steif auf seinem Stuhl, seine Gesichtsmuskeln vibrierten von der Anstrengung, sich zusammenzureißen.

Wieder fiel sein Blick auf Zitas abgekaute Fingernägel. Von Benny wusste er, dass Zita sehr auf ihre Nägel achtete und regelmäßig zu ihrer sogenannten Nageltante ging. Jetzt waren sie alle abgekaut. Irgendwie traurig.

Seit Stunden saßen sie hier in einem großen Raum voller Plastikstühle, Zeitschriften und einem Fernseher, auf dem immer die gleichen Nachrichten liefen. Obwohl sie sich nicht ausstehen konnten, saßen sie eng beieinander. Und das, obwohl es so viele Stühle zur Auswahl gab. Sie waren allein in dem Zimmer für die Angehörigen. Hatten nur einander.

Am Anfang war alles so schnell gegangen. Eben noch hatte Roland neben dem angeschossenen Benny auf dem Boden gekniet, schon war der Notarzt da und hatte sich um seinen Freund gekümmert. Auch er selbst war versorgt worden. Man hatte ihm ein Glas

Wasser in die Hand gedrückt und ein Tuch angeboten, mit dem er sich Bennys Blut von den Händen wischen konnte, während der Arzt versuchte, Bennys Blutung zu stillen. Er hatte so stark geblutet, dass sich unter ihm eine Blutlache gebildet hatte. Diesen Anblick würde Roland wohl nie vergessen. So viel Blut ... Gemeinsam waren sie mit dem Krankenwagen ins Krankenhaus gefahren. Bevor Roland sich von Benny verabschieden konnte, hatten sie diesen weggebracht. Wahrscheinlich war Benny zu diesem Zeitpunkt ohnehin nicht mehr bei Bewusstsein gewesen. Während der Fahrt im Krankenwagen hatte er nicht mehr gesprochen und die Augen geschlossen gehalten.

Dann hatte das Warten begonnen. Anfangs waren die beiden anderen Kollegen aus seinem Team noch bei ihm gewesen, aber irgendwann hatten sie sich entschieden, nach Hause zu gehen, und Roland war allein geblieben. Er hatte seine Freundin angerufen, um ihr alles zu erzählen, aber Helena war aus beruflichen Gründen weit weg und konnte nicht sofort zu ihm ins Krankenhaus eilen. Mit ihr an seiner Seite wäre es ihm besser gegangen, aber er wollte nicht, dass Helena so spät am Abend überstürzt aufbrach. Er hatte sie gebeten, bis zum nächsten Tag zu warten und ihr versichert, sich zu melden, sobald er etwas von Benny in Erfahrung bringen konnte.

Vielleicht hatte Roland deshalb seine ältere Schwester Anna angerufen und sie gebeten, Zita zu ihm ins Krankenhaus zu bringen. Er hatte es nicht mehr ausgehalten, allein zu warten.

Zita war Bennys neue Freundin. Obwohl sie sich schon länger mit Benny traf, waren sie erst seit kurzem offiziell zusammen. Roland mochte sie nicht und konnte sich einfach nicht an sie gewöhnen. Obwohl Benny frisch verliebt und sehr glücklich mit Zita war, trauerte Roland Bennys früherer Partnerin Gabi nach. Mit ihr hatte er sich gut verstanden und Helena war mit ihr befreundet. Zu Zita fand Helena ebenso keinen Zugang.

Aber das alles zählte jetzt nicht mehr.

Wäre Roland schwer verletzt ins Krankenhaus eingeliefert worden, hätte er sich gewünscht, dass Helena bei ihm wäre, wenn er aufwachte. Er ging davon aus, dass Benny Helena abholen würde, denn in so einem Moment sollte man nicht Auto fahren. Also hatte Roland alles organisiert und Zita von seiner älteren Schwester herbringen lassen. Er selbst wollte Zita nicht abholen. Was, wenn Benny ihn brauchte und er nicht da war?

Inzwischen waren Stunden vergangen.

Zuerst hatten die Ärzte nicht gewusst, ob sie Benny operieren sollten, aber dann hatten sie sich doch dafür entschieden. Sie hatten von einer Rückenmarksverletzung gesprochen, von Wirbelbrüchen und schweren inneren Blutungen. Hatten davon gesprochen, dass Benny kein Gefühl mehr in den Beinen habe. Eine Ärztin hatte erwähnt, dass sie seine Verletzung vielleicht nicht heilen könnten, aber eine andere Ärztin hatte gesagt, dass man abwarten müsse, bevor man eine Diagnose stellen könne. Schließlich sei der ganze Bereich verletzt. Es sei schwierig, sich einen Überblick zu verschaffen. Aber alle waren sich einig, dass es sehr ernst um Benny stand. Roland wurde schlecht, wenn er daran dachte, was das für seinen Freund bedeuten könnte.

Benny und behindert, das schien überhaupt nicht zusammenzupassen. Benny und Rollstuhl auch nicht. Als Roland vorhin auf der Toilette war, hatte er mit seinem blassen Spiegelbild gesprochen. »Mein Kumpel ist gelähmt«, hatte er gesagt und hinzugefügt: »Benny ist behindert. Mein Kumpel Benny ist behindert und sitzt bewegungsunfähig im Rollstuhl.« Das hatte wehgetan und dazu geführt, dass er die Hand zur Faust geballt und gegen die Lippen gepresst hatte, um nicht laut loszuschreien.

Daran würde er sich noch weniger gewöhnen können als an eine Zita an Bennys Seite.

Hätte er doch nur etwas gerufen ... wenn er Benny gewarnt hätte ... wenn seine Erste Hilfe besser gewesen wäre ... wenn er nicht so hastig und überfordert versucht hätte, die Blutung zu stillen, statt Benny einfach liegen zu lassen. Vielleicht hatte er etwas verletzt, als er ihn bewegt hatte, um ihm zu helfen? Das würde er sich nie verzeihen können. Niemals würde er damit leben können.

Roland blickte noch einmal auf die abgekauten Fingernägel und schluckte schwer. Wie viele kleine Halbmonde lagen da, glitzernd mit funkelnden Steinen darauf, blau und silbern lackiert. Ein krasser

Gegensatz zum eierschalenfarbenen Boden.

Zaghaft richtete Roland sich auf und blickte zu Zita hinüber, die zusammengesunken neben ihm auf dem Stuhl hockte. Seufzend hob er die Hand und legte sie vorsichtig auf Zitas Rücken, genau zwischen ihre Schulterblätter. Sie war mager und knochig, die Muskeln angespannt.

Kurz zuckte sie zusammen, dann schloss sie die Augen und lehnte sich ein wenig gegen Rolands Hand. »Danke«, flüsterte sie.

Gerade als Roland glaubte, es nicht mehr aushalten zu können, öffnete sich die Tür und einer der Ärzte kam wieder herein. Er zog einen Stuhl heran und setzte sich ihnen gegenüber. »Die Operation ist gut verlaufen«, sagte er, bevor Roland fragen konnte. »Wir konnten die Blutung stillen und die gebrochenen Wirbel stabilisieren, um weitere Schäden zu vermeiden. Jetzt müssen wir Geduld haben.«

»Ist er wach?«, fragte Roland und streichelte Zita noch einmal über den Rücken, bevor er die Hand zurückzog.

»Nein, noch nicht, aber vielleicht können Sie ihn morgen früh sehen, wenn er auf der Intensivstation ist«, antwortete der Arzt. »Wir wissen noch nicht, ob er sofort ansprechbar ist, aber er wird in der Aufwachphase sein. Wir halten es für eine gute Idee, wenn Sie bei ihm sind, wenn er aufwacht. Versuchen Sie jetzt nicht, Vermutungen über eine Diagnose anzustellen, denn das würde ihn sicher beunruhigen.«

»Und wird er laufen können?« Roland wusste, dass er flehend klang, aber es war ihm egal. Von der Antwort hing so viel ab, dass er den Atem anhielt.

»Wir müssen abwarten, bis die Schwellung zurückgegangen ist. Im Moment können wir noch nichts Genaues sagen. Vielleicht muss Ihr Kollege noch einmal operiert werden.« Der Arzt lächelte aufmunternd. »Wir dürfen die Hoffnung nicht aufgeben. Gehen Sie jetzt erst einmal nach Hause und versuchen Sie zu schlafen, damit Sie wieder zu Kräften kommen. Er wird Sie brauchen, denn er wird verwirrt sein und Schmerzen haben.«

»Aber ...«

Sofort unterbrach der Arzt Roland. »Es tut mir leid, Herr Weber, dass ich Ihnen im Moment nicht mehr sagen kann. Wir müssen der Sache jetzt Zeit geben. Wir haben bisher alles getan, was wir tun konnten. Ich möchte nicht ausschließen, dass Ihr Freund wieder ganz gesund wird, aber versprechen kann ich es Ihnen leider auch nicht.« Er hielt inne. »Es tut mir leid.«

»Aber er wird doch nicht sterben, oder?«

Roland drehte den Kopf und schaute Zita an. Ihre Stimme klang brüchig und sehr müde, ihre Augen waren rot, obwohl sie nicht geweint hatte. Die sonst so bildhübsche Frau sah nun zerzaust aus, vor allem, weil ihr Make-up verschmiert war und ihre Haare zu einem unordentlichen Zopf gebunden war. Ihre Eltern hatten sie mehrmals auf dem Handy angerufen und sie gebeten, nach Hause zu kommen, weil sie im Krankenhaus sowieso nichts tun könne. Am nächsten Tag sollte sie eine Prüfung ablegen, aber sie hatte ihren Eltern gesagt, dass es ihr egal sei, ob sie an der Prüfung teilnehmen könne oder nicht. Die Eltern hatten so oft angerufen, dass Roland Zita am liebsten das pinke Gerät mit dem rosa Puschel aus der Hand gerissen und gegen die Wand geschleudert hätte. Zita hatte gezittert, solange ihr Vater am Telefon war, aber sie hatte sich nicht überreden lassen. Ihre Sorge war echt, das musste Roland anerkennen, auch wenn er bisher davon überzeugt gewesen war, dass Zitas Gefühle für Benny oberflächlich waren.

»Er ist erst einmal außer Lebensgefahr«, bestätigte der Arzt. »Er wird natürlich auf der Intensivstation bleiben müssen, aber sein Zustand ist stabil.«

Zita atmete erleichtert aus, schloss die Augen und drückte sich gegen die Stuhllehne. Für einen Moment blinzelte Roland. Er hatte nicht daran gedacht, dass Benny sterben könnte. Jemand wie Benny starb nicht einfach so. Dazu war seine Präsenz viel zu überwältigend. Das Schlimmste, an das Roland gedacht hatte, war eine bleibende Behinderung. Wenn Benny gestorben wäre ... das war unvorstellbar, das könnte Roland einfach nicht ertragen.

»Er ist außer Lebensgefahr«, wiederholte der Arzt freundlich. »Das ist im Moment das Wichtigste.«

Ben

Er hätte die Gefahr erkennen müssen. Schließlich war er einer der besten Polizisten seiner Dienststelle und hatte schon vor Wochen den spektakulären Auftrag erhalten, Friedelmann hinter Gitter zu bringen.

An einem ganz normalen verregneten Herbstmontag hatte Ben beschlossen, den Drogendealer endlich festzunehmen. Zuvor hatten sie ihn tagelang observiert und das Haus umstellt, in dem sich Friedelmann verschanzt hatte. Alles war so glatt gelaufen, wie man es sich als Einsatzleiter wünscht. Die Sicherheit seiner Leute war Ben sehr wichtig, und so war er erleichtert gewesen, als Friedelmann endlich mit erhobenen Händen auf dem Boden kniete und Roland, er selbst und zwei seiner Kollegen unversehrt waren.

Ben hatte die Kugeln, die ihn direkt ins Rückenmark getroffen hatten, nicht sehen können, weil er mit dem Rücken zu Friedelmann gestanden hatte. Aber er hatte gespürt, wie seine Beine einfach weggeknickt waren. Er hatte gesehen, dass Roland auf ihn zugerannt war, und es irgendwie geschafft, sich auf seine Arme zu stützen. Hinter ihm war es Adrian und Eddie irgendwie gelungen, den Verbrecher wieder zu entwaffnen und zu Boden zu werfen, aber das wusste er nur aus Erzählungen. Sein Blick war seltsam verschwommen gewesen. Aber Rolands entsetzten Blick hatte er ganz deutlich gesehen, und das hatte ihn sehr erschreckt.

Erst danach war der Schmerz gekommen.

Ein Anfängerfehler! Natürlich hatten sie den Dealer entwaffnet, aber sie hatten es nicht für nötig befunden, ihn daraufhin zu untersuchen, ob er noch eine weitere Waffe bei sich trug. Wie sich später herausstellte, hatte er eine zweite Pistole bei sich, von der die Einheit nichts wusste. Damit hatte er auf Ben geschossen.

Ben war nicht lange genug bei Bewusstsein geblieben, um den Transport ins nächste Krankenhaus mitzuerleben, aber die wenigen Minuten in Rolands Armen hatten ausgereicht, um zu begreifen, dass etwas furchtbar schiefgelaufen war. Er war dankbar, dass es Roland war, der ihn gehalten hatte, denn Roland war nicht nur ein Kollege, sondern auch sein bester Freund, seit sie zusammen die Polizeischule besucht und während der Ausbildung zusammen gewohnt hatten. Sie hatten so viel miteinander geteilt. Sie fuhren zusammen in Urlaub, liebten das Snowboarden und natürlich ihre Motorräder und hatten die eine oder andere Lebenskrise gemeinsam gemeistert. Es gab niemanden auf der Welt, bei dem Ben in diesen schrecklichen Minuten lieber gewesen wäre. Als er in die grünen Augen seines besten Freundes geschaut hatte, war ihm klar geworden, dass auch Roland große Angst um seine Gesundheit hatte. Dann war Ben ohnmächtig geworden.

Die ersten Tage im Krankenhaus erlebte Ben in einem Schockzustand. Gefangen zwischen der Angst vor der Zukunft, den starken Schmerzen und den Medikamenten, die ihn lange betäubten, fühlte er sich wie in Watte gepackt und sah alles wie durch einen Nebel. Erst nach etwa einer Woche wurden seine Sinneswahrnehmungen wieder klarer. Und damit wurde ihm auch bewusst, in welch schrecklicher Lage er sich befand. Noch nie in seinem Leben hatte er solche Angst vor seiner Zukunft gehabt.

Die Ärzte hielten sich zunächst bedeckt und meinten, die Zeit werde zeigen, wie schwer die Verletzung sei, aber Ben brauchte keinen Arzt, der ihm erklärte, was es bedeutete, nach zwei Operationen die Beine und einen großen Teil des Oberkörpers nicht mehr spüren und kontrollieren zu können.

Rolands Freundin Helena war überzeugt, dass die Ärzte einen Weg finden würden, seine Wirbelsäule zu heilen. Sein Chef Rettig schickte ihm Blumen und seine Teamkollegen Adrian und Eddie baten ihn, die Hoffnung nicht aufzugeben. Als sie den Raum verließen, wirkten sie erleichtert. Wahrscheinlich, weil er ein jämmerliches Bild abgab, wie er da in seinem Bett lag und sich kaum bewegen konnte.

Nur Roland sagte nichts und saß tagelang stumm bei Ben. Obwohl er Ben regelmäßig besuchte, war er keine wirkliche Hilfe. Seine Verzweiflung machte es Ben unmöglich, sich zu entspannen. Wenn Roland da war, konnte er manchmal kaum atmen.

Die Wochen vergingen, er wurde aus der Intensivstation entlassen, liegend in eine Spezialklinik verlegt - und Ben konnte seine Beine immer noch nicht spüren. Von der Brust abwärts war einfach kein Leben mehr in ihm. Vielleicht sollte er dankbar sein, dass er wenigstens noch seine Arme bewegen konnte, aber er konnte sich darüber nicht freuen. Für ihn zählte nur, dass er nicht mehr gehen konnte und ans Bett gefesselt war. Der Rollstuhl, in dem er zu den Untersuchungen gefahren wurde, kam ihm riesig vor. Er hatte das Gefühl, darin nicht mehr als Mensch erkennbar zu sein, sondern mit dem Rollstuhl zu einer seltsamen Einheit zu verschmelzen, mehr Objekt als Subjekt.

Frustrierend war auch, dass er nicht spürte, wann er auf die Toilette musste. Es gab Einmalkatheter, es gab Windeln - Hilfsmittel, von denen er nichts wissen wollte. Jedes Mal, wenn die Pflegerinnen kamen, um ihn zu versorgen, spürte er ein Brennen in den Augen, und manchmal bedauerte er sogar, dass Friedelmann ihm nicht in den Kopf geschossen hatte. Der Dauerkatheter schien der einzige Kompromiss zu sein, den er einzugehen bereit war, doch leider vertrug er ihn nicht, da er zu Blasenentzündungen und Harnwegsinfekten neigte. Dickköpfig wie er war, rief er regelmäßig nach dem Pfleger und bat ihn, ihm auf die Toilette zu helfen. Dort konnte er nur durch eine spezielle Massage der Bauchdecke urinieren. Das dauerte oft länger als eine Viertelstunde und war ihm peinlich. Fast ebenso schlimm war, dass er sich weder auf der Toilette noch im Bett alleine aufrecht halten konnte. Ohne Rückenlehne war er aufgeschmissen. Auch im Rollstuhl konnte er nur kurz sitzen, weil es für ihn so irritierend war, dass er nicht spürte, dass er saß und sein Oberkörper einfach wegkippte, wenn er nicht aufpasste. Deshalb klammerte er sich meistens fast hysterisch an die Armlehnen. Er fühlte sich elend.

Anfangs hoffte er, dass es nur eine vorübergehende schlimme Phase in seinem Leben sei. Alle sagten ihm, er solle geduldig sein. Die Hoffnung nicht aufgeben. Seinem Körper Zeit geben. Eine Psychiaterin wurde ihm vermittelt, die ihm helfen sollte, sich über die kleinen Fortschritte zu freuen. Fünf Minuten am Stück aufrecht sitzen? Mit dem Rollstuhl ein paar Meter alleine über den Flur fahren? Nach einer ausgiebigen Bauchmassage wieder Wasser lassen? Wow, was für grandiose Fortschritte ... Je länger er im Krankenhaus bleiben musste, desto frustrierter wurde er. Wenn es etwas gäbe, das ihn heilen könnte, hätte man es doch längst versucht, oder?

Aber: Niemand sprach es aus. Die Ärzte schwiegen, die Blumen von seinem Chef kamen unregelmäßiger, und Roland lächelte ihn weiterhin gequält an. Rolands Schwestern, die für Ben wie Geschwister waren, sprachen ihm Mut zu und versicherten ihm, dass sein Rücken wieder heilen würde. Es war, als wagte niemand, das Schreckliche in Worte zu fassen. Auch Ben nicht, der versuchte, gute Miene zum bösen Spiel zu machen. Er war ziemlich gut darin geworden, seine Angst und seinen Schmerz zu verbergen.

*

Auch Zita hoffte noch auf Heilung. »Ich hatte wirklich gedacht, dass sie dich wenigstens zu Weihnachten rauslassen«, sagte sie seufzend und blätterte in einer Frauenzeitschrift.

»Ja, das wäre schön gewesen«, bestätigte Ben betroffen und schaute verlegen auf seine Finger. »Was liest du da?«

»Einen Artikel über Abenteuer, die Paare unbedingt miteinander erleben sollten«, erklärte Zita und hielt ihm den Artikel unter die Nase. Auf einem Bild war ein glückliches Paar zu sehen, das sich in einem Heißluftballon küsste.

Ben wurde schlecht, als er daran dachte, dass er Zita so etwas nicht mehr bieten konnte. Warum musste sie ausgerechnet an diesem Artikel hängen bleiben?

»Willst du mit mir Ballon fahren?«, hakte er entsetzt nach.

Zita steckte sich einen Kaugummi in den Mund und hob lässig die Schultern. »Ich habe noch nie darüber nachgedacht, aber wenn du mich so fragst, wäre das eine romantische Sache. Würdest du mir eine Ballonfahrt organisieren?«

»Und wie genau soll ich das anstellen?«, fauchte Ben gereizt und hatte Mühe, seine Tränen zurückzuhalten. Wie sollte er seiner Freundin das bieten, was sie verdiente? Er war nutzlos. Nein, schlimmer noch, er war eine Last. Wütend verschränkte er die Arme vor der Brust und starrte an die Decke.

Dass Zita an seiner Seite war, kam ihm immer noch wie ein Wunder vor. Manchmal fühlte es sich auch nach drei gemeinsamen Monaten noch seltsam an, weil es von Anfang an so unmöglich erschienen war. Natürlich war es durch dieses Ereignis nicht unbedingt leichter geworden. Instinktiv wusste Ben, dass ihre Beziehung bald zu einem Ende finden würde.

Begonnen hatte alles vor über einem Jahr, als Zita und ihre Freundin Zeuginnen einer Schlägerei geworden waren und Ben die Aussagen der beiden Frauen aufgenommen hatte. Damals war Ben noch glücklich mit seiner Ex-Freundin und hatte sogar schon daran gedacht, sie zu heiraten und Kinder mit ihr zu bekommen. Gaby und Zita waren so verschieden wie Tag und Nacht und umso erstaunlicher war es, dass Ben sich in Zita verliebte und nach fast fünf Jahren Beziehung so schnell bereit war, Gaby zu verlassen.

Dafür, dass ihre Beziehung an sich schon ziemlich spektakulär war, weil sie äußerlich und charakterlich überhaupt nicht zusammenpassten und Zita im Gegensatz zu Ben aus gutem Hause kam, hatte es eigentlich relativ normal angefangen. Bei einem Kaffee nach der Zeugenaussage hatten sie sich unerwartet gut verstanden. Danach hatten sie sich immer wieder getroffen und immer besser kennengelernt. Die Beziehung zu Gaby hatte er beendet, bevor sich zwischen Zita und ihm wirklich etwas entwickeln konnte, weil es ihm nicht möglich erschien, weiter mit Gaby zusammenzuleben. Das wäre weder Gaby noch Zita gegenüber fair gewesen. Kurz, nachdem Zita begonnen hatte, offen mit Ben zu flirten, hatte sie ihm gesagt, dass er für sie wohl nur eine stille und heimliche Rebellion gegen ihre konservativen Eltern sei. Wenig später hatte Zita ihn geküsst.

Die ersten Wochen ihrer Beziehung waren von heimlichen Treffen geprägt. Sie waren sich einig gewesen, dass niemand von ihrer Liebe erfahren durfte. Eigentlich hatte nur Zita sie verheimlichen wollen, aber Ben hatte ihr einfach keinen Wunsch abschlagen können.

Zita konnte sich nicht gegen ihre Eltern durchsetzen - vor einem Jahr, als sie sich kennengelernt hatten, war ihr das noch schwerer gefallen als jetzt - und für die war es ausgeschlossen gewesen, dass ihre Tochter sich jemanden wie Ben als Partner aussuchen würde. Doch eines Tages war es dann passiert: Obwohl sie sich nur direkt in der Innenstadt getroffen hatten, wo sie relativ anonym waren, hatte Rolands ältere Schwester sie entdeckt, als sie turtelnd in einem Café saßen. Dass Ben eine neue Freundin hatte, hatte sich dann schnell in der Familie und im Freundeskreis herumgesprochen. In Ben war daraufhin der Wunsch immer stärker geworden, sich endlich offen zu Zita zu bekennen, und schließlich hatte sie nachgegeben und auch ihren Eltern von der heimlichen Beziehung erzählt.

Es folgten einige schwierige Wochen. Obwohl Ben ein wenig Angst hatte, dass Zita ihn verlassen würde, hatte sie zu ihm gehalten. Noch heute musste sie um die Akzeptanz ihrer Eltern kämpfen, die es nicht dulden wollten, dass ihre Tochter mit ihm zusammen war. Immer wieder hatte Zita davon gesprochen, aufgeben zu wollen, aber Ben hatte sie immer wieder überreden können, standhaft zu bleiben. Aber auch in Bens Umfeld war es nicht einfach gewesen, denn Roland hatte große Probleme mit Bens Entscheidung und war der Meinung, Zita sei oberflächlich und würde ihn sowieso bald verlassen. Alle Webers waren nicht begeistert gewesen, nicht nur, weil Gaby, die sie sehr mochten, darunter litt, dass Ben so schnell nach der Trennung eine neue Freundin hatte, sondern auch, weil Zita so gar nicht zu Ben zu passen schien.

Erst vor wenigen Wochen hatte sich die Situation langsam entspannt. Nach und nach hatte sich die Umwelt daran gewöhnt, dass sie beiden glücklich miteinander waren und zusammenbleiben wollten - egal, welche Vorbehalte es gegen ihre Beziehung gab. Allen Widerständen zum Trotz waren sie zusammen geblieben und hatten sogar gemeinsame Urlaube geplant.

Aber jetzt, wo sie endlich zur Ruhe kommen konnten, musste das passieren: Krankenhaus, Krise und Verletzlichkeit. Ben wischte sich energisch über die Augen, um nicht zu weinen.

»Also«, sagte Ben laut und gespielt fröhlich, »was machst du an Weihnachten ohne mich?«

Etwas gelangweilt sah Zita auf. »Ich komme hierher, was soll ich sonst machen?«

Ben starrte sie fassungslos an und konnte nicht verhindern, dass ein Blitz durch seinen Körper fuhr. Er glaubte, ihn bis in die Zehenspitzen zu spüren, was natürlich Einbildung war. In den Zehenspitzen spürte er gar nichts mehr.

»Was hast du denn gedacht, Benny?«, fragte Zita mit einem empörten Unterton, klappte die Zeitschrift zu und schlug elegant die Beine übereinander.

Ben schüttelte rasch den Kopf und biss sich auf die Lippen. Wieder war er den Tränen nahe. Diesmal nicht aus Verzweiflung, sondern vor Freude darüber, dass seine Freundin über die Feiertage bei ihm sein würde. Im Moment war er psychisch ohnehin nicht sehr stabil. Wegen seiner beschissenen Situation war er ziemlich gestresst, konnte nachts nicht gut schlafen und nahm viel zu viele Medikamente. Man hatte ihm auch Psychopharmaka empfohlen, aber die wollte Ben nicht nehmen. Jedes Medikament hatte unerwünschte Neben- und Wechselwirkungen, die wieder behandelt werden mussten. Aber wahrscheinlich hatte man ihm doch etwas untergejubelt. Er nahm so viele Tabletten, dass er längst den Überblick verloren hatte.

»Was würdest du tun, wenn ich an Weihnachten krank und verletzt im Krankenhaus läge?«, fragte Zita interessiert.

»Ich würde dich auch besuchen«, gab Ben zu. Seine Stimme zitterte, weil er immer noch versuchte, die Tränen zurückzuhalten. Es war einfach zu viel. Dass er sich so verdammt hilflos fühlte mit diesem Körper, der ihm nicht mehr gehorchte und fremd war. Dazu die Peinlichkeit mit der Blasenschwäche, wie man das hier nannte, und die Abhängigkeit von der Hilfe anderer. Das machte ihm zu schaffen. Am schlimmsten war die Panik vor der endgültigen Diagnose. Er wollte wieder laufen, rennen, springen. Er wollte wieder selbstständig sein und ohne Hilfe eines Pflegers zur Toilette gehen. Er wollte wieder als Polizist arbeiten. Vor allem aber wollte er endlich das Leben mit Zita genießen und ihr der starke Partner sein, den sie sich wünschte. Wenn ihn schon die vorübergehende Einschränkung emotional so sehr belastete, wie sollte er dann mit der Aussicht umgehen, dass es keine Besserung geben würde?

Obwohl sie sich seit über einem Jahr kannten, war sich Ben nicht sicher, ob Zita bei ihm bleiben wollte, wenn sich seine schlimmsten Befürchtungen bewahrheiteten. Ben wäre in jeder Hinsicht gescheitert und zu nichts mehr zu gebrauchen. Und vielleicht hatte Roland auch ein bisschen Recht, dass Zita oberflächlich war. Irgendwie war sie das auf jeden Fall. Sie war nicht die Art Frau, die bei einem gebrochenen Mann blieb.

»Du bist heute etwas unruhig«, stellte Zita fest und sah Ben prüfend an, während sie die Zeitschrift sanft gegen seinen Oberschenkel tippte. Als könnte er es noch spüren ...

»Was denkst du denn?«, rief Ben unbeherrscht. »Ich liege hier schon seit Wochen. Ich will endlich aus diesem verdammten Bett raus. Ich will nach Hause.«

Jetzt konnte er nicht mehr verhindern, dass ihm die Tränen über das Gesicht liefen. Wütend beugte er sich über den Nachttisch und warf Zita einen bösen Blick zu, als sie ihm helfen wollte. Mühsam fischte er ein Tuch aus der halb geöffneten Schublade. Wenn er das nicht alleine schaffte ... dann war er wirklich verloren. Energisch putzte er sich die Nase und wischte sich die Augen trocken.

»Tut mir leid«, murmelte er nach einer Weile.

»Schon gut.« Verunsichert sah sie ihn an. »Nimmst du die Antidepressiva, die dir die Ärztin empfohlen hat?«

Abrupt schüttelte Ben den Kopf. »Ich will sie nicht nehmen. Ich bin nur so aufgewühlt, weil mir hier die Decke auf den Kopf fällt. Wenn ich hier raus bin, geht es mir besser.«

»Du kannst bald nach Hause kommen, Benny«, versprach Zita. Sie legte ihre Hand auf Bens Oberschenkel und strich mit einer beruhigenden Bewegung über das Laken.

Ben hasste es, wenn Zita das tat oder wenn ihn jemand berührte - und das tat das Pflegepersonal ständig, wenn sie ihn wuschen, untersuchten, umlagerten - und er spürte nichts davon. Es war einfach so surreal zu sehen, wie er angefasst wurde, ohne es zu fühlen. Vielleicht war es nicht so erbärmlich wie das Blasenmanagement oder die Tatsache, dass er in sich zusammenfiel, wenn er keinen Halt hatte und niemand ihn festhielt, aber es war alles andere als angenehm.

»Bitte, hör auf«, sagte er leise und klang so bedrohlich, dass er selbst erschrak. Wütend starrte er auf die Hand, die ihn geistesabwesend streichelte.

»Es tut mir leid«, murmelte Zita und hob die Finger. Stattdessen strich sie Ben damit durchs Haar und küsste ihn vorsichtig, als fürchtete sie, dass er auch das nicht genießen könnte. »Ich hab dich lieb, Benny«, fügte sie leise hinzu.

Ben schluckte und wandte den Kopf von Zita ab, um wieder an die Wand zu starren. Würde Zita das immer noch sagen, wenn Ben nicht wieder gesund würde? Konnte sie ihn wirklich noch lieben, wenn er körperlich ein Wrack war? Konnte er ihr das überhaupt antun?

*

Die Weihnachtstage vergingen viel zu langsam und fühlten sich genauso an wie die Tage zuvor. Nicht nur Zita kam zu Besuch, sondern natürlich auch Helena und Roland. Am Weihnachtstag wurde er von den Webers belagert. Nicht nur Rolands Geschwister kamen vorbei, sondern auch Marie und Alfred, Rolands Eltern.

Der einzige Besuch, bei dem Ben wirklich das Gefühl hatte, sich ein wenig entspannen zu können, war der von Rolands kleinem Neffen, der Ben aus irgendeinem Grund ziemlich anhimmelte. Björns Vater hatte sich von Rolands Schwester getrennt, bevor der Kleine geboren wurde, und hatte keinen Kontakt mehr zu der Familie. Vielleicht fehlte Björn eine männliche Bezugsperson.

Obwohl der Junge merkte, dass Ben sich nur sehr langsam und eingeschränkt bewegen konnte und seine Mutter ihm sicher erzählt hatte, dass Ben sehr verletzt war, behandelte er Ben normal und bewunderte ihn weiterhin, was Ben sehr gut tat.

Seine Motorradfreunde und andere Bekannte durften Ben nicht besuchen und er lehnte auch Anrufe ab. Soziale Netzwerke besuchte er nicht, weil er keine Lust auf oberflächliche Genesungswünsche hatte. Zum Glück akzeptierten sie das alle und versuchten nicht, sich ihm aufzudrängen. Aber Roland bekam regelmäßig Post, Geschenke und Grüße von der Motorradclique und alten Schulfreunden und leitete ihm alles weiter. Sogar Gaby schrieb ihm, dass es ihr leid tue, was ihm passiert sei.

Am zweiten Weihnachtsfeiertag kamen auch noch Zitas Eltern. Obwohl es Ben etwas unangenehm war, im Bett zu liegen, freute er sich doch ein bisschen. Die diensthabende Pflegerin hatte angeboten, ihm in den Rollstuhl zu helfen, aber das wäre für Ben noch peinlicher gewesen. Zumindest für Zita bedeutete der Besuch viel, denn es war das erste Mal, dass ihre Eltern sich wirklich für ihn interessierten, und Ben gab sich Mühe, auch wenn der Besuch für ihn sehr anstrengend war.

Zitas Vater verhielt sich distanziert, aber ihre Mutter war nicht nur höflich, sondern sehr freundlich, was ziemlich überraschend war. Sie brachten ihm Geschenke mit und Zita nahm sogar seine Hand, obwohl sie wusste, dass ihre Eltern damit Schwierigkeiten hatten. Aber sie wollte wohl zeigen, dass sie zu Ben gehörte, und das machte Ben ein bisschen Mut.

Ludwig, Zitas Vater, schaute die ganze Zeit aus dem Fenster. Ben war sich sicher, dass er das nicht wegen der schönen Aussicht tat, sondern weil er nicht auf die Hand seiner Tochter starren wollte, deren Finger mit Bens verschlungen waren. Oder vielleicht war es auch nur der erbärmliche Eindruck, den Ben auf ihn machen musste, weil er so hilfsbedürftig im Bett lag. Die ganze Zeit über ließ Ben sich von Zitas Mutter versichern, dass die moderne Medizin für fast alles ein Heilmittel habe, und lächelte sie tapfer an, obwohl er ihr kein Wort glaubte. Leider konnte er diese Zuversicht nicht teilen. Die Tatsache, dass die Ärzte ihn nicht noch einmal operieren wollten, zeigte ihm deutlich, dass sie aufgegeben hatten.

Trotzdem machte der Besuch Ben ein wenig Mut. Vielleicht, ja vielleicht war ihre Beziehung stark genug, um zu verkraften, was Ben zugestoßen war. Schließlich musste Zita ihn wirklich lieben, wenn sie sich vor ihren Eltern so öffnete und ihre Liebe zu ihm so deutlich zeigte. Vielleicht ... vielleicht auch nicht.

»Ja, Mama, das sage ich ihm auch immer«, sagte Zita irgendwann und unterbrach damit den Vortrag ihrer Mutter. Zuversichtlich drückte sie Bens Finger.

»Es würde mich wirklich wundern, wenn es nicht wieder in Ordnung kommen würde«, wiederholte Charlotta. »Man hört immer, dass solche Verletzungen lange dauern. Du musst Geduld haben und hart arbeiten. Das wird schon, Benjamin.«

Ben biss sich auf die Lippen und seufzte. Alle hofften es, alle waren davon überzeugt, dass er wieder gesund werden würde. Wussten sie denn nicht, welchen Druck sie damit auf ihn ausübten? Langsam folgte Ben Ludwigs Blick und sah nach draußen. Die Schneeflocken fielen leise auf die Erde und Bens Herz zog sich schmerzhaft zusammen. Seit acht Wochen hatte er dieses Gebäude nicht mehr verlassen. Er hatte keine Sonne auf seinem Gesicht gespürt und war nicht durch den Schnee gestapft. Vielleicht würde er es nie wieder tun. Dabei liebte er das Knirschen des Schnees unter seinen Schritten so sehr ...

*

Obwohl Ben damit gerechnet hatte, war es ein Schock, als die Ärztin ihm einige Tage später mitteilte, dass sie befürchtete, dass sich sein Rückenmark nicht mehr erholen würde. Zum Glück war Zita nicht bei ihm. Dafür aber Roland und Helena, um deren Anwesenheit Ben für das Gespräch gebeten hatte.

Helena war wie erstarrt und versuchte immer noch, eine Lösung zu finden, indem sie der Ärztin vorschlug, ihn noch einmal zu operieren. Eigentlich würde es Ben nicht wundern, wenn Helena ihr später hinterherlaufen würde, um ihr Ratschläge zu geben. Sie hatte sich in den letzten Wochen in die Thematik eingelesen und war sich sicher, dass es noch Therapieansätze gab, die noch nicht versucht worden waren. Sie war eine gute Freundin und Ben mochte sie schon deshalb, weil sie seinen besten Freund glücklich gemacht hatte, aber manchmal ging sie ihm mit ihrem Aktionismus auf die Nerven.

Roland hingegen war eine echte Stütze für Ben. Als Ben überfordert auf die Diagnose reagierte und ihm alle möglichen Gedanken durch den Kopf schossen, sorgte Roland dafür, dass er noch vor dem

Jahreswechsel für ein paar Tage nach Hause durfte, indem er der Ärztin zusicherte, dass Zita oder Helena und er übergangsweise bei ihm einziehen würden. Auch ein Pflegedienst könne ihm zu Hause helfen. Als Ben das hörte, lief es ihm kalt den Rücken hinunter. Jetzt sollte er also einen Pflegedienst brauchen, um seinen Alltag zu bewältigen?

Im neuen Jahr würde Ben in eine Reha-Klinik gehen, wo man ihm den Umgang mit dem Rollstuhl vermitteln und ihm nützliche Tricks beibringen würde, die ihm helfen sollten, trotz seiner Behinderung zurechtzukommen. Während die Informationen in seinem Kopf durcheinanderwirbelten, lächelte Ben und hoffte, dass das zuversichtlich auf die anderen wirkte, aber er glaubte der Ärztin nicht, als sie ihm versprach, dass sich seine Situation zumindest teilweise verbessern könnte.

»Benny sollte an Silvester nicht allein sein«, erklärte Roland noch einmal. »Seine Freundin und er haben sicher noch einiges zu klären und brauchen Zeit füreinander. Benny wird nicht mehr als Polizist arbeiten können und seine Wohnung muss umgebaut werden. Es gibt jetzt so viel zu organisieren.«

Verwirrt schaute Ben seinen besten Freund an und schüttelte den Kopf. Glaubte sein Freund wirklich, dass Zita bei ihm bleiben würde? Ausgerechnet er, der Zita immer als unreif, naiv und zickig bezeichnet hatte? Vielleicht war es besser, wenn er in ein Pflegeheim zog … Schließlich war er ganz allein. Seine Eltern waren tot, Zita konnte er das nicht zumuten, und von Helena und Roland wollte er sich auch nicht pflegen lassen. Wenn sie seine Freunde blieben, wäre das schon viel. Was für eine schreckliche Zukunft!

»Wir sorgen dafür, dass er am zweiten Januar in der Rehaklinik ist«, versprach Roland schließlich der Ärztin. »Wir kümmern uns um alles.«

»Herr Asare, ist das auch in Ihrem Interesse?«, wandte sich die Ärztin schließlich an Ben. »Wir können kurzfristig einen Pflegedienst organisieren, der Ihnen hilft, aber Ihre Wohnung ist nicht behindertengerecht und Sie haben keine Erfahrung mit dem Rollstuhl. Sie werden viel herumliegen und kaum die Möglichkeit haben, die Wohnung zu verlassen.«

»Das kann ich hier auch nicht, oder?« Ben schluckte und versuchte tapfer, die Augen offen zu halten. Ihm würde schwindlig werden, wenn er sie schloss. Pflegedienst, behindertengerechte Wohnung, Rollstuhl ... Es war alles so grausam. Die Informationen, die auf ihn einströmten, überforderten ihn. Er wollte allein sein. Seine wirbelnden Gedanken ordnen.

»Wie gesagt, wir können das organisieren. Vielleicht hat Ihr Freund Recht und es wird Ihnen gut tun«, sagte die Ärztin geduldig.

Ben räusperte sich und nickte. »Ja, bitte. Ein paar Tage zu Hause - mit Zita - das brauche ich.« Seine Zunge fühlte sich an wie ein dicker Klumpen, und er war sicher, dass jeder im Raum hören konnte, wie sehr ihn das alles schockierte.

Er war gelähmt. Für immer. Nie wieder würde er gehen können.

»Sollen wir auf Ihre Lebensgefährtin warten? Vielleicht hat sie auch noch Fragen an uns?«, erkundigte die Ärztin sich.

Ben schüttelte rasch den Kopf. »Nein, nein, bringen Sie den Stuhl her. Helena und Roland helfen mir nach Hause.«

Die Ärztin sah ihn erstaunt an und teilte ihm mit, dass er mit einem speziellen Krankentransport in die Wohnung gebracht wurde. Ben nickte ungeduldig. Das auch noch ... aber Hauptsache weg von hier.

Eine Krankenpflegerin half ihm beim Anziehen und erklärte Helena und Roland einige wichtige Dinge zur Bedienung des Rollstuhls. Dann bat die Pflegerin Roland, zuzusehen, wie sie Ben auf die Toilette half. Es war schwierig, dort zu sitzen, sich an Rolands Schultern festzuhalten und gleichzeitig seine Hose auszuziehen, aber es klappte, und dies war ein gutes Gefühl, auch wenn es unangenehm war, dass Roland und die Pflegekraft ihn dabei beobachteten und sogar festhielten.

»Das können Sie üben«, versicherte sie ihm. »Ihr Oberkörper wird kräftiger und Sie gewöhnen sich daran. Lassen Sie sich nicht entmutigen. Irgendwann werden Sie sich ganz leicht rüberheben können. Wenn Sie immer die gleiche Menge trinken und regelmäßig zur Toilette gehen, können Sie vielleicht sogar tagsüber ohne Hilfsmittel Ihre Blase kontrollieren.«

»Und nachts?«, fragte Roland laut, woraufhin Bens Gesicht heiß wurde.

»Auch das lässt sich kontrollieren, aber meist erst, wenn der Patient sich mit seinem veränderten Körper vertraut gemacht hat«, betonte die Schwester und half Ben in den Stuhl, den Helena durch die Tür geschoben hatte.

»Und das andere?«, fragte Roland weiter und spülte für Ben, als wäre es normal, dass Ben das nicht selbst tat. »Ich meine, was ist mit seinem Darm?«

Vor lauter Verlegenheit wäre Ben am liebsten in die Toilette gesprungen, aber er hatte keine Ahnung, wie er sich mit seiner eingeschränkten Bewegungsfähigkeit hineinzwängen sollte.

»Hier gibt es Medikamente, mit denen Ihr Freund seinen Darm entleeren kann. Wenn er das in einem bestimmten Rhythmus macht, kann er seinen Stuhlgang kontrollieren.« Die Pflegerin lächelte, als wäre das ein Grund zur Freude, und klopfte Ben auf die Schulter, woraufhin er fast das Gleichgewicht verlor und nach vorne kippte. Es war einfach schrecklich, sich aufrecht zu halten, wenn einem die Bauchmuskeln nicht mehr gehorchten. »Das werden Sie alles nach Neujahr in der Reha lernen«, fügte sie hinzu.

Der Stuhl fühlte sich komisch an, jetzt, wo er wusste, dass es keine Übergangslösung mehr war. Am liebsten hätte Ben laut aufgeschrien, als Roland ihn zurück ins Zimmer schob. Der Rollstuhl - sein Gefängnis.

»Sollen wir bei euch bleiben, wenn du es Zita erzählst?«, fragte Helena mit ernstem Blick, bevor Roland sich daran machte, Ben ins Bett zu helfen.

»Warum?«, fragte Ben erschrocken, nachdem er seine unwilligen Beine über das Laken gezogen hatte.

»Wir haben heute viel gelernt«, antwortete Helena vorsichtig. »Es gibt doch einiges, was Zita wissen sollte, oder?«

»Nein. Ich werde es ihr allein sagen. Keine Sorge, das schaffen wir schon«, sagte Ben eilig.

»Wirklich?« Helena klang besorgt. »Sie war so voller Hoffnung. Ich meine, wir alle ... wir alle waren überzeugt, dass du wieder gesund wirst.«

»Ich nicht«, sagte Roland nur und legte Ben eine Hand auf die Schulter. »Ich habe es gespürt.«

Verwundert sah Helena ihren Partner an, dann wandte sie sich an Ben. »Sag es ihr sofort«, bat sie ernst. »Vertrau ihr einfach. Hör auf, das nur mit dir auszumachen, Benny.«

»Ja«, sagte Ben und schloss entsetzt die Augen.

Er hatte Angst, Zita von der Diagnose zu erzählen, vor allem, weil er plötzlich wieder glaubte, dass Zita eigentlich nicht mit einem wie ihm zusammen sein wollte. Es hatte schon zu viel gegen ihn gesprochen. Jetzt, mit seinem kaputten Körper, waren seine Chancen noch schlechter geworden. Plötzlich fiel Ben ein, dass er die Ärztin nicht gefragt hatte, ob er überhaupt noch zeugungsfähig war. Vielleicht sollte das seine geringste Sorge sein, aber es kam ihm plötzlich wie eine sehr dringende Frage vor.

*

Weil Zita so froh war, dass er endlich nach Hause durfte, verschwieg Ben ihr die Diagnose. Er brachte es nicht übers Herz, seine Freundin zu enttäuschen, zumal sie immer noch an seine baldige Genesung glaubte.

Seine Wohnung war nicht rollstuhlgerecht und Ben konnte nicht von einem Zimmer ins andere. Aber das musste er auch nicht. Ein vom Krankenhaus eilig organisierter Pflegedienst in Gestalt eines beneidenswert fitten Zivildienstleistenden half ihm auf die Couch, und Zita las ihm jeden Wunsch von den Augen ab. Ihre Freude, ihn wieder zu Hause zu haben, war so groß, dass sie sogar beschloss, etwas zu kochen, obwohl sie sonst nur selten in der Küche stand. Sie aßen im Wohnzimmer, damit Ben nicht vom Sofa auf den Stuhl und dann ins Esszimmer musste. Ausnahmsweise, wie Zita betonte. Ben nickte stirnrunzelnd, denn ihm war klar, dass seine Freundin es hasste, wenn man beim Essen nicht anständig am Tisch saß.

Aber er wusste nicht, wie er ihr diesen Wunsch erfüllen sollte, denn das Esszimmer war zu sperrig. Ben konnte sich nicht vom Rollstuhl auf den Stuhl hieven. Und selbst wenn er es schaffte, wusste er nicht, ob er das Gleichgewicht halten konnte, denn ein normaler Stuhl hatte weder Fußstützen noch Armstützen, und er weigerte sich, im Rollstuhl sitzend zu essen. Das wäre einfach zu erbärmlich gewesen.

»Und?«, fragte Zita dann beim Essen. »Haben die Ärzte endlich gesagt, wie lange es noch dauert, bis sich dein Rückenmark wieder erholt? Bisher gab es ja wirklich noch keine Fortschritte.«

»Ja, noch ungefähr vier Wochen«, antwortete Ben prompt. Die Lüge kam ihm so leicht über die Lippen, dass er sich über sich selbst wunderte.

Zita hob eine Augenbraue. »Vier Wochen? Oh, das ist optimistisch.«

Ben nickte und erzählte von der Reha. Aber er verschwieg, dass er dorthin ging, um sich an sein neues Leben zu gewöhnen. »Dort werden meine Muskeln wieder aufgebaut. Mein Körper hat sich zu sehr ans Liegen gewöhnt. Ich muss erst wieder fit werden«, log er.

Sofort griff Zita nach seiner Hand und drückte sie. »Ich finde deine Geduld wunderbar, du schaffst das schon. Spürst du deine Beine schon wieder?« Zaghaft strich sie über seinen Oberschenkel.

Frustriert starrte Ben die streichelnde Hand an und schluckte. Wie gern würde er diese tröstende Berührung spüren ... wenn er sich nur konzentrieren könnte ...? Er versuchte es, aber er spürte nichts. »Ein bisschen«, behauptete er dennoch und zwang sich zu einem Lächeln.

»Wirklich?«, fragte Zita freudestrahlend und küsste Ben stürmisch.

Ben konnte die Tage bis Silvester nicht wirklich genießen. Es fühlte sich nicht gut an, Zita anzulügen, und die Angst saß ihm im Nacken, dass seine hübsche, perfekte Freundin ihn doch noch verlassen würde. Irgendwann musste sie es ja erfahren.

Und dann war da dieses schreckliche Gefühl der Hilflosigkeit. Eigentlich war er ein Mann der Tat und immer aktiv gewesen, solange er denken konnte. Sich von Zita bedienen und vom Pflegedienst ins Bett bringen zu lassen, war er weder gewohnt noch gefiel es ihm.

Am Telefon ließ er sich weiterhin abweisen und seine Mailbox öffnete er absichtlich nicht. Das Letzte, was er wollte, war Mitleid von Menschen, mit denen er seit Jahren keinen Kontakt mehr hatte. In den sozialen Medien hatten Leute Kommentare gepostet, die er seit der Schulzeit nicht mehr gesehen hatte. Er hatte sich von Zita einen Laptop ins Wohnzimmer bringen lassen, den er aber nur noch zu Recherchezwecken benutzte. Er wollte keinen Kontakt zur Außenwelt, die ihn als agilen jungen Mann kannte.

In einem Forum für Querschnittgelähmte fand er Tipps zum Umgang mit Blase und Darm. Bei regelmäßigem Stuhlgang würde nichts schief gehen, denn sein Schließmuskel war noch intakt. Schwieriger war es mit der Blase, denn er spürte nicht, wann sie voll war, und wenn, dann entleerte sie sich ohne Vorwarnung. Um den Einlagen zu entgehen, begann Ben nach Plan zu trinken und kämpfte sich mit großer Anstrengung zur Toilette. Dort konnte er sich nur hinsetzen, wenn Zita ihn festhielt, aber wenigstens tat sie ihm den Gefallen, aus dem Fenster zu schauen, während sie sich über Belanglosigkeiten unterhielt. Das gab ihm ein Gefühl von Normalität, dass es nicht so seltsam war, als erwachsener Mann von seiner Freundin gestützt zu werden, während er pinkelte.

Zita wurde nicht müde, seine Beine zu streicheln, seine Muskeln zu massieren und immer wieder zu fragen, ob er etwas spüre. Manchmal sagte Ben ja, manchmal nein. Er hasste es immer noch, wenn Zita seine Beine berührte, aber er wollte es ihr nicht sagen. Dann hätte er zugeben müssen, dass er nichts spürte und nie wieder laufen können würde. Sie hätte sich gewundert, warum es ihm so unangenehm war. Es war ihm nicht nur unangenehm, weil er nichts spürte, sondern auch, weil es ihn daran erinnerte, was für ein Wrack er jetzt war.

Als Helena und Roland einen Tag vor Silvester bei ihnen vorbeikamen und er hörte, wie Zita seinen Freunden begeistert erzählte, dass das Gefühl in Bens Beinen immer mehr zurückkehre, geriet er in Panik.

»Er spürt jetzt sogar, wenn ich seine Füße massiere«, erklärte sie lebhaft, obwohl sie sonst immer sehr zurückhaltend war, wenn es um seine Freunde ging. Bisher war sie nicht im Zimmer geblieben, wenn sie zu Besuch waren, was es Ben leicht gemacht hatte, sein Lügengebäude aufrechtzuerhalten. Doch jetzt brach es vor seinen Augen in tausend Stücke zusammen.

»Aha«, sagte Roland und sah Ben verärgert an.

»Wirklich?«, fragte Helena schleppend. »Das ist ja wunderbar.«

Glücklich lächelte Zita, nahm ihre Handtasche und trippelte auf ihren hochhackigen Schuhen an Helena vorbei, um Ben zu küssen, bevor sie sich von Roland und Helena verabschiedete. Sie wollte für den morgigen Silvesterabend einkaufen gehen.

Als sie gegangen war, stürzte Helena auf Ben zu. »Hast du ihr nichts gesagt?«, fragte sie zischend.

»Kannst du mir mal sagen, warum sich diese arrogante Tussi für was Besseres hält?«, fragte Roland verärgert und tänzelte im Wohnzimmer herum, wobei er Zitas typische Bewegung nachahmte, wenn sie ihre Handtasche auf dem Unterarm hängte. »Für wen hält die sich? Für die Prinzessin von Dummhausen?«

»Darum geht es nicht«, erklärte Helena schroff und warf Roland einen bösen Blick zu. »Außerdem war sie ausnahmsweise mal ganz nett.«

»Okay, okay.« Roland nickte, hob die Hände und sagte beschwichtigend: »Du hast recht, Hela. Warum hast du es ihr nicht gesagt, Benny? Was soll der Scheiß?«

Ben hob erschöpft die Schultern. Er lag auf dem Sofa und blickte wütend auf den Rollstuhl, der ihm gegenüber in der Ecke des Zimmers stand. Wie oft hatte er Zita gesagt, sie solle ihn in den Flur stellen? Er wollte das Ding nicht sehen.

»Irgendwann erfährt sie es sowieso«, sagte Roland und ließ sich schnaufend in den Sessel fallen. Er streckte die Beine weit von sich. Es sah so einfach aus. So alltäglich.

Aber für Ben war so eine Bewegung nicht mehr möglich.

»Ich meine, sie ist vielleicht nicht immer die Hellste, aber selbst sie sollte es begreifen, wenn es nicht besser wird«, fügte Roland hinzu.

»Genau«, rief Helena. »Was hast du ihr gesagt, dass sie glaubt, du spürst etwas? Oder spürst du wirklich etwas?«

Diese verbissene Hoffnung in ihrer Stimme ... Verzweifelt schloss Ben die Augen und schüttelte gequält den Kopf. Er wollte es so sehr glauben, wollte seine Beine zurück, aber es war vorbei. Sie waren nutzlos. Zu nichts zu gebrauchen. Ben würde für den Rest seines Lebens hier auf dem Sofa sitzen. Ohne Zita natürlich.

Leise erzählte er Helena und Roland, dass er Zita gesagt hatte, die Reha diene dazu, seine Muskeln wieder aufzubauen.

»Du musst es ihr sagen«, meinte Roland ernst, nachdem Ben geendet hatte.

»Du kannst doch nicht in die Reha gehen, ohne ihr vorher zu erklären, was die Ärztin uns gesagt hat. Sie erwartet, dass du laufen kannst, wenn du zurückkommst«, ergänzte Helena.

»Was hindert dich daran, es ihr zu sagen?«, erkundigte sich Roland und verschränkte die Arme vor der Brust.

»Warum sollte sie ... Ich meine, wenn sie geht, was dann?«, flüsterte Ben und biss sich auf die Lippen. »Ihr kennt sie doch. Sie ist ... ich glaube nicht, dass sie mit jemandem wie mir zusammen bleiben will.«

»Ich habe dir die ganze Zeit gesagt, dass sie oberflächlich ist«, brummte Roland und drückte mit seiner Hand Bens Schulter. »Sie ist eine verwöhnte Prinzessin, unfähig ...«

»Sei still, Roland!« Helenas Stimme klang ungewohnt scharf.

Erschrocken sah Ben sie an und kniff die Augen zusammen, als Helena um den Tisch herumging und sich vor Ben hinkniete. Sie legte ihre Hände auf seine Oberschenkel und sah ihn ernst an. »Sie ist mit dir zusammen, Benny, auch wenn sie dafür einige Schwierigkeiten in Kauf nehmen musste. Denk nur an ihre Eltern und wie abhängig sie von ihnen ist. Aber als es darum ging, ob sie weiter mit dir zusammen sein soll, hat sie sich durchgesetzt. Warum sollte sich das jetzt ändern?«

»Mit einem Schwarzen zusammen zu sein, der ärmer ist als sie, ist vielleicht cool, aber mit einem Behinderten, der so ... schwach ist ...«, flüsterte Ben und schlug mit der Faust auf seine nutzlosen Beine.

Helena schloss ihre Hand fest um seine Faust und schüttelte den Kopf. »Du hast überhaupt kein Vertrauen in sie. Jedes Mal, wenn

Roland und die anderen Jungs ihre dummen Sprüche darüber gemacht haben, dass du dir ein vornehmes Püppchen ausgesucht hast, hast du dich nicht beirren lassen, und jetzt glaubst du es selbst? Das kann doch nicht dein Ernst sein, Benny.«

»Sieh mich an«, hauchte Ben und drückte Helenas Hand, weil es der einzige Halt war, den er im Moment hatte.

»Das tue ich.« Helena lächelte. »Ich sehe Benjamin Asare immer noch vor mir, einen wunderbaren Mann, warmherzig, gut aussehend und humorvoll. Ein Mann, der für andere da ist und immer korrekt und fair mit seinen Mitmenschen umgeht. Ich sehe dich. Bis auf deinen Körper hat sich nichts an dir verändert.«

»Für jemanden wie Zita bedeutet der Körper sehr viel«, flüsterte Ben und atmete tief durch. Eigentlich fühlte er sich schlecht, denn er verurteilte Zita und stellte sie so hin, als sei sie wirklich so egozentrisch und gefühllos, wie Roland immer behauptete.

»Wenn du es ihr nicht sagst, gibst du ihr keine Chance, sich damit auseinanderzusetzen. Sie wird wahrscheinlich schockiert und traurig sein, wie wir alle, aber sie wird dich deswegen nicht weniger lieben. Gib ihr die Chance, sich daran zu gewöhnen«, bat Helena und rieb mit dem Finger über seine Handfläche. »Du weißt, dass ich recht habe.«

»Sie hat immer recht, Benny«, warf Roland ein. »Du solltest wirklich auf sie hören.«

»Ich werde es ihr sagen«, versprach Ben und lächelte unwillkürlich ein wenig.

»Wann?«, fragte Helena und sah ihn weiter streng an.

»Noch bevor ich in die Reha gehe«, antwortete Ben und fuhr sich mit der Hand durch sein kurzes, aber widerspenstiges dunkles Haar. Es war das genaue Gegenteil von Zitas glatten, seidigen blonden Haaren. Der Gedanke, ihr nicht mehr über den Kopf streichen zu können oder ihr Haar auf der Wange zu spüren, schnürte ihm das Herz zu. Er wollte sie wirklich nicht verlieren.

Helena schüttelte energisch den Kopf. »Heute noch, Benjamin. Du wirst es ihr heute noch sagen.«

»Ich werde es ihr heute noch sagen«, wiederholte Ben und nickte.

Wenn Helena ihn mit seinem vollen Namen ansprach, meinte sie es ernst.

»Benny, ich werde es übernehmen, wenn du es nicht tust. Sie hat ein Recht darauf, es zu erfahren.« Mit einem Ruck richtete Helena sich auf und beugte sich mit finsterer Miene über ihn, was Ben schlucken ließ.

»Hela, vielleicht sollten wir uns da nicht einmischen. Benny wird es ihr schon sagen.« Roland berührte die Hand seiner Freundin.

Dankbar sah Ben ihn an.

»Sag es ihr heute noch! Und du kommst jetzt mit raus«, rief Helena, bevor sie mit lautem Türknallen das Wohnzimmer verließ.

Roland hob entschuldigend die Schulter und folgte ihr.

*

Als Zita zurückkam, hatte Ben keine Gelegenheit, ihr alles zu erzählen, denn das Telefon klingelte, bevor Zita ins Zimmer kam. Sie eilte mit dem Hörer am Ohr zu ihm und sah ihn fragend an. Er schüttelte schnell den Kopf und runzelte irritiert die Stirn. Hatte sie immer noch nicht begriffen, dass er mit niemandem sprechen wollte?

Nachdem sie aufgelegt hatte, erzählte sie ihm, dass es Bobby war, ein Kumpel, mit dem er gerne Motorrad gefahren war. Früher, als das noch funktioniert hatte. Vor ein paar Tagen hatte er schon einmal angerufen und sich nach Ben erkundigt.

»Sag mal, glaubst du, dass du im Sommer wieder fahren kannst? Robby wollte natürlich wissen, ob du dann wieder eine Motorradtour machen kannst und ich habe angedeutet, dass das vielleicht möglich ist.« Neugierig sah Zita ihn an.

»Bobby«, murmelte Ben betroffen und starrte auf Zitas sorgfältig lackierte Fingernägel, weil es einfacher war, als in ihr Gesicht zu sehen. »Wir nennen ihn Bobby. Nicht Robby«, fügte er hinzu.

Bis jetzt hatte er das Motorradfahren verdrängt, und es tat schrecklich weh, daran erinnert zu werden, weil er wusste, dass er auch das nie wieder tun würde. Mit einem Mal wurde ihm klar, wie viel er wirklich verloren hatte. Bisher hatte er nur daran gedacht, dass er nicht mehr laufen konnte, aber es waren die vielen kleinen Dinge, die sich zu einer schrecklichen Wahrheit zusammensetzten. Es war nicht nur, dass er im Rollstuhl saß. Es war so viel mehr. Sex funktionierte nicht mehr. Nie wieder würde er mit seinen Kumpels Motorrad fahren. Nie wieder Snowboarden. Nie wieder Auto fahren. Nie wieder als Polizist arbeiten. Nie wieder joggen. Wie sollte er das ertragen, besonders nachdem Zita ihn verlassen hatte?

Mühsam lächelte er Zita an und sagte: »Ja, ich glaube schon.« Mehr kam ihm nicht über die Lippen.

Wie sollte er ihr die Wahrheit sagen, wenn sie so fest daran glaubte, dass es ihm in ein paar Monaten so gut gehen würde, dass er wieder Motorrad fahren könnte?

*

An Silvester war Zita fast den ganzen Tag damit beschäftigt, das Essen vorzubereiten und sich zurecht zu machen. Also konnte Ben wieder nicht mit Zita reden, aber die Ausrede kam ihm gelegen, denn eigentlich war er froh darüber.

Gegen Nachmittag beendete Zita die Vorbereitungen in der Küche. »Wir machen es uns heute Abend richtig gemütlich«, verkündete sie fröhlich und gab Ben einen Kuss.

»Ja«, sagte Ben mit ernster Stimme und betrachtete seine Freundin aufmerksam. Heute Morgen hatte sie sich mit dem Lockenstab Wellen in die Haare gezaubert und sich die Augenbrauen gezupft.

Wie konnte jemand, der so viel Wert auf sein Äußeres legte, mit dieser Behinderung umgehen? Ein Rollstuhl war nicht gerade sexy. Außerdem konnte er nicht mehr der starke Mann sein, den sie in ihm gesehen hatte. Andererseits hatte Helena Recht: Wenn er ihr keine Chance gab, sich damit auseinanderzusetzen, war es kein Wunder, dass sie es nicht akzeptieren konnte. Sollte er es ihr jetzt sagen? Nervös knetete Ben seine Hände und sah zu dem Rollstuhl, der neben dem Sofa stand.

»Musst du auf die Toilette, Benny?«, fragte Zita und tippte mit ihren langen Fingernägeln auf dem Handy herum.

»Warum?«, fragte Ben überrascht. »Ich war doch erst vor einer halben Stunde. Der Typ vom Pflegedienst hat mir geholfen.«

»Weil ich wieder weg muss. Es dauert nicht lange. Aber Daphne braucht mich für irgendwas. Irgendeinen Notfall mit den Haaren, und sie wollte heute auf diese Silvesterparty gehen.« Zita hob die Schultern und sah auf. »Und? Toilette?«

Hätten sie ihre Pläne nicht Bens misslicher Lage angepasst, wären sie wahrscheinlich heute Abend auch ausgegangen, um Silvester zu feiern. Früher waren sie öfter unterwegs gewesen. Nie wären sie auf die Idee gekommen, an Silvester zu Hause zu bleiben. Zita schon gar nicht.

Ben räusperte sich. »Willst du heute mit Daphne ausgehen?«

»Das werde ich dir wohl eher nicht antun können, oder?« Zita hob den Kopf, lächelte ihn an und widmete sich wieder ihrem Handy. »Und was ist jetzt mit der Toilette? Musst du?«

Ben hasste es, wenn Zita ihm auf die Toilette helfen musste. Er hasste alles, was ihn daran erinnerte, dass seine Beine und die Hälfte seines Oberkörpers tot waren. Natürlich hasste er es auch, dass Zita seinetwegen heute Abend nicht ausgehen wollte. Widerstrebend griff er nach den Notizen, die er sich gemacht hatte, um abschätzen zu können, wann seine Blase voll sein würde.

»Nein«, sagte er schließlich seufzend.

»Ich komme bald wieder«, wiederholte Zita, beugte sich vor und küsste ihn zum Abschied.

Als sie den Kuss vertiefen wollte, schob Ben sie von sich weg. Er konnte es nicht ertragen, wenn Zita versuchte, ihm näher zu kommen. Nicht nur seine Beine funktionierten nicht mehr, obwohl er Zita in den letzten Tagen versichert hatte, dass er auch im Intimbereich langsam wieder etwas spürte.

Helena hatte recht: Irgendwann würde Zita es merken. Spätestens dann, wenn Ben aus der Reha kam und immer noch keine Fortschritte gemacht hatte. Ben musste Zita endlich gestehen, dass er nie wieder gesund werden würde.

Verzweifelt rollte er sich auf dem Sofa zusammen, stützte sich mit den Armen ab, weil er nicht einmal mehr die normalsten Bewegungen ohne Umstände machen konnte, und starrte wieder auf den Rollstuhl. Wieder hatte Zita sich geweigert, ihn wegzurollen und einfach hier stehen zu lassen.

»Vielleicht brauchst du ihn ja, während ich weg bin«, hatte sie noch gerufen, bevor sie durch die Haustür verschwunden war, obwohl Ben sich in der engen Wohnung kaum bewegen konnte.

Trotzdem hatte sie den Stuhl stehen lassen. Dort, wo Ben sie immer vor Augen hatte. Die Katastrophe, zu der sein Leben geworden war.

Ben wollte den hässlichen Rollstuhl nicht länger ansehen und sah sich im Wohnzimmer um. Obwohl Zita es sich zu Beginn der Beziehung zur Aufgabe gemacht hatte, seine Wohnung zu dekorieren, hatte sie nichts Weihnachtliches aufgehängt. Auch Ben hatte sich nicht darum gekümmert. Es gab weder einen Weihnachtsbaum noch einen Adventskranz auf dem Tisch. In der Adventszeit war Zita ständig bei ihm in der Klinik gewesen und nur ab und zu gekommen, um die wenigen Blumen zu gießen, die er besaß.

Ben erinnerte sich noch gut an das letzte Weihnachtsfest. Damals war er schon verrückt nach Zita gewesen und hatte mit sich gerungen, ob er sich von Gaby trennen sollte. Er war so verknallt in Zita, aber er hatte nicht im Traum daran gedacht, dass aus ihnen wirklich etwas Ernstes werden könnte. Am Anfang war es ihm immer so vorgekommen, als wäre es nur eine sexuelle Sache - bis es mehr wurde. Wenn er daran dachte, wie glücklich Zita und er in den letzten Monaten gewesen waren, spürte er Panik in sich aufsteigen. Vor Friedelmanns Verhaftung war Ben sehr stolz auf seine Freundin gewesen, weil sie sich ihren Eltern widersetzt hatte, die wollten, dass sie Ben endlich vergaß und sich auf ihr Studium konzentrierte. Für ihn war das ein Zeichen ihrer Liebe gewesen, aber jetzt zweifelte er.

Er wollte nicht, dass Zita ihn verließ, und schon gar nicht wollte er für immer in seinem Körper gefangen und auf die Hilfe anderer angewiesen sein. Das wollte er einfach nicht. Dafür war er viel zu energisch und sportlich, viel zu zielstrebig und athletisch. Ein Leben im Sitzen erschien ihm furchtbar armselig. Dafür war er viel zu jung.

Aber wenn er es nicht schaffte, wie konnte er dann von Zita

erwarten, dass sie damit klarkam? War es nicht ganz natürlich, dass sie am Anfang nicht glücklich war? Das bedeutete nicht, dass sie ihn nicht liebte. Es bedeutete nur, dass sie genau dieselben Probleme hatte wie er.

Hatte er Zita Unrecht getan, als er sich weigerte, ihr die Wahrheit zu sagen? Traute er ihr nicht genug Stärke zu, als er daran zweifelte, dass sie es an seiner Seite aushalten würde? Oder waren seine Zweifel berechtigt? Schließlich war Zita eine anspruchsvolle Person, die viel Wert auf ihr Äußeres legte. Ihre Wohnung war perfekt und immer aufgeräumt, die Kleidung immer makellos. Ben konnte sich nicht vorstellen, dass ein Rollstuhl in Zitas schönes Leben passte.

Der Sex mit Zita war lebendig und aktiv gewesen, voller Leidenschaft und Vitalität. Sex mit Zita war wie Motorrad fahren. Unendliches Glück. Und Zita hatte es genauso empfunden. Der Sex war ihre erste gemeinsame Basis gewesen, und obwohl die Beziehung tiefer geworden war, waren Qualität und Quantität des Sex gleich geblieben. Ben glaubte nicht, dass Zita in Zukunft auf Sex verzichten wollte.

Einer der Ärzte hatte Ben erklärt, dass Sex weiterhin möglich sein würde. Nur anders als vorher. Er müsse andere Wege finden, um Befriedigung zu erlangen.

Helena hatte Ben sogar gesagt, dass Querschnittgelähmte ihren eigenen Körper und den ihres Partners auf eine ganz neue, viel intensivere Weise erleben konnten. Wahrscheinlich hatte sie das in einem der medizinischen Bücher gelesen, von denen sie sich nach Bens Schussverletzung so viele besorgt hatte. Ben war es unglaublich peinlich gewesen, von Helena über Sex trotz Behinderung belehrt zu werden. Allein die Tatsache, dass es nicht mehr selbstverständlich war, dass er ein Mensch war, der eine andere Person sexuell befriedigen konnte, war furchtbar demütigend. Außerdem hatte Ben sich ausgemalt, wie langweilig Sex mit ihm wäre, wenn er sich nicht bewegen und nichts fühlen könnte. Diese Vorstellung war sehr beängstigend.

*

Als Zita nach Hause kam, war sie wütend, stürmte ins Zimmer und warf ihre Handtasche auf den Boden, was sonst nicht ihre Art war. »Hast du mir etwas zu sagen?«, fragte sie aufgebracht.

Ben richtete sich mühsam auf und spürte, wie sich Übelkeit in ihm ausbreitete. Instinktiv wusste er, dass es vorbei war. »Du warst nicht bei Daphne, oder?«, fragte er leise.

»Oh doch«, rief Zita und lief vor ihm auf und ab. »Im Gegensatz zu dir lüge ich meinen Partner nicht an. Aber ich bin danach zu Helena gegangen, weil sie mich darum gebeten hat. Ich dachte, sie wollte mir nur etwas für dich geben, weil du nicht so leicht zu ihr kommst. Aber stattdessen hat sie mir erzählt, was los ist. Toll, Benjamin! Wirklich toll.« Zita sah Ben finster an.

»Tut mir leid«, erwiderte Ben. »Aber ...«

»Was genau tut dir leid?«, fragte Zita laut. »Dass du mich angelogen hast? Dass ich mich vor deinen Freunden blamiert habe?«

Daraufhin verstummte Ben und starrte auf seine leblosen Beine, die zwar noch irgendwie an seinem Körper hingen, ihm aber völlig fremd geworden waren. Ihm wurde klar, dass Zita sich mehr darüber ärgerte, dass er ihr nichts zugetraut hatte. Sie hatte seine Behinderung nicht einmal erwähnt. Scheiße! Was, wenn sie ihn jetzt verließ, weil er sie angelogen hatte und die Behinderung akzeptiert hätte?

Stöhnend setzte sich Zita zu ihm, verbarg den Kopf in den Händen und hob mehrmals die Schultern, bevor sie sich wieder aufrichtete und ihn ansah. Leise sagte sie: »Warum hast du mir nicht einfach gesagt, was los ist?«

»Ich dachte, du verlässt mich«, murmelte Ben und räusperte sich, dann legte er seine Hand auf ihr Bein und strich sanft darüber.

Es war das erste Mal seit langer Zeit, dass er sie so zärtlich streichelte. Es fiel ihm schwerer, auf ihren Körper zu achten, denn sein eigener spielte nicht mehr mit. Es war, als könne er seine Freundin nicht mehr richtig wahrnehmen, weil er sich selbst so fremd geworden war. Aber er spürte, dass er nur noch eine Chance hatte, sie zum Bleiben zu überreden, und deshalb wollte er ihr zeigen, dass er sie noch genauso liebte wie zuvor.

»Ich war mir sicher, dass du das nicht mit mir durchmachen

willst.«

Doch statt sich durch die Berührung zu beruhigen, wurde Zita noch wütender. Sauer sprang sie auf und lief wieder im Wohnzimmer herum.

Früher wäre Ben sofort aufgestanden, zu ihr gelaufen und hätte sie in den Arm genommen. Irgendwann hätte sie sich beruhigt und sie hätten reden können, aber auch das war jetzt nicht mehr möglich. Er konnte nicht mehr aufstehen und zu ihr laufen. Sie nicht in den Arm nehmen.

»Sag mal, bist du verrückt?«, fragte Zita empört. Als sie nach Luft schnappte, hörte Ben auf, sich selbst zu bemitleiden, und sah sie an. Sein Schmerz war jetzt nicht so wichtig. Jetzt zählte nur noch Zita. Und ihre Enttäuschung. Die berechtigt war.

»Für wie oberflächlich hältst du mich eigentlich, Benjamin?«, fauchte sie und presste die Handflächen gegen ihren Bauch, als könnte sie so ihre Wut im Zaum halten.

»Ich glaube, du missverstehst mich«, sagte Ben und schüttelte fassungslos den Kopf. Es war von Anfang an ein großes Streitthema zwischen ihnen gewesen, denn Zita war in seinen Augen tatsächlich oberflächlich und auf Dinge fixiert, die ihm selbst nichts bedeuteten, aber mit der Zeit hatten sie einander gelassener begegnen können und Ben hatte seine Meinung über sie längst korrigiert. Zumindest hatte er das geglaubt ... Schließlich hatte er an ihr gezweifelt, was die Lähmung anging. Er war so ein Idiot ... Am Ende würde er sie verlieren, weil er dumm war und nicht, weil er den Rollstuhl brauchte, um sich fortbewegen zu können.

»Nach all den Wochen, Benny«, flüsterte Zita und klang plötzlich sehr erschöpft. »Ich bin dir immer noch nicht gut genug. Du hältst mich immer noch für jemanden, der zu tiefen, echten Gefühlen nicht fähig ist.«

»Wovon redest du?« Ben kniff die Augen zusammen und ballte die Faust gegen seinen Oberschenkel. Er wollte aufstehen und seine Freundin in den Arm nehmen, sie trösten, dieses Missverständnis aus der Welt schaffen, aber er konnte nicht. Und das machte ihn wahnsinnig.

»Komm schon, sei ehrlich. Warum hast du mir nichts gesagt?«, verlangte Zita.

»Ich weiß nicht, ich hatte einfach Angst«, antwortete er nach einem kurzen Moment. »Ich habe es einfach nicht geschafft, es dir zu sagen.«

»Das ist eine Schande, Benny! Es ist wirklich ... ich kann es nicht glauben! Deine Freunde, die mir gegenüber immer so distanziert waren, haben mehr Vertrauen zu mir als du«, rief Zita aufgeregt und verließ den Raum.

»Es tut mir leid«, rief Ben ihr nach, aber er war überzeugt, dass Zita ihn nicht gehört hatte, denn sie zog wütend die Tür hinter sich zu.

Wäre alles wie früher, wäre er seiner Freundin jetzt hinterhergerannt. Er konnte sie nicht einmal aufhalten. Verzweifelt schluckte er. Nur um wieder laufen zu können, würde er fast alles aufgeben, was er besaß. Es war einfach nicht fair.

Mit gerunzelter Stirn betrachtete er seine nutzlosen Gliedmaßen, die übereinandergeschlagen vor ihm lagen, als hätte jemand sie zufällig dorthin geworfen. Seine gelähmten Beine waren nicht einfach nur leblos, sie wirkten durch die fehlende Kontrolle wie reglose Anhängsel. Ben hasste diesen Anblick.

Während er eine Hand in die Kniekehle schob, krallte er sich mit der anderen an der Rückenlehne des Sofas fest. Es war die einzige Möglichkeit, nicht einfach zur Seite zu kippen. Ächzend hob er das Bein etwas an und stellte den Fuß flach auf den Boden. Das Gleiche wiederholte er mit dem anderen Fuß. Seine Knie gaben sofort nach, aber als er den Arm darüber legte, sah es fast normal aus. Als säße er nur da und ruhe sich aus.

Wenn er sich auf den Boden konzentrierte, konnte er sich fast davon überzeugen, dass er einfach aufstehen und sich aufrichten konnte. So einfach. Er würde einfach vom Sofa aufstehen und seine Beine ausstrecken. Seine Füße würden den Druck des Bodens spüren und er würde stehen. Und weglaufen. So einfach. Er hatte es schon eine Million Mal gemacht, ohne darüber nachzudenken. Einfach hochdrücken und aufstehen. So einfach ...

... erst als er mit dem Gesicht an der Tischkante aufschlug, merkte er, dass er es wirklich versucht hatte und nach vorne gefallen war. Seine Beine waren einfach weggeknickt. Fassungslos starrte Ben auf den Boden und versuchte sich zu beruhigen, indem er bis zehn zählte und in einem gleichmäßigen Rhythmus ein- und ausatmete.

»Was ist passiert?« Zita wirkte immer noch ein wenig wütend, aber auch sehr besorgt, als sie sich über ihn beugte.

»Ich dachte, ich könnte aufstehen«, schnappte Ben und versuchte, sich wieder auf das Sofa zu hieven, aber seine Arme waren nicht stark genug. Er bekam seinen unkooperativen Körper einfach nicht hoch. Und das, obwohl er so sportlich war.

»Lass«, bat Zita leise und hockte sich im Schneidersitz neben ihn. Mit dem Arm half sie Ben, sich gegen das Sofa zu lehnen, damit er Halt hatte, dann schaute sie auf den Teppich. »Es ist gemütlich hier.«

»Ich dachte, ich könnte aufstehen und dir nachlaufen«, murmelte Ben und schüttelte den Kopf.

Zita schwieg und sah ihn aufmerksam an. Als warte sie auf weitere Informationen.

»Das ist einfach zu viel für mich. Ich schaffe das einfach nicht. Ich wollte dich nicht mit etwas belasten, was ich selbst nicht hinbekomme. Es tut mir leid, ich wollte dir nicht wehtun«, sagte Ben seufzend. Er griff nach Zitas Hand, die sie ihm hastig wegzog.

»Nicht, Benjamin«, bat sie und schüttelte den Kopf. »Noch nicht. Erzähl mir lieber, was die Ärztin genau gesagt hat. Und was sie in der Reha mit dir vorhaben.«

Ben nickte und erzählte von der Diagnose, von der Verletzung des Rückenmarks und wo die Kugel eingeschlagen war und die Nerven zerfetzt hatte. Er berichtete von der Untersuchung durch einen Spezialisten, der extra für ihn in die Klinik gekommen war, der jedoch ebenfalls von einer irreparablen Verletzung ausging. Dann erzählte er Zita von dem Programm, das ihm in der Reha angeboten werden sollte.

»Also ich denke, wir sollten auf jeden Fall eine größere Wohnung für dich suchen«, sagte Zita schließlich und kaute an ihren Fingernägeln, was Ben zum ersten Mal an ihr sah. Ihre Nägel waren ihr so wichtig, dass sie regelmäßig zu einer Frau ging, die sie 'Nageltante' nannte und die ihr wahre Kunstwerke auf die kleinen Nägel malte. Sie sah sich um. »Du musst dich frei bewegen können. Außerdem sollte ich gleich mit einziehen, denn du wirst wahrscheinlich ein paar Wochen brauchen, bis du allein zurechtkommst.«

Sie würde bleiben. Das hatte sie ihm sagen wollen, auch wenn sie es nicht direkt ausgesprochen hatte. Ben konnte es kaum glauben. Zita würde bleiben. Auch wenn er im Rollstuhl saß und sie angelogen hatte.

»Tu nicht so überrascht, sonst werde ich gleich wieder wütend«, sagte Zita verärgert. »Wir haben gelernt, mit meinen Eltern zu leben. Wir haben gelernt, mit den starrenden Gesichtern zu leben, wenn wir zusammen draußen spazieren gehen. Mir war es immer egal, dass wir unterschiedliche Hautfarben haben und deshalb die Blicke auf uns ziehen. Warum sollte es mich stören, dass du im Rollstuhl sitzt? Was hat sich so verändert? Ich glaube, er gehört jetzt zu unserem Leben.« Zitas Stimme zitterte ein wenig und sie schluckte.

»Er gehört zu meinem Leben«, verbesserte Ben sie.

Zita schüttelte den Kopf. »Nein. Ich fürchte, es wird auch mich betreffen. Schließlich sind wir ein Paar, auch wenn du das vergessen zu haben scheinst. Wenn wir es herunterspielen, wird es nicht leichter zu ertragen sein, oder?« Nachdenklich sah sie ihn an, und in ihren Augen konnte er sowohl Unsicherheit als auch eine Entschlossenheit erkennen, die er bisher nicht von ihr kannte. »Es hat sich viel verändert, nicht wahr?«

Ben starrte auf seine Beine und knetete seine Hände. Dass sie zu ihrer Angst stand und trotzdem bereit war zu kämpfen, machte ihm Mut. Seine Freundin war keine Kämpferin, denn ihre Eltern hatten alle Kämpfe für sie ausgefochten und sie hatte ihre Kindheit wohlbehütet verbracht - im Gegensatz zu ihm. Wenn sie nicht aufgab, konnte er es auch nicht.

»Vieles hat sich verändert«, bestätigte er leise.

»Aber nicht das, worauf es ankommt, oder?«, erwiderte sie ebenso leise.

Verwirrt sah er sie an und hob die Schulter, weil er sich nicht sicher war. »Weißt du, ich werde nicht mehr Motorrad fahren können. Und ich werde nicht mehr als Polizist arbeiten. Und die Fahrt mit dem Heißluftballon, die du dir so gewünscht hast. Unmöglich für mich.« Bei diesem Gedanken schlug ihm das Herz bis zum Hals. Entsetzt blickte er auf seine Hände, die auf seinen Oberschenkeln lagen, aber er konnte sie nicht spüren. Wenn er seinen Finger bewegte, spürte er den Stoff an seinem Finger, aber nicht die Reibung der Hose auf der Haut seines Beines. Es hatte sich so viel verändert, dass es keinen Sinn machte, alles aufzuzählen. Trotzdem machte er weiter. »Ich werde nicht einfach irgendwo hingehen können. Ich werde ständig Hilfe brauchen und - wir werden keinen Sex haben können. Und ich ...«

»Darüber mache ich mir keine Sorgen«, unterbrach Zita ihn hastig. Sie streckte die Hand aus und strich Ben sanft über die Wange. »Es ist ja nicht so, dass wir in diesem Bereich unseres Lebens nicht erfinderisch wären. Wir werden schon etwas finden, das funktioniert.«

Ben wurde rot und biss sich auf die Lippen. Es fühlte sich seltsam an, über Sex zu reden, obwohl er wusste, dass er nichts spürte. Das war definitiv etwas, worüber er jetzt nicht mit Zita sprechen wollte.

»Dachtest du wirklich, ich würde abhauen?«, fragte Zita erstaunt. Sie zog ihre Hand zurück und sah Ben tief verletzt an. »Ich meine, seit ich mit dir zusammen bin, habe ich ein schlechtes Verhältnis zu meinen Eltern, meine Freundinnen halten mich für verrückt und mit deinem Freundeskreis versuche ich mich zu arrangieren, obwohl die manchmal echt fies sind. Konnte ich dir nicht zeigen, dass ich dich wirklich liebe?«

»Es sollte eine Nacht sein, das hast du selbst gesagt.« Ben schüttelte den Kopf, denn das klang sehr dumm. Wenn es nur eine Nacht hätte sein sollen, wäre sie nicht bei ihm geblieben und hätte zwei Monate im Krankenhaus an seinem Bett gesessen. Vielleicht hatten der ständige Stress und die Sorgen sein Gehirn gelähmt, so wie Friedelmanns Kugel es mit seinem Unterkörper getan hatte.

»Ich habe mich geirrt, als ich das gesagt habe«, erklärte Zita und sah ihn ungläubig an. »Ich meine, das alles hier ... Glaubst du, ich würde das für jeden Mann tun?«

»Wahrscheinlich nicht«, gab Ben zu und spürte, wie er innerlich etwas ruhiger wurde.

Mit einer hektischen Bewegung griff Zita nach seiner Hand, drückte sie und richtete sich auf. »Ich möchte, dass du ein Bad nimmst. Keine Widerrede. Heute ist Silvester, und Deo allein ist auf Dauer keine Lösung. Ich hoffe, du hörst nicht auf, ein hygienischer Mensch zu sein, nur weil es jetzt schwieriger geworden ist.« Sie berührte seine Wange und strich über die wirren Stoppeln. »Und du solltest dich rasieren. Dieser Bart sieht noch schrecklicher aus als sonst«, sagte sie mit sanfterer Stimme. Sie lächelte, bevor sie strenger hinzufügte: »Und ich werde das Essen vorbereiten, und dann möchte ich, dass wir uns wie zivilisierte Menschen an den Tisch setzen und essen.« Ihre Stimme klang bestimmt.

Ben beugte sich verunsichert vor und schaute ins Esszimmer. Es war ihm ein Rätsel, wie er in die Badewanne kommen sollte. Der Pflegedienst hatte ihm immer wieder Hilfe angeboten, aber die Angst davor, wie es sein würde, im Wasser zu treiben, ohne etwas zu spüren, hatte ihn abgeschreckt. Er wusste auch nicht, wie er im Esszimmer sitzen sollte. Um ehrlich zu sein, wusste er nicht einmal, wie er vom Boden aufstehen sollte.

»Keine Sorge, wir suchen uns eine größere Wohnung, aber bis dahin räume ich das Esszimmer ein bisschen um, damit du Platz hast«, sagte Zita sofort, als könnte sie seine Gedanken lesen. »Und an die Badewanne wirst du dich gewöhnen müssen, bis wir eine behindertengerechte Dusche haben.«

»Das ist so peinlich«, murmelte Ben. Die ganze Zeit im Krankenhaus war er nur vom Pflegepersonal gewaschen worden. Das war nicht weniger unangenehm, aber die Vorstellung, nackt von einem Fremden in die Badewanne gehoben zu werden, machte ihm Angst. Er hoffte, dass heute einer der männlichen Zivildienstleistenden dabei sein würde. Das wäre einfacher, als sich von einer Frau in die Wanne heben zu lassen.

»Peinlich ist dein unbegreifliches Vertrauen in mich«, erwiderte Zita heftig. »Ich mache dir das Bad fertig, bleibst du so lange?«

»Ja, das mache ich, aber nur dir zuliebe, denn eigentlich hätte ich gerne im Wohnzimmer getanzt«, erwiderte Ben in einem Anflug von Sarkasmus und verdrehte die Augen. Er fühlte sich einerseits elend, andererseits ein wenig erleichtert.

Zita sagte nichts, sondern stand eilig auf und verließ das Zimmer. Man merkte ihr an, dass sie immer noch wütend war, aber sie riss sich zusammen, ihm zuliebe und wohl auch, weil Ben bald in die Reha gehen würde. Ihre gemeinsame Zeit war bald zu Ende. Ihre Bewegung war kraftvoll und ihre Schritte waren noch lange zu hören, obwohl sie sonst eher federnd ging.

Kurz darauf kam sie zurück. Doch sie hatten kaum Zeit, sich weiter auszutauschen, bis es klingelte. Es war 17 Uhr, der Pflegedienst machte nach dem Besuch bei pflegebedürftigen Senioren bei ihm Station. Neben der weiblichen Pflegekraft war auch einer der männlichen Zivildienstleistenden gekommen, und zwar der junge Mann mit dem pausbäckigen Gesicht, der so auffallend agil war. Gemeinsam schafften sie es, Bens Körper vom Boden in den Rollstuhl zu heben. Es dauerte lange und ließ Ben fast verzweifeln. Aber die Tatsache, dass Zita bei ihm bleiben wollte, gab ihm ein wenig Mut. Natürlich fühlte er sich schrecklich hilflos und schämte sich dafür, dass er für die einfachsten Dinge Hilfe brauchte. Er dachte auch daran, wie es wäre, wenn er allein zu Hause wäre und niemand da wäre, der ihm helfen könnte. Aber jetzt fiel es ihm etwas leichter, diese negativen Gedanken beiseite zu schieben. Zita war entschlossen, es mit ihm zu schaffen, und das gab ihm Hoffnung, eine Lösung für seine Zukunft zu finden.

Dann half ihm die Pflegefachfrau beim Ausziehen, woran er sich bereits gewöhnt hatte, da er jeden Abend von ihr bettfertig gemacht wurde. Mit geübten Händen hob sie ihn hoch und er hielt sich am Handtuchhalter fest, bis er fast stand und der Zivi ihn an den Wannenrand drücken konnte. Es war alles ziemlich wackelig, sehr beängstigend für Ben und anstrengend für die beiden anderen, aber am Ende saß Ben tatsächlich in der Wanne.

»Das ist natürlich alles nicht optimal«, betonte die Pflegerin. Sie hatte schon oft bemängelt, wie unzureichend Bens Wohnung ausgestattet war.

Zita, die den Raum verlassen hatte, um ihm etwas Privatsphäre zu geben, kam zurück. Sie stellte ihm einen Spiegel und Rasiergel auf den Badewannenrand, bevor sie ihm einen Kuss auf die Lippen drückte und verschwand, um sich um das Essen und das Esszimmer zu kümmern.

Nachdem Zita und das Pflegepersonal gegangen waren, ließ Ben sich noch ein wenig tiefer in das warme Wasser gleiten. Ja, es fühlte sich richtig gut an, sich zu waschen, viel besser als die Katzenwäsche, die er in den letzten Tagen gemacht hatte. Es war einfach nicht so demütigend. Auch wenn er jetzt behindert war, wollte er nicht ungepflegt aussehen. Er durfte sich nicht gehen lassen und den Eindruck erwecken, er sei heruntergekommen. Das würde seine Attraktivität sicher nicht steigern, aber genau das war jetzt wichtig, wenn er sich der Außenwelt im Rollstuhl präsentieren musste. Er hatte Angst, wieder in die Öffentlichkeit zu gehen.

Er hatte sich noch nicht daran gewöhnt, dass er seine Beine zwar sehen, aber nicht fühlen konnte. Auch im Wasser spürte er nichts. Wahrscheinlich hätte man ihn auch in kochendes Wasser legen können und Ben hätte es erst gemerkt, wenn er seine Arme hineingetaucht hätte.

Ben versuchte, sich auf seine Füße zu konzentrieren und wenigstens einen Zeh kurz zu bewegen. Doch so sehr er sich auch anstrengte, der Zeh bewegte sich einfach nicht. Frustriert gab Ben auf. Es war unglaublich, dass er so etwas Einfaches nicht mehr konnte.

Langsam fuhr er mit der Hand durch das heiße Wasser und dachte an Marie, Rolands Mutter, die ihn während der Ausbildung ermutigt hatte, weiterzumachen, als er kurz überlegt hatte, alles hinzuschmeißen. Sie hatte ihn daran erinnert, wie sehr er Polizist werden wollte. Es war Bens größter Wunsch gewesen, und nun würde er nie wieder bei der Polizei arbeiten. Was sollte aus ihm werden?

Er hatte noch zwanzig Minuten. Länger konnte der Pflegedienst nicht warten. Aber er versuchte, das Beste daraus zu machen. Er wusch sich die Haare, was gar nicht so einfach war, weil er sich mit beiden Händen festhalten musste, aber er hatte den Pflegedienst gebeten, das Zimmer zu verlassen und ihn allein zu lassen. Irgendwie schaffte er es, sich mit einem Arm am Wannenrand festzuhalten. Dann rasierte er sich mit einer Hand. Mit der anderen Hand hielt er sich über Wasser. Als er sich im Spiegel betrachtete, erschrak er. Sein Gesicht sah müde und erschöpft aus. Er sah nicht nur behindert aus, sondern sehr krank. Die Spuren der letzten harten Monate waren nicht zu übersehen. Auch dass er nicht mehr gut schlafen konnte, war ihm anzusehen.

*

Die Pflegeassistentin und der Zivildienstleistende halfen Ben aus der Wanne und auch beim Abtrocknen und Anziehen. Als Ben frisch gewaschen und angezogen in seinem Rollstuhl saß, gab er den beiden Trinkgeld und bedankte sich für ihre Hilfe. Ihm wurde bewusst, dass beide heute am Feiertag arbeiten mussten, damit Menschen wie er heute versorgt werden konnten. Das war nicht selbstverständlich und er hatte in den letzten Tagen zu oft seine schlechte Laune an ihnen ausgelassen.

Ben schloss die Haustür, lenkte seinen Rollstuhl durch den schmalen Flur und bemerkte, wie gut es in der Wohnung inzwischen roch. Fast wäre er in Feierlaune gewesen, wenn nicht alles andere so schrecklich beschissen gewesen wäre. Im Esszimmer hatte Zita tatsächlich umgeräumt und so viel Platz geschaffen, dass er seinen Rollstuhl direkt an den Tisch stellen konnte. Aber Ben wollte es zumindest versuchen. Es war schwer, auf den Stuhl zu kommen, und als er saß, hatte er Mühe, sich aufrecht zu halten. Sein ganzer Körper fühlte sich instabil und wackelig an. Zita schlug ihm vor, sich mit dem Rollstuhl an den Tisch zu setzen, aber er wollte nicht aufgeben. Er fühlte sich schrecklich, wenn er im Rollstuhl saß. Also beschloss Zita, den alten Stuhl aus Bens Büro zu holen, den er irgendwann einmal gekauft hatte. Es war ein schmaler Stuhl mit Armlehnen. Er schaffte es nicht, sich über die Armlehnen zu hieven, die ihm Stabilität geben sollten. Erschöpft gab er auf und willigte schweren Herzens ein, dass Zita alle Stühle wieder wegräumen durfte. Er fuhr seinen Rollstuhl an den Tisch. Er war etwas zu niedrig und Ben fühlte sich ein wenig hilflos, aber er konnte es ertragen. Für Zita. Weil sie sich so viel Mühe gab und versuchte, es ihnen schön zu machen.

Bevor sie in der Küche verschwand, legte er ihr den Arm um die Taille und lehnte seinen Kopf an ihren Bauch. Diese Nähe beruhigte ihn ein wenig, auch wenn Zita ihre Arme nicht um seine Schultern legte. Schließlich setzte sich auch Zita. Danach fühlte es sich fast ein bisschen so an, als seien sie ein normales Paar.

»Du bist immer noch sauer«, bemerkte er, während Zita Getränke einschenkte.

»Ein bisschen«, antwortete Zita. »Du hättest mit mir reden sollen, aber du hast mir wohl nicht genug vertraut. Das macht mich ziemlich fertig. Womit habe ich es verdient, dass du mich so ausschließt? Habe ich mir nicht alle Mühe gegeben, dich zu überzeugen, dass es mir wirklich ernst ist mit dieser Beziehung?«

»Aber es hat nichts mit dir zu tun, sondern mit mir. Es ist so unglaublich schlimm, womit ich mich herumschlagen muss«, murmelte Ben und strich die Tischdecke glatt. Wenn er die Arme auf den Tisch legte, hatte er mehr Halt.

»Wir werden lernen, damit zu leben.« In Zitas Stimme war zu hören, dass sie keinen Widerspruch duldete. Vielleicht wollte sie sich selbst überzeugen.

Es war Ben immer noch ein Rätsel, woher Zita plötzlich so viel Kraft und Kampfgeist hatte. Sie nahm es erstaunlich gelassen. »Stört es dich denn gar nicht?«, fragte Ben schließlich. Mit dem Feuerzeug, das auf dem Tisch lag, zündete er die Kerze an, die Zita extra für heute gekauft hatte.

»Was?«, fragte Zita. Sie verteilte das Essen auf die Teller, hielt aber kurz inne, um ihn anzusehen. »Dass du nicht mehr laufen kannst?«

Ben nickte.

Zita keuchte und es klang ein wenig genervt. »Natürlich stört mich das. Es ist eine große, verdammte Scheiße.« Sie räusperte sich und schüttelte den Kopf. Ihre Stimme schwankte immer noch, als sie laut fortfuhr: »Aber wir müssen uns damit auseinandersetzen, und so, wie du es in den letzten Tagen angegangen bist, wird es nicht funktionieren. Die Diagnose macht mich auch nicht glücklich, glaub mir. Seltsamerweise frage ich mich die ganze Zeit, ob wir nicht mehr Kompromisse hätten eingehen sollen, als wir es noch konnten. Ich habe immer gedacht, ich hätte dich eines Tages überreden können, einen Tanzkurs zu besuchen. Vielleicht hätte ich dir deinen Wunsch erfüllen und auf dein Motorrad steigen und dafür verlangen sollen, dass du mit mir tanzen gehst. Jetzt werden wir nie tanzen können und ich werde nie auf einem Motorrad hinter dir sitzen.«

Schweigend sah Ben seine Freundin an. Wahrscheinlich hatte sie recht. Sie hätten die Chance ergreifen sollen. Jetzt war es zu spät. Für immer. Die Erkenntnis tat weh und er fühlte sich wie ein Versager.

»Ich fühle mich mit der ganzen Situation überfordert«, fuhr Zita fort. »Glaubst du, ich sehe dich gerne so hilflos im Rollstuhl sitzen? Ich liebe meine Wohnung und wollte eigentlich nicht so schnell mit dir zusammenziehen, aber ich sehe ein, dass es so nicht funktionieren wird. Mir wäre es auch lieber, wenn ich dir nicht in die Badewanne helfen müsste. Oder auf die Toilette. So leicht bist du immerhin auch nicht. Aber so ist es nun mal. Was soll ich dazu sagen? Wir müssen es wohl auf uns zukommen lassen und das Beste daraus machen.« Sie hob die Schulter und fuhr sich erschöpft über die Augen.

»Was?«, fragte Ben und zog die Augenbrauen hoch. »Findest du mich zu dick?«

Er wollte nicht mehr verzweifeln, und er wollte auch nicht, dass Zita noch mehr merkte, was sie sich mit ihm angetan hatte. Es war das erste Mal seit seiner Schussverletzung, dass sie sich am Tisch gegenüber saßen und gemeinsam aßen. Das bisschen Alltag und die vorgetäuschte Normalität wollte er nicht zerstören. Wahrscheinlich würde er solche Situationen in Zukunft nur noch selten erleben.

»Wann habe ich gesagt, dass du dick bist?«, fragte Zita erstaunt.

Ben lachte leise. »Du hast gesagt, dass ich nicht sehr leicht bin. Ich wollte nur betonen, dass ich auch nicht sehr schwer bin«, sagte Ben grinsend.

»Du bist schwerer als ich«, erklärte Zita ernst. »Und nur das zählt.«

»Ich habe nur mehr Muskeln«, protestierte Ben leicht amüsiert.

»Schon klar«, sagte Zita und lächelte, was sie entspannt wirken ließ.

Langsam streckte Ben die Hand aus. Als Zita ihre Hand in seine legte und er ihre Finger drücken konnte, fühlte sich die Situation etwas weniger bedrohlich an.

*

Gegen acht Uhr schlug Zita vor, den Jahreswechsel mit Helena und Roland zu verbringen. Schließlich würde Ben seine Freunde eine Weile nicht sehen können, und ein bisschen Gesellschaft würde den beiden sicher gut tun.

»Muss das sein?«, wollte Ben wissen. Er blickte auf seine leblosen Beine und hatte keine Lust, seinen beiden Freunden den Abend zu verderben. Es war ohnehin schon der traurigste Jahreswechsel, den er je gefeiert hatte, obwohl es das erste Silvester war, das er mit seiner großen Liebe verbrachte.

»Ich glaube, Helena würde sich sehr freuen, dich heute wiederzusehen. Sie war ein bisschen unsicher, ob es richtig war, es mir zu sagen«, antwortete Zita. »Komm schon, es würde dir auch gut tun. Du freust dich doch immer, wenn wir mit deinen Freunden etwas unternehmen.«

»Ach, ich kann Helena auch einfach anrufen«, erwiderte Ben hastig. »Das ist doch viel zu umständlich, wenn sie extra kommen muss.«

»Du hast vorhin gesagt, die Psychiaterin hätte erwähnt, dass nichts dagegen spricht, wenn du versuchst, dich über die Feiertage etwas abzulenken.« Zita hob die Schultern.

»Aber ...«

»Benny, du bist nicht der Typ, der tagelang allein zu Hause sitzt. Solange ich geglaubt habe, dass sich deine Situation noch ändert, habe ich das akzeptiert, aber jetzt, wo wir beide wissen, was los ist, hast du keine Ausrede mehr. Mach jetzt nicht den Fehler, dich zu verstecken. Je länger du es hinauszögerst, desto schwieriger wird es«, beendete Zita das Gespräch.

*

Während sie auf Helena und Roland warteten, fragte sich Ben, ob er seine beiden Freunde jemals wieder zu Hause besuchen könnte. Es gelang ihm nicht einmal, sich vorzustellen, wie er zu ihnen gelangen sollte. Der Mini von Zita war viel zu klein, da würde er es nie reinschaffen. Sein eigenes Auto war größer, aber tiefer gelegt. Es fiel ihm schwer, sich auszumalen, wie er mit seinem unbeweglichen Körper den Höhenunterschied überwinden sollte. Ihm wurde klar, dass all das vielleicht auch der Vergangenheit angehörte. Was, wenn er sein Auto verkaufen musste? Schließlich war es sein geliebter Sportwagen, an dem er so lange herumgebastelt hatte. Was, wenn er nur noch auf dem Beifahrersitz sitzen konnte und Zita ihn überallhin fahren musste? Eigentlich war Zita eher der Typ Frau, der sich gerne von einem coolen Typen herumkutschieren ließ.

Aber die Zeiten waren wohl vorbei ...

Zita und er warteten schweigend, beide in Gedanken versunken. Wie zwei Rehe, erstarrt vor Angst. Angst vor der Zukunft. Vor all den ungelösten Problemen. Davor, nicht zu wissen, wie sie zusammen weiterleben konnten. Fast war er erleichtert, als es endlich klingelte.

Helena beugte sich vor und umarmte ihn etwas unbeholfen von der Seite, als er im Flur auf sie zukam. Wieder etwas, was Ben nicht mehr konnte. Er schaffte es nicht einmal, seine Freundin fest in den Arm zu nehmen.

»Tut mir leid, dass ich es ihr gesagt habe. Aber ich hielt es für das Beste«, flüsterte sie.

Verzweifelt schlang Ben die Arme um die Partnerin seines besten Freundes und zog sie an sich, sodass sie auf seinen Schoß fiel. Aber das war ihm egal, denn es tat ihm so gut, Helenas tröstende Nähe zu spüren. »Ist schon gut«, sagte er leise. »Ich glaube, das war richtig so.«

Helena und ihre Umarmung vermittelte ihm ein wenig Optimismus.

»Wir haben Getränke mitgebracht. Wir dachten, wir gehen auf den Balkon und schauen uns später von dort das Feuerwerk an«, sagte Roland. Er gab Zita die Hand und nickte ihr freundlich zu. Sonst beachteten sie einander kaum.

»Alles in Ordnung?«, fragte Helena und stand auf. Sie streichelte Zita leicht über den Oberarm und sah sie ernst an.

Zita nickte und lächelte. »Das kriegen wir schon hin. Und Balkon und Getränke klingen gut. Was meinst du, Benny?« Sie drehte sich zu ihm um und drückte seine Schulter.

»Oder willst du ein Bier?«, erkundigte sich Roland. »Ich kann dir eins aus dem Keller holen, wenn du willst.«

»Ich hätte lieber eine Cola«, sagte Ben und drehte sich leicht zu Roland um. »Geht das?«

»Klar. Warum denn nicht?« Roland grinste.

»Es ist Silvester und ...«

»Cola passt gut zu Silvester«, unterbrach Roland und winkte ab. Nachdem Zita Ben mit dem Rollstuhl durch die schmale Balkontür geholfen hatte, reichte Roland ihm die Cola. Auch er hatte sich ein Glas Cola eingeschenkt. »Du darfst noch keinen Alkohol trinken, oder?«, fragte er und sah ihn finster an.

»Nee. Zu viele Medikamente. Und zu starke Nebenwirkungen. Das will ich nicht riskieren«, brummte Ben.

Verlegen spielte Roland mit dem Glas und ließ Zita vorbei, die von Helena gerufen wurde.

»Also«, sagte Ben hilflos, als Roland keine Anstalten machte, sich zu ihm zu setzen, »ich habe mich gefragt, ob ich euch noch besuchen kann. Ich fühle mich in fremder Umgebung nicht wohl. Zita und ich haben uns langsam in meiner Wohnung eingelebt, aber bei euch ist es sehr ungewohnt.« Nervös umklammerte Ben die Armlehnen seines Rollstuhls.

»Unsere Wohnung ist keine fremde Umgebung, Benny«, betonte Roland leise. »Du bist mein bester Freund und mein Zuhause ist auch dein Zuhause. Wir haben die drei Stufen am Eingang, aber zu zweit können wir dich mit dem Rollstuhl nach oben tragen.«

»Ja.« Ben nickte und trank einen Schluck. Wahrscheinlich wussten sie beide, dass ihnen in Zukunft alles fremd vorkommen würde. Ben hatte keine Ahnung, wie er mit dem Rollstuhl im Restaurant, im Kino oder mit Björn auf dem Spielplatz zurechtkommen sollte. Da wäre die Wohnung von Roland und Helena noch die kleinste Herausforderung.

»Das werde ich mir nie verzeihen«, sagte Roland schließlich und starrte in die dunkle Nacht hinaus.

»Ich mir auch nicht«, sagte Ben leise und blickte auf seine Beine. Traurig fügte er hinzu: »Ich weiß nicht, ob ich damit jemals wieder glücklich werden kann.« Dann verstand Ben, was Roland gesagt hatte. Er hob den Kopf und runzelte die Stirn. »Was willst du damit sagen? Es war doch nicht deine Schuld!«

»Dass ich nicht daran gedacht habe, diesem Arschloch die Taschen zu leeren. Wir waren so blöd, dass wir nicht mal daran gedacht haben, dass er noch mehr Waffen haben könnte«, fügte Roland wütend hinzu und hob seine zur Faust geballten Hand. Seine langen hellbraunen Haare fielen ihm in die Stirn, als er sich leicht vorbeugte, um mit der Faust gegen das Geländer zu schlagen.

»Du warst nicht der Einsatzleiter, Roland«, erinnerte Ben ihn, konnte aber nicht genug Aufmunterung aufbringen, um seinen Kumpel wirklich zu trösten. »Ich war es. Ich hätte für unsere Sicherheit sorgen müssen.«

Roland starrte schweigend durch das Balkonfenster nach innen. Ben folgte seinem Blick und sah zu seiner Überraschung Zita, die von Helena umarmt wurde. Normalerweise verstanden sich die beiden Frauen nicht besonders gut und hatten ein eher distanziertes Verhältnis zueinander.

»Sie war heute Mittag sehr verzweifelt«, sagte Roland nach einer Weile und wandte sich wieder Ben zu. »Ich habe sie noch nie so traurig gesehen. Sie hat zwar nicht geweint, aber sie war so furchtbar blass, noch blasser als sonst. Ihr ganzer Körper hat gezittert. Ich hatte ein bisschen Angst um sie. Sie wirkte verängstigt und überfordert«.

»Mir gegenüber war sie tapfer«, erwiderte Ben und sah seine Freundin traurig an. Er schauderte. Aber es war irgendwie auch schön, zu sehen, wie sich ihre beiden Frauen umarmten. Roland und er waren so gute Freunde, da war es einfach wichtig, dass ihre Partnerinnen sich gut verstanden. Als er mit Gaby zusammen gewesen war, war das noch einfacher gewesen. Helena und Gaby waren schon länger befreundet. Es wäre schön, wenn Zita sich auch ein bisschen besser mit seinen Freunden verstehen würde.

»Vielleicht ist sie doch nicht so schlimm, wie ich immer dachte«, murmelte Roland und strich mit der flachen Hand über das Balkongeländer, als wolle er sich für die Schläge entschuldigen.

»Ich hab's dir doch immer gesagt, oder?«, sagte Ben lächelnd.

Zu viert verbrachten sie den Abend auf dem Balkon. Während Helena und Roland sich unter eine Decke kuschelten, teilten sich Ben und Zita eine andere Decke. Sie tranken Cola und heißen Apfelsaft mit Zimt und hörten alte Schlager aus dem Fernsehen. Helena und Roland kündigten ihren Besuch an, sobald Ben in der Reha eingetroffen war, aber ansonsten sprachen sie nicht viel über die besondere Situation, in der sich Ben befand. Stattdessen lästerten sie über die Nachbarn, die ebenfalls auf dem Balkon feierten, aber ziemlich betrunken aussahen, und Roland suchte im Internet nach lustigen Clips, die sie sich auf dem Laptop ansahen. Als die Uhr Mitternacht anzeigte, begann in der Stadt ein prächtiges Feuerwerk und sie stießen mit Orangensaft an.

»So eine schöne Aussicht haben wir nur hier«, sagte Zita lächelnd und legte ihren Arm um Bens Schulter. Sie zog ihn an sich und gab ihm einen Kuss auf die Lippen.

In diesem Moment spürte Ben, wie gut es ihm tat, nicht mehr allein zu sein. Jetzt, wo Zita es wusste, hatte er eine Mitkämpferin, jemanden an seiner Seite, der zu ihm halten würde, egal ob er gelähmt bleiben würde oder nicht.

Ben nickte und betrachtete nachdenklich das Feuerwerk. Auch wenn das Jahr scheiße angefangen hatte, war er wenigstens nicht allein. Er hatte eine tolle Frau an seiner Seite, die das mit ihm durchstehen würde, und Freunde, die zu ihm hielten. Langsam hob er seinen Arm und legte ihn fest um die Taille seiner Freundin, die sich trotz der sperrigen Armlehne des Rollstuhls näher zu ihm ziehen ließ. Er vergrub sein Gesicht in ihrem weichen blonden Haar und atmete ihren Duft ein.

*

Als Ben an diesem Abend seinen Rollstuhl ins Schlafzimmer lenkte, bat er Zita, mit ihm zu kommen. Sie hatte in der Wohnung geschlafen, aber auf dem Sofa im Wohnzimmer. Sie hatte immer wieder angeboten, zu ihm ins Bett zu kommen, aber Ben fand es irgendwie unpassend, neben Zita zu liegen. Es hatte sich so viel verändert, vor allem die körperliche Seite ihrer Beziehung. Jetzt brauchte er ein wenig Zweisamkeit, um einschlafen zu können. Zita legte sich ihm gegenüber, nachdem sie ihm geholfen hatte.

»Weißt du, ich werde dich vermissen, wenn du in die Reha gehst«, sagte sie leise, küsste Ben zärtlich und ging dann wieder auf Abstand. Auch sie schien nicht zu wissen, wie sie mit der Situation umgehen sollte.

»Es tut mir leid. Ich hätte dir vertrauen sollen. Dir einfach sagen sollen, was los ist. Dann hätten wir viel mehr Zeit gehabt, über gewisse Dinge zu reden«, flüsterte Ben. »Hast du schon vielen Leuten erzählt, dass ich wieder gesund werde?«

»Deinem Motorradkumpel. Und ein paar anderen auch. Meinen Eltern ebenfalls. Ich weiß gar nicht, was ich ihnen jetzt sagen soll«, sagte Zita und sah ihn kopfschüttelnd an. »Die werden denken, wir haben ein Kommunikationsproblem. Und das Dumme ist, dass sie Recht haben.«

»Jetzt passe ich wohl noch weniger in deine Adelsfamilie«, sagte Ben verbittert.

»Du hast noch nie hineingepasst. Das wird sich auch nicht ändern«, erwiderte Zita lächelnd.

»Deine Eltern«, sagte Ben und verdrehte die Augen. »Komisch, nach außen tun sie immer so höflich, aber sie können es nicht ertragen, dass ihre Tochter mit einem Schwarzen Mann zusammen ist. Wie sollen sie damit umgehen, dass ich jetzt auch noch ... körperlich stark eingeschränkt bin?«

»Hey, es geht hier nicht um meine komischen Eltern. Es geht um uns«, protestierte Zita und stieß Ben leicht an.

Ben erwiderte nichts, sondern griff nach Zitas Hand und drückte sie fest.

»Dir ist kalt«, murmelte Zita nach ein paar Minuten müde. »Du hast ganz kalte Füße.« Mit einem Lächeln richtete sie sich auf, wickelte beide in die warme Decke und zog sie bis zum Kinn hoch, bis sie ganz eingepackt waren.

»Das habe ich gar nicht bemerkt.« Ben spürte, wie der Frust zurückkehrte. »Ich merke nicht mal, wenn ich kalte Füße bekomme.«

»Dafür bin ich doch da«, erwiderte Zita und drückte seine Hand fest. »Du bist nicht allein, Benny.«

»Danke«, erwiderte Ben und presste seine Stirn an die von Zita. Die Nähe tat ihm gut und er spürte, dass er zum ersten Mal seit der Diagnose wieder richtig durchatmen konnte. Noch immer war er traurig und frustriert, noch immer hatte er Angst vor der Zukunft. Aber wenigstens war Zita da und unterstützte ihn.

Zita

Als Zita von der Universität nach Hause kam, sah sie, dass die Rampe noch nicht ganz fertig war. Keine Spur von den Bauarbeitern, die die Treppe auf der einen Seite so umbauen sollten, dass Benny selbstständig das Haus verlassen konnte, ohne von Roland hinuntergetragen zu werden oder den Umweg über die Terrasse nehmen zu müssen.

»Hallo Benny«, rief Zita, als sie ins Wohnzimmer kam. Den Mantel behielt sie an, die Schuhe zog sie schnell im Flur aus. Es waren neue Schuhe, die sie letztes Wochenende mit Daphne gekauft hatte, und sie waren noch nicht eingelaufen. Eigentlich waren die Absätze viel zu hoch, weshalb sie nicht gut damit zurechtkam, aber sie sahen wirklich gut aus.

Wie erwartet saß Benny über das Puzzle gebeugt in seinem Sessel und wirkte konzentriert. Nur kurz schaute er auf, dann widmete er sich wieder seinem Projekt. Es war ein großes und kompliziertes Puzzle, das er von Helena und Roland geschenkt bekommen hatte, um sich die Zeit zu vertreiben. Auf dem Bild des Puzzles waren Benny und Zita zu sehen, die sich anlächelten. Das Foto musste an Silvester aufgenommen worden sein, dem Tag, an dem Zita erfahren hatte, dass Benny nie wieder würde laufen können.

Nachdem sie sich umgezogen hatte, ging Zita zu ihrem Freund, um ihn noch einmal zu begrüßen. Sie drückte ihm einen Kuss auf die Stirn und setzte sich auf die Lehne des Sessels, um den Fortschritt des Puzzles besser sehen zu können. Benny war weit gekommen. Zitas Augenpartie war fast fertig, nur mit den Haaren schien Benny noch Schwierigkeiten zu haben.

»Was haben die Handwerker gesagt?«, fragte Zita und zog die Kiste mit den noch losen Teilen zu sich heran. In dem Chaos, das Benny angerichtet hatte, würde Zita nie etwas finden. Hätte Zita das Puzzle selbst gemacht, hätte sie alle Teile nach Farben sortiert, aber Benny ging die Dinge anders an als sie.

»Vor den Ferien ist es nicht fertig. Ich glaube, es ist komplizierter, als sie dachten«, murmelte Benny.

Seine Stimme klang ungeduldig und gereizt, aber Zita wusste nicht, ob er sich darüber ärgerte, dass die Rampe so lange dauerte, oder ob er lieber nicht darüber reden wollte. Manchmal hatte sie das Gefühl, dass er hoffte, die Rampe würde nie fertig. Dann bräuchte er keine Ausrede, um nicht an die Öffentlichkeit zu gehen.

»Außerdem können sie es nicht ganz so machen, wie wir es geplant haben, weil sie einen Teil des Beetes bebauen müssen«, fuhr er fort.

Zita nickte nachdenklich. Es war von Anfang an klar, dass der Platz nicht ausreichen würde. Aber ob sie nun ins Beet bauen mussten oder nicht, war ihr egal. Sie wollte nur, dass Benny endlich selbstständig aus dem Haus gehen konnte. Ihm zuliebe, aber auch für sich selbst, denn langsam ging es ihr auf die Nerven, dass alles so kompliziert war. Ständig musste Roland vorbeikommen und helfen oder Zita Benny durch den Garten schieben. Außerdem war Benny oft unerträglich schlecht gelaunt, weil er nicht unter Menschen kam. Es wurde Zeit, dass sich etwas änderte, denn Zita hielt es nicht mehr lange aus.

»Haben sie schon gesagt, wann sie fertig sind?«, fragte sie und begann, die Puzzleteile in der Schachtel zu sortieren.

»Nein, sie haben nicht viel gesagt, außer mich mitleidig anzustarren«, antwortete Benny etwas ungehalten und riss Zita den Karton mit den Puzzleteilen aus der Hand, um ihn auf den Tisch zu schieben. »Die kommen erst nach Ostern wieder«, fügte er etwas versöhnlicher hinzu und legte Zita den Arm um die Taille.

»Ich freue mich so auf ein paar freie Tage mit dir«, sagte Zita und drückte Benny noch einen Kuss auf die Stirn. Während Benny ihr sanft mit den Fingern über den Rücken strich, seufzte Zita und strich sich die Haare aus der Stirn. Sie ließ sich ein paar Sekunden Zeit und genoss Bennys Nähe, bevor sie ihre schmerzenden Schultern rollte und ihren verspannten Nacken streckte. Sie hasste dieses Studium einfach so sehr, besonders jetzt, wo zu Hause so viele Probleme auf sie warteten. Sie stand ständig unter Strom.

Aber da sie schon zweimal gewechselt hatte, kam ein weiterer

Wechsel nicht in Frage. Ihr Vater würde ausflippen, wenn sie ihm gestand, dass sie doch nicht Politikwissenschaft studieren wollte. Benny wäre auch nicht begeistert, denn er hielt sie ohnehin für wenig zielstrebig und glaubte, dass sie gerne auf Kosten ihrer Eltern lebte. Immer wieder kritisierte er sie, weil sie das Geld ihrer Eltern für zu viele Schuhe, Kleider und Kosmetika ausgab. Aber Zita fand, dass sie sich ein bisschen Konsum verdient hatte, und machte stur weiter. Shoppen war im Moment das Einzige, was sie wirklich entspannen konnte.

Das Studium abzubrechen, gegen den Willen ihrer Eltern und ihres Partners, das wagte sie nicht. Also studierte sie weiter, obwohl sie langsam an ihre Grenzen stieß und wieder einmal weit hinter ihren Kommilitonen zurücklag. Es war nicht immer leicht zu ertragen, ständig schlechte Noten zu bekommen, weil sie sich nicht zum Lernen zwingen konnte. Das meiste interessierte sie einfach nicht.

Als Benny aufhörte, sie zu streicheln, stand Zita widerwillig auf. Sie lief in die Küche, um das Abendessen vorzubereiten. Eigentlich durfte sie sich nicht beschweren. Im Gegensatz zu Benny konnte sie wenigstens noch nach draußen und war nicht hier eingesperrt. Verglichen mit Bennys Leiden war ihr eigenes sehr gering, deshalb sprach sie mit niemandem darüber, wie unzufrieden sie mit allem war.

Während sie die Teller und Utensilien für eine einfache Mahlzeit auf dem Tisch verteilte, hörte sie hinter sich, wie Benny sich in den Rollstuhl quälte. Benny hatte ihr schon vor einigen Wochen klargemacht, dass Zita ihm dabei nicht helfen durfte, weil er so viel wie möglich selbst machen wollte. Das musste Zita akzeptieren, auch wenn es nicht immer leicht zu ertragen war, wenn Benny sich mit Dingen abmühte, die für sie eine Leichtigkeit waren.

Mit dem Rollstuhl kam Benny inzwischen ganz gut zurecht. Das Umsetzen vom Stuhl in den Rollstuhl war für ihn kein Problem mehr. Schwieriger war es nur, wenn er im Sessel oder auf dem Bett saß, dann brauchte er viel mehr Kraft, um den Höhenunterschied zum Rollstuhl zu überwinden. Außerdem war die Polsterung des Sessels weich und die Matratze des Bettes ebenfalls, was es für Benny noch schwieriger machte, da er keinen richtigen Halt hatte, wenn er sich mit den Armen nach oben drückte.

Als Zita Benny vor ein paar Monaten aus der Reha-Klinik abholte, war sie fest davon überzeugt, dass Benny die Zeit gut getan hatte und sie es irgendwie zusammen schaffen würden. Aber es war schwieriger, als Zita damals gedacht hatte. Es kamen Herausforderungen auf sie zu, mit denen Zita nicht gerechnet hatte. Manchmal fragte sie sich sogar, ob sie nicht aufgegeben hätte, wenn sie vorher gewusst hätte, was auf sie zukommen würde.

Nachdem sie erfahren hatte, dass Benny sein Leben lang im Rollstuhl sitzen würde, kündigte Zita ihre Mietverträge, weil es für Benny nicht mehr möglich war, alleine zu leben. In der Reha hatte man ihnen zwar versichert, dass er grundsätzlich selbständig leben könne, aber gerade am Anfang würde er Hilfe brauchen. Zita wollte nicht, dass eine Pflegekraft nach ihm sehen musste. Das wäre demütigend für ihn. Es war besser, wenn sie sich um ihn kümmerte.

Gleich nach Silvester hatte Zita beschlossen, dass sie jetzt nicht emotional reagieren und Benny nicht in Selbstmitleid versinken lassen durfte. Stattdessen war sie ruhig und gelassen geblieben und hatte versucht, ihr gemeinsames Leben mit der neuen Situation zu meistern. Sie war fest entschlossen, Benny wieder zum Lachen zu bringen.

Zum ersten Mal schienen ihre Eltern keinen Rat für sie zu haben und deuteten vorsichtig an, dass es vielleicht besser wäre, jemanden einzustellen, der Benny helfen könnte, ohne Zita zu belasten. Aber für Zita war von Anfang an klar, dass Benny das nicht ertragen würde. Wenn er das Gefühl hätte, ein Pflegefall zu sein, würde er durchdrehen.

»Wir müssen das alleine schaffen«, hatte sie ihren Eltern gesagt. »Benny und ich - zusammen schaffen wir das.«

»Nein, du wirst es alleine schaffen müssen«, hatte ihr Vater gesagt, »denn dein Benjamin hat sich aus dem Staub gemacht und lässt dich jetzt mit der ganzen Organisation allein. Und du hast noch dein Studium, um das du dich kümmern musst.«

»Du weißt, dass wir von Anfang an gegen eine Beziehung mit ihm waren«, hatte ihre Mutter sie erinnert. »Das gilt immer noch. Jetzt erst recht. Es wird ihn verändern, Zita. Verstehst du das denn nicht? Du weißt doch gar nicht, ob du das aushältst. Trotzdem willst du überstürzt mit ihm zusammenziehen?«

Daraufhin war Zita davongestürmt, ohne zu erwähnen, dass Benny nicht abgehauen war, sondern sich in einer Rehabilitationsmaßnahme befand. Seit sie mit Benny zusammen war, war das Verhältnis zu ihren Eltern furchtbar kompliziert. Obwohl Benny ein wunderbarer Mensch war und anfangs immer höflich zu Zitas Eltern gewesen war, hatten sie sich nicht an den Gedanken gewöhnen können, dass Zita mit jemandem zusammen war, dessen Vater aus Afrika stammte, Moslem war und noch dazu laut ihnen aus der Unterschicht kam.

Ihre Eltern würden sie nicht unterstützen, sondern nur versuchen, sie zu beeinflussen. Das wurde ihr erst jetzt so richtig bewusst. Wenn es darauf ankam, hatte sie sich nie auf ihre Eltern verlassen können. Wenn es Maggie noch gäbe ... Zita war überzeugt, dass sie von ihrem alten Kindermädchen mehr Trost und Verständnis bekommen hätte.

Aber Maggie gab es nicht mehr. Und es gab auch sonst niemanden, der ihr helfen konnte. Ihre Freundinnen hatten sich von ihr distanziert, seit Zita nicht mehr so viel Zeit für sie hatte. Wenigstens Daphne, ihre engste Freundin, hielt noch zu ihr. Bennys Freunde verstanden sie nicht. Sie schienen eine andere Sprache zu sprechen. Und Benny war mit sich selbst beschäftigt.

Also war sie allein. Zum ersten Mal in ihrem Leben. Sie würde es schaffen, ganz allein. Sie hatte sich fest vorgenommen, nicht aufzugeben, und es irgendwie zu schaffen. Endlich würde sie ihren Eltern und Benny und all ihren Freunden beweisen, dass sie auch anpacken und kämpfen konnte.

Noch während Benny in der Reha war, hatte Zita mit den Umzugsvorbereitungen begonnen und sowohl in ihrer als auch in Bennys Wohnung die Kisten gepackt. Kein Wunder, dass sie in ihrem Studium nicht mehr mitkam. Sie hatte lieber angepackt, statt in der Vorlesung zu sitzen.

Die Webers hatten ihnen beim Abbau der Möbel und beim Umzug geholfen. Es hatte sie viel Überwindung gekostet, die Familie zu fragen, aber wen hätte sie sonst fragen sollen? Benny hätte ihr nicht helfen können, und allein wäre sie aufgeschmissen gewesen.

Die meisten fanden, dass sie zu früh zusammenzogen, aber irgendwann wären sie sowieso zusammengezogen. Jetzt war der richtige Zeitpunkt, nicht wahr? Jetzt, wo Benny sie brauchte ...

Am Anfang hatten sie nur nach einer größeren Wohnung gesucht - aber egal wie groß die Wohnung war, ein Zimmer war immer zu klein. Entweder war das Bad zu verbaut oder die Küche zu eng. Benny brauchte Platz, um sich mit seinem Rollstuhl wenden zu können. Wichtig waren auch breite Türen und dass die Tür zum Balkon abgesenkt war. Plötzlich gab es so viele Dinge zu beachten, auf die Zita vorher nie geachtet hatte.

Benny hatte zwar immer wieder betont, dass es ihn nicht stören würde, aber für Zita kam es nicht in Frage, dass Benny sich abmühte, wenn es sich vermeiden ließ. Vor allem musste die Wohnung im Erdgeschoss liegen. Außerdem gab es überall Stufen oder unebene Pflastersteine vor dem Haus, obwohl Zita immer wieder betont hatte, dass ihr Freund querschnittgelähmt sei. Daraufhin hatten viele Vermieter gesagt, es gäbe nur ein oder zwei Stufen, aber selbst die waren für Benny nicht zu überwinden.

»Nicht einmal, wenn er sich anstrengt?«, hatte eine potenzielle Vermieterin am Telefon gefragt, worauf Zita einfach aufgelegt hatte.

Glaubten die Leute, Benny säße aus Faulheit im Rollstuhl? Würden zu den Vorurteilen, die man Benny wegen seiner dunkleren Hautfarbe entgegenbrachte, noch andere Vorurteile hinzukommen?

Zum ersten Mal verstand Zita, warum es ein Problem war, dass es nicht genug barrierefreie Wohnungen gab. Ein riesiges Problem, das Menschen ohne Geld kaum lösen konnten.

Irgendwann hatte Daphne vorgeschlagen, nicht nach Wohnungen, sondern nach ebenerdigen Häusern zu suchen. Eigentlich war sie auch dagegen, dass Zita so schnell und überstürzt mit Benny zusammenzog, aber sie unterstützte Zita und gab ihr Tipps. Im Grunde war sie die einzige Freundin, die Zita noch hatte. Die anderen meldeten sich kaum noch, weil sie dachten, Zita würde sich auch nicht mehr melden. Aber Daphne verstand, dass Zita im Moment alles zu viel war und nicht den Nerv hatte, Freundschaften zu pflegen.

Zu diesem Zeitpunkt war Benny bereits aus der Reha entlassen worden und sie lebten vorübergehend weiter in seiner beengten Wohnung. Es war höchste Zeit, umzuziehen.

Das Haus, in dem sie nun lebten, war das erste, das sie besichtigten, und beide waren sofort begeistert. Es war einstöckig und die einzige Treppe befand sich vor der Eingangstür, die Benny mit der geplanten Rampe leicht überwinden konnte. Da das Haus ihnen gehören würde, konnten sie den Eingang ändern, was bei einer Mietwohnung natürlich nicht möglich gewesen wäre. Die Räume waren großzügig geschnitten und auch der Garten war mit dem Rollstuhl befahrbar, da sich Wege aus glatten Steinen durch den Rasen schlängelten.

Außerdem freute sich Benny über das zum Haus gehörende Schwimmbad, in dem er sich bei schönem Wetter sportlich betätigen konnte. Seit er in der Reha gezwungen worden war, an einem Wassergymnastikkurs für Behinderte teilzunehmen, war er vom Schwimmen begeistert. Er konnte sich mit seinen kräftigen Armen gut über Wasser halten und fühlte sich dort wohler, als ob seine Bewegungseinschränkung nicht mehr so stark ins Gewicht fiel. Trotzdem wusste Zita, dass Benny das Motorradfahren und das gelegentliche Rad- und Snowboardfahren vermisste, aber es war zumindest eine Alternative, die ihn ein wenig trösten konnte.

Das Haus war zwar ziemlich teuer, aber zum Glück lag es in der Nähe der Villa ihrer Eltern, und das hatte sie so weit überzeugt, dass sie bereit waren, es zu kaufen und ihrer Tochter zu überschreiben. Leider musste Zita nun ziemlich lange mit dem Zug zur Uni fahren, aber wenigstens Benny konnte sich uneingeschränkt bewegen. Mit einer Behinderung, das hatten sie von Anfang an lernen müssen, musste man mehr Kompromisse eingehen.

Natürlich stand Benny der ganzen Sache mit dem Haus skeptisch gegenüber, denn er konnte es nur schwer akzeptieren, wenn Zitas Eltern mit Geld um sich warfen.

»Wenn deine Eltern noch leben würden, würden sie uns jetzt auch helfen«, hatte Zita immer wieder betont. Im Gegensatz zu ihr hatte

Benny schon als Kind lernen müssen, was es hieß, allein zu sein. Während sie noch mit ihren Puppen heile Familie spielte, war er Waise geworden. Ein Schicksalsschlag, der für ein ganzes Leben gereicht hätte. Dass es ihn nun ein zweites Mal so hart traf, war grausam und schwer zu ertragen.

»Im Grunde nutzen sie meine Situation aus, um dich unter Kontrolle zu halten«, hatte Benny geantwortet. »Es gefällt ihnen, dass du um die Ecke wohnst.«

»Nur weil sie mir das Haus gegeben haben, haben sie noch lange nicht die Kontrolle über mich.« Das war eine Lüge. Zita wusste genau, dass ihre Eltern mit dem Hauskauf genau das versuchten. Aber sie wollte sich dagegen wehren, und sie würde Benny beweisen, dass sie dazu in der Lage war.

Sobald Benny im Esszimmer war, hievte er sich ohne Probleme auf den Stuhl. Einiges klappte schon ganz gut, aber es gab noch zu viele Dinge, die nicht optimal waren. Zum Beispiel, dass er immer noch nicht Auto fahren konnte oder dass er nachts oft Probleme hatte, seine Blase zu kontrollieren, was ihn jedes Mal sehr ärgerte. Das waren Dinge, unter denen Benny sehr litt und die Zita manchmal das Gefühl gaben, ihre Beziehung sei nur noch ein Kampf.

Während sie sich ebenfalls setzte, sah Zita ihren Freund an, der nun ihr gegenüber auf einem Stuhl am Tisch saß und den Rollstuhl aus seinem Blickbereich hinter sich schob, damit er ihn nicht sehen musste.

»Wie war dein Tag?«, fragte Zita und rang sich ein Lächeln ab.

Benny zuckte frustriert mit den Schultern. »Das Übliche«, erklärte er und klang genervt, wie immer, wenn Zita von der Uni kam.

Wahrscheinlich war er neidisch, weil er auch endlich einen Job haben wollte. Manchmal hätte Zita ihm am liebsten ins Gesicht geschrien, dass er für sie zur Uni gehen könne, wenn sie zu Hause bleiben dürfe. Aber das wäre nicht fair gewesen, denn ein Leben im Rollstuhl war auch für Zita keine Alternative.

Über die Feiertage hatten sie endlich Zeit, sich in Ruhe die Angebote anzusehen, die Benny von der Polizei bekommen hatte. Benny würde eingehen wie eine Pflanze, die nicht gegossen wurde, wenn er hier noch länger untätig herumsitzen müsste. Bisher hatte Benny sich geweigert, eines der Angebote in Betracht zu ziehen, als wäre die Entscheidung für einen Bürojob eine Entscheidung gegen die Fortsetzung seiner Karriere im Außendienst. Dabei war Benny diese Alternative längst genommen worden. Er hatte keinen Einfluss mehr darauf. Er würde nicht mehr als Kriminalbeamter in den Außendienst zurückkehren können.

»Meine Eltern haben uns zu Ostern eingeladen«, teilte Zita Benny mit, der sich genervt - warum auch immer? - ein Käsebrot belegte.

Benny blickte ruckartig auf und starrte Zita fassungslos an. »Nein, Zita. Auf keinen Fall«, sagte er bestimmt.

»Warum nicht?«, fragte Zita irritiert. Ihre Eltern waren zwar keine große Hilfe, aber nie offen feindselig. Zumindest wussten sie sich zu benehmen und blieben trotz Ablehnung immer höflich. Das gefiel Benny natürlich weniger, denn er war der Meinung, dass Zitas Eltern dies nur taten, um die Kontrolle über ihre Tochter zu behalten. Er glaubte, ihr geheimer Plan sei es, so zu tun, als würden sie Benny akzeptieren, nur um Zita eines Tages dazu zu bringen, ihn zu verlassen.

Das Thema nervte Zita. Immer wieder diskutierten sie darüber, weil Benny so empfindlich geworden war. Früher hatte er sich nur über ihre Eltern lustig gemacht, aber jetzt fühlte er sich irgendwie hilflos. Vielleicht lag es daran, dass er im Rollstuhl saß. Aber das war Zita egal. Sie hatte in den letzten Wochen immer wieder bewiesen, dass sie sich gegen ihre Eltern wehren konnte. Ständig geriet sie zwischen die Fronten. Ihre Eltern moserten über Benny, wenn sie mit Zita telefonierten oder mit ihr allein waren, und Benny reagierte aggressiv, wenn die Sprache auf ihre Eltern kam. Dabei wollte Zita einfach nur ihre Ruhe haben. Sie war zu müde, um ständig zu schlichten.

»Ich gehe nicht in die Villa deiner Eltern«, knurrte Benny und sah Zita wütend an. Das Wort Villa betonte er so gehässig, wie es sonst nur sein Kumpel Roland tat.

Seufzend nahm sich Zita eine Scheibe veganen Aufschnitt und rollte die verspannten Schultern zurück. »Würdest du es wenigstens für mich tun, Benny?«, fragte sie.

»Nein«, erklärte Benny gereizt und klatschte eine weitere Scheibe Käse auf sein Brot. »Ich habe dir doch gesagt, dass wir nicht zulassen dürfen, dass sie sich in unser Leben einmischen, indem sie uns das Haus finanzieren.«

Schweigend aß Zita ihr Brot und überlegte, wie sie Benny dazu bringen konnte, ihre Eltern zu besuchen. Das war ihr sehr wichtig und es machte sie traurig, dass dieses Thema immer wieder zwischen ihr und Benny stand.

»Sie können ja hierher kommen«, schlug Benny dann etwas ruhiger vor, kratzte sich am Kinn und sah Zita mit zusammengekniffenen Augen an.

»Sie kommen doch öfter her. Da kann es doch nicht schaden, wenn wir auch mal aus dem Haus gehen«, protestierte Zita und schob sich ein Stück Gurke in den Mund.

Eigentlich hatte sie mehr Lust auf eine Zigarette, aber Benny wusste noch nicht, dass sie mit dem Rauchen angefangen hatte. Nur Daphne wusste es, und die hatte sich an die Stirn getippt, als sie Zita das erste Mal mit einer Kippe erwischt hatte. Zita erinnerte sich noch genau, was ihre beste Freundin gesagt hatte: »Die ganze Pubertät über warst du das brave Mädchen, und jetzt fängst du an zu rauchen? Ich glaube, du spinnst. Ein bisschen spät, um die Pubertät nachzuholen, oder?«

Benny schüttelte energisch den Kopf und ließ seine Wut an der Tomate aus, die er mit Messer und Gabel zerteilte. Stirnrunzelnd beobachtete Zita das Essverhalten ihres Freundes, beschloss aber, nichts zu sagen. Es hatte keinen Sinn, Benny noch mehr zu verärgern.

»Warum willst du nicht hingehen?«, fragte Zita irritiert und legte ihr Brot auf den Teller. Ihr war der Appetit vergangen. »Liegt es an den Stufen? Du kannst durch den Garten und die Terrassentür gehen, oder? Das ist doch ebenerdig.«

»Ich will einfach nicht«, rief Benny und warf das Messer auf den Tisch. Seine Augen brannten vor Wut und Zorn. »Kannst du nicht damit aufhören?«

»Du benimmst dich wie ein Kind.« Zita schüttelte fassungslos den Kopf.

Sie hatten sich oft gestritten, seit Benny aus der Reha kam, aber noch nie hatten sie mit Messern geworfen. Traurig betrachtete Zita ihren Freund, der den Rollstuhl zu sich zog und sich eigentlich mit bewundernswerter Geschicklichkeit hineingleiten ließ, aber Zita war nicht in der Stimmung, irgendetwas an ihm toll zu finden. Resigniert schloss sie die Augen und unterdrückte den Drang, sich trotz ihrer enormen Verspannungen den Nacken zu kneten. Dieses Studium würde sie noch umbringen, wenn Benny es nicht vorher tat. Sie empfand keine Wut oder Zorn auf ihn. Nur Traurigkeit, weil sie manchmal das Gefühl hatte, ihren Partner nicht mehr zu verstehen. Es schien, als hätte der Drogendealer Benny nicht nur die Fähigkeit zu laufen genommen, sondern ihnen beiden auch die Möglichkeit, normal miteinander zu kommunizieren. Außerdem fühlte sich Zita so hilflos und überfordert, sehr müde und erschöpft. Manchmal glaubte sie, es nicht mehr aushalten zu können. Jeder Tag schien eine Qual zu sein. Für sie beide. Es gab keinen Alltag mehr. Nicht im Geringsten.

Vielleicht hatten alle recht. Ihre Eltern, die der Meinung waren, dass eine Querschnittlähmung einen Menschen so sehr verändern kann, dass eine bestehende Beziehung nur selten Bestand hat. Daphne, die der Meinung war, dass Zita und Benny noch nicht lange genug zusammen waren, um so überstürzt zusammenzuziehen. Und Bennys Freunde, die der Meinung waren, dass Zita alles hinschmeißen würde, sobald sie merkte, dass sie es nicht schaffen konnte.

Ja, vielleicht hatten sie alle recht. Zita hatte zwei Studiengänge abgebrochen, weil es ihr zu viel wurde, und sie merkte gerade, dass sie auch den Dritten am liebsten aufgeben würde. Warum sollte sie es mit Benny schaffen, wo sie doch sonst immer so schnell an einer Herausforderung verzweifelte? Auch ihre Eltern schienen recht zu haben, denn Benny hatte sich sehr verändert, seit er im Rollstuhl saß. Manchmal erkannte Zita ihn nicht wieder, so ungestüm war er jetzt, so viel Wut in sich tragend. Man könnte ihn fast als aggressiv bezeichnen. Früher war er so sanft gewesen. Sensibel und verständnisvoll.

»Benny - wo willst du denn jetzt schon wieder hin?«, fragte sie leise, während sie beobachtete, wie Benny seine Beine mit den Händen ausrichtete.

Als Benny im Rollstuhl saß, sah er Zita an und sein Blick war voller Hass, der Zita zusammenzucken ließ. »Ich gehe nirgendwo mehr hin. Merk dir das endlich, Zita.«

Dann verließ er den Raum und Zita starrte ungläubig auf die geschundene Tomate, die Ausdruck von Bennys Wut war. Sie blinzelte die Tränen weg und schluckte. Ihr Herz schlug heftiger als sonst. Vielleicht hatten wirklich alle recht. Vielleicht würde es einfach nicht klappen, so sehr sie es sich auch wünschte.

Aus dem Wohnzimmer hörte sie, dass Benny mit jemandem telefonierte, und wenig später wusste sie auch, mit wem: Mit Roland, der ohnehin der Meinung war, dass Zita sich nicht gut genug um Benny kümmerte. Zita saß wie betäubt am Tisch. Sie hatten alle recht. So konnte es nicht weitergehen.

Jedes Mal, wenn sie versagte, nutzte Roland das aus, um zu betonen, dass Zita einfach nicht belastbar sei. Nur Helena versuchte manchmal, zwischen ihnen zu vermitteln. Sie war es auch, die Benny immer wieder Mut zusprach und Zita manchmal sogar in den Arm nahm und ihr zuflüsterte, sie solle nicht aufgeben. Manchmal fühlte sich Zita von Bennys Freunden bedroht, weil sie sie beneidete, da diese Benny so gut trösten konnte. Sie verbot es sich, denn ihr Mitgefühl würde Bennys Selbstmitleid fördern, und so blieb Zita hart und unerbittlich. Nur so konnte sie ihr kleines Leben zusammenhalten. Und genau das hatte sie sich an dem Tag geschworen, an dem sie Benny zusammen mit Roland in die Reha gebracht hatte. Ein Tag später hatte sie auch ihre erste Zigarette geraucht. Ein Kommilitone hatte sich nicht anders zu helfen gewusst und ihr eine gereicht.

Nein! Nein, jetzt durfte sie nicht aufhören. Das hatte sie sich doch so fest vorgenommen! Sie würde stark bleiben und ihren Eltern die Stirn bieten, und genauso würde sie von Benny verlangen, dass er optimistisch blieb und sich mit seiner Behinderung arrangierte. Nur so würden sie es schaffen.

Sie presste die Lippen fest aufeinander und ballte die Hand zur Faust. Erst nach einigen Sekunden entspannte sie sich und begann, mit ihren Ohrringen zu spielen. Benny hatte sie ihr geschenkt, kurz bevor er angeschossen worden war. Kaum zu glauben, dass es einmal eine Zeit gegeben hatte, in der sie freundlich und liebevoll miteinander umgegangen waren.

Zita fragte sich gequält, was mit ihr los war. Warum konnte sie Benny nicht so trösten wie Helena und Roland? Warum konnte sie nicht loslassen, ohne das Gefühl zu haben, alles würde auseinanderbrechen? Warum erlaubte sie sich nicht, etwas weicher und sanfter zu sein?

Aber eigentlich verzweifelte sie eher daran, dass Benny und sie anscheinend nicht mehr miteinander reden konnten, ohne zu streiten. Würden sie am Ende kapitulieren müssen? Oder hatten sie eine Chance?

*

Wie fast erwartet, klingelte es eine halbe Stunde später an der Tür, und Benny kam mit Roland im Schlepptau ins Esszimmer, wo Zita noch dabei war, die Pflanzen auf der Fensterbank umzuräumen. Dass das nur ein Vorwand war und sie sich heimlich zum Rauchen aus dem Fenster gelehnt hatte, brauchte niemand zu wissen. Insgeheim hatte sie sich nicht getraut, zu Benny ins Wohnzimmer zu gehen.

Zum Glück war Benny nicht mehr wütend, sondern sah Zita nur noch resigniert an, als er ins Zimmer rollte. »Du hast doch geraucht, oder?«

»Ja, und?«, fragte Zita angespannt. »Willst du mich jetzt verhaften?«

»Solange es kein Gras war, natürlich nicht«, antwortete Roland und grinste auf diese blöde Art, wie er es immer tat, wenn er sie insgeheim für ein verwöhntes Püppchen hielt. Zita durchschaute ihn besser, als er glaubte.

»Du rauchst, weil du dich mit mir nicht wohlfühlst«, murmelte Benny und seufzte schwer.

»Ich rauche, weil es mich entspannt«, korrigierte Zita und sah Benny erschöpft an. Sie wussten beide, dass es gelogen war. So wie Benny sich verändert hatte, hatte sich auch Zita verändert, und es blieb abzuwarten, ob sie mit dieser gegenseitigen Veränderung zurechtkommen würden.

»Können wir reden, Zita? In der Küche?«, bat Roland seufzend und drückte mit jeder Faser seines Körpers aus, wie nervig er das alles hier fand. Dass er nicht Benny, sondern Zita anstrengend fand, zeigte er, indem er mit der Hand Bennys Schulter berührte. Wie immer. Immer schien Zita in seinen Augen die Böse zu sein.

Weil Benny so traurig aussah, weil sie rauchte, ging sie auf ihn zu. Vielleicht auch nur, um Roland zu zeigen, wer hier Bennys feste Partnerin war. »Ich kann auch wieder aufhören, Benny. Das ist kein Heroin, weißt du?« Sanft drückte sie seine Hand, bevor sie sich umdrehte und Roland mit einer hektischen Handbewegung aufforderte, ihr zu folgen.

Roland schloss vorsichtig die Tür und lehnte sich an die Arbeitsplatte. Zita hob das Kinn, um ihn aufzufordern, loszuwerden, was er loswerden wollte.

»Vielleicht ist es keine gute Idee, deine Eltern zu besuchen«, sagte Roland ungewohnt ruhig und sah Zita ernst an.

Zita lachte kurz und schüttelte den Kopf, als sie merkte, wie verbittert sie klang. »Es geht nicht nur um mich und meine Eltern, sondern auch darum, dass er nicht weiter vereinsamt.«

Vielleicht hätte sie ihm die ganze Geschichte erzählen sollen, aber dazu vertraute sie ihm nicht genug.

Sie mochte ihn einfach nicht. Bis heute nicht. Obwohl sie sich in den vergangenen Monaten zusammengerissen hatte. Für Benny.

Auch Roland hatte sich bemüht. Seine bissigen Bemerkungen ihr gegenüber waren seltener geworden, aber die Verachtung, die er für sie empfand, konnte er immer noch nicht verbergen. Die Abneigung, die zwischen ihnen herrschte, war so tief, dass sie nicht mit ein wenig Rücksichtnahme überwunden werden konnte. Wahrscheinlich würde Zita Bennys Freunde nie mögen. Aber sie alle liebten Benny, und so versuchten sie, irgendwie miteinander auszukommen. Manchmal klappte es erstaunlich gut, manchmal erschreckend schlecht.

Obwohl Roland wissen musste, wie wichtig Zita der Besuch bei ihren Eltern war, stellte er sich wieder auf Bennys Seite. Das war so typisch. Er stellte Zita immer in die Ecke der unsensiblen und harten Partnerin, wenn er hier war, um zwischen ihnen zu schlichten.

Stirnrunzelnd sah Roland Zita an und verschränkte die Arme vor der Brust. »Ich weiß, aber vielleicht ... solltest du es verschieben«, gab er zu bedenken.

»Verschieben?«, fragte Zita empört und verschränkte ebenfalls die Arme vor der Brust. »Hast du ihn überhaupt mal lachen sehen, seit das Arschloch ihm den Rücken zerfetzt hat? Ich meine, so ein richtiges, offenes, typisches Benny-Lachen, wie wir es von ihm gewohnt waren?« Sie war froh, dass die Tür geschlossen war, denn sie wollte nicht, dass Benny hörte, dass sie seinen Körper als zerfetzt bezeichnete. Die Minderwertigkeitskomplexe, die Benny wegen seiner Lähmung hatte, waren schon schlimm genug. Sie hatte es trotzdem getan, obwohl es eine verletzende Benennung für die Behinderung war, frustriert wie sie war.

Zita beugte sich vorsichtshalber zu Roland rüber, obwohl es ihr ein wenig unangenehm war, ihm so nahe zu sein, aber es war wichtig, dass Benny sie nicht hören konnte. »Er sitzt immer hier in der Wohnung und nörgelt. Ich halte das langsam nicht mehr aus. Irgendwann muss wieder so etwas wie Alltag einkehren, verstehst du das nicht?«

Sicherlich würde der Idiot die Gelegenheit nutzen, Zita zu erklären, dass sie nicht an Bennys Seite gehörte, wenn sie so ungeduldig war. Es war klar, dass Roland ihn am liebsten mitnehmen würde, denn er fand Zita nicht warmherzig genug für seinen besten Freund. Als Benny in der Reha-Klinik war, war auch das ein Thema gewesen. Roland und Helena hatten angeboten, Benny bei sich aufzunehmen. Aber Zita war dagegen gewesen. Sie hätte dann immer seine Freunde um sich gehabt, wenn sie Benny besucht hätte. Außerdem wollte sie sich nicht vertreiben lassen.

Doch seltsamerweise kratzte sich Roland nur am Kopf und hob hilflos die Schulter.

Das kam so unerwartet, dass Zita sich räuspern musste. »Ich

möchte ihn endlich wieder lachen sehen. Es tut mir weh, ihn so leiden zu sehen«, fügte Zita hinzu, um zu unterstreichen, dass es ihr um Benny ging, sie ihn liebte und bei ihm bleiben wollte. Sie wollte auch betonen, dass sie sich nicht verjagen lassen würde. Auch wenn man ihr vorwerfen würde, zu streng mit Benny zu sein.

»Er wird sich schon daran gewöhnen«, sagte Roland schließlich bestimmt. »Wir müssen nur Geduld haben. Irgendwann wird er wieder lachen.«

Fassungslos starrte Zita Bennys besten Freund an und fragte sich, woher er diese Gewissheit nahm. Er und Helena waren immer so optimistisch und naiv und so ... verdammt strahlend. Eine bessere Beschreibung fiel Zita nicht ein.

Seufzend schüttelte sie den Kopf, denn inzwischen war sie sich sicher, dass es nicht so einfach werden würde, wie Roland es sich vorstellte. Wenn nicht bald etwas passierte, würde Benny vor die Hunde gehen, und Zita würde mit ihm untergehen, weil sie nicht früh genug abspringen konnte.

»Aber du musst ihm noch etwas Zeit geben«, fügte Roland streng hinzu.

»Es sind schon sechs Monate, Roland.« Zita begann unruhig, das schmutzige Geschirr zu stapeln. Der ganze Haushalt wuchs ihr über den Kopf. Das Haus war groß, Benny konnte ihr nicht helfen, und sie hatte nie gelernt, solche Arbeiten zu erledigen. Dafür hatten ihre Eltern Angestellte. »Er geht gar nicht mehr aus dem Haus, er sitzt nur noch hier. Die Arzttermine nimmt er noch wahr, aber die sind weniger geworden, weil wahrscheinlich alle denken, so wie es jetzt ist, wird es schon irgendwie gehen, aber es funktioniert nichts.«

»Zita.« Roland machte einen Schritt auf sie zu. »Ich kann dich doch verstehen.«

Erleichterung durchströmte sie. »Ich fahre ihn noch zur Krankengymnastik und zu seinen Terminen beim Psychologen. Aber sonst sitzt er nur hier. Wir gehen nicht einmal spazieren, obwohl das Wetter so schön ist. Aber er hat Angst vor den Blicken der Leute.«

»Du brauchst mir nicht zu sagen, dass mein bester Freund nicht mehr der Alte ist.« Roland strich sich durchs Haar und sah unglaublich mitgenommen aus. Für einen Moment fragte sich Zita, ob Roland nur so optimistisch tat und in Wahrheit die gleichen Zweifel hatte wie sie. Sie merkte, dass er mit Benny litt und sich genauso quälte wie Zita.

Ein seltenes Gefühl der Verbundenheit überkam sie.

Ihre Hand schoss vor, ohne dass sie darüber nachdenken konnte. Sie berührte Rolands Arm, um ihn kurz zu drücken, dann zog sie ihre Hand hastig wieder zu sich.

»Glaubst du wirklich, dass es gut ist, ihn zu zwingen?«, fragte Roland mit leiser Stimme, die ihn fast schon sympathisch wirken ließ.

Müde schüttelte sie den Kopf. »Ich habe keine Ahnung.«

»Vielleicht weiß Hela etwas.« Roland nickte und wirkte wieder etwas entschlossener.

»Aber ...« Zita unterbrach sich und rollte mit den Augen.

»Ich werde euch jetzt in Ruhe lassen. Wenn etwas ist, sind wir für euch da«, erklärte Roland nach einem Moment feierlich.

»Ja, ja«, murmelte Zita. »Ihr seid immer da und immer verständnisvoll.« Jetzt war sie selbst irritiert. Das Gefühl der Verbundenheit zwischen ihnen war augenblicklich verschwunden. Wütend riss sie die Tür der Spülmaschine auf und schloss sie wieder, während sie Roland nachsah, der die Küche verließ, um sich im Wohnzimmer von Benny zu verabschieden.

Bevor auch sie die Küche verließ, schluckte sie ihren Ärger hinunter. Nein, sie würde jetzt nicht alles hinschmeißen und aufgeben, dafür war ihr Benny einfach zu wichtig und das würde sie ihm beweisen. Irgendwann würden sie darüber hinwegkommen und wieder ihr lachen. Gemeinsam.

*

Wie ein Häufchen Elend saß Benny in seinem Rollstuhl vor dem großen Fernseher und schien sich seit Rolands Verschwinden nicht mehr gerührt zu haben. »Tut mir leid«, sagte er frustriert.

»Du hast ihn wie einen Bluthund auf mich gehetzt.« Zita verdrehte die Augen.

Benny schmunzelte. Ganz leicht, aber es war nicht zu übersehen. »Er wollte mit dir reden. Ich habe ihn nicht darum gebeten.«

Zita antwortete nicht, sondern setzte sich auf Bennys Schoß und legte ihren Kopf auf seine Schulter. Nur so konnte sie Benny ganz nah an sich ziehen, und genau das wollte sie jetzt tun. Es war das Einzige, was ihnen beiden jetzt noch helfen konnte. Als sie spürte, dass Benny ihre Umarmung erwiderte, seufzte sie leise und genoss den kurzen Moment der Ruhe.

»Du riechst so gut«, flüsterte sie und küsste Bennys Halsbeuge. »Es ist so schön, dir nahe zu sein. Ich will nicht mehr streiten, Süßer.«

»Ich würde so gerne wieder mal mit dir schlafen«, meinte Benny und zog Zitas Beine zaghaft näher zu sich, sodass sie über die Armlehne baumelten.

»Du musst dich zu gar nichts zwingen«, murmelte Zita erschöpft. »Wenn wir uns einfach so nah sind, ist das doch auch schön.«

Als Benny aus der Reha kam, hatte er Zita mitgeteilt, dass er vorerst keinen Sex haben wolle, bis er sich an die neue Situation gewöhnt habe. Für Zita war es selbstverständlich gewesen, Benny zu nichts zu überreden ... auch wenn sie lügen musste, dass sie nichts vermisste. Zwar hatte sie ganz am Anfang geglaubt, dass es bei Benny und ihr nur um Sex gehen würde, aber da hatte sie sich getäuscht. Es war längst mehr geworden. Vorübergehend konnte sie auch ganz darauf verzichten. Es war ihre erste Basis gewesen, inzwischen jedoch längst nicht mehr die einzige.

Lächelnd löste Zita sich aus der Umarmung und küsste Benny auf den Mund. »Du hast doch alle Zeit der Welt, Benny. Du musst das nicht tun.«

»Doch«, beharrte Benny laut. »Ich will es, ich weiß nur nicht ... keine Ahnung ... wie.«

Glücklich lächelte Zita und streichelte Benny über die Wange. »Erinnerst du dich noch an unser erstes Mal? Wir waren auch verunsichert und wussten nicht, was uns gefiel, aber irgendwie wurde es doch schön.«

Benny nickte tapfer und legte seine Arme auf die Griffe an den Reifen seines Rollstuhls. Es war anstrengend für ihn, beide vorwärts zu rollen, aber er schaffte es, Zita ins Schlafzimmer zu bringen. Es war erstaunlich und bewundernswert, wie muskulös Bennys Oberkörper inzwischen war und wie viel Kraft er seitdem entwickelt hatte. Vorsichtig stand Zita auf, als sie an der Tür angekommen waren, und machte einen Schritt zur Seite, damit Benny genug Platz hatte. Unsicher blickte Zita zu Benny hinüber, der sich umständlich auf das Bett hievte und sich auf die Matratze fallen ließ.

»Wir müssen das nicht machen«, wiederholte sie. Es kam ihr seltsam gezwungen vor. Nicht richtig.

»Aber ich will«, sagte Benny bestimmt. »Ich habe es satt, dass du verzichten musst, nur weil ich nutzlos bin«, fügte er frustriert hinzu und begann, seine Hose auszuziehen, indem er am Hosenbein zerrte. Normalerweise brauchte er dafür eine ganze Weile, aber jetzt trieb ihn die Wut an. Er war wieder gereizt. Bennys Launen waren seit dem Unfall unberechenbar, und Zita konnte damit nicht gut umgehen.

»Benny. Bitte ...«, flehte sie leise. Eine neue Welle der Unsicherheit brach über sie herein und drohte sie zu überwältigen. Eben noch war sie davon überzeugt gewesen, dass sie es doch noch schaffen konnten, jetzt war sie schon wieder bereit aufzugeben. Es war einfach zu viel. Sie konnte nicht mehr.

»Zieh dich aus«, blaffte Benny sie an, während er auch sein Hemd auszog und nur noch Socken und Boxershorts trug. Das hatte nichts mehr mit dem feministischen, sensiblen Mann zu tun, der er am Anfang gewesen war. Jetzt schien er unbedingt mit dem Kopf durch die Wand gehen zu wollen, und es kam ihr geradezu toxisch vor, wie er seine Männlichkeit beweisen wollte.

»So geht das nicht.« Zita schüttelte den Kopf.

»So oder gar nicht«, behauptete Benny gekränkt, aber wenigstens etwas leiser.

Seine Beine waren so schmal geworden, dass sie zerbrechlich wirkten. Schnell wandte Zita den Blick ab und starrte stattdessen in das wütende Gesicht ihres Freundes. Plötzlich wusste sie, was sie tun musste. Schnell beugte sie sich vor und ließ sich von Benny in eine Umarmung ziehen. Sie wehrte sich auch nicht, als er an ihr zog und zerrte, bis sie in einer liegenden Position war, denn genau das war es, wonach sie sich gerade sehnten. Sie mussten sich einfach nahe sein.

Benny begann zu weinen. Zita spürte es an seinen zuckenden Schultern, die sie fest umschlungen hielt. Sie ließ zu, dass Benny sich an sie klammerte, in der Hoffnung, ihm damit helfen zu können. Ein bisschen Selbstmitleid konnte nicht schaden und Zita war viel zu erschöpft, um es Benny wieder zu verbieten.

»Ich schaffe das nicht«, sagte Benny schließlich leise. »Es wird mir zu viel. Alles. Ich meine, ich habe wirklich versucht, damit zurechtzukommen.«

»Du schaffst es bereits, Benny«, sagte Zita hilflos. »Besser, als ich dachte. Ich bewundere dich so für deine Begeisterung fürs Schwimmen. Obwohl es draußen so kalt ist, überwindest du dich, nur weil du Sport treiben willst. Aber auch deine ganzen Fortschritte finde ich sehr gut. Sieh nur, wie schnell du jetzt die Hose ausziehst. Vor ein paar Wochen hast du dafür noch meine Hilfe gebraucht.«

Langsam hörte Benny auf zu weinen, aber er klammerte sich immer noch an Zita, als würde er gleich ertrinken. Zaghaft streichelte Zita seinen Rücken, wobei sie darauf achtete, in dem Bereich zu bleiben, den Benny noch spüren konnte. Da oben wirkte nichts an Benny zerbrechlich. Seine Schultern und sein oberer Rücken waren kräftig geworden, weil Benny so viel mit seinem Oberkörper ausgleichen musste.

»Hey, Sweety, deine Muskeln sind sexy, weißt du das?«, flüsterte Zita in Bennys Ohr. »Dein Körper hat sich total verändert. Du bist so viel attraktiver geworden.«

»Erzähl nicht so einen Quatsch«, murmelte Benny an Zitas Brust und berührte mit seinen Lippen Zitas Dekolleté, was Zita einen wohligen Schauer über den Rücken jagte.

Schnell schüttelte Zita den Kopf und zog Benny enger an sich. »Hör nicht auf, deinen Oberkörper zu trainieren. Das ist sehr attraktiv, Benny.« Hastig küsste sie seine Stirn.

Seufzend berührte Benny Zitas Wange. »Na ja, das ist meine einzige Möglichkeit, so selbstständig wie möglich zu sein«, erklärte er, ließ Zita los, drehte sich auf den Rücken und starrte an die Decke. Natürlich wusste Zita, warum die Kraftübungen für Benny so wichtig waren. Je mehr Kraft Benny im Oberkörper hatte, desto besser konnte er sich mit den Armen hochziehen, drücken oder abstützen.

Zart malte Zita Kreise auf Bennys Oberkörper. Es war nicht immer leicht, die Streicheleinheiten auf den Oberkörper zu beschränken, aber inzwischen hatte sie sich daran gewöhnt. Sie streichelte Benny kaum noch an den Beinen. Aber auch Benny war mit der Zeit entspannter geworden. Es machte ihm nichts mehr aus, wenn Zita eine Hand auf sein Bein legte, um Zusammenhalt zu demonstrieren, auch wenn er dabei nichts fühlte.

Stimmt, dachte Zita und lächelte leicht, es gab vieles, womit sie schon ganz gut zurechtkamen. Das wurde ihr erst jetzt bewusst. Natürlich gab es noch so vieles, was nicht klappte, aber vieles war auch schon leichter und besser geworden.

Zita war sich sicher, dass sie und Benny auch in Zukunft Spaß an ihrer Sexualität haben würden. Aber heute war es zu früh und Zita hatte genauso wenig Lust wie Benny. Sie war so müde.

»Lass uns einfach ein bisschen nebeneinander liegen«, sagte sie leise und tastete nach Bennys Hand, um sie zu drücken.

»Danke, Baby«, flüsterte Benny. Er ließ Zitas Hand nicht los und verschränkte ihre Finger ineinander. Seit Bennys Unfall hielten sie sich oft an den Händen, wenn sie nebeneinander im Bett lagen - egal, wie heftig sie sich stritten und wie verzweifelt Zita war, wenn Benny mit seiner Behinderung haderte. Nachts, wenn sie im Bett lagen, waren sie wieder ein Team. Jedes Mal.

*

Zita war katholisch erzogen worden. Deshalb hatte sie irgendwie das Gefühl, dass an Karfreitag wirklich jemand gestorben war, der ihr wichtig war, obwohl das gar nicht der Fall war. Sie fand es seltsam unpassend, in einem Café zu sitzen und zu frühstücken.

Zitas Glaube hatte sich verändert, seit sie Benny kannte. Früher hatte sie die Bibel viel wörtlicher genommen und vieles geglaubt, was sonntags in der Predigt gesagt wurde. Aber Benny war auch gläubig, obwohl er Muslim war. Zuerst hatten sie gedacht, dass da fremde Welten aufeinander prallen würden, aber schnell hatten sie gemerkt, wie ähnlich sich die Religionen waren, wenn man erst einmal bereit war, Gott aus einer anderen Perspektive zu betrachten. Ihre Eltern hatten befürchtet, dass Zita ihren Glauben aufgeben würde, weil sie sich von Benny und dem Islam überzeugen ließ, aber genau das Gegenteil war der Fall. Die Tatsache, dass Benny Muslim war und seine Religion nicht allzu ernst nahm, ohne sich jemals von ihr zu lösen, hatte Zitas Bewusstsein für den christlichen Glauben nur gestärkt. Ihr Interesse an den Religionen war gewachsen, und sie hatte festgestellt, dass es Kraft geben konnte, miteinander über das zu sprechen, was da möglicherweise über sie wachte. Dass sie unterschiedlichen Religionen angehörten, spielte dabei keine Rolle. Alles war eine Frage der Toleranz.

Zita erinnerte sich noch gut an das letzte Osterfest. Am Karfreitag hatte Benny sie zum ersten Mal zum Grab seiner Eltern mitgenommen, was ihr viel bedeutet hatte. Während sie über den Friedhof schlenderten, hatte Benny ihr von seiner Mutter und seinem Vater erzählt. Sie waren noch kein Paar, Benny hatte sich damals das erste mal ihr gegenüber geöffnet.

Zita hatte sich fest vorgenommen, das in diesem Jahr zu wiederholen, aber Benny hatte den Kopf geschüttelt und ihr gesagt, dass das nicht nötig sei. Er hatte zwar betont, dass er Moslem sei und deshalb am Karfreitag kein Grab besuchen müsse, aber Zita wusste, dass es ihm einfach unangenehm war. Das Gelände auf dem Friedhof war nicht barrierefrei und Zita musste ihm über die kleinen Stufen und den Kiesweg helfen. Außerdem war am Karfreitag immer viel los und die Leute würden möglicherweise starren. Andererseits hatte er das Grab seiner Eltern seit dem Unfall nicht mehr gesehen, und sie wusste, dass es ihm früher Kraft gegeben hatte, Blumen niederzulegen. Sie verstand aber auch, dass es für ihn zu anstrengend war und die Kieselsteine auf dem unebenen Friedhofsgelände ein großes Hindernis darstellten. Also akzeptierte sie es, ohne ihm weiter ins

Gewissen zu reden.

An Ostern hatten die Leute für gewöhnlich viel Zeit und deswegen lud Daphne Zita und einige aus der alten Internatsclique zum Frühstück in ein Café ein. Zita hatte zuerst nicht mitkommen wollen, aber Daphne hatte keine Ausrede gelten lassen. Schließlich hatte sie in den letzten Wochen kaum jemanden außer Daphne, Benny, dessen Freunden und ein paar Kommilitonen getroffen. Trotzdem fühlte sie sich nicht wohl. Erstens saß Benny jetzt allein zu Hause und grübelte bestimmt wieder mürrisch vor sich hin, zweitens drehte sich das Gespräch seit einer halben Stunde um das, was Benny passiert war. Wann hatte Zita das letzte Mal nicht darüber gesprochen? In den letzten Monaten war es immer nur um Bennys Behinderung gegangen.

»Warum ist er nicht einfach mitgekommen?«, fragte Nicole und sah Zita so intensiv an, dass sie zusammenzuckte. »Es hätte ihm sicher gut getan, mal rauszukommen.«

»Vielleicht«, murmelte Zita in ihren Kaffee hinein.

»Ich glaube, dafür geht es ihm noch nicht gut genug«, antwortete Daphne für sie.

»Ja, ist er immer noch krank?«, fragte Christina erstaunt. »Ich dachte, er kann nur seine Beine nicht mehr bewegen.«

Zita verdrehte die Augen und trank einen Schluck Kaffee. »Das klingt einfacher, als es ist.«

»Sagen wir mal, er ist psychisch noch nicht ganz auf der Höhe«, warf Daphne ein. »Und unsere Zita hat es im Moment auch nicht leicht, weil er seine Launen oft an ihr auslässt.«

»Hör auf.« Zita berührte das Bein ihrer Freundin und schüttelte den Kopf.

»Du musst nicht immer alles schlucken«, sagte Gregor, der seit zwei Monaten mit Daphne zusammen war. Die beiden waren sehr verliebt und kaum voneinander zu trennen. Manchmal, wenn Zita das Paar beobachtete, wurde sie traurig, weil sie sich daran erinnerte, wie leicht es am Anfang mit Benny gewesen war und wie schnell der Anfang zu Ende gegangen war.

»Also ich finde das unfair«, warf Nicole ein und schüttelte den

Kopf. »Nur weil er behindert ist, kann er doch nicht immer seine Launen an dir auslassen.«

»Das tut er auch nicht«, verteidigte Zita ihren Freund und holte ihre Zigaretten aus der Handtasche. »Jedenfalls nicht immer.«

»Wolltest du nicht aufhören?«, fragte Daphne leise.

Zita ignorierte die Frage, zündete sich die Zigarette an und inhalierte tief.

»Er ist derjenige, der im Rollstuhl sitzt«, betonte Gregor und legte seinen Arm um Daphnes Schultern. »Ich finde es ganz normal, dass ihn das mitnimmt.«

»Klar«, warf Christina ein und wedelte mit der Hand den Rauch von Zitas Zigarette vor ihrem Gesicht weg. »Aber Zita braucht auch mal Trost, und so wie es aussieht, kümmern sich seine Freunde immer nur um ihn.«

Stirnrunzelnd schob Daphne Zita den Aschenbecher zu. »Ich nehme an, seine Freunde denken, wir sind für Zita da«, erklärte sie Christina, die sie fassungslos ansah, als könne sie nicht verstehen, wie Bennys Freunde auf so eine Schnapsidee kommen konnten.

»Ich bewundere dich dafür, Zita«, sagte Mareike, die bisher geschwiegen hatte. »Benjamin würde mir mit seinem ewigen Selbstmitleid auf die Nerven gehen.«

»Ich liebe ihn«, sagte Zita schlicht. Das war die Wahrheit. Und die Wahrheit war auch, dass die Kommentare ihrer ehemaligen Mitschüler sie viel mehr verletzten, als Benny es in den letzten Monaten getan hatte. Zum ersten Mal verstand sie, warum Benny immer gesagt hatte, nur weil man mit jemandem ab und zu eine SMS austauschte oder in sozialen Netzwerken chattete, sei man noch lange nicht mit ihm befreundet. Es war eine oberflächliche Freundschaft, eine Bekanntschaft, mehr nicht.

»Ich würde dich gerne sehen«, mischte sich Daphne ein und starrte Mareike irritiert an. »Im Rollstuhl. Meinst du, du würdest dann immer noch die Unantastbare raushängen lassen?«

»Na ja«, sagte Christina laut. »Zumindest kann er seinen Job behalten. Der Staat schmeißt niemanden raus, nur weil er behindert ist. Zur Not bekommt er eine Rente, die der Steuerzahler finanziert.«

Wütend starrte Zita ihre ehemalige Klassenkameradin an. Konnte sie nicht verstehen, dass Benny viel lieber arbeiten würde, als zu Hause zu sitzen? Sah sie nicht, dass sie damit Zita kränkte, die mit Benny litt?

»Bei allem Verständnis, aber dieses Selbstmitleid kann ich nicht verstehen«, brummte Nicole. »Er hatte Glück, dass es ihm im Dienst passiert ist. Jetzt hat er Anspruch auf jede Hilfe. Wisst ihr, wie das in anderen Ländern wäre?«

»In Amerika müsste er sehen, wo er bleibt«, sagte Mareike und nickte.

»Da, wo er herkommt, auch. In Afrika hätte er nicht mal einen Rollstuhl bekommen«, ergänzte Nicole.

»Und das findest du gut?«, fragte Daphne entsetzt und beugte sich vor. »Ist euch eigentlich klar, dass er jetzt im Rollstuhl sitzt, weil er euch und eure Sicherheit unterwegs war?«

»Afrika ist ein Kontinent«, stellte Zita empört klar. Ihr Herz schlug ihr bis zum Hals. Sie hasste dieses fremdenfeindliche Gerede und konnte den Gedanken nicht ertragen, dass Benny dem ausgesetzt war. »Genau wie in Europa gibt es verschiedene Länder, die unterschiedliche Gesetze und damit auch unterschiedliche Krankenversicherungen haben. Das kann man nicht verallgemeinern.«

»Er kommt aus Afrika? Ja, wie konnte er überhaupt Polizist werden, wenn er keinen deutschen Pass hat, Zita?«, fragte Christina.

Zita hustete und schüttelte entsetzt den Kopf. Etwas mehr Verständnis hatte sie schon erwartet. Das Frühstück hatte ihr nichts gebracht. Sie hätte sich selbst in der Anwesenheit ihrer Eltern oder der von Bennys Freunden wohler gefühlt. Aber das war ihre alte Clique, mit einigen von ihnen hatte sie Jahre im selben Internat verbracht. Menschen, die sie für ihre Freundinnen gehalten hatte. Wie hatte sie sich nur so in ihnen täuschen können?

»Warum? Afrika?«, fragte Mareike und beugte sich interessiert vor.

»Er ist ... das sagt man nicht mehr, aber er ist aus Afrika, verstehst du?«, erklärte Nicole mit einem sensationslüsternen Blick.

»Ach.« Mareike schüttelte den Kopf. »Der Arme. Ausländer und behindert. Tja, manche trifft es eben doppelt, was?«

»Haltet die Klappe«, mischte sich Gregor überraschend laut ein. »Seht ihr denn nicht, dass Zita jetzt unsere Hilfe braucht? Und Benny auch. Ich habe ihn noch nicht kennen gelernt, aber was Daphne mir von ihm erzählt hat, kam mir ziemlich anständig und sympathisch vor. Zita hat es nicht verdient, eure Vorurteile zu hören. Und er hat es nicht verdient, gelähmt zu sein.«

»Das hat niemand.« Christina verschränkte die Arme vor der Brust. »Aber er kann es besser ertragen als andere. Stell dir vor, das würde jemandem passieren, der kein Beamter ist.«

»Manchmal gehst du mir auf die Nerven«, warf Daphne ein und funkelte Christina wütend an. »Du bist höchstens zweimal im Jahr hier und hast Benny noch nie gesehen. Wie kannst du beurteilen, was er verträgt und was nicht?«

»Ach, komm schon, Daphne. Nimm es uns nicht so übel.« Nicole lachte laut auf. »Wir können doch nichts dafür, dass wir Benjamin nicht kennen. Er ist doch heute nicht mitgekommen, oder?«

»Leute«, rief Gregor laut, »haltet einfach mal die Klappe. Wenn ich mir die Kommentare so anhöre, bin ich echt froh, dass er nicht hier ist. Ich für meinen Teil würde ihn gerne mal kennen lernen, aber ich würde ihm auch von einem Treffen mit euch abraten.«

Erstaunt sah Zita Daphnes neuen Freund an und war seltsam gerührt.

»Jetzt übertreib mal nicht«, murmelte Christina und zeigte dem gutmütigen Gregor den Vogel. »Nur weil er nicht mehr laufen kann und Ausländer ist, müsst ihr ihn doch nicht gleich mögen.«

»Aber ihr urteilt über ihn, ohne ihn zu kennen«, donnerte Gregor und warf die Serviette auf die Mitte des Tisches. »Es ist egal, ob er im Rollstuhl sitzt oder welche Hautfarbe er hat. Man darf einfach nicht über Menschen urteilen, die man nicht kennt, schon gar nicht, wenn der Mensch, der ihn liebt, daneben sitzt. Seht ihr nicht, dass Zita ganz erschöpft ist und sich wünscht, nicht hergekommen zu sein? Es ist das erste Mal, dass sie wieder etwas mit ihren Freundinnen unternimmt, aber durch euer Verhalten wird sie es sicher bereuen.«

»Schatz«, zischte Daphne. »Schrei nicht so, wir sind in einem Café.«

Betroffen starrten alle Daphne an und verstummten schlagartig.

Zita räusperte sich und drückte die Zigarette im Aschenbecher aus. »Danke, Gregor. Daphne und ich sollten dich und Benny mal vorstellen.«

»Unbedingt.« Daphne berührte Zita an der Schulter und lächelte.

»Ich werde jetzt gehen«, entschied Zita. »Ich habe keine Lust, mich mit dem Rest von euch herumzuschlagen. Ihr seid privilegiert, verwöhnt und naiv und habt keine Ahnung vom wirklichen Leben.« Sie stand auf.

Als sie das Café verließ, fühlte sie sich gut. Als hätte sie das Richtige getan. Sie fragte sich nur, wie sie sich mit solchen Leuten hatte anfreunden können.

*

Als Zita nach Hause kam, musste sie Benny erst einmal suchen. Sie fand ihn im Badezimmer, wo er gerade übte, vom Rollstuhl auf die Toilette zu kommen. Das übte er schon die ganze Zeit. Vom Bett in den Rollstuhl, vom Sessel aufs Sofa, vom Rollstuhl auf den Boden. Er schaffte das alles, aber es dauerte seiner Meinung nach viel zu lange, und er wollte auch nicht jämmerlich aussehen, wenn Gäste da waren. Aber Zita war es lieber, wenn Benny sich mit solchen Übungen beschäftigte, als wenn er den ganzen Tag auf dem Sofa lag und fernsah.

»Wie war es denn?«, fragte Benny und berührte die raumhohe Heizung ziemlich weit oben.

Daraufhin schwieg Zita. Sie hob nur die Schultern und beugte sich vor, um ihr Make-up im Spiegel zu überprüfen.

»Also nicht gut?«, erkundigte sich Benny und streckte sich ein wenig, um noch höher greifen zu können.

»Was hältst du davon, wenn wir Daphne und Gregor einladen?«, fragte Zita und legte den Kopf schief. »Gregor ist ganz nett. Ich ... ich brauche einfach mal ein paar Leute um mich herum. Was meinst du?«

Schweigend zog Benny sich nach oben und hielt sich an der Heizung fest. Er stand. Obwohl die Kraft nicht aus seinen Beinen, sondern aus seinen Armen kam, war es bemerkenswert. Aber natürlich konnte er sich nicht halten und seine Finger drohten auf dem glatten Material abzurutschen. Schnell trat Zita einen Schritt vor und griff mit den Händen unter die Achseln. Sie war zwar nicht besonders kräftig, aber so konnte sie Benny ohne großen Kraftaufwand helfen, seinen Körper aufrecht zu halten. Nun stand Benny seitlich von ihr. Zugegeben, vielleicht hing er eher an der Heizung, aber es war trotzdem beeindruckend. Es war das erste Mal seit Wochen, dass Zita und Benny nebeneinander standen.

»Ich rutsche«, hauchte Benny, schwankte und biss die Zähne zusammen. Als Zita ein Stück hinter ihn trat, wurde es etwas besser, aber immer noch knickten Bennys Beine ein und er hing immer mehr wie ein Sack in Zitas Armen. Aber Benny wollte noch nicht aufgeben. Mit einem lauten Stöhnen verstärkte er den Griff seiner Hände und zog sich tatsächlich wieder nach oben.

»Dein Wille ist wirklich bewundernswert«, hauchte Zita und stützte Benny weiter, obwohl ihre Arme zu schmerzen begannen. Leider hatte sie nicht so viel Kraft wie Benny und konnte ihn deshalb oft nicht stützen. Wäre es umgekehrt gewesen, hätte Benny sie sogar irgendwohin tragen können.

Ohne ihr zu antworten, verzog Benny grimmig das Gesicht. Er begann vor Anstrengung zu schwitzen und auch Zita wusste nicht, wie lange sie es noch aushalten konnte. Eine Sekunde später rutschten Bennys Arme ab und Zita konnte ihn nicht mehr halten. Indem sie sich in den hinter ihr stehenden Rollstuhl fallen ließ, konnte sie verhindern, dass sie auf den Boden stürzten.

»Falsche Reihenfolge«, murmelte Benny heiter und aus irgendeinem Grund musste Zita laut lachen.

Benny, der nun über ihr hing, war schwer. Sein Nähe tat ihr gut, ebenso der lustige Moment zwischen ihnen, aber sein Körper presste all ihre Luft aus ihr heraus. Deswegen war sie erleichtert, als er sich schnell auf die behindertengerechten Toilette umsetzte. Dann stand sie schnell auf und musterte den Rollstuhl kritisch. Es war ein Wunder, dass er das ausgehalten hatte. Mit dem Hintern war sie unglücklich auf die Armlehne gefallen, aber sie war sich sicher, dass nur ein blauer Fleck entstehen würde. Mit letzter Kraft half sie Benny in den Rollstuhl, dann schüttelte sie stöhnend ihre Arme aus. Auch Bennys Arme zitterten und Zita küsste grinsend seine schweißnasse Stirn.

»Warum machst du das?«, fragte sie aufgeregt. »Du weißt doch, dass ... deine Verletzung irreparabel ist, oder? Du wirst das Stehen nicht einfach trainieren können.«

»Ich weiß, aber ich wollte unser neues Badezimmer mal aus deiner Perspektive sehen.« Benny nickte und starrte auf den Boden, dann räusperte er sich und hob die Schultern. »Von oben sieht es auch ganz gut aus.«

Schnell ging Zita in die Hocke und sah Benny ernst an, während sie mit beiden Hände über seine Oberschenkel glitt. »Können wir Daphne und ihren neuen Freund einladen?«, wiederholte sie und zupfte an Bennys Jeans. »Ich ... manchmal müssen wir unter Menschen sein, Sweety. Sonst ersticken wir noch aneinander.«

»Ach ... Zita.« Benny schüttelte den Kopf. »Ich kenne Daphnes Freund gar nicht.«

Zita strich sich seufzend die Haare aus der Stirn. »Deshalb wollte ich ihn ja einladen. Damit wir uns alle kennenlernen.« Völlig erschöpft ließ Zita sich auf den Boden sinken und setzte sich im Schneidersitz vor Bennys Rollstuhl. Ihre Arme schmerzten.

»Also gut«, sagte Benny leise, beugte sich vor, legte seine Hand unter ihr Kinn und zog sie ein Stück zu sich heran. Er gab Zita einen Kuss.

Erstaunt sah Zita ihren Freund an. Es war das erste Mal seit langer Zeit, dass Benny so freundlich mit ihr sprach, und das, obwohl er gerade zugestimmt hatte, Zitas Freunde einzuladen. Seit er im Rollstuhl saß, hatte er nur Besuch von Menschen akzeptiert, die er gut kannte. So gesehen war das ein großer Fortschritt.

*

Am nächsten Nachmittag bestand Zita darauf, endlich gemeinsam die Angebote der Polizei durchzugehen. Doch Benny war wenig begeistert und starrte stirnrunzelnd auf die Unterlagen.

Das Polizeipräsidium wollte Benny unbedingt zurückhaben, was nicht anders zu erwarten war. Schließlich war er immer noch einer der besten Polizisten, auch wenn er nicht mehr draußen arbeiten konnte. Natürlich brachte das einige Schwierigkeiten für den Arbeitgeber mit sich, deshalb glaubte Benny, dass sie ihn nur behalten wollten, weil das eine gute Chance war, die Behindertenquote zu erhöhen. Immerhin war Benny nun mit einem Grad von 100 schwerbehindert, aber Zita war überzeugt, dass Benny auch im Innendienst eine wertvolle Ergänzung sein könnte.

Auch wenn Zita bei diesem Gedanken ein schlechtes Gewissen hatte, konnte sie nicht leugnen, dass sie ein wenig neidisch war. Das Feuer und die Leidenschaft, die Benny für seinen Beruf empfand, waren atemberaubend, und sie wünschte, sie könnte das auch haben. Hoffentlich würde Benny seine Liebe zu seinem Beruf nicht verlieren, auch wenn er auf einen Rollstuhl angewiesen war. Es wäre schade, wenn er diesen beruflichen Elan verlieren würde.

Und es wäre so schön, wenn Zita diesen Elan auch einmal finden könnte.

Wütend schob Zita den Gedanken beiseite, denn sie hatten Ostern, ein langes freies Wochenende, und sie wollte jetzt nicht daran denken, noch einmal das Studienfach zu wechseln.

»Das sind gute Sachen«, murmelte Zita und biss sich auf die Lippen, während sie die Blätter durchblätterte und die Unterlagen überflog. Sie boten Benny eine Stelle im Innendienst an, bei der er die Einsätze für Großveranstaltungen planen, die verschiedenen Bereiche und die Zusammenarbeit mit anderen Bundesländern koordinieren sollte.

»Das ist doch nur Papierkram«, meinte Benny mürrisch, als Zita ihm das Angebot vor die Nase hielt. »Langweilig.«

»Zu Hause ist es doch auch langweilig, Schatz«, erwiderte Zita und klopfte unruhig mit den Fingern auf den Tisch. Benny musste wieder an die Arbeit, sonst würde er noch durchdrehen. Und Zita mit ihm. Sie wollte die Wohnung unbedingt mal wieder für sich haben.

Stirnrunzelnd sah sie Benny an. Die Laune war schon wieder gesunken, bei ihnen beiden, obwohl sie gestern einen sehr schönen Abend verbracht hatten, gemeinsam an dem Puzzle gearbeitet und dabei Wiederholungen einer Sitcom angeschaut hatten. Aber Benny wollte sich einfach nicht auf einen neuen Job einlassen, und das machte Zita wütend, weil ihr Partner es anscheinend nicht zu schätzen wusste, dass es ihm im Vergleich zu anderen Menschen noch gut ging. Immerhin hatte er seinen Job sicher.

Aber dann erinnerte sich Zita daran, dass Benny mehrmals in der Woche zur Physiotherapie musste, dass er von einem Psychologen betreut wurde, dass er seine Hobbys aufgeben musste und dass er es an seinem Job liebte, draußen zu sein. Spätestens, wenn Benny das nächste Mal nach vorne kippte oder eine Viertelstunde brauchte, um sich eine andere Hose anzuziehen, würde Zita sich schämen, Bennys Probleme so heruntergespielt zu haben.

»Ich finde, du solltest wieder arbeiten gehen«, betonte Zita und hatte das dringende Bedürfnis, Benny an sich zu drücken. Ob sie Benny trösten oder sich von ihm trösten lassen wollte, war egal. Zita hatte nur das Gefühl, dass sie es jetzt beide brauchten. Eine Umarmung würde Benny jedoch nur von den Unterlagen ablenken, und die waren jetzt wichtiger.

Energisch schob Zita ein weiteres Blatt über den Tisch.

Benny stöhnte leise und betrachtete stirnrunzelnd die Beschreibung seiner möglichen neuen Aufgaben. »Gibt es denn gar nichts, was auch nur ansatzweise mit meinem alten Job zu tun hat?«, fragte er verzweifelt.

»Mmh.« Zita las sich das Papier noch einmal durch. »Eigentlich liest sich das alles sehr interessant«, sagte sie und drückte Benny den nächsten Zettel in die Hand.

»Findest du das nicht langweilig?«, fragte Benny skeptisch.

Da Zita ihren Partner nicht anlügen wollte, hob sie die Schulter und sagte: »Ich weiß nicht, Sweety. Du könntest es dir ja mal ansehen. Wenn es dir nicht gefällt, kannst du ja wieder gehen.«

Benny ließ das Blatt sinken und sah Zita gequält an. »Ich kann nicht gehen. Kannst du dir das nicht merken?«

Zita verdrehte ärgerlich die Augen. Manchmal konnte Benny sie richtig nerven, und das Bedürfnis, ihn in den Arm zu nehmen, war wieder verschwunden. Am liebsten hätte Zita ihn jetzt kräftig geschüttelt.

»Gehen ist ein Wort, das nicht explizit das Gehen beschreibt, sondern den Vorgang der Fortbewegung.« Zita zögerte einen Moment und fügte leiser hinzu: »Das sagt man so, Benny. Musst du so empfindlich sein?«

»Empfindlich?« Benny sah sie verletzt an.

»Tut mir leid, das hätte ich nicht sagen sollen.« Da Zita nicht streiten wollte, schloss sie die Augen und dachte an den gestrigen Abend, an dem sie sich so gut verstanden hatten. »Außerdem gehen wir ja auch miteinander, auch wenn du nicht mehr laufen kannst«, fügte sie lächelnd hinzu, um die Stimmung aufzulockern.

Jetzt grinste auch Benny. »Wir gehen miteinander?«, fragte er und seine Augen strahlten sie an.

Das erinnerte Zita an die ersten Wochen, als sie sich ineinander verliebt hatten und Benny so liebevoll und aufmerksam gewesen war. Ein Kribbeln breitete sich in Zitas Bauch aus. »Natürlich«, erwiderte sie erleichtert und berührte Bennys krauses Haar, das ungewöhnlich lang war, weil Benny sich nicht mehr so viel um sein Aussehen kümmerte. »Das sagt man doch so, oder?«

»Na ja, zwölfjährige Mädchen vielleicht. Aber erwachsene Männer wie ich nicht«, lenkte Benny ein. Aber er grinste vergnügt, was Zita richtig glücklich machte.

»Und? Schaust du dir das mal an?«, fragte Zita und zeigte auf die Stellenbeschreibung, die Benny immer noch in der Hand hielt.

Mit gerunzelter Stirn starrte Benny darauf. »Weißt du eigentlich, dass Polizisten in den Innendienst versetzt werden, wenn sie etwas angestellt haben oder zu alt für den Außendienst sind?«

»Ja, ist mir bewusst«, antwortete Zita und unterdrückte ein Schaudern. »Aber im Innendienst ist es nicht so gefährlich, was mich ehrlich gesagt ein wenig beruhigt.« Jedes Mal, wenn sie daran dachte, wie viel Glück Benny gehabt hatte, wurde ihr richtig schlecht. Dieser

Drogendealer hätte ihn damals umbringen können, und Zita wusste nicht, ob sie es ohne Benny ausgehalten hätte. Was aus ihr geworden wäre, wenn Benny nicht mehr da wäre.

»Weißt du, das gehört irgendwie zu meinem Job«, murmelte Benny leise und hob dann den Kopf. »Aber ich werde keine Prostituierten und andere traurige Gestalten mehr sehen, worüber ich ehrlich gesagt froh wäre. Keine Nazis mehr auf irgendwelchen Demos, die glauben, mich rassistisch beleidigen zu können.«

»Und denk an die verrückten Fußballfans, auf die du nicht mehr aufpassen musst«, warf Zita ein.

»Im Innendienst tragen die Frauen hübsche Klamotten statt Uniformen«, betonte Benny und sah Zita mit einem umwerfenden Lächeln an.

Zita konnte ihn für diese Bemerkung einfach nicht angiften und ihm sagen, dass er nicht so einen sexistischen Mist reden sollte, stattdessen musste sie sich nach vorne beugen und Benny stürmisch küssen.

»Ich werde es mir ansehen«, flüsterte Benny in den Kuss hinein.

Zita zog sich zurück. »Gehst du ohne Vorbehalte hin und lässt dir alles erklären?«, fragte sie und zog fragend eine Augenbraue hoch.

Benny seufzte schwer, kratzte sich am Ohr und nickte dann. »Ich kann es nicht glauben. Ich werde nicht mehr im Außendienst sein. Ich werde nicht mehr auf Streife gehen. Alles, wofür ich gearbeitet habe, ist wirklich vorbei.«

Zita nahm Bennys Hand und drückte sie sanft. »Wir wussten, dass du nicht mehr zurück kannst«, erinnerte sie ihn.

Er nickte traurig. Der Abschied von seiner alten Arbeit fiel ihm schwer. Zita fragte sich, ob Benny es wohl ertragen würde, im Büro zu sitzen und seinen Kollegen nachsehen zu müssen, wenn sie in ihre Polizeiautos stiegen.

»Ich will nicht zum Osteressen bei deinen Eltern«, sagte Benny plötzlich laut und sah Zita besorgt an. »Ich fühle mich so hilflos und ausgeliefert in dem Rollstuhl und dein Vater ... er ist so dominant und benimmt sich immer so schrecklich. Und überhaupt ... wenn sie hierher kommen, ist es wenigstens mein eigenes Reich - auch wenn sie es gezahlt haben. Aber wenigstens mit breiten Türen und ohne Schwellen zwischen den Zimmern.«

»Schon okay, Benny«, sagte Zita leise. Vielleicht hatte Roland recht und Benny war noch nicht so weit. »Wir bleiben hier.«

»Danke.« Lächelnd drückte Benny Zita die Hand, dann wurde er wieder ernst und räusperte sich.

»Was ist los?«, fragte Zita besorgt.

»Michael Friedelmann ...« Benny brach ab.

Der Mann, der Benny das angetan hatte. Bisher hatte Zita irgendwie versucht, nicht an ihn zu denken. Sie wusste, dass er jetzt in irgendeinem Gefängnis saß, aber das war auch schon alles. Mehr Informationen konnte sie einfach nicht verkraften. »Was ist mit ihm?«

»Er ist Vater geworden und ...«

»Schön für ihn«, unterbrach Zita ihn und schüttelte den Kopf. »Was geht uns das an, Benny?«

»Ich muss darüber reden können, Zita«, knurrte Benny. »Ich ... mein Psychologe hat gesagt, dass ich das nicht mit mir allein ausmachen muss und dass es vielleicht nicht schlecht wäre, wenn du ...«

Seufzend rieb sich Zita die Augen. Benny hatte sich von Anfang an geweigert, Psychopharmaka einzunehmen, obwohl bei ihm neben der Querschnittlähmung auch eine Anpassungsstörung und eine reaktive Depression diagnostiziert worden waren. Da er viele andere Medikamente einnehmen musste, hatten die behandelnden Ärzte und seine Psychiaterin zugestimmt, es zunächst ohne Antidepressiva zu versuchen, unter der Bedingung, dass er eine Gesprächstherapie beginnen würde, um seine Trauer professionell begleiten zu lassen. Der Psychologe hatte immer wieder angedeutet, dass er auch Zita gerne kennen lernen würde und dass das Paar auch für eine gemeinsame Therapie infrage käme. Vielleicht, weil Benny ihm erzählt hatte, wie einsam und überfordert sich Zita fühlte, obwohl sie für Benny stark sein wollte. Zita war dankbar, dass Benny sich dazu entschlossen hatte, die psychischen Begleiterscheinungen ernstzunehmen.

Das Gespräch über den Täter, der Benny das angetan hatte, ging

Zita jedoch eindeutig zu weit.

»Was soll ich mit dieser Information machen? Willst du ihm eine Glückwunschkarte schreiben?«, fauchte sie.

»Nein.« Benny lächelte sie freundlich an, was erstaunlich war. Gab es ein Thema, bei dem Benny weiter war als sie? Würde sie auch einmal so locker damit umgehen können? »Nein, ich wollte dir nur sagen, dass er auf mich geschossen hat, weil er Angst vor dem Knast hatte. Er ... er hat seiner Freundin versprochen, bei der Geburt des Kindes dabei zu sein.«

»Das ist keine Entschuldigung für mich«, sagte Zita zu ihrem Freund und schob den Stuhl ruckartig zurück.

»Nein.« Benny packte ihr Handgelenk, bevor sie aufstehen konnte. »Aber vielleicht eine Erklärung.«

»Für mich nicht«, erwiderte Zita und spürte, wie sie sich am ganzen Körper versteifte.

»Zita.« Benny sagte nur ihren Namen und strich mit dem Daumen über die Haut ihres Unterarms. Das beruhigte Zita ein wenig und irgendwie tat es gut, dass sie auch einmal die Schwache sein durfte, dass auch Benny sie einmal tröstete.

»Woher weißt du das überhaupt?«, fragte sie nach einem Moment matt.

»Er hat es der Polizei bei der Vernehmung gesagt und Roland hat es mir dann erzählt. Er kennt alle Protokolle. Er ... ich glaube, er hätte gerne selbst ermittelt, aber die Kollegen haben es nicht zugelassen.« Benny wirkte ein wenig gequält.

Zita sah Benny unsicher an. »Ich ... was soll ich jetzt sagen?«

»Nichts.« Benny schüttelte den Kopf. »Ich wollte es einfach nur loswerden. Es ... beschäftigt mich, Zita.«

Dann zog er sie zu sich um den Tisch herum und drückte sie an sich. Dass sie dabei mit den Beinen gegen die Räder des Rollstuhls gedrückt wurde, machte ihr nichts aus. Es war einfach schön, von Benny umarmt zu werden.

*

Einen eigenen Pool zu besitzen, war schon klasse. Zita hatte sich allerdings noch nicht überwinden können, ins kühle Nass zu springen. Außerdem war sie in den letzten Wochen damit beschäftigt gewesen, für die Uni zu lernen oder für Benny da zu sein. Wenn sie mal Zeit hatte, hatte sie sich lieber mit Daphne getroffen oder war bei ihren Eltern gewesen, die sehr fordernd sein konnten und sich schnell zurückgesetzt fühlten. Alles Ausreden, das wusste sie insgeheim, der Außenpool hatte sie bei diesen noch kühlen Temperaturen einfach nicht gereizt.

Benny hingegen schien das nicht viel auszumachen. Ihm genügte es, wenn der Pool durch die Sonnenstrahlen ein wenig erwärmt wurde. Weil er sich über ihre Kälteempfindlichkeit lustig gemacht hatte, war Zita schließlich doch ins Wasser gestiegen. Jetzt, wo sie sich an die Wassertemperatur gewöhnt hatte, kam es ihr sogar relativ warm vor, zumindest wenn sie sich schnell bewegte.

Sie konnte ein wohliges Stöhnen nicht unterdrücken, als sie sich weiter ins Wasser gleiten ließ. Sie war in letzter Zeit so verspannt und hatte das Gefühl, ihre Nackenschmerzen nie loszuwerden. Nachdenklich blickte sie zu Benny hinüber, der bereits seine Bahnen gezogen hatte. Wahrscheinlich keine schlechte Idee, denn ihr wurde schnell wieder kalt, obwohl das Becken durch zwei Mauern vor dem Wind geschützt war.

Hier im Wasser fühlte sich Benny wohl, was damit zusammenhing, dass seine Behinderung hier viel weniger auffiel und er in seiner Bewegungsfreiheit nicht so eingeschränkt war wie an Land. Zwar konnte er auch hier seine Beine nicht bewegen oder spüren, aber er konnte viel besser schwimmen als Zita, weil er in den letzten zwei Wochen viel Zeit zum Üben gehabt hatte.

Anfangs hatte Benny große Schwierigkeiten, sich überhaupt über Wasser zu halten. Nicht nur, dass seine Beine ihm beim Schwimmen nicht mehr helfen konnten, sie behinderten ihn auch extrem, weil sie schwer an ihm hingen und seinen Körper nach unten zogen. Inzwischen ging es aber ganz gut und er hatte sich einige Tricks einfallen lassen.

Zita holte tief Luft, ließ sich ganz ins Wasser gleiten und tauchte mit dem Kopf unter. Ihre blonden Haare fühlten sich weich an, wenn sie nass waren. Sie wusste, dass Benny es liebte, ihr nasses Haar zu berühren. Früher waren sie manchmal zusammen in die Badewanne gegangen und Benny hatte ihr die Haare gewaschen und ihre Kopfhaut massiert. Jetzt war daran nicht mehr zu denken. Seit sie das behindertengerechte Bad hatten, duschte Benny viel lieber, weil er das besser allein konnte.

Eine Hand tastete nach ihr. Zita tauchte auf. Benny paddelte vor ihr her und hielt sich mit einer Hand am Beckenrand fest. Er schwamm wirklich schnell. Wie konnte er schon wieder hier sein?

»Du bist fit«, sagte Zita erstaunt und zog Benny in eine Umarmung. Haut an Haut. So eng beieinander. So nah waren sie sich schon lange nicht mehr gewesen.

»Und du bist nicht mehr fit«, erwiderte Benny und legte seinen Arm auf die Kante, bevor er die Umarmung mit dem anderen Arm erwiderte. »Warum gehst du nicht mehr zum Yoga?«

Zita zog die Augenbrauen hoch. »Das ist mir im Moment alles zu viel«, murmelte sie und schloss die Augen, um diesen schönen Moment zu genießen. Es war wirklich schrecklich lange her, dass sie einander so nahe gewesen waren, dass sie sich von Angesicht zu Angesicht umarmen konnten, was durch den neuen Größenunterschied etwas schwieriger geworden war. Und selten waren sie so leicht bekleidet wie jetzt.

»Zita, du musst nicht dein ganzes Leben wegen dieser Sache umkrempeln«, sagte Benny genervt und runzelte die Stirn.

Hastig küsste Zita Benny. Nicht schon wieder Trübsal blasen, dachte sie, nicht jetzt, wo es so schön zwischen ihnen war. Endlich wieder. Ein entspannter, fast nackter Benny war so selten geworden.

Zum Glück half Küssen gegen Trübsinn, stellte Zita fest, denn Benny sah wieder etwas freundlicher aus, als er sich von ihr entfernte. Vielleicht sollte Zita ihn öfter küssen, wenn sich die Stimmung zwischen ihnen umschlug.

»Du solltest wirklich nicht so viel Rücksicht auf mich nehmen, Zita. Du liebst doch Yoga oder Pilates oder was auch immer. Und Zumba hast du auch schon ewig nicht mehr gemacht. Das letzte halbe Jahr war auch für dich nicht leicht und ich finde, du solltest auch mal rausgehen, um abzuschalten. Es tut mir leid, dass ich das oft vergesse«, erklärte Benny fürsorglich. »Ich werde in Zukunft mehr darauf achten, dass du deine Kurse besuchst. Ich weiß, wie gut dir das tut und wie gerne du deine Mädels aus dem Fitnessstudio triffst.«

Es war in den letzten Wochen wirklich nicht oft vorgekommen, dass Benny sich um sie gekümmert hatte. Obwohl sie es vermisst hatte, weil er sie früher mit Aufmerksamkeit überschüttet und verwöhnt hatte, konnte Zita ihm das nicht übel nehmen, denn sie wusste, dass ihre Probleme im Vergleich zu denen von Benny verschwindend gering waren. Trotzdem war es für sie manchmal anstrengend, immer der stärkere und tröstende Part in der Beziehung zu sein, obwohl sie das gar nicht gewohnt war.

Vor dem schrecklichen Vorfall war Benny derjenige gewesen, der Zita aufgefangen hatte. Zita war sich nicht sicher, ob sie sich gegen ihre Eltern hätte auflehnen können und ob sie die Ablehnung ihrer Freunde ihr gegenüber so gut hätte ertragen können, wenn Benny nicht gewesen wäre, der mit seiner unglaublich guten Laune und seiner motivierenden Art immer dafür gesorgt hatte, dass Zita nie aufgab.

Nun gab es niemanden mehr, der Zita unterstützte, denn von ihren Freundinnen erwartete Zita nichts mehr und ihre Eltern und sie hatten ein eher kühles Verhältnis zueinander, seit Zita verkündet hatte, dass sie mit Benny zusammenziehen wollte. Manchmal war Zita selbst zum Weinen zu Mute, wenn ihr bewusst wurde, wie sehr Benny litt und wie sehr sich ihre Beziehung verändert hatte, obwohl sie sich doch gerade erst in der Verliebtheitsphase befunden hatte, die so jäh unterbrochen worden war.

Aber all das spielte keine Rolle mehr, denn Benny zappelte lebendig und voller Energie in ihren Armen, während er sie aufmerksam ansah. Wahrscheinlich hatte er keine Ahnung, was er bei Zita auslöste, denn er war sich gar nicht bewusst, wie nah und eng und nackt sie gerade waren. Leider konnte er es nicht mehr spüren. Für einen Moment schloss Zita die Augen, denn sie merkte, dass sie erregt war und es heftig in ihr pulsierte. Tatsächlich war sie froh, dass Benny es nicht bemerkte, denn das hätte ihn nur wieder unter Druck gesetzt. Wie lange war es her, dass sie sich so nahe gewesen waren? Obwohl sie sich in den Armen hielten und Zärtlichkeiten austauschten, waren es eher tröstende Berührungen, die nichts mit Sexualität zu tun hatten.

»Weißt du, Babe, es ist immer noch meine Behinderung. Du bist nicht querschnittgelähmt und musst nicht auf alles verzichten, nur weil ich es nicht mehr kann. Ich weiß, wie sehr dich das alles quält«, fügte Benny hinzu.

»Was genau meinst du damit? Auf was verzichte ich?«, fragte Zita überfordert. Sie verlagerte ihr Gewicht ein wenig und zog Benny näher zu sich.

»Hörst du mir überhaupt zu?«, fragte Benny irritiert. Zum Glück lächelte er und reagierte nicht verärgert. »Ich würde mir wünschen, dass du weiter Sport treibst.«

»Es macht mir nichts aus, auf die Kurse zu verzichten«, log Zita. In Wahrheit wusste sie, dass es ihrem Rücken gut tun würde, sich wieder zu bewegen, und sie vermisste wirklich den Zumba-Kurs mit den Mädels und der lauten Musik und das Sekttrinken danach.

»Das ist doch Quatsch«, erwiderte Benny. »Du leidest schon genug. Ich weiß, dass wir seitdem nicht mehr ausgegangen sind und keinen Sex mehr hatten. Es ist nicht fair, dass du meinetwegen auch noch auf dein Fitnessstudio verzichtest.«

»Deine Launen sind viel schlimmer als die Tatsache, dass wir bestimmte Dinge nicht mehr tun«, warf Zita ein.

Sie erwartete, dass Benny wieder an die Decke gehen würde, doch stattdessen spürte sie eine starke Hand auf ihrem Rücken, die sie zu sich zog, und einen Mund, der ihren Hals küsste, einen weichen, warmen, feuchten Mund und eine kalte, nasse Nase, die über ihre Haut rieb.

»Ich weiß«, flüsterte Benny und presste seine Lippen weiter auf Zitas Haut, was ein wenig kitzelte. »Es tut mir wirklich leid, Zita.«

Zita drückte sich an seinen Körper, weil sie sich nicht dagegen wehren konnte. Sie konnte es einfach nicht. So stark war sie nicht.

Sie hatte Benny schon viel zu lange nicht mehr so intensiv gespürt und seine Querschnittlähmung hatte nichts daran geändert, dass sie einfach verrückt nach ihm war. »Glaubst du, dass deine Aggressionen und deine schlechte Laune irgendwann nachlassen werden?«, fragte sie vorsichtig und räusperte sich.

»Natürlich«, sagte Benny laut und klang so überzeugt, wie er vor dieser Sache meistens geklungen hatte. Eigentlich war er viel optimistischer als sie und hatte sie oft motiviert und angetrieben. Ob er wohl wieder zu sich selbst finden würde? Oder hatte ihre Mutter recht, dass so etwas einen Menschen so sehr prägte, dass es ihn für immer veränderte? »Irgendwann muss ich mich damit abfinden. Und ich will das auch, weil ich ... ich mag es selbst auch nicht, so unausgeglichen zu sein.«

»Ja, das kann ich verstehen«, murmelte Zita und küsste Benny auf die Schläfe. Dann fügte sie leise hinzu: »Manchmal fühle ich mich so überfordert. Und erschöpft und so unendlich traurig.«

»Ich auch«, gestand Benny. »So vieles ist noch so ungewohnt und ich fühle mich so gefangen in diesem unkooperativen Körper. Ich will rennen, springen, Motorrad fahren - aber ich kann nicht. Ich will weg von hier, einfach weg - mit dir. Dich nehmen und einfach weglaufen.«

»Davonlaufen hört sich gut an«, flüsterte Zita, schloss die Augen und drückte sich noch enger an Benny. Sein Körper strahlte Wärme, Zuversicht und Stärke aus und sie fühlte sich wie eine Süchtige, die nach einem langen Entzug wieder bei ihrer Droge gelandet war. »Einfach abhauen und das alles hinter uns lassen.«

»Weißt du was?«, fragte Benny leise. »Ich habe immer noch ein sexuelles Verlangen, aber ich weiß nicht, wie ich es ausleben soll. Das ist wirklich ein bisschen irritierend. Aber ich glaube, ich würde gerne noch in irgendeiner Form sexuell aktiv sein.«

»Wirklich?« Zita strich ihm sanft über den Rücken und ertastete die Narbe, die Benny noch von den Operationen hatte. Eine zärtliche Berührung, die sie sehr bewusst ausführte, während sie Benny in die Augen sah.

»Natürlich«, bestätigte Benny und nickte. »Ich habe eine wunderbare, hübsche Freundin an meiner Seite. Natürlich habe ich noch sexuelle Wünsche, was dachtest du denn? Aber es gibt einfach keine Möglichkeit mehr, es rauszulassen. Es auszuleben.«

Nachdenklich nickte Zita und berührte die Narbe, die die Schussverletzung hinterlassen hatte. Im Vergleich zur Operationsnarbe war sie fast unscheinbar. Eine kleine Verletzung an der Hautoberfläche, die doch so bleibende und schwere Schäden hinterlassen hatte.

»Ich spüre nicht einmal, dass du mich jetzt berührst«, sagte Benny und presste seine Stirn gegen ihre Wange. »Ich weiß es, weil ich sehe, wie sich deine Schultern bewegen, aber ich spüre es nicht. Du kannst dir nicht vorstellen, wie schrecklich das ist.«

Sofort schob Zita ihre Hand etwas höher und sah Benny nachdenklich an. »Macht dir der Gedanke, wieder schwer verletzt zu werden, Angst?«, fragte sie. Es war das erste Mal, dass sie so offen und unbefangen darüber sprachen. Außerdem konnte sie ihn ein wenig ablenken, denn sie hatte keine Ahnung, wie sie sein Problem lösen sollte. Sie selbst war erschüttert, wie sehr sich ihr Leben von einem Tag auf den anderen verändert hatte und wie viel Glück Benny hatte, überhaupt überlebt zu haben.

»Ja«, sagte Benny nüchtern. »Sehr. Manchmal bekomme ich Panik deswegen. Es ging alles so schnell. Eben war ich noch Polizist im Dienst und dann lag ich hilflos im Krankenbett.«

»Wenn ich nur wüsste, wie ich dir helfen könnte.« Seufzend zog Zita Benny an sich. Seine Wärme zu spüren, seinen Herzschlag zu hören, seine Lebendigkeit zu fühlen - das brauchte sie so sehr.

»Du hilfst mir, Zita«, erwiderte Benny ernst und schob sie ein Stück von sich weg. »Aber ich schaffe das nicht von heute auf morgen. Das ist vielleicht die größte Herausforderung meines Lebens und nichts im Vergleich zu dem, was ich bisher erlebt habe. Du weißt, dass meine Kindheit nicht immer einfach war, aber das hier ist etwas ganz anderes. Ich weiß, es ist eine schlechte Entschuldigung für meine Launen, aber es ist die einzige, die ich dir geben kann.«

»Ich liebe dich.« Obwohl Zita einerseits so verzweifelt war, weil sie nicht wusste, wie sie damit umgehen sollte, und andererseits so erleichtert, dass sie wenigstens wieder miteinander reden konnten, blieb ihre Stimme stabil.

»Ich weiß.« Benny küsste sie energisch. »Wir lieben uns, und das hilft so sehr. Zumindest oft.«

»Wirklich?« Zita schüttelte irritiert den Kopf. Bisher war sie davon ausgegangen, dass Bennys Freunde viel bessere Gefährten für ihn waren. »Glaubst du wirklich, dass ich dir helfe?«

»Natürlich.« Benny grinste und bewegte sich wieder im Wasser, und Zita hielt den Atem an, als sein Oberkörper ihre Brust berührte. Amüsiert sah Benny Zita an, beugte sich vor und flüsterte: »Gut, dass meine Finger nicht verletzt wurden, oder?«

»Was meinst du damit?«, fragte Zita hastig und spürte, wie sie errötete.

»Du bist so schön, Babe«, hauchte Benny leise und strich ihr behutsam das nasse blonde Haar über die Schulter nach hinten. Dann spürte Zita eine Hand zwischen ihren Beinen. Es war eine Ewigkeit her, dass Benny sie dort berührt hatte. Es fühlte sich ungewohnt und aufregend an, fast wie damals, als sie sich zum ersten Mal näher gekommen waren.

»Du musst das nicht tun«, murmelte Zita und legte ihren Arm um Bennys Schultern, um mehr Halt zu haben.

»Warum nicht?« Benny sah sie interessiert an.

Zita biss sich vor Erregung auf die Zähne, als Benny sie weiter sachte berührte. Es fühlte sich so gut an. So richtig gut.

»Es spricht nichts dagegen, uns wenigstens auf diese Weise näher zu kommen«, antwortete Benny. »Wir hätten uns nie so weit voneinander entfernen dürfen.«

Zita riss die Augen auf. »Aber solche Phasen sind normal.«

»Sie müssen auch wieder vorbeigehen. Ich hoffe, dass wir das gemeinsam schaffen», murmelte Benny.

Zita streichelte Benny liebevoll über die Wange. »Wir schaffen das, Benny. Es gibt Hilfsmittel - das ist nichts, wofür du dich schämen musst, Benny. Wirklich nicht«, sagte Zita schnell, als Benny das Gesicht verzog. »Das habe ich gelesen ... in einem Forum. Aber wir können das auch ohne ... Wenn wir uns Zeit nehmen, dann ... Ich meine, ich bin mir sicher, dass ... Und überhaupt ...« Bennys Hand fühlte sich gut an. Zita konnte sich kaum noch darauf konzentrieren, Benny zu trösten. Sie schloss die Augen und legte ihre Lippen auf Bennys Hals. »So gut«, flüsterte sie. »Du bist so gut.«

»Genug Rücksicht genommen, Baby. Jetzt bist du dran«, sagte Benny, streichelte Zita weiter und drehte ihren Kopf, um sie zu küssen.

Sofort entspannte sich Zita. Sie in Bennys Armen, seine Hand auf ihrer Haut, die Wärme seiner Stimme und das Wasser, in dem sie schwebte - das fühlte sich richtig gut an. Sie spürte nicht einmal, dass ihr kalt wurde. Der Orgasmus kam schnell und fast schmerzhaft heftig. Es fühlte sich so atemberaubend an wie nie zuvor, aber vielleicht war das auch nur Einbildung, denn Zita hatte schon vergessen, wie es mit Benny war, dessen Finger unglaublich talentiert waren. Die ganze Energie, die sich in den letzten sechs Monaten aufgestaut hatte, schien sich zu entladen, und sie stöhnte und lehnte ihre Stirn an Bennys Schulter, um sich zu entspannen.

Benny drehte seinen Kopf und küsste sie energisch auf die Stirn. »Du bist wunderschön, wenn du kommst, Zita.«

*

Am Abend, als Benny schon neben ihr eingeschlafen war, scrollte Zita noch ein wenig durch die sozialen Medien und stieß dabei auf ein Bild, das Helena von sich und Roland gepostet hatte. Plötzlich war sie überzeugt, dass sie Helena etwas Nettes schreiben sollte. Sie öffnete die Kurznachrichten und teilte Helena mit, wie sehr ihr das Bild gefiel. Helena und Zita hatten so gut wie nie Kontakt zueinander. Benny war derjenige, der Verabredungen traf oder andere Dinge organisierte. Oft mit Roland, aber manchmal auch mit Helena. Zita war nie involviert.

Helena antwortete sofort und bedankte sich, dann fragte sie Zita, wie Benny und sie den Tag verbracht hätten.

Zitas Finger schwebten eine Weile über dem Bildschirm, sie betrachtete Benny, wie er schlief, der Mund leicht geöffnet, der Kopf ruhend auf dem noch aufgeschlagenen Krimi.

Dann begann sie zu tippen. Sie erzählte Helena von dem katastrophalen Treffen mit ihren Freundinnen, davon, dass Benny sich endlich die Stellenbeschreibungen angeschaut hatte und wie traurig sie war, dass sie am nächsten Tag allein zu ihren Eltern gehen musste.

Helena hakte nach.

Zita hatte sich lange danach gesehnt, sich jemandem zu öffnen. Also erzählte sie Helena noch mehr. Von ihren Plänen für Ostern, von ihrer Idee, den Karfreitag zu nutzen, um das Grab von Bennys Eltern zu besuchen, von ihrem Vorschlag, Daphne und Gregor einzuladen, und davon, dass sie mit Benny an Ostern ihre Eltern besuchen wollte. Von ihrer Angst, dass ihnen die Decke auf den Kopf fallen könnte. Dass sie sich Sorgen um die Zukunft mache und Angst habe, Benny nicht helfen zu können, und dass sie nicht wisse, wie sie und Benny weiterleben sollten, wenn sie sich weiterhin so von der Außenwelt abschotteten.

Das Gespräch verlief gut. Helena kommentierte vieles und gab Zita das Gefühl, dass sie Zita in vielen Dingen gut verstand.

Dann schickte Zita ihr den Link zu der Fahrschule, mit der sie Kontakt aufgenommen hatte, und dass sie sie Benny gegenüber noch nicht erwähnt hatte.

Während Helena die Website studierte, schrieb sie eine Weile nicht. Zita nutzte die Gelegenheit und zog das Buch unter Bennys Gesicht hervor. Sie steckte das Lesezeichen hinein und schob das Buch auf ihren Nachttisch. Dann schaute sie sich die Webseite selbst an, obwohl sie sie inzwischen auswendig kannte.

Seltsam, wie wenig Zita über Querschnittgelähmte und Körperbehinderte wusste. Selbst jetzt fühlte sie sich unbeholfen. Obwohl Bennys Verletzung sie schon einige Monate begleitete und sie mit vielen Ärzten, Ergotherapeuten und auch einem Psychologen gesprochen hatte, war das Thema Auto nie zur Sprache gekommen. Zita war davon ausgegangen, dass Benny einfach nicht mehr fahren könne. Wahrscheinlich war es in der Reha ein Thema gewesen, aber es gab einfach so viele andere Dinge zu bedenken, dass es bei Zita untergegangen war. Auch Benny hatte es nie angesprochen. Dabei war Benny das Autofahren und sein Sportwagen so wichtig.

Sie war im Internet gewesen, ursprünglich um herauszufinden, ob Benny noch Kinder zeugen konnte. Vielleicht war das egoistisch, aber Zita wollte eine Antwort auf diese Frage. Leider war keine Querschnittlähmung wie die andere. Es war eine unglaublich komplexe Behinderung und Zita hatte trotz langer Suche keine befriedigende Antwort gefunden. Stattdessen war sie auf etwas anderes gestoßen. Etwas, das Bennys Leben erleichtern und ihm Lebensqualität zurückgeben könnte. Sie wollte ihn damit überraschen, aber dazu musste sie ihn irgendwie zu ihren Eltern locken.

»Wow!«, schrieb Helena. »Was für eine schöne Überraschung. Jetzt verstehe ich, warum dir dieses Treffen so wichtig war. Ich komme vorbei und dann überreden wir ihn.«

So hatte Zita es nicht gemeint, aber am nächsten Morgen stand Helena in ihrem Wohnzimmer und redete auf Benny ein, der in seinem Lieblingssessel saß und den Rollstuhl wie immer hinter sich geschoben hatte, damit er ihn nicht sehen musste. Roland, der mitgekommen war, blieb wie Zita ein wenig skeptisch.

Was würde es ihr bringen, wenn Benny sich verpflichtet fühlte, ihre Eltern zu besuchen, er aber feindselig reagierte und ihre Eltern sich noch vehementer gegen die Beziehung wehren würden? Das wäre kontraproduktiv.

»Ich finde wirklich, das geht euch nichts an. Wenn Benny nicht will, sollten wir das akzeptieren.« Zita fuhr sich durch die Haare, die bestimmt schrecklich aussahen.

Fremde Leute zu empfangen, besonders wenn es sich um Bennys Freunde handelte, die lautstark herumschrien, ohne dass Zita die Möglichkeit hatte, einen Kaffee zu trinken oder sich herzurichten, war schwierig. Auch wenn Zita gut geschlafen hatte, wollte sie nicht ungeschminkt und unvorbereitet vor Bennys Freunden stehen.

Roland drehte sich zu ihr um. Er sah sie erstaunt an.

Zita hob die Schultern. Warum wunderte er sich, dass sie Benny unterstützte? Ganz im Gegensatz zu seiner Partnerin, die wieder einmal in Aktionismus verfiel. Es tat ihr so leid, dass sie Helena so viel anvertraut hatte.

»Ich halte es für eine gute Idee, die Einladung von Zitas Eltern anzunehmen«, wiederholte Helena und ignorierte Zitas Einwand.

»Warum?«, fragte Benny verblüfft. »Warum ist dir das so wichtig?« Er sah in seiner Verwirrung fast ein wenig niedlich aus. Seine Augen hatten eine intensive Farbe, als er Helena anstarrte. Dass er in einem Sessel saß und nicht im Rollstuhl, ließ Zita fast glauben, dass das alles nur ein Albtraum gewesen war.

»Ihr solltet mal wieder rausgehen, Benny«, erklärte Helena.

Benny runzelte nachdenklich die Stirn. »Und warum sollen wir bei ihren Eltern anfangen, wo ich mich doch schon vorher so unwohl dort gefühlt habe?«

»Irgendwann musst du damit anfangen«, erwiderte Helena resolut.

Mit gerunzelter Stirn ging Zita in die Küche, um sich einen Kaffee zu machen. Langsam wurden ihr Bennys Freunde wirklich zu viel. Sie fand es schrecklich, wie Helena mit ihm reden konnte, ohne dass Benny an die Decke ging. Bei ihr hätte er bei so einem Verhalten schon lange unleidlich reagiert.

Vielleicht war es Eifersucht, überlegte Zita und warf Zucker in den Kaffee. Sie wusste, dass sie manchmal zu ungeduldig mit Benny umging, obwohl sie sich so sehr bemühte, verständnisvoll zu sein. Aber vielleicht ließ Benny sich von Helena mehr gefallen, weil sie seinen Wunsch unterstützte, den Rollstuhl nicht im Blickfeld zu haben. Helena hatte den Rollstuhl sofort hinter den Sessel geschoben, damit Benny ihn nicht mehr sehen musste. Als ob Bennys Probleme verschwinden würden, wenn man sie unsichtbar machte!

Aber Benny vergaß seine Behinderung nie. In jeder Sekunde konnte Zita die Hilflosigkeit in Bennys Augen sehen. Ständig und immer war Benny sich dessen bewusst. Es half nichts, Dinge zu verschweigen oder zu verstecken. Am Ende war Benny derjenige, der den Stoff seiner Jeans nicht mehr an den Beinen spürte, der nicht einfach aufstehen konnte, um wegzugehen, der nach vorne kippte, wenn er sich zu weit nach vorne beugte, weil seine Bauchmuskeln ihm keinen Halt mehr geben konnten. So gesehen war es sogar gefährlich, Benny vergessen zu lassen, dass er nicht mehr der Alte war.

Der Kaffee schmeckte gut, und während Zita sich an die Küchen-zeile lehnte, spürte sie, wie sie ein wenig ruhiger wurde. Schließlich konnte Helena nichts dafür, dass Zita sich nicht so gut mit Benny verständigen konnte und etwas unbeholfen war, wenn es darum ging, Benny zu helfen.

Von draußen hörte Zita das Gespräch. Wenn sie diejenige gewesen wäre, die Benny zu überzeugen versuchte, hätte Benny sich längst in die Ecke gedrängt gefühlt und wäre verzweifelt, weil er nicht einfach weglaufen konnte, da war sich Zita sicher. Früher war er immer jemand gewesen, der ständig in Bewegung war, vor allem, wenn er wütend oder gekränkt war. Dann war er durch den Raum gestürmt, hatte Türen hinter sich zugeknallt oder auch mal gegen ein Möbel-stück getreten. Wie oft hatten Zita und er einen ganzen Abend lang geschwiegen, weil sie es so satt hatten, sich anzuschreien? Nie war es ihnen gelungen, Meinungsverschiedenheiten ruhig und verständ-nisvoll auszudiskutieren.

Gegenüber Helena wurde er jedoch nicht laut, argumentierte sach-lich, und Helena und er blieben respektvoll. Das Gespräch ebbte ab, Gelächter folgte, dann wurde es langsam still im Nebenzimmer.

»Hallo«, sagte Helena lächelnd, als sie in die Küche trat.

»Willst du auch einen Kaffee?«, fragte Zita und dachte, dass sie gerne eine Zigarette rauchen würde. Obwohl Benny inzwischen wusste, dass sie rauchte, versuchte sie es zu vermeiden, wenn sie zu Hause war. Er sprach sie nur selten darauf an, aber sie wusste, dass er es nicht mochte.

Helena kam vorsichtig näher, als hätte sie Angst vor Zita. »Alles klar bei dir?«, fragte sie.

Zita starrte nachdenklich aus dem Fenster. Im Nachbarhaus musste der Osterhase schon da gewesen sein, denn die Kinder suchten im Garten nach Süßigkeiten. Es war eine sehr nette Familie, die Benny schon oft geholfen hatte, wenn Zita in der Uni war und Benny Hilfe benötigte. Einmal hatten sie ihn sogar zu seinem Paraplegiologen gefahren, weil Benny nicht wollte, dass Zita wieder eine Vorlesung verpasste.

»Du wirkst unausgeglichen«, sagte Helena leise und hob die Hand, um Zitas Schultern zu berühren, als könnte sie so ihre Gefühlslage besser einschätzen.

Sie tat so, als wären sie schon seit Jahren Freundinnen, dabei hatten sie bisher kaum etwas miteinander zu tun gehabt. Natürlich waren sie zusammen ins Kino oder in die Kneipe gegangen, weil ihre Männer Freunde waren, aber geredet hatten sie fast nie miteinander. Seit Benny im Rollstuhl saß, war auch das nicht mehr so häufig vorgekommen, und Helena hatte sich mehr um Benny gekümmert als um Zita, was ja auch irgendwie logisch war. Helena konnte nichts dafür, dass Zita außer Daphne fast der ganze Freundeskreis weggebrochen war.

»Ich versuche, alles richtig zu machen«, betonte Zita schließlich.

»Ich weiß«, sagte Helena. »Du bist ihm eine große Stütze. Du machst das wirklich alles sehr gut. Ich kann mir vorstellen, dass es nicht leicht für dich ist.«

»Ihr unterstützt ihn doch viel mehr«, murmelte Zita und schenkte sich noch einen Kaffee ein.

Helena schüttelte den Kopf. »Es geht nicht darum, wer ihn mehr unterstützt. Es geht darum, dass wir uns ergänzen. Irgendwann muss sich eine Stütze auch mal entspannen, Zita, und an diesem Punkt bist du jetzt angekommen. Denk wieder mehr an dich und mach seine Behinderung nicht zu deinem einzigen Lebensinhalt. Du hast Benny wunderbar getröstet. Aber das Leben darf nicht stehen bleiben, und Benny muss jetzt sehen, wie es weitergeht. Auch wenn es hart klingt.«

»Ich habe ihn überredet, eines der Jobangebote anzunehmen. Ich weiß nicht, ob er damit glücklich wird. Und das Motorrad ... er vermisst es so sehr. Er vermeidet es zwar, darüber zu reden, aber ich spüre es. Ich dachte, wenn er das nicht mehr kann, dann kann er wenigstens Auto fahren. Er meinte, ich solle wieder mit Yoga anfangen, aber ich fürchte, seine Laune wird noch schlechter, wenn er hier allein sitzt und ich unterwegs bin.«

»Du hast jedes Recht, dir einen Ausgleich zu suchen, Zita«, betonte Helena. »Das musst du sogar, sonst hältst du es nicht lange an seiner Seite aus.«

»Ganz ehrlich, so schlimm habe ich es mir nicht vorgestellt«, sprudelte es aus Zita heraus. Sie lehnte sich an die Arbeitsfläche. Ihr Körper fühlte sich verkrampft an, ihre Augen brannten. »Ich werde ihn nicht zwingen, zu meinen Eltern zu gehen.«

»Es ist dir wichtig, Zita«, sagte Helena und räusperte sich. »Und du willst ihm schließlich eine Freude machen. Dass du deine Eltern siehst, ist nur ein Nebeneffekt. Ich bin überzeugt, dass es ihm helfen würde, wenn er selbst fahren könnte. Und du solltest wirklich wieder mit dem Yoga anfangen, Zita.«

»Aber ...«

»Nein«, unterbrach Helena, packte sie am Handgelenk und zog sie aus der Küche ins Wohnzimmer, ohne dass Zita sich wehren konnte. Woher nahm sie nur diese Energie? Nun, sie war mit Roland zusammen. Wahrscheinlich brauchte man dazu Nerven wie Drahtseile und Arme, mit denen man zupacken konnte. »Benny! Du begleitest Zita heute Nachmittag! Zita geht wieder zum Yoga, das haben wir besprochen. Und Roland, nein, halt den Mund, du hältst endlich die Klappe!« Helena stemmte die Hände in die Hüften.

Zita beobachtete Benny aus den Augenwinkeln. Alles an ihm drückte Abneigung, Ärger und Wut aus. Zita war sich sicher, dass er seine Wut am liebsten abreagieren würde, indem er zur Garage stürmte und sich auf sein Motorrad schwang, um eine kleine Runde zu drehen. So hatte sie sich das nicht vorgestellt. Ein schlecht gelaunter Benny und ihre reservierten Eltern an einem Tisch? Das würde bestimmt lustig werden.

»Was ist denn los mit dir?«, fragte Roland.

»Frag nicht so blöd«, fuhr Helena ihn an. »Mir wird es hier langsam zu bunt. Benny ist nicht wegen seiner Behinderung zum Kind geworden, er muss sich nicht so benehmen und ihr müsst ihn auch nicht so behandeln.«

Völlig überrumpelt starrte Zita die Frau an und nickte schließlich wie betäubt.

Nachdem Helena mit ihrem Freund im Schlepptau verschwunden war, sah Benny sehr wütend aus. »Schön!«, sagte er kühl. »Jetzt hast du meine Freunde auf deine Seite gezogen.«

»Das habe ich nicht«, erwiderte Zita. »Ich wollte nicht einmal, dass sie kommen.« Aus den Augenwinkeln sah sie Benny an.

Manchmal wusste sie wirklich nicht, was sie tun sollte. Benny war so kompliziert, seit er bei diesem Einsatz verletzt worden war. Alles war so schwierig geworden.

Aber dann erinnerte sich Zita an den gestrigen Abend und sagte sich, dass es immer noch schöne Momente zwischen ihnen geben konnte. Und solange es die gab, konnte Zita einfach nicht aufgeben. Ein Ruck ging durch ihren Körper.

»Ich gehe ins Bad«, meinte sie und verließ das Wohnzimmer.

*

Da Zitas Eltern mehrere Stufen vor der Haustür hatten und Benny sich nicht im Rollstuhl tragen lassen wollte, schob Zita ihn durch den Garten. Sie war sich nicht einmal sicher, ob ihre Eltern ihr beim Tragen helfen würden, und ob der Gärtner da war, wusste sie auch nicht. Schließlich war heute Ostern.

Die ganze Zeit über schwieg Benny und die Stimmung zwischen ihnen war gereizt. Er gab Zita die Schuld, obwohl es Helena gewesen war, die ihn überredet hatte. Zita hatte ihm zu Hause versprechen müssen, dass er beim Essen auf einem normalen Stuhl sitzen dürfe und den Transfer ohne ihre Eltern machen könne. Also hatte Zita ihre Eltern vorher angerufen und sie gebeten, im Obergeschoss zu bleiben und die Haushaltshilfe die Tür öffnen zu lassen. Ihre Mutter hatte dies mit einer sarkastischen Antwort quittiert, die offenbarte, für wie seltsam sie Zitas Bitte hielt.

Der Transfer vom Rollstuhl in den Stuhl war mühsam, aber Benny konnte einigermaßen stabil sitzen, da der Stuhl eine hohe Rückenlehne und Armlehnen hatte. Sie wusste, dass Benny das nur tat, damit er beim Essen so tun konnte, als sei er nicht gelähmt, aber es änderte nichts an der Tatsache, dass er, egal in welchem Stuhl er saß, nicht aufstehen konnte. Das wussten alle im Raum und keiner von ihnen würde es vergessen, am wenigsten Benny. Wenn Benny auf einem Stuhl ohne Armlehnen saß, konnte er das Gleichgewicht nicht halten, selbst wenn er sich konzentrierte. Die Armlehnen waren also notwendig, auch wenn sie den Transfer erschwerten, da Benny seinen Körper mit der Kraft seiner Arme über das Hindernis heben musste. In der Klinik hatte Benny alle möglichen Arten des Übersetzens gelernt. In der Klinik nannten es alle Transfer. Benny übte zu Hause weiter und war inzwischen richtig geschickt.

Als Benny saß, sah er fast etwas zufrieden aus, und Zita beugte sich vor, um ihn zu küssen, eine Geste, die sie sich nicht mehr trauen würde, sobald die Eltern den Raum betreten hatten. Wenigstens war Benny mitgekommen, und er sah nicht so mürrisch aus, wie Zita erwartet hatte, zumindest wirkte er entspannter, sobald er im Haus war und merkte, dass Zita ihn unterstützte. Sie verschwieg, dass sie es für sein Selbstwertgefühl gesünder gefunden hätte, wenn Benny zu seinem Rollstuhl gestanden und nicht versucht hätte, ihn vor sich und anderen zu verstecken.

Obwohl Benny sich scheinbar ständig mit seiner Behinderung beschäftigte, konnte er sie nicht akzeptieren und sich nicht an den Rollstuhl gewöhnen. Zita hielt es lediglich für eine oberflächliche Beschäftigung.

Zita hätte es lieber gesehen, wenn Benny sich wirklich damit auseinandersetzte, lernte, damit umzugehen, und sich dann wieder anderen Dingen zuwandte. Erst wenn er akzeptierte, dass er querschnittgelähmt war, könnte er anfangen, sich von seiner Behinderung zu lösen. Doch Zita schluckte ihre Meinung hinunter. Sie wusste: Da sie nicht die Betroffene war, konnte sie sich nicht in alles komplett einfühlen. Und sie wusste auch, dass sie von ihm viel verlangte, sehr viel mehr, als sie selbst fähig gewesen wäre, umzusetzen, wäre sie an seiner Stelle.

Erst nachdem Zita den Rollstuhl in ein anderes Zimmer gebracht und selbst neben Benny Platz genommen hatte, bat sie die Haushälterin, ihre Eltern zu holen. Denn erst dann konnten sie die Fassade aufrechterhalten, dass alles beim Alten war.

Das Kaffeetrinken war dann gar nicht so schlecht. Zitas Vater war höflich und ihre Mutter und Benny verstanden sich erstaunlich gut. Das waren die drei Menschen, die Zita am meisten bedeuteten und die sie am meisten liebte. Es machte sie sehr glücklich, dass es noch möglich war, sie für eine Stunde friedlich an einem Tisch zu versammeln.

Vor dem Unfall waren Benny und Zita nicht oft zusammen hier gewesen. Ihr Verhältnis war schon damals nicht das Beste gewesen, aber seit Benny im Rollstuhl saß, schien er Zitas Eltern noch mehr meiden zu wollen. Zita konnte Benny sogar verstehen. Ludwig, ihr Vater, hatte ihren Freund schon oft im Rollstuhl gesehen. Aber das war immer bei ihnen zu Hause und dies schien Benny Sicherheit zu geben. Ludwig verhielt sich auf den ersten Blick gesehen nicht dominanter als früher, aber vielleicht fühlte sich Benny jetzt verletzlicher. Im Grunde aber wusste Zita, dass Ludwig mit seiner Überheblichkeit nur seine eigene Unsicherheit überspielte. Die Beziehung seiner Tochter zu einem Moslem und einem Mann, dessen Herkunft sichtbar anders war, war etwas, woran er sich nicht hatte gewöhnen können. Alles Fremde verunsicherte ihn. Einerseits war Benny jemand, den Ludwig nicht ernst nahm, weil er anders aufgewachsen war als Zita und nicht der richtige Mann für seine Tochter zu sein schien, andererseits war Benny Polizist und damit jemand, vor dem Ludwig Respekt hatte. Seit Benny im Rollstuhl saß, hatte sich das alles dramatisch verschlechtert. Jetzt schien Benny in Ludwigs Augen schwach zu sein und noch weniger geeignet für seine Tochter. Der Respekt, den er Benny wegen seines Berufes entgegengebracht hatte, schien völlig verschwunden zu sein.

Natürlich wusste Zita, dass Ludwig ein Problem mit Rassismus hatte, dass er ableistisches Gedankengut pflegte und darüber hinaus die Menschen nur aufgrund ihres Vermögens in Klassen einteilte. Benny hatte jedes Recht, ihren Vater zu verachten. Aber er war ihr Vater und zumindest ihre Mutter hatte sich in den letzten Wochen sichtlich bemüht, Benny näher zu kommen.

Als es nach dem Essen an der Tür klingelte, standen ihre Eltern auf und zogen sich zurück. Sie waren in den Plan eingeweiht und Zita war ihnen dankbar, dass sie ihr das ermöglichten. Natürlich war es nur eine weitere Möglichkeit, Zita von ihnen abhängig zu machen, aber ohne sie hätte Zita den Kontakt nicht herstellen können.

Vorsichtig nahm Zita Bennys Hände in ihre. Sie waren feucht, denn Benny war aufgeregt. Das Treffen mit ihren Eltern musste ihn ziemlich nervös gemacht haben. Das tat Zita sehr leid. Plötzlich wünschte sie sich, ihre Eltern könnten herzlicher zu ihrem Freund sein und endlich ihre Vorurteile wegen seiner Religion über Bord werfen.

»Benny, der Grund, warum wir uns alle so sehr gewünscht haben, dass du herkommst, ist folgender: Ich habe einen Fahrlehrer gefunden, der Behinderten das Autofahren beibringen kann. Er ist ein Bekannter meiner Eltern und hat sich bereit erklärt, vorbeizukommen. Meine Eltern haben zugestimmt und werden sich für den Rest des Nachmittags zurückziehen, damit du es gleich ausprobieren kannst«, kündigte Zita leise an.

Sie spürte ein Kribbeln im Bauch. Endlich konnte sie Benny zeigen, dass er wieder Auto fahren konnte. Nach all den Stunden, in denen sie heimlich im Internet recherchiert und mit den Leuten von der Fahrschule telefoniert hatte, konnte sie es ihm endlich sagen. Es war erstaunlich, dass er nicht selbst darauf gekommen war. Auch er war ständig im Internet und in irgendwelchen Foren für Querschnittgelähmte unterwegs. Zumindest in der Reha hatte man ihn sicher darauf angesprochen, aber wahrscheinlich waren einfach zu viele Fragen offengeblieben, die Benny mehr interessiert hatten, zum Beispiel, wie er mit seiner Inkontinenz umgehen konnte oder welche Medikamente bei spastischen Anfällen halfen.

»Wie soll das gehen?«, fragte Benny verwirrt.

Zita lächelte. »Du kannst deinen Führerschein umschreiben lassen, dann kannst du ganz normal am Straßenverkehr teilnehmen. Wir kaufen uns ein Auto, das entsprechend umgebaut ist. Dann kannst du das Gaspedal mit der Hand bedienen.«

Benny atmete tief durch. Seltsamerweise schien er nicht sehr begeistert zu sein. »Das wird mit meinem Wagen nicht funktionieren«, sagte er.

»Wir könnten doch ein neues Auto kaufen, oder?«, fragte Zita erstaunt.

»Eine Rentner-Karre meinst du? Du weißt doch, was für tolle

Fahrzeuge ich immer gefahren bin. Meinen Sportwagen kann ich vergessen. Ich frage mich, warum wir ihn noch nicht verkauft haben. Früher bin ich damit einfach losgefahren und jetzt ... « Bennys Stimme wurde leiser. Es war das erste Mal, dass er überhaupt von seinem Auto sprach, das bisher unbenutzt in der Garage gestanden hatte, weil Zita lieber ihr eigenes Auto genommen hatte und Benny eigentlich nur mit viel Mühe einsteigen konnte, weil es tiefer gelegt war. So hatte er es nicht einmal als Beifahrer benutzen können.

»Jetzt brauchst du nur noch ein bisschen Unterricht und ein modifiziertes Auto«, unterbrach Zita ihren Freund und drückte Benny beruhigend die Hand. »Dein neues Auto wird wieder cool, glaub mir.«

»Was genau meinst du mit modifiziert?«, fragte Benny und begann hektisch, mit der Serviette zu spielen, die die Haushälterin noch nicht weggeräumt hatte. »Ich steige nicht in ein Auto mit Hebebühne oder so einen Omaquatsch. Das kannst du gleich vergessen. In der Reha haben sie einen Vortrag über solche Teile gehalten, aber da bin ich gar nicht erst hingegangen, weil ich so ein Auto auf keinen Fall fahren will. Das geht wirklich nicht mit meiner Liebe zu Autos.«

Obwohl ihr Herz heftig klopfte und Zita sich mehr als unwohl fühlte, konnte sie sich ein Lächeln nicht verkneifen. »Ich war dort in der Fahrschule und der Fahrlehrer hat mir ein Auto gezeigt. Man sieht es dem Auto nicht an«, erklärte sie.

»Aha.« Benny sah sie skeptisch an.

Zita atmete tief durch. »Ja, es gibt Autos mit Rollstuhllift, aber da du jung und kräftig bist, brauchst du den nicht unbedingt. Zum Glück bist du Paraplegiker und kein Tetraplegiker. Wir sollten dankbar sein, dass deine Arme und Hände nicht betroffen sind. Nur wenige Zentimeter haben dich davor bewahrt. Also fang an und nutze das, anstatt dich selbst so behindertenfeindlich zu äußern, wie du es meinem Vater vorwirfst.« Im Laufe des Vortrags war sie immer lauter geworden, aber sie fand, dass Benny das jetzt vielleicht auch verdient hatte.

»Und alles wird mit den Händen gemacht? Bremsen, Gas geben und lenken? Tut mir leid, aber ich glaube nicht, dass ich das kann«, knurrte Benny und kniff die Augen zusammen. »Ich werde wie ein Sack im Sitz hängen und eine erbärmliche Figur abgeben. Außerdem ...«

»Du kannst auf dem Beifahrersitz sitzen, du wirst genauso stabil auf dem Fahrersitz sitzen können«, unterbrach Zita energisch.

Manchmal fragte sie sich, was Benny eigentlich machte, wenn er ständig vor dem Computer saß und im Internet surfte. Er behauptete immer, er würde recherchieren, aber wenn er das wirklich getan hätte, dann wüsste er jetzt, dass Autofahren mit seiner Behinderung relativ einfach war.

»Und ja, bremsen und Gas geben kann man mit einem Hebel, der sich auf Höhe des Lenkrads befindet«, antwortete sie.

Benny schüttelte schnaubend den Kopf.

Aber Zita achtete nicht darauf und fügte hinzu: »Das Einzige, worauf wir noch achten müssen, ist, dass es eine Automatikschaltung hat. Und das stört dich doch hoffentlich nicht, oder?« Unwillkürlich fragte sie sich, wer von ihnen ein Autonarr war. Hätte Benny sie nicht über die Möglichkeiten aufklären müssen? Im Gegensatz zu ihm hatte sie sich noch nie für Autos interessiert.

»Und das nennst du ein bisschen modifiziert?«, warf Benny gereizt ein. »Das ist ein Auto, das extra für mich angefertigt werden muss.«

»Was ist denn dein tiefergelegter, getunter Sportwagen, der in der Garage steht und den du bis vor kurzem noch heiß und innig geliebt hast, wenn nicht ebenfalls modifiziert?«, fragte Zita kühl.

Benny sah sie an, schnaubte, kurz darauf wurde der Ausdruck in seinen Augen etwas sanfter.

Zita strich Benny zärtlich über die Haare, obwohl sie sich fragte, woher sie diese Geduld hatte. Vielleicht war es das Haus ihrer Eltern, das sie zwang, leise zu sein.

Manchmal war Benny stur und machte sich das Leben unnötig schwer. Aber wer wusste schon, wie sie selbst reagieren würde, wenn sie auf einen Rollstuhl angewiesen wäre?

»Es gibt so viele querschnittgelähmte Menschen, die Auto fahren, Benny. Warum sollst du das nicht können, wo du doch immer so begeistert von Autos warst? Vielleicht solltest du endlich die Hilfen annehmen, die dir zur Verfügung stehen, anstatt zu Hause rumzu-hocken. Denk daran, was wir im Pool besprochen haben. Wir können uns gerne von meinen Eltern verabschieden und du fährst heute nicht mehr. Das kann ich akzeptieren, solange du akzeptierst, dass ich dich nicht ständig irgendwohin fahren kann. Wir können aber auch hier bleiben und du schaust dir das an. Es ist deine Entscheidung. Aber setz dich nicht hin und meckere über mich. Das habe ich nicht verdient. Ich habe es mir auch nicht ausgesucht.«

Einen Moment lang schwieg Benny, dann verdrehte er die Augen und seufzte. »Na gut«, sagte er unfreundlich. »Dann lass mich mal sehen.«

Entschlossen schüttelte Zita den Kopf. »Tu mir einen Gefallen und vergiss nicht, dass ich deine große Liebe bin, ja?«, bat sie und fühlte sich unglaublich verlassen.

Benny schwieg. »Okay«, sagte er schließlich und berührte leicht ihre Hand. »Ist der Fahrlehrer mit dem Auto draußen?«

»Ja, ich glaube schon«, sagte Zita und stand auf. »Ich hole deinen Rollstuhl.«

Sie ging nicht direkt zum Rollstuhl, sondern öffnete die Balkontür, die vom Flur auf einen kleinen Balkon führte. Mit zitternden Fingern zündete sie sich eine Zigarette an und inhalierte tief, während sie in den Garten ihrer Eltern blickte. Dass Benny jetzt allein im Ess-zimmer saß und dort feststeckte, weil er ohne Rollstuhl nicht weg-kam, ließ sie sich weniger schlecht fühlen, als es angebracht war. Grimmig dachte sie, dass sie ihm diesen grausamen Moment der Hilflosigkeit gönnte. Doch als sie die Zigarette zu Ende geraucht und in der Blumenerde der Geranien versteckt hatte, überkam sie doch ein schlechtes Gewissen.

Benny sagte nichts, sondern hob die Hand und ließ sich von ihr in den Rollstuhl helfen, nachdem sie den Raum betreten hatte. »Möch-test du einen Kaugummi?«, fragte er leise. »Ich habe welchen dabei.«

»Warum?«, fragte Zita verärgert.

»Du riechst nach Tabak.« Benny zog amüsiert die Augenbrauen hoch. Er sah verschwörerisch aus. Als wären sie ein Team. »Dein

Vater wird ausflippen, wenn er das riecht.«

»Von mir aus.« Als Zita sich vorbeugte und er die Hand in die Hosentasche schob, beugte er sich vor und küsste sie unbeholfen auf die Lippen.

»Ich habe keine dabei«, murmelte er.

Er hatte sie nur küssen wollen! »Du gemeiner Kerl«, beschwerte sich Zita und grinste.

Unbemerkt von ihren Eltern, die sich wie verabredet zurückgezogen hatten, fuhr sie Benny an den Schiebegriffen durch den Garten auf den Hof. Dem Fahrlehrer merkte man an, dass er oft mit behinderten Fahrschülern zu tun hatte, denn er stockte nicht wie andere Leute, als er den Rollstuhl sah. Stattdessen gab er Benny die Hand und öffnete sofort die Fahrertür.

»Am Anfang ist es ein bisschen kompliziert«, sagte er. »Aber wenn man den Dreh raus hat, kann man ganz schnell einsteigen. Dann heben Sie den Rollstuhl hinter sich auf die Rückbank. Vorher müssen natürlich die Räder abmontiert werden. Das ist einfacher, als es sich jetzt anhört.«

Etwas verunsichert rollte Benny etwas näher heran und schaute ins Innere des Wagens. »Sieht fast normal aus«, sagte er und beugte sich vor, um den Hebel zu sehen, der das Gaspedal ersetzte.

»Sicher«, sagte der Fahrlehrer. »Das habe ich Ihrer Freundin auch gesagt. Es ist ein normales Auto, an dem ein bisschen herumgebastelt wurde. Bei Ihrem Grad der Lähmung kann man sich überlegen, ob man einen Gurt anbringt, damit Sie die Tür besser schließen können, oder einen zusätzlichen Griff, damit Sie einfacher ein- und aussteigen können, aber das ist eigentlich das Entscheidende.« Der Fahrlehrer beugte sich über Benny und zeigte ihm den Hebel, der das Gaspedal und die Bremse ersetzte.

Als der Fahrlehrer Benny ins Auto half, musste Zita schlucken. Es fühlte sich komisch an, denn Benny hatte sich vor seiner Verletzung immer ganz lässig in den Sitz fallen lassen. Immer wenn er einen Motor unter dem Hintern hatte, war er sehr locker, entspannt und unbekümmert gewesen und hatte Zita damit ziemlich beeindruckt. Diese Zeiten waren vorbei. Vieles hatte sich geändert. Aber als

Benny endlich hinter dem Lenkrad saß, wirkte er schon ziemlich vertraut. So vertraut, dass Zita lächeln musste.

*

Während Benny und der Fahrlehrer auf dem Hof ihre Runden drehten, zündete Zita sich eine weitere Zigarette an und kauerte sich gegen die Hauswand. Von hier aus konnten ihre Eltern sie nicht sehen.

Langsam fuhr Benny an ihr vorbei. Sein Gesicht wirkte sehr konzentriert und er hielt sich verkrampft am Lenkrad fest, wahrscheinlich, weil er dem Ganzen noch nicht so recht traute. Da seine Bauchmuskeln ihn nicht mehr halten konnten und sein Rücken dadurch leicht gekrümmt war, sah er nicht mehr so elegant aus wie damals, als sie sich kennengelernt hatten, aber der Fahrlehrer hatte Zita erzählt, dass es anatomisch geformte Sitze gab, die genau auf Benny zugeschnitten waren und ihm mehr Halt geben konnten.

»Alles in Ordnung?«, fragte Zita durch das offene Fenster, als Benny wenig später wieder langsam an ihr vorbeifuhr.

Ihr Freund war viel zu sehr aufs Fahren konzentriert, um zu antworten. Wirklich entspannt sah er nicht aus, eher sehr verbissen. Aber wenigstens versuchte er es.

»Wenn Sie fertig geraucht haben, können Sie hinten einsteigen«, rief der Fahrlehrer und Benny bremste abrupt.

»Super«, sagte Zita, rappelte sich auf und warf die Zigarette auf den Boden, ohne sich darum zu kümmern, ob sie jemand finden konnte. Hastig riss sie die Tür auf und stieg hinter dem Fahrlehrer ein. »Alles in Ordnung?«, fragte sie und berührte Bennys Schulter.

Ohne zu antworten, fuhr Benny so ruckartig weiter, dass Zita erschrocken zusammenzuckte.

»Anschnallen«, befahl der Fahrlehrer. »Dann passiert nichts.«

Nachdenklich musterte Zita ihren Freund, während sie den Gurt anlegte. Würde Benny eines Tages wieder so gerne fahren, wie er es früher getan hatte, oder würde er nie wieder Spaß am Fahren haben? Sie starrte aus dem Fenster und betrachtete die Steinfiguren, die ihre

Eltern an den Rand hatten stellen lassen, und grübelte. Am Anfang ihrer Beziehung hatte Benny sie oft auf eine Spritztour mitgenommen. Mit lauter Musik waren sie ewig weit gefahren, nur um dann irgendwo ein schönes Plätzchen zu finden und ein Picknick zu machen. Manchmal hatte Benny Zita massiert, manchmal waren sie auch intim geworden. Es war eine schöne Zeit gewesen. Es schien eine Ewigkeit her zu sein, dabei war nicht einmal ein Jahr vergangen.

Als Zita ein Lachen hörte, drehte sie erstaunt den Kopf und verdrängte die Erinnerungen an die Vergangenheit. Es war ein Geräusch, das sie für immer verloren geglaubt hatte. Benny lachte und sah dabei tatsächlich glücklich aus.

»Ich würde gerne ein bisschen schneller fahren«, verkündete er laut und zwinkerte Zita verschwörerisch durch den Rückspiegel zu, was Zita durch Mark und Bein ging. Er sah aus wie der Mann, in den sie sich verliebt hatte. Ein bisschen verwegen, draufgängerisch, flirtend und fröhlich.

»Dann geben Sie Gas«, kommentierte der Fahrlehrer nüchtern. »Es liegt in Ihrer Hand. Im wahrsten Sinne des Wortes.«

Zaghaft erhöhte Benny die Geschwindigkeit und lachte wieder, was Zitas Herz hüpfen ließ.

»Das klappt schon ganz gut«, meinte der Fahrlehrer, nachdem Benny geschmeidig neben Zitas Auto eingeparkt hatte, als wäre es keine Meisterleistung. Zita war unglaublich stolz auf ihn und nun davon überzeugt, dass Benny die Liebe zu Fahrzeugen wiederfinden könnte, auch wenn ein Auto nie sein Motorrad ersetzen würde. »Noch ein paar Stunden und wir können Sie auf die Straße schicken. Ich kann Sie auch beim Kauf beraten. Oder wollen Sie lieber Ihr altes Auto umbauen lassen?«

Ihn ignorierend, rutschte Zita so weit zur Seite, wie es der Rollstuhl zuließ, den Benny vorhin über sich nach hinten gehoben hatte, und umarmte ihn von hinten. Sie drückte ihre Nase an sein Ohr. Benny ließ das Lenkrad los und nahm Zitas Arm. »Danke«, hauchte er.

Obwohl Zita davon überzeugt war, dass von nun an nicht alles einfacher werden würde, fühlte sie sich frei und ausgeglichen, denn dieser Moment war so einmalig und schön, dass sie davon bestimmt noch lange zehren konnte.

*

Am Ostermontag wachte Zita ungewöhnlich früh auf und stellte erstaunt fest, dass sie und Benny sich immer noch an den Händen hielten.

Benny schlief noch. Er lag halb auf dem Bauch, den Kopf seitlich zu ihr gedreht, die Beine übereinandergeschlagen, was unbequem aussah. Wenn er sich bewegte, bewegten sich seine Beine nicht automatisch mit, so dass sein Körper manchmal etwas verdreht aussah. Aber Zita hatte sich längst an diesen Anblick gewöhnt. Mit einem Kribbeln im Bauch betrachtete Zita ihn, strich ihm sanft über die Stoppeln auf der Wange und umfasste mit den Fingern seinen Kiefer. Zufrieden mit diesem Anblick beugte sich Zita vor und begann, Benny wach zu küssen. Sie streichelte jeden Zentimeter seiner Haut. Die Nase, die Lippen, die Ohren, die Wange, den Hals. Irgendwann hielt Zita erstaunt inne. Normalerweise wachte Benny auf, öffnete die Augen und lächelte sie an. Aber jetzt ließ er die Augen geschlossen.

»Bist du wach?«, fragte sie irritiert.

»Bin ich«, murmelte Benny.

»Warum sagst du dann nichts?«, wollte Zita erstaunt wissen.

»Dachte, ich will weiter wachgeküsst werden«, schnurrte Benny und weigerte sich standhaft, die Augen zu öffnen, während er grinste.

»Warum sagst du das nicht gleich? Ich küsse auch wache Kerle.« Lächelnd beugte Zita sich über Benny und begann von vorne. Nase, Lippen, Ohren, Wange, Hals. Dabei übte sie ein wenig Druck aus, so dass Benny nach hinten rollte. Dann ging sie tiefer und fuhr mit der Zunge über die Brustwarzen, die sich steil aufrichteten. Es war schön zu sehen, dass Zita immer noch Einfluss auf Bennys Körper nehmen konnte, und es weckte in ihr den Wunsch, mit ihm intim zu werden, aber Zita ignorierte die Sehnsucht nach dem Sex, den sie früher geteilt hatten, denn jetzt ging es um Benny.

»Fühlt sich gut an«, seufzte Benny.

Mutig hob Zita Bennys Bettdecke an und schlüpfte darunter, um näher bei ihrem Freund zu sein. Da spürte sie, wie sich etwas fest an ihren Oberschenkel drückte. Lächelnd schob sie ihre Hand zwischen Bennys Beine. Es war nicht viel, aber es war da. Vielleicht war Benny nun bereit. Vielleicht hatte er eine Weile gebraucht, aber jetzt schien er es zulassen zu können. So konzentrierte sich Zita auf die Körperstellen, an denen Benny es besonders genoss, gestreichelt und geküsst zu werden. Mit leichtem Druck streichelte sie abwechselnd die Ohren, und an Bennys Lippen hielt sie manchmal inne, um sich einen innigen Kuss zu stehlen.

Schließlich leckte sie über die raue, unrasierte Haut an Bennys Hals und musste lächeln, als sie Benny endlich ein Stöhnen entlocken konnte. Motiviert knabberte sie an Bennys Ohrläppchen und streichelte seine Brustwarzen. Tatsächlich reagierte Bennys Körper - auch an den gelähmten Stellen.

»Das gefällt dir«, sagte Zita leise.

»Was?«, fragte Benny benommen.

Schnell nahm Zita Bennys Hand und drückte sie nach unten, damit Benny es auch spüren konnte. »Fühlst du es?«, fragte sie.

»Ich wusste nicht, dass es noch geht«, stieß Benny überrascht aus. Völlig ergriffen sah er Zita an. Erstaunen und Faszination lagen in seinem Blick. Seine Wangen färbten sich.

Zita wusste nicht, ob er verlegen war oder sich einfach nur freute, aber Benny lächelte. Er fühlte sich also wohl und genoss es. Das war es, was für sie zählte.

Lächelnd verwöhnte Zita Benny weiter. Instinktiv begann sie, auch seinen Unterkörper zu verwöhnen, obwohl Benny es nicht spürte. Sie vergaß aber nicht, sich mit der anderen Hand um die oberen Regionen zu kümmern.

Sie begann herauszufinden, was Benny mochte und was nicht. Worauf er reagierte und worauf nicht. Was sich verändert hatte, und was noch genauso wie zuvor war. Es war, als würde sie zum ersten Mal mit Benny intim werden und seinen Körper neu erkunden. Nur dass Benny ihr nicht mehr sagen konnte, was er mochte und Zita es selbst herausfinden musste. Es war anders als zu Beginn ihrer Affäre.

»Spürst du es?«, fragte Zita neugierig. »Ich meine, irgendwie in dir drin oder so?«

Benny zögerte. »Ja, irgendwie schon.«

»Wirklich?«, fragte Zita erfreut und küsste Benny auf die Lippen.

»Nicht da unten«, antwortete Benny schnell und trübte Zitas Freude ein wenig, »aber im Kopf. Irgendwie. Mein Herz schlägt auch schneller und ... es ist alles sehr ungewohnt.«

»Soll ich aufhören?«

»Nein. Es fühlt sich richtig gut an, nur weniger intensiv und ... ich weiß nicht, irgendwie anders.« Zaghaft lächelte Benny sie an. »Aber vielleicht ist das eine Basis, auf der wir aufbauen können?«

»Natürlich«, meinte Zita. Schnell drückte Zita Benny einen Kuss auf die Stirn. Lächelnd legte sie sich neben Benny und küsste seine Schulter.

Benny zog Zitas Hand nach oben und verschränkte seine Finger mit ihren. Fasziniert betrachtete er die beiden ineinander verschlungenen Hände. »Du bist so geduldig, Zita. Du bist so fürsorglich und dann diese Überraschung mit dem Fahrlehrer - ich bin dir dankbar«, fuhr Benny fort.

»Ich hätte nicht mit jedem so viel Geduld. Aber dich liebe ich halt«, betonte Zita.

Das schöne Lachen am Vorabend und die Streicheleinheiten am Morgen waren für Zita der Lohn für ihre Ausdauer. Sie würde auch in Zukunft Bennys schlechte Laune ertragen, solange Benny sich noch so freuen konnte. Sie wusste, dass Benny noch oft mit seinem Schicksal hadern und sicher auch in Zukunft verzweifeln würde, wenn ihm etwas nicht gelang oder etwas nicht so lief, wie er es gewohnt war, aber sie hatten an diesem Osterwochenende doch einiges erreicht. Und deshalb war Zita sehr stolz - auf Benny und auf sich.

*

»Zita? Hast du kurz Zeit für mich?«

Zita blickte von ihrem Buch auf und lächelte ihren Freund an. »Was gibt's?«

»Ich möchte etwas mit dir besprechen.« Benny zögerte, bevor er sich dann an das Sofa heranrollte, auf dem Zita lag und in ihrem Buch las. Er positionierte sich so, dass er Zita von Angesicht zu Angesicht gegenübersaß.

»Ich habe immer Zeit«, verkündete Zita, legte das Buch auf den Sessel und rutschte in eine sitzende Position, um Benny näher zu sein. Irgendwie wirkte Benny lebendiger, und seine Augen erschienen Zita viel dunkler als in den Wochen zuvor. Vielleicht war es nur Einbildung, aber zumindest die Hände, die aufgeregt an den Griffen der Räder herumspielten, waren Realität.

Vielleicht ging es jetzt endlich aufwärts.

»Ich will diesen Rollstuhl nicht mehr«, verkündete Benny laut.

Seufzend rieb sich Zita die Stirn und sah Benny an. Also doch nicht! Bewusst verbarg sie nicht die Verzweiflung, die sich auf ihrem Gesicht abzeichnete. Plötzlich fühlte sie sich zu müde, um für Benny weiterhin die Starke zu spielen. Instinktiv wusste sie, dass sie nicht ewig so weitermachen konnte und dass es für sie beide nicht gesund war, wenn Zita nicht sagte, was sie bedrückte. Von nun an würde sie Benny gegenüber ehrlicher sein und nicht alles schlucken.

»Was erwartest du jetzt von mir? Was soll ich noch sagen?«, erkundigte sie sich und zuckte zusammen, als sie hörte, wie dumpf und resigniert ihre Stimme wieder klang.

Auch Benny schien das zu irritieren. Natürlich irritierte es ihn, denn seit er Weihnachten nach Hause gekommen war, hatte sie versucht, alles richtig zu machen. Aber sie hatte einfach keine Lust mehr.

Wenn Benny den Rollstuhl nicht mehr wollte, dann sollte er eben im Bett bleiben. Zita war das egal. Zumindest versuchte sie, sich das einzureden.

»Ich will auch vieles in meinem Leben nicht mehr«, fügte Zita dann verärgert hinzu, legte sich auf das Sofa und dachte an die Uni und die Vorlesungen, die sie besuchen musste. »Manche Dinge kann man einfach nicht ändern. Akzeptiere das und lass mich in Ruhe.«

»Warum bist du so sauer?« Benny wirkte völlig verblüfft. »Ich dachte, wir hätten gestern einen schönen Nachmittag verbracht. Ich war mir sicher, dass ab jetzt alles besser wird und wir uns ein bisschen besser verstehen.«

»Ich weiß nicht.« Zita hob die Schulter. »Ich bin es so leid, dir Hoffnung und Zuversicht geben zu müssen. Wer gibt mir denn Hoffnung?«

Ein vorsichtiges Zupfen an ihrer Hose war die Antwort. Als Zita nicht reagierte, sagte Benny leise: »Ich glaube, du hast mich falsch verstanden, Baby. Ich will nur einen anderen Rollstuhl.« Fast schüchtern schob er Zita eine Broschüre in den Schoß.

Langsam nahm Zita sie und blätterte darin. Bisher hatte sie keine Ahnung gehabt, wie viele verschiedene Modelle es gab. Während sie schnell weiterblätterte und sich wieder aufrichtete, um im Schneidersitz vor Benny zu sitzen, spürte sie, wie es in ihrem Bauch kribbelte und wie schnell ihr Herz schlug. »Tut mir leid, ich dachte, du wolltest mir wieder erzählen, wie sehr du es hasst, querschnittgelähmt zu sein.«

»Ich bin auch nicht gerne gelähmt«, betonte Benny und schob sein Kinn nach vorne. »Am liebsten würde ich auf der Stelle aufstehen und das alles hinter mir lassen. Verdammt, Zita, natürlich würde ich mich am liebsten wieder frei bewegen. Sicher, ich bin auch dankbar, dass die Lähmungshöhe nicht höher ist, aber auch an diese Höhe muss man sich erst einmal gewöhnen. Was hast du denn gedacht?«

Obwohl es fast dasselbe war, was Benny in den letzten Wochen immer wieder gesagt hatte, klang es nicht so sehr nach Selbstmitleid. Etwas war anders in seinem Ton. Es war nur eine Tatsache, die Benny ihr mitgeteilt hatte, aber es war kein Fauchen, kein Knurren. Kein aggressiver Unterton.

Entschlossen klappte Zita die Broschüre zu und sah ihren Freund eindringlich an.

»Aber ich habe beschlossen, das Beste aus der Situation zu machen«, fügte Benny hinzu, und diesmal war sich Zita sicher, dass sie sich das nicht eingebildet hatte, denn Bennys Augen leuchteten und wurden wirklich intensiver. Doch dann kniff er sie zusammen und sah dadurch streng aus. »Zita, was glaubst du, wie du reagieren würdest, wenn du gelähmt wärst? Hast du dir diese Frage schon einmal gestellt?«

»Schon tausendmal«, antwortete Zita prompt.

»Und?«, erkundigte sich Benny. »Wie hast du sie dir beantwortet?«

»Auch nicht besser. Wahrscheinlich eher schlechter«, gab Zita leise zu und biss sich auf die Lippen.

»Aber warum bist du dann immer so hart, wenn es darum geht, dass ich mich daran gewöhnen soll. Ich meine ...«

»Ich habe Angst, dass du aufgibst, wenn ich nicht hart bin«, unterbrach Zita ihn.

»Wie bitte?« Benny sah sie verblüfft an.

»Wenn ich an deiner Stelle wäre ... Wenn ich im Rollstuhl säße, würde ich verzweifeln, Benny. Aber ich möchte nicht, dass du verzweifelst. Ich will, dass du ein glückliches Leben führst und nicht aufgibst, und für deine Selbstständigkeit kämpfst«, erklärte Zita seufzend.

»Aber manchmal braucht das Zeit, Zita. Ich bin sicher, dass ich an den Punkt komme, an dem ich wieder glücklich bin«, versprach Benny.

»Ja, aber ...«

»Kannst du dir vorstellen, wie das ist? Kannst du dir vorstellen, dass ich mich in dieser Situation total fremd fühle? In diesem Körper? Kannst du dir vorstellen, dass ich Angst vor der Öffentlichkeit habe?« Jetzt sah Benny sie ernst an. Seine Lippen zitterten ein wenig und seine Finger waren verkrampft. »Ich habe schon von Motorradfahrern gehört, die im Rollstuhl gelandet sind. Ich dachte, die sitzen drin und das war's. Aber es sind so viele andere zusätzliche Kleinigkeiten, die es so schwer machen.«

Plötzlich wollte Zita ihn einfach nur umarmen, aber sie hatte das Gefühl, dass Benny das im Moment nicht zulassen würde, weil er etwas loswerden wollte.

»Wenn ich nicht aufpasse, breche ich zusammen, kippe zur Seite oder falle aus dem Rollstuhl«, fuhr Benny fort. »Weißt du, wie hilflos und schwach ich mich dann fühle? Außerdem bin ich immer kleiner als ihr, weil ich immer sitze. Und es ... verdammt, Zita, diese Behinderung ist nicht gerade förderlich für mein Selbstbewusstsein. Du weißt doch, wie schlecht ich mich fühle, wenn ich um Hilfe bitten muss. Meine Eltern sind so früh gestorben und seitdem bin ich mehr oder weniger auf mich allein gestellt. Und jetzt soll sich das plötzlich ändern? Ich glaube, es ist ein bisschen viel verlangt, dass ich das mit einem Lächeln im Gesicht ertrage.«

»Du kannst wieder glücklich werden«, betonte Zita laut. Irgendwo hatte sie noch einen letzten Rest an Überzeugungskraft in sich gefunden. Vielleicht war es die Wut über das, was Benny zugestoßen war. »Ich bin mir sicher, dass ...«

Wieder unterbrach Benny sie. »Natürlich kann ich wieder glücklich werden. Diese Frage stellt sich für mich überhaupt nicht. Aber es ist nicht deine Aufgabe, mich glücklich zu machen, Zita. Mein Glück muss ich selbst finden. Sicher kann ich deine Hilfe gebrauchen, aber es ist trotzdem meine Verantwortung.«

»Es ist anstrengend, immer hart zu sein«, erwiderte Zita und spürte kaum noch Kraft und Energie in sich. »Wirklich anstrengend.«

»Das glaube ich dir«, antwortete Benny. »Aber du musst nicht immer hart sein. Ich gebe schon nicht auf. Ernsthaft, wann habe ich in meinem Leben jemals aufgegeben?«

»Noch nie«, flüsterte Zita und spürte, wie ihre Schultern einknickten. »Im Gegensatz zu mir noch nie.«

Benny stützte sich mit einer Hand auf seinem Bein ab, mit der anderen berührte er Zitas Schultern und beugte sich ein wenig vor. »Also vertrau mir ein bisschen und gib mir Zeit. Hör auf, dich für mein Glück verantwortlich zu fühlen, Zita, ich spüre, dass dich das sehr mitnimmt. Dieses Rauchen, das hast du dir angewöhnt, als ich in der Reha war. Wenn du aufgibst, bin ich hier ganz allein, und das wäre wirklich schrecklich, also gehe sparsam mit deiner Energie um«, bat Benny ernst. »Was soll ich denn ohne dich machen?«

»Klingt logisch«, sagte Zita leise.

»Es ist logisch«, betonte Benny grinsend und berührte Zitas Fuß, um sich wieder in seinen Stuhl zu drücken. »Das weißt du doch, Babe.«

»Verstehst du, ich will irgendwann wieder ein Leben haben«, sagte Zita und merkte im selben Moment, wie verletzend es für Benny sein musste, wenn sie so etwas sagte. Hastig griff sie nach Bennys Hand und drückte sie. »Ich meine, ich liebe mein Leben mit dir. Aber es wäre noch schöner, wenn es wieder etwas alltäglicher würde.«

Benny runzelte die Stirn, als überlege er, wie er darauf reagieren sollte. Als er sich wohl entschieden hatte, lächelte er Zita an, und es war eine der süßesten Gesten, die Benny ihr je gemacht hatte. »Das kann ich gut nachvollziehen«, sagte er zu ihr.

Zitas Resignation verschwand langsam. Sie beugte sich vor und sah Benny prüfend an. Es war befreiend, dass Zita einen Alltag einforderte und Benny beschloss, es nicht persönlich zu nehmen.

»Ich möchte auch wieder mehr Alltag hier haben. Deswegen habe ich dir versprochen, dass ich den neuen Job ausprobiere. Wenn ich wieder arbeiten gehe, wird es bestimmt besser, zumal wir uns dann wieder mehr Sachen leisten können. Zum Beispiel das hier.« Benny tippte mit dem Finger auf das Prospekt.

»Okay.« Nachdenklich schlug Zita die Werbezeitschrift auf. »Möchtest du etwas Gemütlicheres oder etwas Bequemeres? Oder ...« Schnell blätterte Zita die Seiten um. »Möchtest du einen, der automatisch fährt?«

»Bist du verrückt geworden? Das würde nicht zu mir passen. Auch wenn du es mir nicht glaubst, aber ich bin dankbar, dass ich noch so viel Bewegungsfreiheit habe, und die will ich in vollen Zügen genießen. So gut es halt noch geht.« Schnell nahm Benny ihr das Büchlein ab und blätterte selbst darin. »Ich hatte eher an so etwas gedacht. Das heißt Aktivrollstuhl.«

Als Benny die gewünschte Stelle gefunden hatte, schob er Zita den Katalog wieder zu. Auf dem Bild, auf das er zeigte, war ein Hauch von Rollstuhl zu sehen. Zita konnte es nicht anders beschreiben. Die Rückenlehne war viel niedriger als bei Bennys aktuellen Modell. Die Armlehnen fehlten ganz und Benny hätte nichts, worauf er seine Ellbogen stützen könnte.

»Wirklich?«, fragte Zita überrascht.

»Weißt du, wie gut man sich damit bewegen kann? Ich habe schon eine ganze Weile heimlich in dem Prospekt geblättert, und weil ich befürchtet habe, dass ich damit nicht stabil und ausbalanciert genug bin, habe ich gar nicht daran gedacht, mir einen neuen zu kaufen. Aber Zita, der hier ist toll. Es gibt andere, die sind ähnlich. Man kommt viel besser an die Räder und kann sich viel besser bewegen, sowohl im Rollstuhl als auch im Zimmer. Und stell dir vor, wie gut mir die Transfers gelingen werden.« Bennys Stimme klang so begeistert wie schon lange nicht mehr.

»Wer sagt denn, dass man darin sitzen kann? Vielleicht ist das Modell nur für Leute, die lediglich ihre Beine nicht mehr bewegen können?«, fragte Zita und versuchte, vorsichtig zu klingen, aber es gelang ihr nicht, denn Bennys Begeisterung steckte sie an. Jetzt war auch sie aufgeregt. Nicht weil Benny einen neuen Rollstuhl wollte, sondern weil Benny scheinbar ein Stück weit sein altes ich wiedergefunden hatte.

»Ganz einfach, mein Paraplegiologe hat es mir gesagt«, antwortete Benny. »Ich habe es mir die ganze Zeit nicht zugetraut. Ich muss zugeben, dass das Fahren mit dem Auto so berauschend war, dass es mir neuen Schwung gegeben hat. Aktiv-Rollstühle können von Menschen mit einer Lähmung ab der Achselhöhle benutzt werden, und das ist noch höher als bei mir, weil ich noch Teile meiner Brustmuskeln benutzen kann.«

Er strahlte sie an, als hätte er sich für ein neues Motorrad entschieden. Genau so musste Benny ausgesehen haben, als er sein erstes Motorrad gekauft hatte, das er neben dem neuen immer noch besaß. Entspannte Gesichtsmuskeln, leuchtende Augen und ein strahlendes Lächeln, das Zita ein Kribbeln im Bauch verursachte. Ja, genau so hatte Zita sich Bennys Reaktion auf ein neues Motorrad vorgestellt.

»Ich ... wow, Benny.« Wieder beugte sich Zita vor, um Benny zu küssen.

Benny erwiderte den Kuss, intensivierte ihn aber nicht. Fast ungeduldig schob er Zita von sich und zeigte wieder auf den Prospekt. »Da können wir doch mal hinfahren, oder? Wenn du keine Zeit hast, frage ich Roland, aber ich hätte gerne jemanden dabei. Und mit der Krankenkasse müssen wir auch noch reden, die übernehmen bestimmt nur einen Teil. Wie immer. Mal sehen.«

»Natürlich komme ich mit«, antwortete Zita energisch. »Einkaufen war schon immer meine Lieblingsbeschäftigung, und ehrlich gesagt kann ich das sicher besser als Roland.« Wieder starrte sie auf den Prospekt und betrachtete das Foto genauer. »Das sieht aber verdammt ungemütlich aus, Benny.«

»Wieso? Er hat doch auch ein Kissen auf der Sitzfläche.« Benny hob die Schultern. »Ich werde also ausreichend vor Druckstellen geschützt sein.«

»Ja, aber der hier sieht aus, als könnte man darin bequemer sitzen.« Zita tippte nachdenklich gegen den Rollstuhl, in dem Benny jetzt saß und den man ihnen damals im Krankenhaus empfohlen hatte.

»Ja, aber ... warte mal kurz«, bat Benny. Mit geübten Handgriffen stellte er ein Bein nach dem anderen auf den Boden, legte die Handflächen auf Tisch und Sofa und ließ sich dann schwer neben Zita fallen. »Wenn ich es gemütlich haben will, kann ich hier sitzen. Am liebsten mit dir zusammen«, fügte Benny hinzu, brachte seine Beine mit den Händen in die richtige Position und ließ sich dann nach hinten fallen. »Ein Rollstuhl muss nicht bequem sein, er soll dem Betroffenen ein möglichst selbstbestimmtes Leben ermöglichen.«

Schnell legte Zita ihren Arm um Bennys Schulter. Mit dem plötzlichen Gefühl, dass alles gut werden würde, drückte sie Benny erneut einen Kuss auf die Lippen. Diesmal ließ Benny zu, dass sie den Kuss vertiefte.

Ben

Roland steckte den Kopf in Bens Büro. »Ich mache Feierabend. Was ist mit dir?«, fragte er.

Sie waren zwar keine direkten Kollegen mehr, aber das hinderte sie nicht daran, sich hin und wieder zu besuchen und die Mittagspause gemeinsam zu verbringen, zumindest wenn Roland nicht draußen auf Streife war.

Seit Ben vor ein paar Wochen wieder angefangen hatte zu arbeiten, fühlte er sich zwar nicht mehr wie ein richtiger Polizist, aber die Arbeit im Innendienst war auch in Ordnung. Zwar wurde Ben manchmal unruhig, wenn Roland nach draußen ging oder ihm erzählte, was er dort erlebt hatte, aber meistens kam Ben ganz gut damit zurecht. Er konnte seine Arbeit nur noch im Sitzen erledigen - das musste er einfach akzeptieren und er war sich sicher, dass er sich irgendwann damit abfinden würde. Zumindest konnte er noch etwas tun und fühlte sich nicht mehr so nutzlos wie kurz nach der Schussverletzung.

»Ich bin auch gleich fertig«, murmelte Ben. »Zehn Minuten, Roland.« Aus den Augenwinkeln beobachtete er, wie Roland den Raum betrat und sich auf den Besucherstuhl fallen ließ.

Ohne seinen Freund weiter zu beachten, wandte Ben sich wieder dem Computer zu. In der Nachbarstadt war eine größere Demonstration geplant und einige Polizisten waren zur Unterstützung dorthin beordert worden, so dass Ben nur noch wenige Kollegen für den Einsatzplan zur Verfügung standen. Aber die Lösung des Problems würde wohl bis nächste Woche warten müssen. Ben beendete schnell die Mail an seinen Chef mit der Liste der eingeteilten Kolleginnen und Kollegen und fuhr den Computer herunter. Während der Computer ein Update durchführte, schrieb er eine Notiz für den Sekretär des Chefs und bat um einen Termin. Vielleicht wäre es gut, ihm direkt mitzuteilen, wie angespannt die Personalsituation zur Zeit war.

»Überall wird gespart«, murmelte Ben und verdrehte die Augen. »Hast du mitbekommen, dass wir jetzt beidseitig drucken sollen, um

Papier zu sparen? Der Umwelt zuliebe hätten sie so eine Vorgabe nicht geschrieben, aber kaum kommt die Anweisung von oben, die Kosten zu senken, sind sie schnell dabei.«

»Ja«, knurrte Roland. »Jetzt interessieren sie sich dafür. Bald fangen sie vielleicht an, auch beim Klopapier zu sparen.«

Milde lächelte Ben an und legte den Kopf schief. »So schlimm ist es noch nicht, Roland.« Gerade, für einen kurzen Moment, hatte Ben dieses kostbare und seltene Gefühl von Normalität, als würde er wirklich dazugehören.

Die Arbeit war nicht langweilig, obwohl er das erwartet hatte, als er vor einem halben Jahr die Stellenbeschreibung gelesen hatte. Zita hatte ihn überredet, sich die Stelle wenigstens anzusehen. Entgegen seiner Befürchtung machte ihm der Papierkram manchmal sogar Spaß. Leider war er aber auch oft allein, denn statt im aktiven Polizeidienst zu sein, saß er oft allein im Büro. Viele seiner Kolleginnen und Kollegen waren im Außendienst. Wenigstens hatte er im Gegensatz zu Roland nicht mit Menschen zu tun, die ein trauriges Dasein fristeten oder gerade jemanden durch eine Gewalttat oder Selbstmord verloren hatten. Die schrecklichste Aufgabe der Polizei, nämlich Menschen zu überbringen, dass ein Angehöriger verstorben war, konnte er im Rollstuhl nicht mehr erledigen. Er verstand den Grund zwar nicht, vielleicht hielt man ihn für zu labil dafür, aber er war nicht traurig darüber.

Wenn er sich weiterhin als Polizist fühlen könnte, ginge es ihm besser, aber die Arbeit, die er jetzt verrichtete, hatte so wenig mit richtiger Polizeiarbeit zu tun, dass er sich nicht mehr als Polizist sah, sondern eher als Sachbearbeiter.

Ben warf Roland einen kurzen Blick zu und zuckte zusammen. Wenn er die Augenringe und die Blässe in dessen Gesicht sah, dann war dieser Neid wohl fehl am Platz. Er wusste, dass Roland Schlimmes durchgemacht hatte. Erst gestern war er zu einer Familie gerufen worden. Der Mann hatte die Frau mit einem Gürtel so schwer geschlagen, dass sie ins Krankenhaus musste. Die fünf Kinder hatten zusehen müssen, wie der Mann die Mutter schlug und waren sehr verstört. Man erlebte draußen einfach zu viel, und irgendwann konnte man nicht mehr verhindern, dass es einen auffraß.

Seufzend steckte Ben den Zettel in die dafür vorgesehene Mappe und warf sie in den Briefkasten für die Hauspost. Die Post befand sich im Keller, dem einzigen Stockwerk, das nicht mit dem Personenfahrstuhl zu erreichen war, und deshalb wurde die Hauspost bei Ben abgeholt, was ihm immer noch ziemlich peinlich war. Er war der einzige gehbehinderte Polizist, und obwohl es gemein war, hatte er es genossen, als Adrian wegen einer Sportverletzung ein paar Wochen lang mit Gips und Krücken herumgehumpelt war. Er war Ben zwar ziemlich auf die Nerven gegangen, weil er unausgeglichen gewesen war, aber wenigstens hatte Ben sich nicht wie ein Sonderling gefühlt. Immerhin waren zu der Zeit Adrians Post ebenfalls abgeholt worden.

Sein Nacken schmerzte und er freute sich darauf, am Abend noch etwas Sport zu treiben. Da Zita heute Abend auch unterwegs war, hatte er genug Zeit dafür. Manchmal war er so in seine Arbeit vertieft, dass er gar nicht merkte, wie verspannt er war.

Natürlich war es nicht besonders gesund, so viel zu sitzen. Dass Ben keine andere Wahl hatte, war seinem Rücken egal. Deshalb war es so wichtig, dass Ben seine Oberkörpermuskulatur weiter trainierte und oft für Entspannung sorgte.

Eilig packte Ben seinen Rucksack, stopfte sein Handy hinein und legte ihn auf seinen Schoß. Während Ben auf den Flur rollte, hielt Roland ihm die Tür auf.

Es war Ben immer noch unangenehm, dass er wegen seiner sitzenden Haltung kleiner war als seine Kollegen, aber bei Männern störte ihn das weniger als bei Frauen. Wenn man eine Frau nicht überragte und ihr nicht die Tür aufhalten konnte, sondern von Zeit zu Zeit gezwungen war, stattdessen ihre Hilfe anzunehmen, um durch eine Tür zu kommen, war das manchmal ziemlich frustrierend. Als er noch nicht behindert war, war Ben ein Charmeur gewesen und hatte es genossen, Frauen zu überraschen. Er wusste nicht, ob es jemals wieder so sein könnte wie es früher gewesen war.

Wieder zu arbeiten hatte viele Vorteile, aber es war nicht so einfach, nach einer gewissen Zeit wieder am sozialen Leben teilzunehmen. Die Reaktion der Leute war schwer zu ertragen. Das galt auch für viele seiner Kollegen. Viele blickten verlegen zur Seite, vielleicht weil sie befürchteten, Ben könnte ihre Neugier als Gaffen interpretieren. Inzwischen war es ihm lieber, wenn man ihn offen ansah, als wenn man schnell wegschaute, sobald er auftauchte.

Aber mit Roland hatte Ben diese Probleme natürlich nicht. Der hatte sich längst an den Anblick von Ben im Rollstuhl gewöhnt. Wahrscheinlich würde er eher in Ohnmacht fallen, wenn er Ben stehend sehen würde.

Zita hatte allerdings einmal gesagt, dass sie in Rolands Augen immer noch etwas sehen könne, das Schuldgefühle sein könnten. Das war Quatsch, denn Roland konnte nichts dafür, dass Ben im Rollstuhl saß. Ben selbst war es gewesen, der Friedelmann nicht durchsucht hatte. Roland hatte als Ersthelfer alles richtig gemacht und war auch danach immer für ihn da gewesen.

»Zita und Helena gehen nachher zum Zumba.« Roland grinste. »Auch mal schön, den Feierabend in Ruhe zu verbringen, oder?«

Seit einem halben Jahr ging Zita wieder regelmäßig zum Sport. Sie hatte ein Stück weit in ihr altes Leben zurückgefunden. Dass es so weit gekommen war, hatte sie Helena zu verdanken, die dafür gesorgt hatte, dass Zita sich endlich wieder aufraffte. Sie hatte sich kurzerhand im selben Fitnessstudio angemeldet und gesagt, sie brauche Zitas Hilfe, um motiviert zu bleiben.

Auch wenn es keine von beiden jemals zugeben würde, Ben wusste, dass Helena und Zita begonnen hatten, einander zu respektieren. Wahrscheinlich mochten sie sich immer noch nicht besonders, aber irgendwie hatten sie gelernt, eine Art Waffenstillstand zu schließen. Das bedeutete natürlich nicht, dass die Lästereien aufgehört hatten. Zita lästerte oft über Helenas Art sich zu kleiden und erwähnte immer wieder, dass sie nicht verstand, warum Helena nicht mehr aus sich machte. Dass sie einfach der natürlichere Typ war, konnte Zita nicht verstehen. Wahrscheinlich machte sich Helena auch ihre Gedanken und sprach vielleicht sogar mit Roland darüber. Die Frauen waren einfach zu verschieden und würden wohl nie beste Freundinnen werden.

»Ich gehe heute Abend mit den Bikern weg«, sagte Roland. Jetzt, wo er von seinem Hobby erzählte, wirkte er ein wenig lebendiger. »Benny, komm schon ... willst du nicht mitkommen? Auf ein Bier? Ich kann dich abholen, wenn du willst. Die Jungs vermissen dich.«

»Ich sehe wirklich keinen Sinn darin, mit den Jungs abzuhängen, wenn ich nicht mehr Motorrad fahren kann, Roland«, erwiderte Ben und schüttelte entschlossen den Kopf. »Schon gut, damit habe ich abgeschlossen.«

»Ich wünschte, du könntest noch Motorrad fahren«, murmelte Roland und seufzte laut. »Ach, verdammte Scheiße. Das ist einfach nicht fair. Wirklich nicht.«

»Schon gut. Bier kann ich auch zu Hause trinken«, beruhigte Ben ihn schnell, bevor Roland auf die Idee kam, herumzugrübeln und Ben über Dinge nachdachte, die einfach nicht mehr möglich waren. Nachdenklich fügte er hinzu: »Fahrt ihr am Wochenende mit den Motorrädern raus an den See? Würde dir bestimmt guttun, die letzten Sommerstrahlen zu genießen. Man weiß ja nie, ob ihr in den nächsten Wochen noch viel fahren könnt.« Der Herbst war ungewöhnlich warm und sonnig. Aber das Wetter war auch unbeständig.

Ben verstand selbst nicht, warum er mit inneren Widerständen zu kämpfen hatte, wenn es ums Motorradfahren ging. Seit er sein neues Auto hatte, war das eine gute Alternative. Es war gut zu wissen, dass das etwas war, was noch funktionierte. So war er mobil, konnte selbstständig zu Terminen fahren und ja ... es fühlte sich einfach gut an, den Motor heulen zu hören, wenn er das Gaspedal ... den Gashebel betätigte. Seit er sein Motorrad verkauft hatte, um sich das Auto und die nötigen Umbauten leisten zu können, hätte er sowieso nicht mehr fahren können. Selbst wenn er wie durch ein Wunder wieder laufen könnte, würde er sich nicht sofort ein Motorrad kaufen können, weil ihm die finanziellen Mittel fehlten.

Natürlich hatte er noch seine alte Maschine, die erste, die er sich vor vielen Jahren von seinem ersten Gehalt gekauft hatte, weil er es nicht übers Herz gebracht hatte, sie auch noch zu verkaufen. Sie bedeutete ihm sehr viel. Aber das neue Motorrad hatte leider dran glauben müssen.

Eine Behinderung kostete viel Geld. Man brauchte so viele Dinge, angefangen von Kleinigkeiten wie Inkontinenzartikeln bis hin zum Haus, das sie behindertengerecht hatten umbauen lassen. Natürlich bekamen sie Hilfe von der Krankenkasse oder der Pflegeversicherung, aber nicht alles wurde komplett übernommen.

Das Haus war zu einem großen Teil von Zitas Eltern finanziert worden, und das störte Ben bis heute. Deshalb hatte er sich auch geweigert, weitere finanzielle Hilfe anzunehmen, als er das Auto gekauft hatte. Lieber hatte er sein Motorrad verkauft, als noch einmal Geld von ihnen anzunehmen. Selbst wenn es von Rolands Eltern gekommen wäre, hätte er es nicht gewollt. Und von Zitas Eltern wollte er aus Prinzip sowieso nichts mehr annehmen. Er war damals in einer emotional instabilen Situation überrumpelt worden und Zita ließ sich leider oft von ihren Eltern überreden, aber im Nachhinein hätten sie sich eine kleinere Wohnung mit Fahrstuhl suchen müssen, notfalls mit Kompromissen.

Ben sehnte sich immer wieder nach dem Kick, den ihm das Motorradfahren früher regelmäßig gegeben hatte, vor allem, wenn er nachts aufwachte und vom schnellen Fahren und dem Fahrtwind im Gesicht geträumt hatte.

Roland hatte recht und Ben könnte sich immer noch mit den Bikern treffen. Schließlich waren sie gute Kumpels von ihm gewesen, aber er fürchtete, dass er es einfach nicht ertragen konnte. Sie alle wieder zu sehen und vielleicht noch zu hören, wie sie die nächste Tour planten, würde ihm unendlich weh tun. Diesen Schmerz wollte er sich ersparen. Außerdem würden sie alle ziemlich mitleidig reagieren, und das würde Ben nur noch mehr in die Verzweiflung treiben. Er glaubte nicht, dass er bereit war, sich dem Ganzen mit dem Wissen zu stellen, dass er nicht mehr mitfahren konnte.

Nein, Ben konzentrierte sich lieber auf die Dinge, die er noch konnte. Schwimmen zum Beispiel. Das war besser für sein seelisches Gleichgewicht.

Am Fahrstuhl angekommen, beugte Ben sich vor und drückte auf den Knopf. »Wie geht es Helena eigentlich?«, fragte er und sah

Roland aufgeregt an. »Kann sie überhaupt noch Zumba machen?«

Erst letzte Woche hatten Helena und Roland ihm erzählt, dass Helena schwanger war und Ben freute sich sehr für seine beiden Freunde. Noch sah man Helena nichts an, aber das würde sich bestimmt bald ändern.

Auch dieses Thema löste bei Ben manchmal Panik aus, denn er wusste immer noch nicht, ob er zeugungsfähig war. Wahrscheinlich würde es ziemlich schwierig werden, denn er schaffte es nicht einmal bis zum Samenerguss. Die Tatsache, dass Zita und er noch nicht lange zusammen waren und sie unter normalen Umständen zum jetzigen Zeitpunkt sowieso kein Kind bekommen würden, beruhigte ihn ein wenig. Sein Psychologe hatte ihm geraten, trotzdem jetzt schon mit einem Arzt darüber zu sprechen, aber Ben wollte das erst in Angriff nehmen, wenn es akut wurde. Zita und er waren weit davon entfernt, Kinder in die Welt setzen zu können. Dafür war Ben noch nicht gefestigt genug, Zita studierte und hatte noch keine Berufserfahrung sammeln können und außerdem fühlte sich ihre Beziehung noch nicht so stabil an. Später würde er sich darum kümmern müssen, denn grundsätzlich könnte er sich und Zita als Eltern sehr gut vorstellen. Er rechnete mit einigen Schwierigkeiten, hoffte aber auf die Medizin.

Als er und Ben mit dem Aufzug nach unten fuhren, berichtete Roland besorgt von Helenas Sodbrennen und ihrer Morgenübelkeit. Aber das, so seine Mutter, gehöre einfach dazu.

Auf dem Parkplatz trennten sich die Wege von Roland und Ben. Bens Auto stand auf dem Behindertenparkplatz, der etwas breiter war als die anderen Parkplätze. Roland hatte weiter zu laufen. Er schulterte seinen Rucksack, während Ben den Transfer ins Auto vollzog.

*

Als Ben nach Hause kam, fand er eine Notiz von Zita, auf der stand, dass sie nach der Uni bei ihren Eltern vorbeischauen und von dort direkt ins Fitnessstudio gehen würde.

Plötzlich überkam Ben ein ungutes Gefühl, das sich in einer Gänsehaut auf seinen Armen äußerte. Als er nach unten sah, bemerkte er, dass sich alle seine Haare aufgestellt hatten. Ihm war klar, dass Zita ihm wieder etwas verheimlichte, aber er wusste nicht, was es war. Er wollte Zita nicht darauf ansprechen, weil er hoffte, dass sie von sich aus auf ihn zukommen würde. Vielleicht war es wieder eine Überraschung, wie damals, als Zita heimlich die Fahrschule angerufen und einen Fahrlehrer organisiert hatte.

Dass Zita Probleme an der Uni hatte, wusste Ben natürlich, aber Zita wollte selten darüber reden. Unter der Woche war sie zu müde und am Wochenende weigerte sie sich, sich damit zu beschäftigen. Das Studium quälte sie und sie schien sich nicht mehr motivieren zu können. Sie fand keine Erfüllung und quälte sich durch die Vorlesungen, was Ben sehr leidtat. Er fühlte sich ziemlich hilflos, weil er nicht wusste, wie er Zita helfen konnte. Bisher hatte er immer gehofft, dass Zita irgendwann ihren Platz finden würde, aber diese Hoffnung begrub er langsam. Zita hatte schon zweimal den Studiengang gewechselt und so viele Prüfungen nicht bestanden. Ben konnte die Enttäuschung und Erschöpfung auf ihrem Gesicht kaum noch übersehen. Sie war überfordert und ihr fehlte das Interesse, dessen war er sich sicher.

Leider hatte Zita nie darüber nachgedacht, wie Ben eine Ausbildung zu machen oder zumindest etwas zu studieren, das sie wirklich interessierte. Ben hatte sich nie geschämt, dass er nicht studiert hatte, aber für Zitas Eltern gehörte das einfach dazu und Zita hatte sich bisher nicht dagegen wehren können.

Vor allem für Zita war es sehr anstrengend, denn ihr war bereits als Kind eingetrichtert worden, dass sie mehr wert war, wenn sie viel Macht und Ansehen hatte. Ein einflussreicher Job gehörte ebenso dazu wie eine Beziehung zu einem erfolgreichen, starken Mann, der dem Bild ihrer Eltern entsprach. Zita konnte weder das eine noch das andere vorweisen. Ihr Selbstbewusstsein war daher nicht sehr ausgeprägt. Auch wenn sie versuchte, das unter einem tapferen Lächeln und viel Make-up zu verbergen, konnte sie Ben nichts vormachen.

Nachdenklich machte sich Ben einen Kaffee und lenkte seinen

Rollstuhl zurück zur Haustür, um den Briefkasten zu öffnen.

Eine Postkarte von Daniel aus dem Italienurlaub lag darin. Obwohl sich die Cousins nicht mehr gesehen hatten, seit Ben bei seinem Onkel und dessen Frau ausgezogen war, hatte Daniel nach seiner Heirat angefangen, Ben regelmäßig zu schreiben. Vielleicht hatte ihn seine Frau dazu gedrängt, den Kontakt zu suchen, aber Ben freute sich über die Grüße und nahm sich vor, in den nächsten Tagen ein paar Zeilen zurückzuschreiben. Der Kontakt war oberflächlich und ging selten über Privates hinaus. Das war auch der Grund, warum Daniel nicht wusste, dass Ben inzwischen querschnittgelähmt war. Auch andere Dinge hatte Ben ihm nie erzählt.

Seine Kindheit war nicht einfach gewesen. Der Bruder seiner Mutter und dessen Frau hatten ihn zwar zu sich genommen, nachdem seine Eltern gestorben waren, aber sein Onkel hatte sich wenig um die Familie gekümmert und seine Tante war mit der Erziehung von zwei Kindern überfordert gewesen und hatte ihren eigenen Sohn schließlich bevorzugt. Aber immerhin hatte sie Ben aufgenommen und ihm das Gefühl gegeben, noch eine Familie zu haben. Sie hatte sich bemüht, wenigstens das.

Aber ihr Mann war ein Rassist, anders konnte Ben es nicht nennen. Er war nie darüber hinweggekommen, dass seine Schwester einen Mann aus Ghana geheiratet hatte und Ben deshalb viel dunkler war als der Rest der Familie. Er hatte sich für Bens Hautfarbe geschämt und nie akzeptiert, dass Ben vor allem in der Pubertät den Wunsch verspürte, seinen Glauben zu leben. Damals war er regelmäßig in die Moschee gegangen. Inzwischen war er kein strenggläubiger Muslim mehr, aber der Glaube gab ihm immer noch das Gefühl, seine Eltern auf die Art ehren zu können. Sein Vater war Moslem und seine Mutter war zum Islam konvertiert, nachdem sie ihren Mann kennengelernt hatte. So verzichtete Ben bis heute auf Schweinefleisch, betete, wenn es ihm schlecht ging, und hatte das Fasten im Ramadan eingehalten, bevor er angeschossen wurde. Auch in Zukunft wollte er fasten, obwohl Körperbehinderte davon befreit waren und seine Ärztin ihm wegen der Medikamente und des Darm- und Blasenmanagenments davon abgeraten hatte. Sie meinte, dass er dadurch

Blasenentzündungen riskieren würde, mit denen er in den letzten Wochen schon öfter Probleme gehabt hatte.

Das Verhältnis zwischen Daniel und Ben war in der Kindheit eher schlecht gewesen, da Ben Daniel immer um die Liebe seiner Eltern beneidet hatte und Daniel einige Überzeugungen seines rechtsgerichteten Vaters übernommen hatte. Der Kontakt, den sie jetzt hatten, war daher eher vorsichtig und nicht sehr intensiv.

Nachdem Benny Roland auf der Polizeischule kennengelernt hatte und mit ihm in eine Wohngemeinschaft gezogen war, hatte er sich zum ersten Mal seit dem Tod seiner Eltern wieder richtig angenommen gefühlt. Rolands Eltern hatten ihm immer das Gefühl gegeben, ihn so zu akzeptieren, wie er war. Auch Rolands Geschwister waren ihm ans Herz gewachsen. Zu Anna und ihrem Sohn hatte er ein sehr gutes Verhältnis. Auch mit Rolands zweiter Schwester, die in der Schweiz lebte, hatte Ben sich immer gut verstanden. In den letzten Jahren war er oft bei den Webers gewesen und auch jetzt waren sie es, die er zu Weihnachten besuchte und die ihn unterstützt hatten, nachdem er mit einem Leben mit Rollstuhl konfrontiert worden war.

Die meisten anderen Briefe waren Rechnungen und Ablehnungen von Kostenübernahmen durch die Krankenkasse. Zweiteres war üblich. Man musste erst Widerspruch einlegen, bevor die Kosten übernommen wurden. Inzwischen kannte sich Ben ganz gut aus und wusste, wie er sich zu verhalten hatte. Die Stromrechnung musste bezahlt werden und Zita hatte mal wieder etwas im Internet bestellt, was sehr viel Geld gekostet hatte. Manchmal hatte Ben das Gefühl, dass Zita sich mit solchen Einkäufen einreden wollte, dass sie eine wohlhabende Frau sei, die sich alles leisten könne, ohne darüber nachzudenken. Tatsache war jedoch, dass das meiste von ihren Eltern finanziert wurde und Zita kein Geld verdiente.

Ben ahnte, dass es sich um Kleider handelte, auch wenn er nicht verstand, warum Zita noch mehr brauchte, wenn sie die, die sie schon hatte, nicht oft anzog. Dann seufzte er und rieb sich den Nacken. Zitas Konsumverhalten hatte schon zu einigen Streitereien geführt. Vor allem, weil Zita so oft Geld von ihren Eltern annahm, um diesen Luxus finanzieren zu können. In Bens Augen war das einfach kein normales Verhalten für eine Frau in Zitas Alter. Sie war 27 Jahre alt und sollte endlich unabhängig von ihren Eltern sein.

Eigentlich fand Ben es schon schlimm genug, dass Ludwig von Mallnitz so viel Einfluss auf Zita hatte, und der Gedanke, dass Zita immer mehr Geld von ihren Eltern annahm und dadurch in eine Situation geriet, in der sie ihren Eltern eine Art Gegenleistung schuldete, war nicht gerade prickelnd. Aber Zita hatte so viel für Ben getan, und Ben kam sich kleinlich vor, wenn er schon wieder wegen einer Kleiderbestellung eine Diskussion anfing.

Energisch warf Ben die Rechnungen auf den Tisch und griff ungeduldig nach dem letzten Brief, denn er wollte endlich schwimmen gehen. Als Ben entdeckte, dass der Brief von der Klinik kam, in der er nach seiner Schussverletzung behandelt worden war, wurde er unruhig und fragte sich, was passiert war, dass man ihm schrieb.

Kurz kam ihm der Gedanke, dass sein Verdacht, Zita würde ihm etwas verheimlichen, damit zusammenhing, dass bei ihr eine Krankheit diagnostiziert worden war, aber dann schüttelte er den Kopf. Das war idiotisch. Wenn dem so wäre, dann stünde Zitas Name auf dem Brief, nicht seiner, und der Brief käme wahrscheinlich nicht vom Querschnittzentrum. Außerdem rief er sich in Erinnerung, dass Zita ihm so etwas nie verheimlichen würde. Dazu vertraute sie Ben einfach zu sehr. Aufgeregt öffnete Ben den Umschlag und las den Brief. Seine Augen weiteten sich, sein Herz schlug schneller, und plötzlich kamen ihm Möglichkeiten in den Sinn, die er längst verdrängt hatte. Um sich wieder zu beruhigen, trank Ben seinen Kaffee und schaute durch das Fenster nach draußen. Die Blätter an den Bäumen färbten sich langsam bunt, aber es war noch schön warm draußen. Die Kinder aus dem Nachbarhaus spielten auf der Wiese und benutzten dabei auch das Grundstück von Ben und Zita, was irgendwie schön war. Sie brachten Leben und Lachen in den Garten.

Bald war es so weit. Ben musste schlucken, als ihm bewusst wurde, wie lange es her war, dass Friedelmann ihn so verletzt hatte, dass er die Folgen bis zum Ende seines Lebens spüren würde. Inzwischen saß der ehemalige Drogendealer verurteilt im Gefängnis. Auch Ben und Roland sowie die Kollegen, die damals dabei gewesen waren, hatten als Zeugen aussagen müssen, aber Ben war nur im Beisein des Richters und der Anwälte befragt worden, weshalb er Friedelmann nicht mehr begegnet war. Sich ausgerechnet vor dem Mann, der ihm das angetan hatte, im Rollstuhl zu präsentieren, hätte ihn sich klein und schwach fühlen lassen. Aber Roland war anders als Ben. Statt die Vergangenheit ruhen zu lassen, war er bei jedem Prozesstag dabei gewesen. Wahrscheinlich hätte er Ben gerne davon erzählt, aber inzwischen wusste er, dass Ben das nicht hören wollte.

Friedelmann war zu 10 Jahren verurteilt worden und bereute nach Aussage seines Anwalts sehr, was er Ben angetan hatte. Aber dass der, der ihm das angetan hatte, hinter Gittern saß und das Geschehene bereute, half Ben nicht, seinen Alltag zu bewältigen.

Verärgert stellte Ben die Tasse in den Geschirrspüler und legte den Brief zu den Rechnungen. Er wollte nicht den ganzen Nachmittag grübeln. Vielleicht konnte er später mit Zita darüber reden.

Im Schlafzimmer machte sich Ben fertig, um schwimmen zu gehen. Es dauerte ein paar Minuten, bis er sich aufs Bett gelegt, die Hose ausgezogen und die Badehose wieder angezogen hatte. Umziehen konnte er sich nur im Liegen, denn im Sitzen konnte er sein Gesäß nicht heben. Aber er wurde immer besser und schneller. Er lernte ständig neue Tricks, um seine trägen Beine zu kontrollieren, und perfektionierte gewöhnliche, alltägliche Dinge, über die er früher nie nachgedacht hatte.

Beim Schwimmen fühlte er sich trotz seiner eingeschränkten Körperkontrolle frei, und das war einer der Gründe, warum er es so liebte. Im Wasser war er schnell und beweglich. An Land wurde seine Behinderung offensichtlich. Natürlich konnte er auch im Wasser seine Beine weder bewegen noch spüren, aber seine Arme übernahmen die ganze Arbeit, und im Wasser waren seine Beine leichter und ließen sich besser steuern, solange er seine Arme nutze, sie zu richten. Vielleicht merkte er beim Schwimmen nicht so große Unterschiede, weil er erst nach der Wirbelsäulenverletzung gemerkt hatte, dass ihm das Schwimmen Spaß machte.

*

Als Zita an den Beckenrand trat, hatte Ben seinen Kilometer längst hinter sich und lehnte sich mit dem Rücken an den Wasserstrahl am Rand des Pools, um sich am Nacken massieren zu lassen.

Seine hübsche Freundin trug immer noch ihre knappe Sportkleidung und ihre sonst so blasse Haut war leicht gerötet. Obwohl sie etwas verschwitzt war und ihr Haar nicht wie sonst offen, sondern zu einem Pferdeschwanz gebunden trug, sah sie sehr sexy aus.

»Ist es nicht langsam zu kalt hier draußen im Wasser?«, fragte sie, kniete sich an den Rand und beugte sich hinunter, um Ben einen Kuss auf die Lippen zu drücken.

»Nicht für einen harten Kerl wie mich«, erwiderte Ben lächelnd. Zärtlich schob er Zitas Zopf auf den Rücken und berührte ihren schweißnassen Nacken. Sie schien sich richtig verausgabt zu haben. »Komm doch zu mir«, schlug er vor und legte den Kopf schief, eine Geste, die sie oft machte, wenn sie etwas unbedingt wollte.

Zita zog die Augenbrauen hoch. »Seit wann bin ich ein harter Kerl?«

»Komm schon, Babe, du bist doch auch hart im nehmen«, protestierte Ben lachend und zog Zita an ihrem Zumba-Shirt. »Los jetzt, Zita.«

»In Ordnung.« Zita nickte leicht und richtete sich auf. »Ich ziehe mich noch aus und möchte vorher duschen.« Sie stand auf, um den Beckenrand zu verlassen, blieb aber stehen und hockte sich wieder hin. Plötzlich sah sie nachdenklich aus.»Der Brief auf dem Tisch ... Was ist damit?«, fragte sie zögernd. »Was genau soll das bedeuten?«

Gequält seufzte Ben. »Ich weiß auch nicht, was ich damit anfangen soll ... Ich konnte mich beim Schwimmen gar nicht konzentrieren, weil ich die ganze Zeit darüber nachgedacht habe.« Ben hob die Hand und strich Zita über die feuchten Haare. »Ich werde es nicht tun«, fügte er schließlich hinzu und hob die Schultern.

Zita sah ihn nachdenklich an. »Warum nicht?«, wollte sie wissen.

»Wieder eine Operation, wieder Krankenhaus, wieder Reha? Und wofür? Dafür, dass es vielleicht ein bisschen besser wird? Die Enttäuschung, wenn es nicht klappt, die erspare ich mir lieber. Ich meine ... es geht mir doch gut, oder? Und die Wahrscheinlichkeit, dass sich an meinem Zustand etwas bessert, ist vermutlich gering«, erläuterte Ben und seufzte laut. Er war ein wenig verärgert, weil er genau wusste, dass er es bereuen würde, wenn er es nicht wenigstens versuchen würde, aber gleichzeitig hatte er wirklich Angst davor, sich Hoffnungen zu machen, nur um dann festzustellen, dass sich nach einer weiteren Operation nichts geändert hatte.

Außerdem hatte Zita so viel mit ihm gelitten und Ben konnte und wollte ihr nicht zumuten, noch mehr Opfer für ihn zu bringen. Zumal Ben den Verdacht hatte, dass Zita ihm etwas verheimlichte und große Probleme mit ihrem Studium hatte. Jetzt musste Ben sich um Zita kümmern und nicht umgekehrt. Ben hatte lange genug im Mittelpunkt der Beziehung gestanden. Es war offensichtlich, dass Zita ihn brauchte. Wieder zupfte er am Stoff von Zitas Shirt, weil er sie so gerne bei sich haben wollte. Allein eine feste Umarmung seiner Freundin würde die rasenden Gedanken in seinem Kopf beruhigen.

»Ja, aber wenn es klappt, fühlst du dich vielleicht ein bisschen besser«, betonte Zita leise und streichelte ihm über die Wange, bevor sie innehielt, Bens Finger von ihrem Kragen löste und ihn ernst ansah. Sie drückte Bens Hand leicht. »Das ist sogar ziemlich wahrscheinlich, denn jede kleine Verbesserung würde dir schon helfen. Oder vermisst du es gar nicht mehr?«

Nachdenklich zog Ben seine Hand zu sich und ließ sie durch das Wasser gleiten. Langsam hob er die Schulter. »Ich weiß es nicht, Zita. Ich habe mir verboten, darüber nachzudenken, ob ich es vermisse oder nicht. Ich bin davon ausgegangen, dass ich ... dass es so bleibt, wie es jetzt ist.«

»Benny ...« Zita seufzte und schüttelte den Kopf.

»Was?«, fragte Ben leise und legte seine Hand auf ihren Oberschenkel. »Was?«, wiederholte er.

»Hast du ... Ich meine ... Vielleicht kann es uns helfen, Kinder zu bekommen.« Zita biss sich auf die Lippen und blickte zu Boden.

»Nein.« Ben schüttelte schnell den Kopf. »Nein. Das glaube ich nicht. Ich denke, die Sache mit den Kindern können wir klären, wenn es aktuell wird.«

»Aber ...«

»Zita.« Ben hob die Hand und berührte ihr Kinn. »Du darfst keine Wunder erwarten. Die Chancen, dass sich auf diese Weise etwas verbessert, sind gering.« Er wartete, bis sie nickte. Erst dann ließ er sie los.

Bevor Zita sich vorbeugte, um seine nassen Lippen erneut zu küssen, sah sie ihn eine Weile prüfend an. »Überleg es dir noch einmal, ja?«, bat sie und zog sich wieder zurück. »Wir können später darüber reden. Oder am Wochenende, da haben wir mehr Zeit und Ruhe. In dem Brief stand, dass du Zeit hast, bis du dich entscheiden musst.«

»Okay.« Ben nickte, denn Zita hatte recht, er hatte ein paar Wochen, bis er sich entscheiden musste, denn die in Frage kommende Klinik in der Schweiz konnte ihm sowieso erst Mitte nächsten Jahres einen Termin geben.

Mit einem Ruck stand Zita auf und Ben beneidete sie kurz, dass sie sich so frei und agil bewegen konnte. »Ich gehe duschen und komme gleich zu dir ins Wasser«, rief sie und rannte los. Beim Laufen wippte ihr Pferdeschwanz und ihr Po bewegte sich anmutig.

Ben sah ihr missmutig hinterher und dachte, dass Zita schon vor seiner Behinderung viel eleganter gewesen war als er. Ihre Mutter war überzeugt, dass das daran lag, dass Zita schon als kleines Mädchen Ballett getanzt hatte. Ben war auch sehr sportlich, war viel mit dem Fahrrad unterwegs gewesen und im Winter mit Roland Snowboard gefahren, aber er war nie so gelenkig gewesen wie Zita.

Seufzend tauchte Ben ab. Unter Wasser öffnete er die Augen und blickte auf seine leblosen Beine hinunter, die in den letzten Monaten schrecklich dünn geworden waren. Es schien, als hätte er dort überhaupt keine Muskeln mehr. Weil er seine Beine so erbärmlich fand, hatte er im Sommer nur lange Hosen getragen. Nur der Tatsache, dass er von Natur aus dunkler war, hatte er es zu verdanken, dass seine Beine nicht auch noch bleich wie Papier aussahen. Wenn es wirklich funktionieren würde ... wenn es wirklich funktionieren würde! ... welche Möglichkeiten würden sich ihm dann eröffnen? Dann wäre das alles hier vielleicht Vergangenheit, eine unangenehme Erinnerung, über die er eines Tages lachen könnte.

Dann verzog er das Gesicht und schüttelte grimmig den Kopf. Jetzt spielte seine Fantasie mit ihm. Er würde nie geheilt werden. Er durfte jetzt nicht den Fehler machen und anfangen zu träumen. Er würde nicht mehr geheilt werden, dafür war die Zerstörung in seinem Rücken zu groß. Die Operation an seiner Wirbelsäule würde nur den Druck von den Nerven nehmen, denn dort hatte sich Narbengewebe gebildet. Das hatte sie bei der letzten Untersuchung festgestellt und ihm bereits gesagt, dass eventuell eine Operation in Frage käme. Davon, dass sie sofort mit den Spezialisten in der Schweiz Kontakt aufnehmen und die Operation in einer der besten Kliniken für Paraplegiologie in Europa stattfinden könnte, hatte Ben keine Kenntnis gehabt. Ein Teil seiner Sensibilität könnte zurückkehren, aber dass sich auch die Motorik verbessern würde, war eher unwahrscheinlich. Ausgeschlossen hatte es jedoch auch niemand.

Natürlich kam er inzwischen gut zurecht und fühlte sich unabhängig, aber er war in seiner Bewegungsfreiheit extrem eingeschränkt; er konnte nicht einfach mal schnell irgendwohin gehen, sich schnell eine andere Hose anziehen oder unter die Dusche springen. Alles kostete immer viel Zeit und Mühe. Selbst beim Sitzen musste er darauf achten, dass er immer einen stabilen Halt hatte, weil sein Oberkörper im gelähmten Bereich dabei versagte. Er war relativ weit oben verletzt worden und konnte dementsprechend wenig mit seinem Körper anfangen. Das war eine Tatsache.

Als der Sauerstoff in seinem Gehirn knapp wurde, tauchte Ben auf und fuhr sich wütend mit der Hand über die Augen. Erst in den letzten Wochen hatte er gelernt, seinen Blick auf das zu richten, was noch möglich war, aber dieser dumme Brief hatte seinen neu gewonnenen Optimismus wieder zunichtegemacht. Das Schlimmste war, dass er wieder in den Mittelpunkt der Beziehung rückte. Sowohl Zita als auch er waren gerade dabei, sich an das neue Leben und die neue Situation zu gewöhnen. Wollte er zulassen, dass seine Behinderung wieder in den Fokus geschoben wurde?

Die Operation war nicht notwendig, sie konnte jederzeit nachgeholt werden, und es würde ihm im Moment nichts schaden, wenn er sich dagegen entschied. Das machte die Entscheidung furchtbar schwer. Andererseits ... war es fraglich, ob er noch einmal die Chance bekommen würde, in diesem renommierten Querschnittzentrum behandelt zu werden. Was würde aus ihm werden, wenn es nicht klappte? Was, wenn Ben sich wirklich für eine weitere Operation entscheiden würde? Was würde er verlieren? Es würde viel Zeit vergehen, bis er sich wieder erholt hätte. Um am Ende festzustellen, dass sich nichts oder kaum etwas verändert hatte? War es das wert?

Außerdem machte er sich Sorgen um Zita, die in letzter Zeit so erschöpft wirkte. Sein nächstes Ziel war es, zumindest ansatzweise wieder der Mann zu werden, der ihr den Halt gab, den sie brauchte. Seine Partnerin hatte mit ihm schon so viel durchgemacht. Zu viel. Natürlich wusste Ben, dass er sich Zitas Unterstützung sicher sein konnte, aber er war sich nicht sicher, ob er diese Fürsorge noch einmal wollte. Alles in ihm sehnte sich danach, wieder die Stütze für Zita zu sein, die er zu Beginn ihrer Beziehung so oft gewesen war.

Hatten sie sich nicht gut eingerichtet? Hatte die Zeit nicht gezeigt, dass sie trotz allem ein glückliches und zufriedenes Leben führen konnten? Hatte Ben nicht gemerkt, dass er mit seiner Behinderung umgehen konnte?

Zum Glück hatte Ben seine Selbstständigkeit wiedererlangt und war für Zita und seine Freunde keine große Belastung mehr - zumindest nicht mehr so sehr wie in den ersten Monaten.

Die Behandlung würde in der Schweiz stattfinden und voraussichtlich mehrere Wochen dauern. Nach der Operation würde er wieder eine Reha machen und vielleicht neue Dinge lernen im Umgang mit seiner Behinderung. Das Schweizer Paraplegiker-Zentrum hatte einen sehr guten Ruf und es würde ihm sicher guttun, dort behandelt zu werden. Trotzdem hatte er kein gutes Gefühl, denn er würde wieder auf die Hilfe von Zita angewiesen sein. Nach der Operation würde es ihm sicher nicht gleich gut gehen.

Erschwerend kam hinzu, dass er wieder wochenlang von seiner Arbeitsstelle weg bleiben müsste, und das zu einem Zeitpunkt, an dem er gerade dabei war, sich dort wieder einzufinden.

Obwohl Zita bewiesen hatte, dass sie fürsorglicher sein konnte, als alle um sie herum, einschließlich Ben selbst, erwartet hatten, hatte

Ben wirklich nicht das Bedürfnis, ihr wieder zur Last fallen zu wollen.

Zita war nicht so stark, wie sie zu zeigen versuchte, sehr unsicher und vielleicht wegen ihrer überbehüteten Kindheit noch orientierungslos. Vor allem, da sie wieder Probleme mit dem Studium hatte und fast verzweifelte, weil sie ihre Eltern enttäuschen würde, wenn sie wieder keinen Abschluss machte.

Ganz abgesehen davon, dass Zita ihr Studium ohnehin nicht so lange unterbrechen konnte, um ihn zu begleiten. Sie hatte schon zu Beginn, als Ben frisch verletzt war und sie danach völlig überstürzt umgezogen waren, viele Vorlesungen verpasst. Aber dass Ben alleine ging und sie beide so lange getrennt waren, kam zumindest für Ben nicht in Frage. Es war schon schlimm genug, dass er vor einem Jahr so lange im Krankenhaus und dann in der Reha gewesen war. Endlich waren sie wieder zusammen, und dann sollten sie sich schon wieder trennen?

Ben wollte nicht mehr daran denken und begann zu schwimmen.

Plötzlich wünschte Ben sich, das Krankenhaus hätte ihm nie den Termin für das Vorbereitungsgespräch geschickt. Er wünschte sich auch, Zita hätte diesen Brief nicht gelesen, denn dann wäre er nicht gezwungen gewesen, mit seiner Partnerin darüber zu sprechen.

Mit grimmiger Miene begann Ben zu kraulen, schnell und kräftig. Auf seine Arme war Verlass, sie trugen ihn mühelos zurück an den Beckenrand, wo Zita sich endlich unter spitzen Schreien ins Wasser gleiten ließ. Er war nicht einmal außer Atem, als er untertauchte und Zitas schlanke Beine berührte. An ihnen zog er sich hoch. Als er auftauchte und sie ihn mit den Armen zu sich zog, küsste er sie leidenschaftlich.

»Was soll das?«, fragte Zita lächelnd, als sie sich lösten. Sie berührte seine Wange, ihr langer Daumennagel bohrte sich in seine Bartstoppeln. »Du bist so stürmisch.«

»Du trägst einen Bikini? Wozu brauchst du einen Bikini?«, erkundigte sich Ben grinsend und umfasste mit einer Hand Zitas Taille. Mit der anderen hielt er sich am Beckenrand fest. Zitas Nähe war genau das, was er jetzt brauchte. »Wir sind hier ganz unter uns.«

»Du kannst ihn ja ausziehen«, hauchte Zita, schlang den Arm um das Geländer, das ins Wasser führte, wohl um ihnen mehr Halt zu geben, und sah ihm in die Augen, während sie nach hinten griff und den Verschluss ihres Bikinis öffnete.

Manchmal hatte Ben den Eindruck, dass sie sich im Wasser in Sachen Körperkontrolle ebenbürtig waren, aber das war ein Trugschluss, denn während Zita sich mit ihren Beinen über Wasser halten konnte, musste Ben dazu seine Arme benutzen. Dennoch wirkte Zita ähnlich unkoordiniert, als sie nach unten griff, um ihre Hose auszuziehen.

In den ersten Monaten hatte Ben das Liebesleben fast aufgegeben. Damals war er überzeugt gewesen, dass es vorbei war und hatte nicht mehr daran geglaubt, jemals wieder guten Sex zu haben. Doch dann hatte Zita ihn verführt, und nach und nach hatten sie neue Wege gefunden, sich gegenseitig Befriedigung zu schenken.

Inzwischen war auch in diesem Bereich ein wenig Alltag eingekehrt. Es war ein bisschen anders als damals, als Ben noch alles spüren konnte, vielleicht auch ein bisschen komplizierter, aber insgesamt waren sie sich einig, dass der Sex sogar besser geworden war, weil er nicht mehr so selbstverständlich und schnell funktionierte.

In einem Forum für Querschnittgelähmte hatte er gelesen, dass viele Frauen ohnehin nicht so viel Wert auf den Penetrationsverkehr legten. Er hatte mit Zita darüber gesprochen und sie hatte ihm das bestätigt. Danach hatte er sich damit abgefunden. Er war geschickt mit den Fingern. Mit seiner Zunge. Mit allem, was ihm zur Verfügung stand.

Einmal hatten sie versucht, auf die traditionelle Art miteinander zu schlafen. Zita hatte oben gesessen, nachdem sie sich viel Zeit genommen hatte, um ihn zu stimulieren, was eher mäßig funktioniert hatte. Ben hatte sich unglaublich hilflos und unfähig gefühlt, weil er die Bewegungen von Zita nicht erwidern konnte. Er war wie eine leblose Puppe gewesen, die alles über sich ergehen ließ. Es war ziemlich frustrierend gewesen, und Ben hatte danach einige Wochen gebraucht, um darüber hinwegzukommen, dass er zur Passivität gezwungen war, weil er seine Hüfte nicht bewegen konnte. Ben vermisste es sehr, nicht mehr richtig mit Zita verbunden sein zu können. Mehr noch als einen Orgasmus zu spüren. Manchmal, wenn sie sich sehr viel Zeit nahmen, konnte Ben eine Art von Höhepunkt erreichen. Es fühlte sich ganz anders an als früher, viel dumpfer und sanfter. Zita hatte ihn gefragt, wie es sich anfühlte, aber es fiel ihm schwer, es in Worte zu fassen.

Ben war klar, dass er sich an den Gedanken gewöhnen musste, auf Hilfsmittel zurückgreifen zu müssen, wenn er doch noch ein Kind zeugen wollte. Anders würde es wohl nicht mehr gehen. Es sei denn, die Therapie in der Schweiz würde ihm ein wenig Sensibilität schenken. Menschen mit einer inkompletten Lähmung, die noch teilweise fühlen konnten, hatten nicht so viele Probleme mit Impotenz wie Menschen mit einer kompletten Lähmung.

Während Ben die Haut am Hals seiner Freundin leckte, knurrte er leise vor sich hin. Er dachte schon wieder an die Schweiz, obwohl er sich vorgenommen hatte, sich davon abzulenken.

Er blickte kurz auf und ihm wurde warm ums Herz, als er sah, dass Zita die Augen geschlossen hatte und ihre Lippen leicht geöffnet waren. Sie sah unglaublich sexy aus, wie sie da vor ihm am Beckenrand hing und sich seinen Berührungen hingab. Sie war der Meinung, er sei zärtlicher geworden. Zuvorkommender, einfühlsamer und aufmerksamer.

Aber auf Dauer war das keine Lösung. Irgendwann würde Ben wieder richtig in sie eindringen wollen, spätestens wenn es darum ging, eine Schwangerschaft zu erzielen.

Wahrscheinlich waren sie auf einem guten Weg, aber Ben würde nicht sagen, dass sie schon am Ziel waren. Sie tasteten sich erst seit etwa einem halben Jahr aneinander heran und lernten, mit der neuen Situation umzugehen. Es gab noch viel Verbesserungspotenzial und sie mussten wohl noch einiges lernen, aber andererseits, so hatte der Psychologe gesagt, gelte auch beim Sex das Sprichwort, dass der Weg das Ziel sei.

Ben ging weiterhin alle zwei Wochen zu dem Psychologen, der ihn direkt nach der Reha betreut hatte, und einmal war Zita dabei gewesen und hatte das Thema angesprochen. Von sich aus hätte Ben sich nie getraut, darüber zu sprechen. Es war ihm peinlich, obwohl er wusste, dass er nichts dafür konnte.

»Du bist so gut«, flüsterte Zita leise.

Voller Verlangen schob Ben seine Zunge zwischen Zitas halb geöffnete Lippen.

»Kannst du ...« Ben drückte Zita ein wenig nach oben. »Kannst du dich aufstützen und mich halten?«

»Hier? Bist du sicher?«, flüsterte Zita, ohne ihre Lippen ganz von Bens zu nehmen. »Du musst das nicht tun. Nicht hier.«

»Doch, es fühlt sich gut an«, murmelte Ben und schob seine Hand in Zitas blondes Haar, um ihren Kopf noch näher an sich zu ziehen und den Kuss zu intensivieren.

Daraufhin begann Zita zu stöhnen und Ben musste lächeln, denn er liebte es, wenn Zita solche Laute von sich gab und sich ganz in seine Hände begab. Jemand wie Zita, die immer so kultiviert war und der nie ein unwillkürlicher Laut entwich, brauchte Vertrauen, um sich so fallen zu lassen. Der Gedanke, dass Zita ihm vertraute, gefiel ihm.

Ohne den Kuss zu unterbrechen, strich Ben mit dem Finger über die Innenseite von Zitas Oberschenkel.

Dabei berührte er aus Versehen sein eigenes Bein.

Anfangs war es sehr seltsam gewesen, seine Beine, seinen Intimbereich und seinen Bauch mit den Händen berühren zu können, ohne die Finger zu spüren. Es war außerdem sehr unangenehm gewesen, zu sehen, wie Zita ihn berührte, ohne etwas zu fühlen. Inzwischen hatte er sich daran gewöhnt und fand es gar nicht mehr so schlimm, Körpernähe zuzulassen, auch wenn es ihm nichts nützte.

»Alles in Ordnung?«, erkundigte sich Ben fürsorglich und öffnete die Augen sicherheitshalber. Er unterbrach den Kuss, biss Zita leicht ins Ohr und küsste dann ihre empfindliche Stelle am seitlichen Hals.

Als Antwort bekam er nur ein Stöhnen von Zita und eine ruckartige Bewegung, als Zita ihre Arme um seine Taille schlang. »Benny«, murmelte sie und küsste ihn noch einmal kurz, bevor sie sich von ihm entfernte. »Bist du dir wirklich sicher ...«

»Was?« Verwundert hielt Ben inne und sah sie überrascht an. »Du willst es doch, oder? Willst du nicht?«

»Natürlich.« Zita nickte hastig und zappelte unruhig im Wasser. »Aber ich weiß nicht, ob wir es schaffen. Wir können uns nicht festhalten und gleichzeitig uns auf die Art näher kommen.«

»Aber ich fühle mich hier freier als im Bett«, murmelte Ben.

»Wenn wir ertrinken, haben wir es zum letzten Mal versucht«, erwiderte Zita leicht amüsiert.

»Hast du keinen Bodenkontakt?«, fragte Ben und sah nach unten, wo seine Beine schlaff herunterhingen und Zita hektische Schwimmbewegungen machte. »Oh, lass uns an den Rand gehen«, sagte er dann hastig und schob Zita vorwärts.

Am Beckenrand konnte Zita stehen und machte einen etwas entspannteren Eindruck. »Vielleicht klappt es ja hier«, sagte sie leise und küsste Ben wieder.

»Zita?« Ben erwiderte den Kuss nicht, sondern schob sich von Zita weg. Plötzlich war ihm eine andere Idee gekommen. Während er sich am Rand festhielt, tauchte er probeweise mit dem Kopf unter. Sofort packte Zita ihn am Arm und zog ihn wieder nach oben.

»Was ist los?«, fragte Zita, nachdem Ben nach Luft schnappte.

»Ich ... Kannst du mich auf den Boden drücken?«, fragte Ben hastig und spürte, wie sein Herz aus irgendeinem Grund wild pochte. »Kannst du meine Füße irgendwie auf den Boden stellen?«

»Klar«, antwortete Zita leise und legte ihre Hände auf seine Schultern, um ihn tiefer ins Wasser zu drücken. Kurz darauf zog sie ihn wieder nach oben und sah ihn neugierig an.

»Toll«, meinte Ben sarkastisch und strich sich das Wasser aus dem Gesicht. »Fühlt sich an wie früher.«

»Was hast du erwartet?« Zita sah ihn ernst an. »Natürlich fühlt es sich nicht wie früher an.«

»Natürlich nicht«, erwiderte Ben und verdrehte die Augen, weil er sich so dumm vorkam. Es war so erbärmlich, so niederschmetternd und frustrierend, dass ihm auf einmal nach Weinen zumute war.

»Was ist los mit dir?«, erkundigte Zita sich.

»Ich glaube, dieser blöde Brief hat mich völlig aus der Bahn geworfen, Zita«, gestand Ben leise und legte sein Kinn auf ihre

Schulter.

»Das kann ich verstehen«, flüsterte Zita und küsste seine Wange. »Das ist so verständlich. Du wolltest nur auf andere Gedanken kommen, oder?«

»Weißt du was, Zita?« Ben hob den Kopf und rückte ein Stück von ihr ab, um sie besser ansehen zu können. »Ich glaube, ich bin immer noch nicht darüber hinweg. Ich versuche immer, mich auf das zu konzentrieren, was mir geblieben ist. Ich habe einen Kopf, der denken kann, Hände, mit denen ich arbeiten kann, ein Herz, mit dem ich fühlen kann, aber ... alles andere fehlt mir so sehr.«

»Ich weiß«, sagte Zita und nickte langsam. »Ich verstehe es.«

»Ich bin so traurig, dass ich jede Chance ergreifen würde, auch wenn es nur eine ganz kleine Verbesserung ist.« Ben sog scharf die Luft ein. »Aber gleichzeitig widerstrebt mir der Gedanke, mich wieder ins Krankenhaus zu legen und mir an meinem kaputten Rücken herumschrauben zu lassen.«

»Du musst es nicht heute entscheiden«, betonte Zita und sah ihn ernst an. Sie berührte sein Kinn mit den Fingern und lächelte aufmunternd. »Diese Operation rennt nicht weg. Du hast Zeit. Du kannst dir anhören, was deine Ärztin zu sagen hat und dann gemeinsam mit ihr entscheiden.«

Sekundenlang sahen sie sich in die Augen, und als Zita lächelte, konnte Ben nicht anders, als zurückzulächeln. »Ich fühle mich ein bisschen besser«, gestand er. »Obwohl du nicht viel gesagt hast. Es hilft mir zu wissen, dass du weißt, dass ich noch nicht darüber hinweg bin.«

»Das weiß ich, Benny. Ehrlich gesagt, geht es mir genauso«, antwortete Zita leise und berührte mit den Lippen seine Schläfe. »Aber ich bin für dich da und werde es mit dir durchstehen. Ehrenwort.«

»Du bist unglaublich«, hauchte Ben und spürte, wie ihm Tropfen über die Wange liefen. Er wusste nicht, ob es seine Tränen waren oder das Wasser aus dem Pool.

»Es wird nie wieder so sein wie früher, Schatz«, murmelte Zita und strich mit den Fingern über die Tropfen in seinem Gesicht.

»Aber wir werden uns damit abfinden und lernen, damit umzugehen. Wir werden immer besser, schließlich sind wir zu zweit.«

»Das weiß ich.« Ben nickte und fuhr mit der flachen Hand über Zitas schlanke Taille. Er küsste Zita genauso stürmisch wie vor ein paar Minuten, und glücklicherweise erwiderte Zita den Kuss und vertiefte ihn sogar, indem sie ihre Zunge zwischen Bens Lippen schob.

Sie küssten sich eine Weile, bis Ben Zita aufgeheizt an den Beckenrand drückte und ihre Beine mit der Hand auseinanderschob. Mit der anderen Hand umklammerte er den Beckenrand.

»Du musst das nicht tun«, wiederholte Zita atemlos, dann schloss sie die Augen und leckte sich über die Lippen, was so unglaublich sinnlich aussah.

Wenig später kam Zita. Sie klammerte sich an Ben und machte es ihm einen Moment lang schwer, sie beide über Wasser zu halten. Aber auf seine Arme war immer noch Verlass und er hielt sich mit aller Kraft am Beckenrand fest und seine Freundin über Wasser, damit sie nicht unterging.

Erst als Ben sich vergewissert hatte, dass Zita ihren Arm ausgestreckt und den Rand wieder ergriffen hatte, lockerte er den Griff um ihre Taille ein wenig.

»Alles in Ordnung, Benny?«, erkundigte sie sich.

»Klar, natürlich«, antwortete Ben lächelnd und strich seiner Freundin durch die blonden Haare. Er spürte zwar nichts mehr, aber Sex mit Zita war immer noch schön. Er war wirklich froh, dass er gelernt hatte, wieder Spaß daran zu haben. Trotzdem ... die Traurigkeit darüber, dass alles so schwierig geworden war, beherrschte wieder seine Gedanken.

Zita schien das zu spüren, denn sie küsste Ben zärtlich. »Am Wochenende«, flüsterte sie. »Dann nehmen wir uns Zeit und du kommst auch auf deine Kosten.«

Ben räusperte sich. »Bitte sei ehrlich. Vermisst du es?«, sprudelte es aus ihm heraus, bevor er darüber nachdenken konnte. Was war nur los mit ihm? Er war sich sicher, dass Zita zufrieden mit der Art von Sex war, die sie teilten, und selbst wenn nicht, würde er nicht viel daran ändern können. Wozu brauchte er ihre Bestätigung?

Warum auch immer, aber er erinnerte sich an die wenigen Wochen, die sie vor der Sache mit der Wirbelsäule miteinander verbracht hatten. Es war anders gewesen. So anders. Alles im Allgemeinen, aber vor allem auch ihr Intimleben. Sie hatten es überall getan. Damals in seiner Wohnung, in der Badewanne, und in ihrer Wohnung, stehend im Flur. Im Papierlager der Universität. Im Auto auf dem Rücksitz. Auf der Toilette in Chantals Café.

»Ich liebe dich und das weißt du auch, Sweety. Ich vermisse es viel weniger als du denkst«, antwortete Zita. Sie streichelte Ben fürsorglich über die Wange. »Der Brief geht dir weiterhin nicht aus dem Kopf, oder?«

Als Ben den Kopf hob, kniff er die Augen zusammen und schüttelte den Kopf. Bevor er etwas sagte, seufzte er leise. »Ich kann irgendwie an nichts anderes denken.«

»Ach, komm schon, Benny. Du musst dich heute nicht entscheiden«, sagte Zita und runzelte die Stirn. »Es ist noch gar nicht so lange her, dass du daran verzweifelt bist, dein Leben im Rollstuhl verbringen zu müssen, und ich weiß, dass es dich manchmal immer noch quält, nicht mehr laufen zu können. Es wäre fahrlässig, das Angebot sofort abzulehnen.«

Verärgert nickte Ben und zog sich unbeholfen die Stufen hinauf und aus dem Becken. Natürlich hätte er eine Hebevorrichtung anbringen lassen können, aber das hatte er von Anfang an abgelehnt. Auch wenn es mühsam war, wollte er möglichst ohne Hilfsmittel auskommen. Wenn Gäste auf der Terrasse saßen, sollten sie nicht gleich merken, dass hier ein Behinderter lebte. Vermutlich machte er sich das Leben selbst schwer, durch seine Verweigerung, hier und da auf Hilfsmittel zurückzugreifen.

Nun hockte er etwas wackelig auf dem Beckenrand. Da er keine Rückenlehne hatte, konnte er sich nicht aufrichten, sondern musste sich nach vorne beugen und die Arme auf die Oberschenkel stützen.

Währenddessen schob sich Zita aus dem Wasser, elegant wie immer, grazil, als würde sie von unsichtbaren Seilen getragen. Bei ihr war es eine fließende Bewegung und sah kinderleicht aus. Sie half Ben, damit er nicht zur Seite kippte, indem sie sich dicht neben ihn setzte. Ben ließ sein Gewicht gegen sie fallen. Sie hielt ihn fest. Zu Beginn ihrer Beziehung war er mit Abstand der Fittere von ihnen beiden gewesen. Es war bitter, wie viel Kontrolle er über seinen Körper verloren hatte. Heute war ein Tag, an dem er es nicht schaffte, darüber hinwegzukommen.

»Ich denke daran, wie es wäre, wenn ich wieder alles spüren könnte ... laufen ... rennen ...«, flüsterte Ben. Er ballte die Hand zur Faust. »Wie es wäre, wenn ich mich einfach auf den Boden setzen könnte. Wenn ich aus dem Pool steigen könnte und nicht so erbärmlich aussähe.«

»Es sieht nicht erbärmlich aus, Sweety. Ich frag mich jedes Mal, wie du das alles hinbekommst nur mit der Hilfe deiner Arme«, warf Zita ein.

Benny ging nicht auf ihren Versuch ein, ihn zu trösten. »Manchmal bin ich so wütend, dass mir mein Körper nicht mehr gehorcht.«

»Aber dir ist doch klar, dass ...«

»Ja, ja«, unterbrach Ben sie leise. »Ich weiß, dass mir diese Operation nicht alles zurückgeben wird, aber ich muss trotzdem daran denken.«

Langsam legte Zita ihre Hand auf Bens Schoß und löste die Verkrampfung in Bens Hand, indem sie seine Finger spreizte.

»Wenn es doch nur die Beine wären«, fügte Ben grimmig hinzu. »Ich meine, wenn ich mich wenigstens aufrecht halten könnte. Und dann diese Probleme mit der Toilette und meiner Blase und die Spastik. Bei mir macht jedes Organ, was es will. Das nervt.« Wütend sah er Zita an, die ihn aufmerksam musterte. »Und das könnte mit der Operation besser werden. Meine Impotenz. Meine Inkontinenz. All das könnte besser werden, wenn der Druck auf die Nerven im Rückenmark weg wäre.«

»Ich möchte nur nicht, dass du mit falschen Hoffnungen in diese Operation gehst«, betonte Zita leise und malte Kreise auf seine Oberschenkel, die er nicht mehr spüren konnte, die ihn aber trösteten, denn er konnte sie sehen, und was er sah, war eine liebevolle Frau, die sich nach einem anstrengenden Tag Zeit für ihn nahm. Plötzlich wurde Ben bewusst, dass er dabei war, sich in der frustrierenden Qual zu verlieren, in der er sich in den ersten Monaten nach der Diagnose befunden hatte. Zum Glück hatte er bisher nur selten mit Spastiken zu kämpfen gehabt, und auch seine Blase und sein Darm waren inzwischen recht gut zu organisieren. Alles war umständlicher als früher, aber es war zu bewältigen. Er hatte sich damit abgefunden.

Was den Sex betraf ... war er noch nicht vollends erfüllend oder befriedigend ... aber immerhin hatte er eine Freundin, die bereit war, sich auf dieses Abenteuer einzulassen.

Er war sich bewusst, dass es Menschen gab, die viel größere Schwierigkeiten hatten als er. Immerhin konnte er seine Arme bewegen. Es gab so viele Menschen, die nicht einmal das konnten. Oder Menschen, die keine Partnerin hatten, die allein waren, und niemanden hatten, der mit ihnen Pferde stahl.

»Tut mir leid, ich will nicht jammern«, fügte er leise hinzu.

»Ist schon gut«, murmelte Zita und strich mit der Hand über Bens Arm.

»Nein, ist es nicht«, erwiderte Ben scharf. »Es geht nicht immer nur um mich. Ich habe gar nicht gefragt, wie es heute in der Uni war.«

Schnell winkte Zita ab. »Ist doch egal«, sagte sie hastig.

»War es schlimm? Gab es wieder Stress mit dieser Kommilitonin?« Prüfend blickte Ben seine Freundin an.

»Nein«, antwortete Zita und drückte seine Hand.

»Du musst mir mehr erzählen, Zita.«

»Es ist nichts.« Zitas blaue Augen waren weit aufgerissen. »Wirklich«, fügte sie hinzu. »Es war alles gut, und ich will nicht ständig über mein Studium reden. Seit wir zusammen sind, hörst du dir das an.«

»Ich will auch nicht, dass es immer nur um mich geht«, beharrte Ben. »Und ich will auf keinen Fall, dass du dich schlecht fühlst. Wenn du über das Studium reden willst, höre ich dir zu.«

»Ach Benny, es geht doch nicht immer nur um dich«, entgegnete Zita. »Du hast dich in den letzten Wochen sehr zusammengerissen und warst bewundernswert tapfer. Es gab kein Selbstmitleid und du hast deinen Frust nie an mir ausgelassen.« Wieder drückte Zita Bens Hand. »Es ist in Ordnung, wenn du heute alles rauslässt.«

»Ich bin schon fertig.« Ben lächelte und hob die Schulter. »Jetzt bist du dran, Prinzessin.«

Zita lächelte kurz, dann schüttelte sie den Kopf. »Warum fragst du mich, ob mir der Sex gefällt? Gefällt er dir nicht?«, fragte Zita und hob die Hand, um Ben die nassen Haare aus dem Gesicht zu streichen. »Du weißt, dass der Arzt uns jederzeit etwas verschreiben kann.«

»Hör auf damit«, bat Ben und schüttelte sich. »Das Zeug ist nichts für mich. Ich nehme doch schon so viele Medikamente. Ich will nichts zusätzliches einnehmen.«

»Okay«, sagte Zita und nickte. »Aber irgendwas stört dich daran, oder?«

»Nein, es ist okay«, meinte Ben wenig zuversichtlich. »Ich habe nur Angst, dass ich langsam vergesse, wie der Sex zwischen uns früher war. Viel dynamischer, voller Leidenschaft und Energie. Weißt du noch? Auf dem Esstisch oder in der Badewanne sitzend. Das ist alles nicht mehr möglich«, fügte er seufzend hinzu und schaut Zita an. »Wir müssen rein, du hast eine Gänsehaut und ich bekomme gleich eine Spastik.«

Entschlossen zog er den Rollstuhl zu sich, auf dem ein großes Handtuch lag. Während er Zita vorsichtig abtrocknete, betrachtete er sie. Sie sah heute nicht so erschöpft aus wie sonst. Vielleicht hatte ihr der Sport gutgetan. Die Müdigkeit, die sich jetzt auf ihrem Gesicht abzeichnete, war eher eine zufriedene Erschöpfung und hatte nichts mit der üblichen Resignation zu tun.

»Was denkst du?«, fragte er.

Zita hob die Schultern. »Ich denke, du solltest dir Zeit nehmen, um zu entscheiden, was du tun willst. Egal, wie du dich entscheidest, du weißt, dass ich hinter dir stehe. Ich würde dich auch in die Schweiz begleiten.«

»Aber ...« Ben schüttelte den Kopf. »Wie soll das funktionieren? Das kann doch Wochen dauern. Wie willst du den Stoff der ganzen Vorlesungen nachholen, wenn du sowieso schon so viele Probleme hast?«

»Das wird schon.« Zitas Stimme klang überzeugt.

»Wie?« Ratlos sah er seine Freundin an. Wieder hatte er das Gefühl, dass etwas nicht stimmte, aber laut Zita war alles in Ordnung und darauf musste er wohl vertrauen.

»Das werden wir sehen, wenn es soweit ist«, beruhigte Zita ihn. »Ich schaffe das schon. Zur Not müssen mir meine Kommilitoninnen helfen.«

Ben bezweifelte das, denn Zita hatte schon so viel Stoff verpasst, nachdem er angeschossen worden war. Und all die Monate danach. Sie hatte noch nicht alles aufgeholt. Sie konnte es sich nicht leisten, so lange in der Schweiz zu bleiben, aber er wollte jetzt nicht mit ihr streiten. »Es kann sein, dass ich es machen lasse, und es wird trotzdem nichts besser. Was dann?«, fragte er unwillkürlich laut.

Zita legte den Kopf schief und sah ihn liebevoll an. »Dann geht das Leben weiter.« Sie nahm das Handtuch von ihren Schultern und legte es auf die Sitzfläche des Rollstuhls.

Ben musste lachen, obwohl ihm gar nicht danach war. Diese einfache Aussage traf den Nagel auf den Kopf. Mit Zita an seiner Seite erschien ihm das Leben manchmal viel leichter, als es wahrscheinlich tatsächlich war.

Kopfschüttelnd zog er den Rollstuhl noch näher an sich heran und stemmte sich hoch. Der Übergang vom Boden in den Rollstuhl war noch schwieriger als der vom Bett oder Sofa, denn Ben musste einen enormen Höhenunterschied überwinden. Um nach oben zu kommen, musste er sich mit beiden Armen hochziehen und gleichzeitig die Beine angewinkelt halten, da es sonst zu schwer gewesen wäre, sich nach oben zu drücken. Er löste das Problem, indem er seine Knie mit dem Kinn festhielt. Es hatte Monate gedauert, bis er es zum ersten Mal geschafft hatte. Inzwischen war er so stark und geschickt geworden, dass er es meistens auf Anhieb hinbekam.

Natürlich erinnerte er sich noch gut an die Zeit, als das noch ganz anders gewesen war und wie hilflos er sich damals gefühlt hatte. Damals, an Silvester vor fast einem Jahr, hatte er sich ohne Zitas Hilfe nicht einmal auf einen Stuhl hieven können.

Ja, er hatte einen Teil seiner früheren Selbstständigkeit zurückgewonnen und sich ein gutes Leben aufgebaut. Trotzdem fühlte er sich immer noch unzufrieden. Er fragte sich, ob er dieses Gefühl immer haben würde.

Auch Zita stand auf und folgte ihm zitternd ins Haus, wo sie direkt ins Bad gingen, um das Chlor abzuwaschen.

Zita blieb nachdenklich. Das spürte er, denn er kannte Zita inzwischen recht gut. Dass es manchmal Missverständnisse zwischen ihnen gab, lag nur daran, dass sie in stressigen Situationen das Gespür füreinander verloren.

»Lass dir Zeit mit der Entscheidung«, bat Zita noch einmal, nachdem sie sich angezogen hatte, und legte ihre flache Hand fest auf seine Schulter.

»Gehst du schon mal vor?«, fragte Ben, ohne auf ihre erneute Bitte, sich Zeit zu lassen, einzugehen, und rutschte in seinem Rollstuhl ein Stück nach vorne, um sein Shirt anziehen zu können. Dass er viel langsamer war als Zita, störte ihn nicht mehr. Das war Alltag geworden.

Zita nickte. »Ich gehe kurz eine rauchen und bereite dann das Abendessen vor. Du hast doch bestimmt Hunger, oder?«

Nachdem Zita gegangen war, grübelte Ben weiter. Selbst als er ins Schlafzimmer ging, um sich fertig anzuziehen, drehten sich die Gedanken in seinem Kopf. Mühsam stopfte er sein Bein in die Hose und ließ es dann mit Schwung auf die Matratze fallen. Vor ein paar Monaten hatte Zita Ben noch die Hose anziehen müssen, später hatte sie beschämt weggeschaut, wenn Ben seine Beine mit den Armen hin und her bewegte, aber inzwischen war es normal geworden. Für Zita war der Anblick von Ben nichts Besonderes mehr und sie sah ihn nicht mehr ständig traurig an, nur weil Ben in manchen Dingen etwas ungeschickt geworden war.

Aber Ben konnte nicht aufhören, darüber nachzudenken, dass es ärgerlich war. Wenn er es doch nur wieder so einfach haben könnte, wie Zita es mit den alltäglichen Dingen hatte. Egal, wie sehr er sich einredete, dass er ein gutes Leben hatte, seit er im Rollstuhl saß, war alles viel umständlicher geworden.

Als er in den Spiegel blickte und seine müden braunen Augen und die dunkle Haut mit den schwarzen Bartstoppeln sah, spürte er mit großer Gewissheit, dass es nicht gesund war, sich immer wieder einzureden, wie gut alles funktionierte. Vielleicht war er inzwischen so weit, dass er es ertragen konnte, den Tatsachen ins Auge zu sehen. Es war nicht schön, was ihm widerfahren war, und es würde wohl keinen Tag in seinem Leben geben, an dem er nicht an seine Grenzen stoßen würde.

Als er endlich angezogen ins Esszimmer rollte, fand er einen gedeckten Tisch vor. Der Brief aus dem Krankenhaus lag nun im Wohnzimmer auf dem kleinen Tischchen neben dem Sofa.

»Machen wir uns einen schönen Abend.« Zita strich mit dem Daumen über Bens Arm.

Ben nickte müde und lächelte seine Freundin an. Zita hatte recht, er hatte noch Zeit, sich zu entscheiden, und Ben wollte den Tag mit einem schönen Abend ausklingen lassen. Er hatte einen langen Arbeitstag hinter sich und sich beim Schwimmen richtig ausgepowert. Jetzt hatte er Lust auf ein gutes Essen, eine Folge seiner Lieblingsserie und das Weiterlesen in seinem Krimi. Morgen hieß es wieder früh aufstehen.

Entschlossen schob Ben die Gedanken an den Brief aus dem Krankenhaus beiseite und betrachtete das Essen, das Zita zubereitet hatte. Mit einem Mal gelang es ihm besser.

*

Obwohl Ben das Angebot aus Angst vor Enttäuschung am liebsten abgelehnt hätte, konnte er nicht verhindern, dass in den nächsten Wochen immer wieder die Gewissheit aufkam, es versuchen zu müssen. Immer wieder ertappte er sich dabei, sich vorzustellen, wie es wäre, wenn er es versuchen würde - und es tatsächlich klappte.

Nach einem Aufklärungsgespräch im Krankenhaus wurde endgültig klar, dass die Ärztin ihm nur schwer vorhersagen konnte, was bei der Operation zu erwarten war. Auch als Ben fragte, ob er mit viel Training vielleicht irgendwann wieder an Krücken laufen könne, wurde dies nicht rundweg verneint. Sie betonte aber, dass seine Verletzung schwer sei und er sich nicht zu viel erhoffen solle. Ben war verwirrt. Zita und er fragten die Ärztin, was genau in der Schweiz gemacht werden würde. Während die Verletzung verheilt war, hatte sich an den Nerven Narbengewebe gebildet. Dieses vorsichtig zu entfernen, könnte den Druck von den Nerven nehmen. Und mit viel Glück einen Teil der Funktion wiederherstellen. Die Ärztin hatte ihm bereits erklärt, dass es wahrscheinlicher sei, dass die Empfindung teilweise wiederhergestellt würde. Seine komplette Lähmung könnte zu einer inkompletten Lähmung werden. Das bedeutete, dass er immer noch nicht laufen und seinen Körper nicht kontrollieren könnte, aber seine Lebensqualität würde sich verbessern, wenn er wieder etwas fühlen könnte. Dies könnte die Blase und den Darm betreffen. Sein Sexualleben und seine Fruchtbarkeit verbessern. Ihm helfen, Druckstellen zu vermeiden, Verletzungen schneller zu erkennen. Sich in seinem Körper wieder wohler fühlen.

Das Rückenmark war komplex, und obwohl er inzwischen viel im Internet darüber gelesen hatte, konnte er immer noch nicht genau sagen, ob er alles verstand, was die Ärzte ihm erklärten. Auch in Foren fand er nicht viel. Jede Querschnittlähmung war anders und individuell. Die Symptome waren ähnlich, die Alltagsprobleme gleich - aber zu vieles war einzigartig, sodass er keinen ähnlichen Fall fand, dem es so erging wie ihm, und der die Chance ergriffen hatte und es nicht bereute.

Niemand konnte sagen, ob die Operation überhaupt etwas bringen würde, denn niemand wusste, wie weit sich die Nerven erholt hatten. Die Wahrscheinlichkeit, dass Ben aus der Narkose erwachte und keine Besserung eingetreten war, war genauso groß wie die, dass eine Besserung eingetreten war. Es könnte gut sein, dass sich etwas verbesserte, sich aber erst später zeigen würde, was genau. Ob die Veränderungen sein Leben erleichtern würden, war ebenfalls unklar.

Eine Aussage überzeugte Benny, es zu versuchen: Es würde nicht schlimmer werden, weil man in der Schweiz kein Risiko eingehen würde. Sollte sich die Operation als schwieriger erweisen, würde man ihn einfach wieder zunähen und die Vernarbungen an Ort und

Stelle belassen. Das machte Benny Mut. Die Ärztin schloss zwar nicht aus, dass er seine Beine eventuell teilweise bewegen könne, blieb aber vage. Statt auf eine Verbesserung der Motorik hoffte Benny eher darauf, einen Teil der Sensibilität zurückzuerhalten. Darauf hatten die Chirurgen mehr Einfluss.

Es hatte lange gedauert, bis er sich mit dem Gedanken anfreunden konnte, nie wieder laufen zu können. Ausgerechnet jetzt, wo er begonnen hatte, sich ein Leben aufzubauen, kamen die Ärzte mit einem Angebot, das alles und nichts bedeuten konnte.

Warum lehnte er es nicht einfach ab? Es machte ihn wahnsinnig und stresste ihn. Er hatte einen Beruf, der ihm einigermaßen Spaß machte, und eine Beziehung, die ihm so viel bedeutete. Er hatte Freunde und lebte in einem Land, das ihm einen Teil der Hilfsmittel zur Verfügung stellte. Warum konnte er nicht einfach zufrieden sein? Es ging ihm doch gut. Zumindest hatte er sich das in letzter Zeit erfolgreich eingeredet.

Wem wollte er etwas vormachen? Zu vieles erinnerte ihn daran, dass er nicht mehr an sein altes Leben anknüpfen konnte. Björn zum Beispiel, der ihn regelmäßig an seine Grenzen brachte, wenn er mit Benny toben wollte. Außerdem vermisste er das Motorradfahren so sehr. Nach außen hin versuchte er, die Fassade aufrechtzuerhalten, denn er wusste, wie sehr Roland darunter litt, ohne ihn fahren zu müssen. Eine weitere Sache, die er sich nicht mehr zutraute, war, seine Verwandten in Ghana zu besuchen. Die beiden Schwestern seines Vaters hatten mehrere Kinder und auch schon Enkelkinder. Leider hatte Ben sie schon lange nicht mehr besucht, bevor die Sache mit Friedelmann passiert war. Mit seinen Eltern war er zweimal in Afrika gewesen und sein Vater hatte ihm gezeigt, wo er geboren und aufgewachsen war. Nach dem Tod seiner Eltern hatte er keine Möglichkeit mehr gehabt, nach Afrika zu reisen, da die Verwandten seiner Mutter es nicht für wichtig hielten, dass er Kontakt zu seinen Wurzeln hielt. Als Erwachsener war er noch zweimal in Ghana gewesen, einmal mit Roland und einmal mit Gaby, seiner Ex-Freundin. Zita hatte er nie mit nach Afrika genommen. Jetzt, als Querschnittgelähmter, traute er sich nicht mehr, das Dorf zu besuchen, denn die Verhältnisse waren sehr einfach. Sollte Zita also nie das Land besuchen, in dem sein Vater aufgewachsen war, und die Menschen kennenlernen, die zu seiner Familie gehörten?

Es gab vieles, was er nicht mehr tun konnte, und noch mehr, was er nur sehr langsam oder mit Kompromissen schaffte. Das war ihm bewusst geworden, seit er auf Besserung hoffte. Es war ihm nicht gelungen, sich weiterhin vorzumachen, dass es ihm gut ging. Es schien, als hätte er nur einen Verlust verleugnet, aber noch nicht verarbeitet, was ihm genommen worden war.

*

Es war nun über ein Jahr her, dass Ben nach Friedelmanns Schuss die Beine weggeknickt waren und er in Rolands Arme gefallen war. Die lange Zeit im Querschnittzentrum nach den grausamen Tagen auf der Intensivstation jährte sich zum ersten Mal. Allein der Gedanke daran, wie er untätig im Bett gelegen hatte, ohne zu wissen, wann und ob er seine Beine jemals wieder spüren würde, ließ in Ben Übelkeit aufsteigen.

»Wie hast du dich gefühlt?«, fragte Ben leise. Sie lagen nebeneinander auf dem Sofa, der Fernseher war stumm geschaltet, weil die Werbung nervte. »Damals, als es passierte ... ich glaube, ich habe mich nie danach erkundigt.«

Zitas Gesicht verzog sich schmerzhaft. »Es war schrecklich, als Roland es mir gesagt hat. Zuerst habe ich mir eingeredet, dass es nicht so schlimm sein konnte, aber der Anblick von Roland hat mich nicht gerade beruhigt. Seine Kleidung war voller Blut und er zitterte. Das Schlimmste war sein gehetzter Gesichtsausdruck. Die Angst in seinen Augen werde ich nie vergessen. Da wusste ich, dass es wirklich ernst sein musste.« Zita hielt kurz inne, und als Ben sah, wie ihr Kiefer vibrierte, nahm er ihre Hand in seine. »Als die Operation endlich vorbei war, nachdem ich stundenlang mit Roland im Flur gehockt hatte, war ich so erleichtert, dass du lebst. Es war mir egal, welche Verletzungen du hattest. Der Arzt hat uns über deine schweren Verletzungen aufgeklärt, und dass du vielleicht noch einmal operiert werden musst, aber sie waren sich sicher, dass du es schaffen würdest, dass du überleben würdest - das war alles, was mich in dem Moment interessierte. Der Gedanke, dass du nicht wieder gesund werden könntest, ist mir lange nicht gekommen. So etwas passiert immer nur anderen, denkt man ja immer so schön.« Kopfschüttelnd hob Zita die Schultern.

Ben seufzte. »Sie haben es mir ein paar Wochen später gesagt. Dass sie keine Hoffnung mehr haben. Eigentlich hatte ich es schon vorher geahnt, aber es war, als könnte ich es weder dir noch sonst jemandem sagen, weil meine Befürchtung dann grausame Wirklichkeit werden würde.«

Einige Sekunden lang schwieg Zita und drückte Bens Hand, dann nickte sie. »Ich war so enttäuscht, weil du mich danach fast eine Woche lang nicht eingeweiht hast. Du hast es nicht mitbekommen, weil du in der Reha warst, und als du nach Hause kamst, konnte ich nicht mehr sauer sein. Ich war so dankbar, dass du wieder bei mir warst.«

Ben strich entschuldigend über Zitas Wangenknochen, die so aristokratisch wirkten wie das Blut, das Zitas Vater zufolge in ihren Adern floss. Die Nase war gerade und klein, das Kinn spitz und der Kiefer noch angespannt. Das Gespräch beschäftigte Zita sehr, und Ben wurde klar, dass seine Brustwirbelverletzung mehr mit Zita gemacht hatte, als er gedacht hatte. Während Ben von vielen Menschen unterstützt worden war, hatte Zita diese Zeit weitgehend allein durchstehen müssen. Nicht einmal er hatte sie trösten können, denn er war eine Zeit lang mit sich selbst beschäftigt gewesen und hatte nur sein eigenes Leid wahrgenommen. Da sie damals noch nicht lange zusammen waren, wurde Zita auch von den Ärzten selten als Partnerin wahrgenommen. Auch ihre Eltern glaubten damals, dass die Beziehung nur vorübergehend sei.

»Mir war nicht wirklich bewusst, wie traumatisch das auch für dich gewesen sein musste.« Ben fühlte sich schrecklich.

Zita sagte nichts, aber sie biss sich auf die Lippen, und in ihren Augen konnte Ben die Verletzung erkennen, die Zita in all den Wochen erlitten hatte, in denen Ben seine schlechte Laune an ihr ausgelassen hatte.

»Ich mache es wieder gut«, versprach Ben eilig.

Schnell beugte sich Zita zu ihm hinunter und küsste Bens Hand. »Ich habe immer noch den Druck, stark sein zu müssen, Benny, und ich habe Angst, dass ich es einfach nicht mehr schaffe.« Zita rieb sich müde die Augen. Es war das erste Mal seit langer Zeit, dass sie über ihre Erschöpfung sprach.

»Es liegt nicht nur an mir, oder?« Ben sah sie aufmerksam an. Etwas Kaltes kroch seine Wirbelsäule hinauf und verursachte eine Gänsehaut auf seinem Rücken. »Dein Studium ist ...« Sein Verdacht verstärkte sich, als Zita sichtlich zusammenzuckte. »Erzähl es mir.«

»Ich habe das Gefühl, in einer Sackgasse zu stecken«, gab Zita zu. »Es ist, als würde ich schreien, aber niemand hört mich.«

»Ich höre dich«, betonte Ben. »Vielleicht war ich in der Vergangenheit etwas schwerhörig, aber das will ich ändern.«

»Aber du kannst mir nicht helfen.« Ruckartig stand Zita auf und ging um den Tisch herum. »Das ist ja das Problem.«

»Rede wenigstens mit mir«, bat Ben schnell, denn er spürte, wie Zita ihm wieder entglitt, aber es war schon zu spät, denn Zita straffte die Schultern und schüttelte den Kopf.

»Nicht an Weihnachten«, sagte sie.

»Wann denn sonst? Jetzt haben wir Zeit«, protestierte Ben.

Zita zögerte kurz, dann schüttelte sie wieder den Kopf. »Ich sehe mal nach dem Abendessen.«

*

Nach dem Essen lagen sie satt, aneinander gekuschelt und zufrieden auf dem Sofa im Wohnzimmer und schauten auf den Weihnachtsbaum. Damals vor einem Jahr hatten sie das erste Mal gemeinsam Weihnachten feiern wollen – daraus war dann aber nichts geworden. Endlich ... dieses Jahr waren sie zusammen und konnten zusammen sein, wie es so viele Paare auf der Welt waren.

Sie hatten einen wunderschönen Baum und er duftete nach Kiefer. Ben hatte die Kerzen befestigt, Zita die Kugeln und Strohsterne. Der

Baum war klein genug, sodass Ben alles erreichen konnte und am Ende die Christbaumspitze aufgesetzt hatte. Wahrscheinlich hatte Roland ihn genau aus diesem Grund in dieser Größe gekauft. Auch wenn es Ben ärgerte, dass sein Kumpel den Baum besorgen musste, war er doch stolz, dass Zita und er jetzt ihren eigenen Baum hatten und diesen auch selbst geschmückt hatten. Vielleicht war es der schönste Baum, den Ben je gesehen hatte. Am Abend zuvor waren sie zusammen in der Kirche gewesen, was das Fest noch feierlicher gemacht hatte. Obwohl Ben Muslim war, liebte er den christlichen Gottesdienst. Der Duft des Weihrauchs, der Klang der Orgel und die Kerzen überall gaben ihm immer ein gutes Gefühl. Auch die Botschaft der Predigt an diesem Abend hatte ihm gefallen, obwohl er ansonsten einiges am Christentum eher fragwürdig fand.

Das Einzige, was ihn gestört hatte, war wieder einmal das gleiche Thema. Er war der einzige Mann im Rollstuhl gewesen, und man hatte ihn angestarrt. Vielleicht sollte er sich inzwischen daran gewöhnt haben, weil er schon als kleiner Junge wegen seiner Hautfarbe etwas Besonderes gewesen war, aber er war jemand, der damit nicht so gut umgehen konnte. Zita war wie immer wunderbar gewesen. Aus Rücksicht auf ihn war sie hinten geblieben und hatte auch nicht am Abendmahl teilgenommen, obwohl ihre Eltern, die ebenfalls anwesend waren, sie dazu aufgefordert hatten. Zita hatte ihn nicht hinten alleine sitzen lassen wollen. Außerdem hatte sie mal wieder blendend ausgesehen und somit viele Blicke auf sich gezogen und von Ben abgelenkt.

»Warum lächelst du?«, fragte Zita leise.

»Mir ist gerade bewusst geworden, wie viel du mir bedeutest«, murmelte Ben. Glücklich legte er seinen Arm um Zitas Taille und zog sie an sich. Er bohrte seine Nase in ihr glattes blondes Haar und drückte mit seinen Lippen einen Kuss auf Zitas schlanken Hals. »Du hast genug getan«, murmelte er und küsste Zita erneut auf den Hals.

Auch Zita hatte nur begrenzt Energie. Das Studium war so anstrengend für sie, und ein Partner, der schon wieder ihre Hilfe und Unterstützung brauchte, müsste eigentlich eine Belastung für sie bedeuten. Offenbar brauchte Zita jetzt Bens Hilfe, auch wenn sie sich immer noch weigerte, darüber zu sprechen, was genau sie quälte.

Sofort versteifte sich der Körper neben ihm. »Sag mir nicht, dass du deine Entscheidung von mir abhängig machen willst, Benny.« Zitas Stimme klang laut und energisch.

»Hör zu, Zita, ich kann nicht verlangen, dass du immer für mich da bist«, protestierte Ben und schüttelte empört den Kopf. Er könnte die Operation in einigen Jahren nachholen. Ja, das Angebot, es in der Schweiz machen zu lassen, wäre dann vielleicht nicht mehr gültig, aber es gab auch in Deutschland gute Kliniken.

»Warum denn nicht?«, fragte Zita. »Ich bin doch deine Partnerin. Was ist so schlimm daran, wenn ich für dich da bin?«

»Und ich bin dein Freund, Zita. Und ich möchte auch für dich da sein.« Ben richtete sich auf und schaute Zita an, die ihn mit wütenden Augen ansah.

»Du bist derjenige von uns, den es härter erwischt hat. Nein, Benjamin, hör auf es zu leugnen«, sagte Zita, als Ben den Mund öffnete, um etwas zu erwidern. »Weder ich noch du haben es gewollt, aber es ist nun mal so«, fügte Zita hinzu und richtete sich ebenfalls auf. »Und deshalb helfe ich dir.«

»Aber was ist zum Beispiel damit? Hm?« Ben griff zum Tisch und hob die Zigarettenschachtel auf. »Erzähl mir nicht, dass du gut mit deinem Leben klarkommst, Zita. Erzähl mir nicht, dass es dir gut geht, und erzähl mir nicht, dass es dir gefallen hat, dass deine Eltern und ich in der Kirche so distanziert waren. Was glaubst du, was sie sagen, wenn du mich in die Schweiz begleitest und dein Studium deswegen wieder abbrichst?«

»Ich dachte, du wolltest immer, dass ich selbstständig und unabhängig von ihnen werde, Benjamin«, fauchte Zita ungewohnt scharf. Man merkte ihr an, dass sie lieber nicht über das Thema sprechen wollte.

»Und du glaubst, das geht am besten, wenn du dein Studium vernachlässigst? Wie wäre es, wenn du einfach mal dein Leben in die Hand nimmst und deinen Eltern zeigst, dass ...«

»Verdammt, Benny«, unterbrach Zita ihn, »das mit meinen Eltern ist nicht so einfach, wie du immer denkst. Du hast keine Ahnung, wie es ist, sich seinen Eltern gegenüber loyal zu fühlen.«

Ben verstummte betroffen und biss sich auf die Unterlippe. Sicher hatte Zita es nicht so gemeint, aber die Andeutung seines Verlustes verletzte ihn. Er erinnerte sich noch gut an seine Eltern und vermisste sie manchmal noch sehr. Er trauerte um sie. Im Gegensatz zu Zita hatte er sich sehr abrupt von seinen Eltern trennen müssen.

»Es tut mir leid.« Zita sah ihn gequält an. »Aber es ist wirklich nicht leicht für mich.«

»Vielleicht würde es helfen, wenn du mit mir reden würdest«, erwiderte Ben wütend. »Bevor ich im Rollstuhl gelandet bin, hast du mir auch immer die Ohren zugejammert. Vielleicht habe ich das Zuhören verlernt, aber du scheinst auch das Reden verlernt zu haben.«

»Reden hilft mir nicht«, sagte Zita schroff. »Ich hätte sowieso irgendwann aufgehört zu reden, weil es keinen Sinn hat. Du kannst mir nicht helfen.«

Seufzend schüttelte Ben den Kopf, starrte auf die Zigarettenschachtel und warf sie zurück auf den Wohnzimmertisch. »Ich weiß, dass du nachts manchmal aufwachst, weil du schlecht geträumt hast, Zita«, sagte er leise.

»Das sind nur Albträume.« Zita legte die Hand an die Stirn. Vielleicht hatte sie Kopfweh.

»Du musst unter großem Druck und Stress stehen, wenn du solche Träume hast«, betonte Ben und berührte Zitas Kinn. »Nur weil ich mit einigen Probleme zu kämpfen habe, heißt das nicht, dass es dir nicht auch mal schlecht gehen kann. Das ist mir bewusst.«

»Seit wann geht es darum, wer von uns es schwerer hat?« Zita verdrehte die Augen. »Weißt du, Benny, es gab eine Zeit, da war alles ganz einfach. Für uns beide.«

»Tja, da waren wir frisch verliebt«, murmelte Ben.

»Und jetzt sind wir ein altes Ehepaar, das langsam Staub ansetzt, oder? Wir sind nicht mal zwei Jahre zusammen.« Verärgert stöhnte Zita auf. »Verstehst du denn nicht, dass ich nicht immer über Probleme reden will?«

»Probleme löst man nicht, indem man sie verdrängt, Baby.« Ben hob nachdenklich die Schulter. »Hast du mir nicht genau das vor einem Jahr vorgeworfen, als ich dir verschwiegen habe, dass ich nicht mehr gesund werde?«

Jetzt räusperte sich Zita und presste die Lippen zusammen. Ben spürte, dass Zita etwas so sehr bedrückte, dass sie nicht einmal mehr darüber reden konnte, und das machte ihm Angst.

Erst nach einem langen Moment des Schweigens sprach Zita weiter. »Benny, glaub mir, ich denke nicht sehr oft über meine Eltern nach. Außerdem komme ich schon zurecht.« Sie senkte den Kopf. »Die Operation könnte deinen Zustand verbessern ...«

»Und wenn nicht?«, fragte Ben ungewollt schroff. »Zita, die Chancen stehen verdammt gut, dass sich gar nichts ändert. Und dann?«

»Dann sehen wir weiter«, entschied Zita. »Hör mal, wenn wir in die Schweiz fahren und du wegen der Operation das Bett hüten musst, können wir die Zeit nutzen, um über mich zu reden. Verstehst du denn nicht, welche Chance du verpasst, nur weil du die Entscheidung von mir abhängig machst? Was verlangst du da von mir?« Sie klang seltsam entschlossen.

»Bist du dir sicher, dass du mich wirklich begleiten kannst?«, fragte Ben skeptisch. Es war ihm ein Rätsel, wie Zita das schaffen wollte.

»Ja«, sagte Zita fest. »Ich habe mit meinem Professor gesprochen. Es spricht nichts dagegen, die Scheine im nächsten Semester zu machen. Natürlich müsste ich die Bachlorarbeit verschieben, aber wenn ich mich auf die Pflichtkurse konzentriere, schaffe ich das ohne Probleme.«

»Ich hoffe, du hast recht«, sagte Ben und runzelte die Stirn. Irgendetwas an Zita war seltsam, aber er konnte nicht direkt sagen, was es war.

»Ich habe so lange gebraucht, um zu studieren. Auf ein Semester mehr oder weniger kommt es jetzt nicht mehr an«, fuhr Zita fort. »Außerdem habe ich ...«

»Sag mal, willst du fliehen? Willst du in die Schweiz, weil du glaubst, dort die Leichtigkeit zu finden, die du hier vermisst?«, platzte es aus Ben heraus.

»Nein«, korrigierte Zita sanft. »Ich möchte dich unterstützen und dir nicht die Chance nehmen, deine Situation zu verbessern. Wenn ich für ein paar Wochen nicht zur Uni muss und mich ein bisschen erholen kann, ist das nur ein schöner Nebeneffekt. Eine Situation, von der wir beide profitieren.«

»Vielleicht«, sagte Ben. »Vielleicht klappt es aber auch nicht.«

»Dann haben wir es wenigstens versucht«, beharrte Zita und lächelte.

»Du willst also, dass ich es versuche?«, fragte Ben.

»Ich will vor allem nicht, dass du diese Entscheidung von mir abhängig machst«, wiederholte Zita. An ihrem Tonfall konnte Ben erkennen, dass sie keinen Widerspruch duldete.

Schweigend lehnte Ben sich wieder zurück und musterte Zita. Wenigstens hatten sie wieder gelernt, normal miteinander zu streiten. Auch das war ihnen eine Zeit lang irgendwie nicht gelungen, weil sie aneinander vorbei geredet ... oder sich angeschrien hatten.

Aber Zitas Probleme waren im letzten Jahr überhaupt nicht mehr zur Sprache gekommen. Als Friedelmann dazwischen gekommen war, war Ben gerade dabei gewesen, Zita mehr Selbstvertrauen zu geben und sie davon zu überzeugen, dass sie etwas wert war, auch wenn sie nicht immer nach der Pfeife ihrer Eltern tanzte. Aber Zita hatte recht. Ben konnte sich entscheiden, Zitas Probleme wieder in den Vordergrund zu rücken und trotzdem diese Chance zu ergreifen. Vielleicht würde Zita der Aufenthalt in der Schweiz sogar guttun. Sie könnten sich gegenseitig helfen und hätten endlich viel Zeit füreinander.

»Zita?«, fragte Ben nach einer Weile.

Sie sah ihn aufmerksam an und forderte ihn nickend auf, weiterzusprechen.

»Ich habe Angst vor der Operation«, gestand Ben. »Ich habe Angst, dass es mir danach schlimmer geht als jetzt. Was ist, wenn ich danach nicht einmal mehr meine Arme bewegen kann, weil sie etwas falsch machen?«

Zita runzelte die Stirn. »Das ist unbegründet. Das haben sie uns versichert.«

»Ich weiß.« Ben schauderte. Manchmal bekam er richtig Panik, dass die Dinge schlimmer werden könnten. Er konnte sich ein Leben als Mann, der vom Hals abwärts gelähmt war, nicht vorstellen, und seine Bewunderung galt den Menschen, die mit einer solchen Lähmung lebten und trotzdem nicht verlernt hatten, ihr Leben zu genießen. Er jedoch war tief gefallen und gerade dabei, wieder ins Licht zu klettern. Was würde ein erneuter Sturz, ein erneuter Schicksalsschlag mit seiner noch angeschlagenen Seele machen?

Hoffentlich wussten die Ärzte, was sie taten. Erschwerend kamen die Schmerzen hinzu, vor denen er sich fürchtete. Als er frisch verwundet war, hatte er schreckliche Nervenschmerzen gehabt, die ihn sehr gequält hatten. Das wollte er nicht noch einmal erleben. »Wirst du da sein, wenn ich aus dem OP komme?«, fragte er nach einem kurzen Moment. Es war ihm unangenehm, sie danach zu fragen, aber die Panik vor dem Aufwachen und der möglichen Erkenntnis, dass sich nichts verändert hatte, überwältigte ihn.

»Nein, ich werde froh sein, dass du noch benommen von der Operation bist, und in die nächste Disco gehen, um wieder richtig abzutanzen.« Spöttisch verdrehte Zita die Augen und sah ein wenig verärgert aus. »Fragst du mich das wirklich nach all der Zeit? Traust du mir wirklich immer noch nichts zu, Benjamin?«

Ben schüttelte schnell den Kopf. »Nein. Dumme Frage, ich weiß. Wenn die einen Fehler machen ... Es ist schließlich mein Rücken und der ist schon so verdammt kaputt. Außerdem habe ich ein bisschen Angst, dass ich zu viel erwarte. Manchmal ertappe ich mich dabei, dass ich sogar denke, ich könnte wieder laufen, aber wir wissen beide, wie unwahrscheinlich das ist. Ich weiß, dass du es nicht leicht mit mir hattest«, sagte er eilig. »Aber ich werde mich bemühen, deine Probleme nicht noch einmal so lange aus den Augen zu verlieren.«

»Du bist vor einem Jahr wieder aufgestanden. Du wirst es auch diesmal schaffen. Natürlich wirst du traurig sein, wenn sich die Chance als vergeben herausstellt. Aber du wirst hierher zurückkommen und dein gewohntes Leben vorfinden. Diesmal wird es anders sein.«

»Ich habe das Gefühl, dass unsere Beziehung furchtbar einseitig ist«, drückte Ben sein Unbehagen aus.

»Das stimmt nicht, das war sie vorher«, protestierte Zita heftig. Stirnrunzelnd sah sie Ben an. »Du weißt, wie sehr du mir geholfen hast, bevor das passiert ist. Weißt du noch, wie oft du mir versichert hast, ich würde meinen Platz in der Gesellschaft finden? Nächte, in denen ich nicht schlafen konnte, weil mich die Panik niederdrückte. Jetzt bist du die Hauptperson und stehst im Mittelpunkt - aber auch das wird nicht ewig so bleiben.« Zita schüttelte den Kopf, wie um ihre Aussage zu unterstreichen. »Und auch danach will ich nicht ständig über mich reden. Unser Leben soll nicht nur von unseren Problemen bestimmt sein. Ich will vor allem einfach glücklich sein.«

»Das will ich auch«, flüsterte Ben. Er beugte sich vor, um Zita zu küssen. Das dumpfe Gefühl des Unbehagens ließ ein wenig nach, aber es verschwand nicht, als hätte es sich hartnäckig festgekrallt.

*

Beim nächsten Aufklärungsgespräch in der Klinik erfuhren Ben und Zita, dass der Heilungsprozess in der Schweiz länger dauern würde als erwartet und dass die Unterbringung im Hotel nebenan für die Angehörigen nicht gerade billig war. Es war von Anfang an klar, dass Ben nicht zulassen konnte, dass Zita Geld von ihren Eltern nahm, nur um bei ihm sein zu können. Er würde also für den Aufenthalt aufkommen müssen, war sich aber nicht ganz sicher, wie er das bewerkstelligen sollte. Auch finanziell war seine Behinderung eine Herausforderung. Die Krankenkasse und der Arbeitgeber unterstützten ihn zwar sehr, aber es gab doch viele Dinge, die er selbst finanzieren musste. Durch seinen langen Arbeitsausfall hatte er monatelang nur Krankengeld bekommen und in dieser Zeit einen Großteil seiner Rücklagen aufgebraucht. Außerdem war er im Moment der Einzige im gemeinsamen Haushalt, der Geld verdiente, sodass am Ende des Monats nicht mehr viel zum Sparen übrig blieb.

Zita wollte dieses Problem auf eine sehr extreme Art und Weise lösen und teilte es ihm in ungewohnter Nüchternheit mit, nachdem sie vom Einkaufen zuhause angekommen waren.

»Ich werde mein Auto verkaufen«, sagte sie und trug die Einkäufe an Ben vorbei. »Und bevor du protestierst: Ich habe schon alles in die Wege geleitet.«

»Bist du verrückt geworden?«, erkundigte Ben sich überrascht und stapelte weitere Einkaufstaschen, die Zita nicht geschafft hatte zu tragen, auf seinem Schoß. Zitas Ansage überrumpelte ihn komplett.

»Wir brauchen keine zwei Autos, wenn ich genauso gut mit dem Zug zur Uni fahren kann«, rief Zita über die Schulter. »Zur Not kann ich auch mit deinem Auto fahren. Wir haben extra eins genommen, das auch ein übliches Gaspedal hat.«

»Du willst dein Auto verkaufen? Deinen geliebten Mini?«, fragte Ben ungläubig und folgte Zita in die Küche, wo sie bereits die Lebensmittel in den Kühlschrank räumte.

»Ja, ich werde es verkaufen, denn es passt nicht mehr zu meinem Lebensstandard«, bestätigte Zita, ging an ihm vorbei und öffnete die Tür zur Speisekammer, um Nudeln und Konserven auf das Regal zu stapeln. »Du hättest getobt, wenn meine Eltern uns noch mehr Geld gegeben hätten.«

»Wenn du das Auto verkaufst und in ein paar Wochen ein neues von ihnen bekommst, hast du das Geld doch von ihnen angenommen«, betonte Ben.

Zita sah ihn stirnrunzelnd an. »Wir brauchen keine zwei Autos, Benny. Deshalb habe ich beschlossen, meins zu verkaufen.«

»Warum hast du mit mir nicht darüber gesprochen?« Manchmal hatte Ben das Gefühl, Zita entglitt ihm immer mehr, aber er war sich nicht sicher, ob er sich das nicht selbst einredete, denn Tatsache war, dass ihre Beziehung besser lief als noch vor ein paar Monaten. Nur hatte er immer das komische Gefühl, dass Zita ihm etwas verheimlichte. Er fühlte sich schrecklich, als sie berichtete, dass sie sich im Autohaus ein Angebot hatte machen lassen, ohne nach seiner Begleitung zu fragen, obwohl er sich mit Autos viel besser auskannte. Er war gekränkt. Obwohl er ihre Selbstständigkeit schätzte, nagte es an seinem Männlichkeitsgefühl. Früher hatte er damit kein Problem gehabt, aber seit er im Rollstuhl saß, hatte er oft das Gefühl, sein

Geschlecht beweisen zu müssen. Ihm war bewusst, dass das toxisch und nicht gesund war.

»Du hättest es nicht zugelassen.« Zita hob die Schultern und nahm ihm die Beutel ab, um auch diese auszuräumen. »Es ist mein Auto, und ich kann es verkaufen, wenn ich will.«

Ben runzelte die Stirn. »Scheiße, Zita. Ich will nicht, dass du so viel für mich opferst. Das hätten wir auch anders regeln können.«

Wieder hob Zita die Schultern, bückte sich und holte einen Topf aus dem Schrank, um ihn auf den Herd zu stellen. »Wie denn, Benny? Helena und Roland können dich wegen des Babys nicht begleiten. Es wird kaum jemand zu Besuch kommen. Ich möchte nicht, dass du allein bist.«

»Rolands Schwester ... «

Zita schüttelte den Kopf und ließ den Sack mit Kartoffeln auf die Arbeitsplatte fallen. »Anna kann wegen Björn auch nicht weg.«

»Anna?« Ungläubig blickte Ben seine Freundin an. »Natürlich nicht. Ich meine Julia. Sie wohnt doch in der Schweiz, nicht weit von der Klinik entfernt.«

Zita hob die Schulter. »Ja, sie kann ab und zu vorbeikommen, aber sie kann nicht dauerhaft bei dir bleiben.«

»Ich brauche niemanden dauerhaft bei mir«, betonte Benny und wusste nicht, ob er empört oder amüsiert reagieren sollte.

Julia, die andere Schwester von Roland, lebte schon seit vielen Jahren in der Schweiz, und es wäre natürlich möglich, sich ab und zu zu treffen, aber auch Julia würde nicht ständig bei Ben bleiben können. Dafür war es dann doch zu weit entfernt. Aber es wäre schön, sie mal wieder zu sehen. Leider hatten sie sich in den letzten Jahren nur sehr selten getroffen. Das letzte Mal war in der Adventszeit gewesen, als Ben noch im Krankenhaus lag. Als Julia erfahren hatte, dass Ben einen schweren Unfall gehabt hatte, war sie sofort nach Deutschland gekommen. Es war an der Zeit, dass Julia ihn in dem fitten Zustand sehen konnte, in dem er sich jetzt glücklicherweise wieder befand.

Grinsend sah Zita ihn an. »Roland würde sich wünschen, dass ...«

»Ja, aber Roland hat da immer noch nichts mitzureden«, betonte

Ben schmunzelnd. Es stimmte, dass Roland sich vor ein paar Jahren vorgestellt hatte, Ben würde sich in Anna oder Julia verlieben. Ganz davon abgesehen, dass Julia lesbisch war und Anna gar kein Interesse an ihm hatte, hatte Ben es sich nicht vorstellen können. Die beiden waren eher wie seine Schwestern, gute Freundinnen, keine potenziellen Liebhaberinnen. Als er es Zita erzählt hatte, war sie empört gewesen. Jetzt benutzte sie die alte Geschichte, um abzulenken ...

»Du suchst nur eine Ausrede, um mitkommen zu können.« Er seufzte und sah zu, wie Zita energisch die Kartoffeln schälte. Im Auto hatte sie verkündet, dass sie heute Nudeln machen wolle, aber anscheinend brauchte sie jetzt etwas, das sie mit den Händen machen konnte.

»Gerade weil du Julia so lange nicht gesehen hast, kannst du nicht erwarten, dass sie ständig zu Besuch kommt.« Zita schüttelte den Kopf.

»Ich brauche dort nicht ständig jemanden um mich herum«, wiederholte Ben leise und rollte seinen Rollstuhl näher an Zita heran. Sanft strich er über den Stoff von Zitas Hose. »Ich schaffe das schon. Solange du bei der Operation dabei bist, schaffe ich das schon. Ich werde vielleicht unleidlich, wenn ich wieder nur im Bett liegen muss. Vielleicht besser, wenn niemand da ist, und das mitbekommt.«

»Wir waren uns einig, dass ich mitkomme.« Zita drehte sich schwungvoll um die eigene Achse.

»Zita, bitte denk noch einmal darüber nach. Vielleicht kannst du dir den Donnerstag und den Freitag jeweils freinehmen. Dann verpasst du wenigstens nicht die Vorlesungen von Montag bis Mittwoch.« Jetzt, wo Ben darüber nachdachte, gefiel ihm die Idee ganz gut. »Krankengymnastik und Ergotherapie werden viel Zeit in Anspruch nehmen. Du könntest an den verlängerten Wochenenden kommen, und an den anderen Tagen bin ich eben allein. Dann müssen wir nicht so viel für deinen Aufenthalt in der Schweiz bezahlen. Außerdem kann ich mich um das Geld kümmern, Zita. Du brauchst deinen Mini nicht zu verkaufen.«

»Ich werde das nicht mehr rückgängig machen«, teilte Zita ihm mit. »Schließlich hat mein Professor mit mir schon einen Plan ausgearbeitet. Und das Auto ist so gut wie weg.« Fast wäre sie über Bens Rollstuhl gestolpert, als sie die Pfanne aus dem Schrank holte. Hastig rollte Ben sich ein Stück zurück, um nicht im Weg zu sein.

»So gut wie weg? Was soll das heißen?«, erkundigte Ben sich entsetzt, nachdem er Zita eine Weile fassungslos angesehen hatte.

»Zu spät. Das Auto ist zwar noch da, aber ich habe dem Händler schon fest zugesagt. Das Angebot liegt übrigens in meinem Auto auf dem Beifahrersitz. Ich wollte dich sowieso fragen, ob du einen Blick drauf wirfst. Du hast schließlich mehr Erfahrung damit.« Zita hob die Schulter. »Zwei teure Autos passen nicht zu unserem Lebensstil.«

Geschäftig kochte Zita weiter, und Ben machte sich kopfschüttelnd auf den Weg in die Garage. Doch dort stand kein Auto, sondern Bens alter Rollstuhl, den er gegen sein neues Modell eingetauscht hatte, sowie Björns Dreirad und ein klappriger Hometrainer, den Helena irgendwann dort abgestellt hatte. Warum, wusste Ben nicht, denn Zita hatte nur die Nase gerümpft und ihn nie benutzt, und Ben konnte sich nicht darauf setzen, um zu trainieren. Genauso wenig wie auf sein Fahrrad, das immer noch dort stand, weil es sich nicht lohnte, es zu verkaufen.

Sein Blick fiel auf das erste Motorrad, das er immer noch nicht verkauft hatte. Von der älteren Maschine hatte er sich nie trennen können. Warum auch immer, aber sein Herz hing daran, obwohl er es damals gebraucht gekauft hatte und es nicht mehr viel wert war. Bevor die Traurigkeit überhandnehmen konnte, lenkte er den Rollstuhl hastig vorbei und öffnete das Garagentor. Draußen in der Einfahrt standen die beiden Autos.

Das Angebot des Autohändlers lag tatsächlich auf dem Beifahrersitz von Zitas kleinem, aber teurem Wagen, und wenn Ben dem Ausstellungsdatum glauben durfte, hatte Zita den Papierkram schon vor einer Woche dort abgeholt. Da der Mini ziemlich unpraktisch war und Ben Schwierigkeiten hatte, überhaupt hineinzukommen und den Rollstuhl zu transportieren, hatten sie immer Bens Auto bevorzugt, wenn sie zu zweit unterwegs waren.

Zita hatte recht: Auch sie konnte mit Bens Auto fahren, denn der Hebel, den Ben benutzte, ließ sich leicht abmontieren. Trotzdem war Ben wütend. Nicht weil er die Idee schrecklich fand, sondern weil Zita nicht mit ihm gesprochen hatte. Der Mini hatte ihr so viel bedeutet. Außerdem hätte er derjenige sein sollen, der zum Autohändler ging. Er war der Autonarr unter ihnen.

»Warum hast du nicht einfach mein altes Motorrad mitverkauft?«, erkundigte Ben sich verärgert, als er wieder in die Küche kam.

»Wie bitte?«, entgegnete Zita und hob die Schulter. »Es ist doch dein Motorrad. Ich dachte, du hängst so an dem Ding. Außerdem ist es kaum etwas wert, das hast du selbst gesagt.«

»Du hättest es einfach verschenken können«, murmelte Ben. »Dann müsste ich nicht jedes Mal vor Schmerz zusammenzucken, wenn ich in die Garage gehe. Jedes Mal, wenn ich die Maschine sehe, bricht es mir das Herz.«

»Ich werde mit dem Zug fahren, wie die anderen Studierenden auch. Und ab und zu mit deinem Auto fahren.« Offenbar war Zita fest entschlossen, ihren Kopf durchzusetzen. Auf sein Gejammer ging sie nicht ein, was wahrscheinlich auch besser war. Es war unproduktiv und Ben würde die alte Maschine niemals hergeben, auch wenn er bei ihrem Anblick einen Kloß im Hals bekam.

»Du hättest mit mir reden sollen«, rief Ben und legte die Hand auf sein kurzes Haar.

»Benny, ich muss in die Schweiz.« Entschlossen schob Zita Ben weg, indem sie mit dem Fuß gegen den Rollstuhl stieß, um an einen Schrank zu kommen.

Normalerweise hasste Ben es, wenn Zita so etwas machte, weil er manchmal das Gleichgewicht verlor und sich außerdem unabhängiger fühlte, wenn er sich selbst bewegte, aber Zitas Verhalten überraschte ihn so sehr, dass er sich nicht beschwerte.

»Ich dachte, *ich* müsste in die Schweiz.« Irritiert sah Ben sie an. »Wenn du hier bleibst, verpasst du wenigstens keine Vorlesungen und bist bald mit deiner Bachlorarbeit fertig.«

»Das glaubst du doch selbst nicht.« Zita zeigte ihm einen Vogel.

»Am Ende hat sich an meinem Zustand nichts geändert, du bist durchs Examen gerauscht, und ein Auto hast du auch nicht mehr«, prophezeite Ben düster und griff nach einer Flasche von der Küchenzeile. Sie war niedriger als zum Beispiel in Helenas Küche, aber immer noch zu hoch für ihn, denn auch Zita musste daran arbeiten können. Wenn Ben Gemüse schnippeln oder ähnliche Arbeiten verrichten wollte, tat er das am Küchentisch, der genau auf die Größe seines Rollstuhls abgestimmt war.

Wütend schenkte sich Ben Wasser aus einem Glas ein, das er aus den niedrigen Schränken genommen hatte. Hohe Schränke gab es in dieser Küche auch, aber außer dem Raclette, das sie nur selten brauchten, war kaum etwas darin zu finden. »Wir werden noch aneinander zugrunde gehen«, murmelte Ben frustriert. »Beide. Alle beide.«

»Niemand hat behauptet, dass ich noch ein Studium in den Sand setze«, knurrte Zita und zog die Augenbrauen hoch. »Außerdem, was wäre so schlimm daran? Schämst du dich, eine Freundin ohne höheren Abschluss zu haben, oder was?«

Völlig überrumpelt von dem Themenwechsel verschluckte sich Ben. »Nein. Natürlich nicht. Wie kommst du denn auf diese absurde Idee? Von mir aus kannst du auch eine Ausbildung machen, aber dir war es doch immer wichtig, einen guten Job zu haben, um möglichst einflussreich und vermögend zu werden.« Beim letzten Halbsatz ahmte er Ludwigs vornehmen Tonfall nach.

»Einen guten Job?«, fragte Zita spöttisch. Sie warf den Kartoffelschäler in die Spüle und griff nach dem Öl, das Daphne ihr aus Frankreich mitgebracht hatte. »Ich studiere Politikwissenschaften, nur um später keine Ahnung zu haben, was ich damit anfangen soll. Den Doktor kannst du vergessen, dafür bin ich viel zu unambitioniert. Und ein Kind kriegen wir wahrscheinlich auch nicht, also habe ich nicht mal eine gute Ausrede, um zu Hause bleiben zu können. Das nennst du einen guten Job?«

Seufzend kam Ben näher und berührte Zitas Hand, wobei er sich ein wenig aufrichtete. »Zita, ich verstehe dich nicht. Als du das letzte Studium abgebrochen hast, warst du doch sicher, dass Politikwissenschaft das Richtige für dich ist. Das kann doch nicht schon wieder vorbei sein. Du musst dir doch etwas dabei gedacht haben.«

»Ich war damals einfach nur froh, dass ich dem Studium der Kunstgeschichte entkommen bin«, knurrte Zita. »Kunstgeschichte war noch nie mein Ding, aber als ich gemerkt habe, dass ich für Architektur zu blöd bin, habe ich mir einfach was anderes gesucht.«

»Du kannst doch nicht jedes Mal nach fünf oder sechs Semestern feststellen, dass du keine Lust mehr auf das Studium hast«, flüsterte Ben entsetzt über das mangelnde Durchhaltevermögen seiner Freundin.

»Ich werde schon eine Lösung finden, okay? Und meinen Mini kann ich ersetzen, sobald es uns finanziell besser geht.« Zita drehte sich zu ihm um und sah ihn mit zusammengekniffenen Augen an. »Deine Behandlung ist wichtiger. Können wir uns jetzt bitte darauf konzentrieren?«

Kopfschüttelnd verließ Ben die Küche. Es gefiel ihm gar nicht, dass Zita alles für ihn aufgab. Der Mini hatte Zita immer so viel bedeutet. Natürlich konnte man ein Auto ersetzen, aber Ben verstand nicht, was mit Zita los war. Warum war ihr der Aufenthalt in der Schweiz so wichtig? Wollte sie dem Studium entfliehen, weil sie es einfach satthatte und zum dritten Mal merkte, dass sie die falsche Studienrichtung gewählt hatte?

Er hatte nie verstanden, warum sie nicht einfach eine Ausbildung machen wollte, oder wenigstens das studierte, was ihr schon immer Spaß gemacht hatte, wie zum Beispiel was mit Sprachen oder Kosmetik, aber er wusste auch, wie wichtig es für Zita war, Bestätigung zu bekommen. Ein Beruf und eine Karriere gehörten für sie dazu. Die Chancen, als Kosmetikwissenschaftlerin eine Karriere zu machen, die Ludwig überzeugen konnte, waren allerdings gering.

*

Seltsamerweise stürzte sich Zita mit einem Enthusiasmus und einer Energie in die Reisevorbereitungen, die Ben Angst machten. Manchmal hatte er den Eindruck, dass Zita es kaum erwarten konnte zu verschwinden. Ob ihr bewusst war, dass dies keine Urlaubsreise war und Ben die meiste Zeit nicht mobil sein würde?

Nachdem sie den Mini beim Autohändler abgegeben hatte, rutschte sie auf den Beifahrersitz von Bens Auto. »So«, sagte sie nur. »Das wär's dann.«

Im Gegensatz zu Zita freute sich Ben nicht auf die Schweiz. Es würde bestimmt langweilig werden, vor allem für Zita, und für Ben würde es außerdem ziemlich schmerzhaft sein. Mit Schrecken erinnerte er sich an seinen Klinikaufenthalt vor einem Jahr, wie schrecklich hilflos er sich gefühlt und wie viele Schmerzen er gelitten hatte. Von den vielen Medikamenten war ihm oft übel, manchmal schwindelig geworden, und die ständige Müdigkeit hatte ihn gequält.

Aber Zita konnte er kaum bremsen. Während Ben sich verbot, darüber nachzudenken, was nach der Operation auf ihn zukommen würde, war Zita davon überzeugt, dass der Aufenthalt in der Schweiz ihr Leben verändern und die Behandlung bei Ben anschlagen könnte. Manchmal verschwand Zita für ein paar Stunden und wich Ben aus, wenn er fragte, wo sie gewesen sei. Einmal vermutete er sie bei ihren Eltern, aber als er die anrief, sagten sie ihm verärgert, dass sie ihre Tochter schon lange nicht mehr gesehen hätten. Immer wieder musste er sich daran erinnern, dass er Zita vertraute und ihr nicht nachspionieren durfte. Wovor hatte Ben Angst? Dass Zita das gemeinsame Konto geplündert hatte oder dass sie plante Ben im Ausland zu verlassen, um einen reichen Schweizer zu heiraten? Das war idiotisch. Dass sie Ben aufrichtig liebte, daran zweifelte er schon lange nicht mehr.

Dennoch irritierte Ben das Verhalten seiner Freundin. Manchmal fragte er sich, ob Zita kurz vor einem Nervenzusammenbruch stand. Das letzte Jahr war anstrengend gewesen, auch für Zita, und im Gegensatz zu Ben hatte sie kaum psychologische Hilfe bekommen. Wenn sie ausgerechnet dann zusammenbrach, wenn Ben sich von der Operation erholte, konnte er sich nicht um sie kümmern. Was dann?

Was, wenn sie dabei war, ihr Leben völlig in den Sand zu setzen? Was, wenn sie die Zigaretten längst durch andere Drogen ersetzt hatte? Was, wenn Zita ihr Studium wirklich nicht schaffen konnte? Wenn sie keinen Beruf mehr fand, der ihr Spaß machen konnte, sondern einen Job annehmen musste, in dem sie schlecht bezahlt wurde und wenig Anerkennung bekam? Das würde Zita das Herz brechen. Und ihr Verhältnis zu ihren Eltern erheblich beeinflussen. Dass sie Karriere machen wollte, war von Anfang an klar gewesen. Aber langsam musste sie damit anfangen. Zita nahm es jedoch gelassen und war überzeugt, dass alles gut werden würde. Das Studium war ihrer Meinung nach nicht in Gefahr. Erst als sie merkte, dass Ben immer wieder auf sie einredete, willigte sie ein, ihre Unterlagen mitzunehmen. Das beruhigte Ben, aber er nahm sich vor, in der Schweiz darauf zu bestehen, dass Zita wirklich zur Ruhe kam und sich überlegte, was sie vom Leben wollte. Vielleicht wäre es an der Zeit, dass Zita auch psychologische Hilfe bekam. In der Klinik würde Ben ihr raten, sich etwas zu suchen.

*

Der Abschied von Helena mit ihrem gewachsenen Bauch und Roland, dessen Bauch in den letzten Wochen ebenfalls etwas gewachsen war, fiel Ben schwer, aber Zita schien froh zu sein, Deutschland endlich verlassen zu können. Auch ihre Eltern waren enttäuscht, als Zita beim Abschied nicht traurig wirkte, sondern strahlte, als würde sie in den Urlaub fahren, anstatt ihren Freund zu einer Operation zu begleiten.

Als sie in der Schweiz ankamen, war auch Ben erleichtert, dass es endlich losging und er es bald hinter sich hatte. Die Behandlung würde in einer Spezialklinik für Wirbelsäulenerkrankungen stattfinden, die anschließende Reha im selben Haus. Das Zimmer, in dem er untergebracht war, war allerdings so klein, dass es für einen Rollstuhlfahrer eher ungeeignet war, was Ben etwas stutzig machte. Als er auf seinen Rollstuhl hinwies, erfuhr er, dass die Klinik überbelegt sei und man tröstete ihn damit, dass er kurz nach der Operation sowieso nicht mobil sein würde. Das beruhigte Ben nicht wirklich, sondern machte ihm eher Angst. Immerhin war das Zimmer sehr luxuriös, viel luxuriöser als er es aus Deutschland gewohnt war. Zita bekam leuchtende Augen, als sie sich umsah, und das brachte Ben zum Schmunzeln, während er versuchte, sich mit dem Rollstuhl in dem engen Raum zu wenden. Vielleicht brauchte Zita diese Art von Pause, um wieder zu sich zu kommen, und danach konnte sie mit neuer Motivation weiter studieren. Es gab sogar einen Balkon mit einer wunderbaren Aussicht, und das Bett stand so, dass man, wenn man darauf lag, bequem hinausschauen konnte. Solange die Tür offen war, konnte Ben sogar den Wind in den Bäumen rauschen hören.

Solange Zita bei ihm war und ihm das Gefühl gab, dass sie sich nicht langweilte, würde er es schon irgendwie aushalten, da war sich Ben sicher. Das Einzige, was ihm jetzt noch Sorgen machte, war die bevorstehende Operation an seinem kaputten Rücken, aber das versuchte er zu verbergen, denn er wollte Zita nicht aus ihrer lebhaften und fast fröhlichen Stimmung reißen. Am Abend ihrer Ankunft lernten sie auf dem Flur ein nettes Pärchen kennen. Melanie nutzte wie er einen Rollstuhl zur Fortbewegung, während Thorsten zu Fuß unterwegs war, beide waren etwas älter als Ben und Zita und schon etwas länger verheiratet. Es tat Ben gut, wieder mal mit jemandem zusammen zu sein, der ähnliche Probleme hatte wie er. Bei Melanie hatte er das Gefühl, dass sie genau wusste, wie er sich manchmal fühlte, weil Zita ihm bei so vielen Dingen helfen musste. Bei Melanie war es noch schlimmer, weil sie ihre Hände auch nicht benutzen konnte. Wenigstens hatte sie Kontrolle über ihre Arme. Erst jetzt wurde ihm bewusst, wie sehr er es hasste, mit seinem Rollstuhl immer etwas Besonderes zu sein. Gleich nach der Schussverletzung war er zur Reha gefahren, hatte dort einige Querschnittgelähmte kennengelernt und auch ein paar Handynummern ausgetauscht, aber er hatte sich nie bei den anderen gemeldet, weil das Leben nach der Reha so anstrengend für ihn gewesen war. Jetzt merkte er, dass er den Kontakt zu einer Rollstuhlfahrerin auf eine andere Art genoss.

Gemeinsam mit Melanie und Thorsten aßen sie zu Abend und die gute Stimmung zwischen ihnen verhinderte, dass Ben weiter nachgrübelte. Er fand es interessant, wie Melanie und Thorsten mit einigen Problemen umgingen. Auch Zita wirkte gelöst und sehr interessiert. Am Ende waren sich alle einig, dass es gut war, jemanden zu kennen, der in einer ähnlichen Situation war.

Den nächsten Nachmittag verbrachten Zita und er in der näheren Umgebung, nachdem Ben am Vormittag einige Untersuchungen und Vorgespräche hinter sich gebracht hatte. Ben sah sich das Hotel an, in dem Zita wohnte, und gemeinsam erkundeten sie den Park, der zur Einrichtung gehörte.

Es würde der letzte Tag sein, bevor Ben sich freiwillig in die Pflegebedürftigkeit begab, da er zunächst liegend im Bett bleiben musste. Der Gedanke war beängstigend und er fragte sich ernsthaft, warum er sich darauf eingelassen hatte, anstatt dankbar zu sein für den zurückgewonnenen Alltag.

»Bist du aufgeregt?«, fragte Zita am Abend, als sie hinter ihm stand und seine schmerzende Schulter massierte.

Sie waren viel unterwegs gewesen, und Schultergelenke eigneten sich normalerweise nicht für die Fortbewegung. Sie standen auf dem Balkon, genossen den lauen Abend, tranken Eistee und betrachteten den Sonnenuntergang. Es hätte Urlaub sein können. Wie lange er schon nicht mehr verreist war, ging es Ben durch den Kopf, und wie schade, dass Zita und er zwar zusammen wohnten, aber noch nie gemeinsam in Urlaub gefahren waren ...

Amüsiert hob Ben den Kopf und betrachtete seine Freundin. »Soll das ein Witz sein?«, fragte er und verdrehte die Augen.

Schnell streckte Zita ihre Hand aus, und Ben ergriff sie, um sie an sich zu ziehen. Er wusste, dass seine Hände feucht waren, aber Zitas Hände waren kühl und das fand Ben beruhigend.

»Wenn du willst, können wir gleich morgen früh packen und irgendwohin fahren, wo es schön ist«, sagte Zita leise und drückte Bens Hand. »Ich meine ja nur, wir sind freiwillig hier.« Sie setzte sich auf einen Stuhl und rutschte näher an ihn heran.

Ben schüttelte energisch den Kopf. Jetzt, wo Zita ihren Mini schon verkauft und alles vorbereitet hatte, wäre es schrecklich, wenn er hier alles abbrechen würde. Außerdem würde er sich ewig fragen, ob sich an seiner Situation etwas geändert hätte.

»Vergiss es.« Grinsend gab er Zita einen leichten Klaps auf den Oberschenkel, doch er vermutete, dass das Lächeln eher einer Grimasse glich. »Ich gehe ins Bett und du wirst mich die nächsten Wochen bedienen«, fügte er leise hinzu. Er klang nicht so cool, wie er gewollt hatte. Seine Stimme war piepsig.

Schnell legte Zita ihren Arm um Bens Schultern und sah ihn mit einem amüsierten Gesichtsausdruck an. »Was habe ich mir nur dabei gedacht, mir jemanden wie dich zu angeln?« Sanft legte sie ihre Lippen auf die von Ben.

»Ja, jetzt hast du den Ärger«, flüsterte Ben und spürte wieder Panik in sich aufsteigen. Und diese Panik hatte nichts damit zu tun, dass er morgen an der Wirbelsäule operiert werden sollte. Es war dieses unterschwellige Gefühl, das er schon seit einigen Wochen hatte und das ihm sagte, dass Zita ihm etwas verschwieg. »Geht es dir gut?«, fragte er leise.

»Sehr gut«, bestätigte Zita lächelnd und strich mit dem Zeigefinger über Bens Wange.

Ben konnte es nicht glauben. »Ich wünschte, du wärst zu Hause geblieben. Ich hätte das alles alleine durchziehen sollen«, fügte er hinzu, ohne Zita anzusehen.

Warum hatte Zita das Auto nur für ihn verkauft? Und warum riskierte sie für Ben ihr Studium? Sie hatte doch schon so viele Semester hinter sich, viele Jahre, die umsonst gewesen wären, wenn sie jetzt aufgab. Sie konnte doch nicht einfach alles hinschmeißen. Schließlich war es ihr dritter Versuch. Offenbar hatte sie den Verstand verloren.

Wieder drückte Zita seine Hand. »Nein, ich weiß, dass du erleichtert bist, dass ich morgen da sein werde, wenn du aus dem Aufwachraum kommst«, erwiderte sie ungerührt.

»Du verheimlichst mir etwas«, beharrte Ben und hob die Schulter. »Ich weiß, ich sollte dir vertrauen, aber das tue ich nicht.«

»Konzentriere dich jetzt auf deine Wirbelsäule«, bat Zita mit fester Stimme, aber Ben hatte das verräterische Flackern in ihren blauen Augen gesehen. »Das ist jetzt das Wichtigste.«

»Ach, Zita«, seufzte Ben, hob aber sein Glas und prostete Zita versöhnlich zu. »Es genügt, wenn die Ärzte sich darauf konzentrieren.«

Immerhin wusste Zita von seinem Verdacht. Vielleicht würde sie nach der Operation mit ihm reden, sobald er ansprechbar war.

*

Der erste Tag nach der Operation war nicht so schmerzhaft wie erwartet, aber sehr unangenehm. Neben einer Infusion wurde ihm ein Dauerkatheter gelegt. Außerdem hing Ben an einer Drainage und durfte sich nicht bewegen. Das konnte er auch nicht, da er mit einer Schiene stabilisiert wurde. Das Problem war, dass sich die Schmerzen bei ihm eher in Übelkeit äußerten und er ständig das Gefühl hatte, sich übergeben zu müssen. Das war schrecklich, besonders durch seine erzwungene liegende Position, aber er durfte und konnte sich nicht aufrichten.

Es kam ihm vor, als wären Stunden vergangen, bis Zita endlich zu ihm kam, aber Zita erzählte ihm später, dass sie sofort bei ihm war, als er aus der OP kam. Immer wieder schlief Ben ein und wachte dann wieder auf, weil er würgen musste. Nebenbei hörte er, wie Zita versuchte, ein Mittel gegen Übelkeit zu bekommen, ihm aber keines gegeben wurde, weil er so viele andere Medikamente bekam. Dann bekam er eine Spastik. Normalerweise hatte er damit keine Probleme, aber jetzt reagierten seine Beine vielleicht auf die Veränderung der Nerven und die erneute Operation.

Der Krankenpfleger wollte ihm etwas gegen die Spastik geben, weil die nicht gut für die frisch operierte Stelle war, aber Ben bekam nicht einmal mit, ob ihm etwas verabreicht wurde, weil er schon wieder einschlief.

Als er das nächste Mal aufwachte, war es dunkel im Zimmer und für einen Moment glaubte er, Zita sei gegangen, doch dann hörte er das Rascheln von Kleidung und Zitas kühle Finger berührten seine Wange.

»Kalt«, murmelte er und schloss die Augen.

»Es tut mir leid«, sagte Zita. »Ist dir immer noch übel?«

»Ja, mir ist kalt und mir ist übel«, antwortete Ben, obwohl es ihn eher ärgerte, denn er spürte einen Druck auf der Brust und wusste instinktiv, dass er dazu verdammt war, stillzuhalten. So war es gewesen ... die ersten Tage auf der Intensivstation, nachdem er angeschossen worden war. Auch damals hatte man ihn fixiert, um den Heilungsprozess der frisch operierten Wirbelsäule nicht zu stören. Das war furchtbar, denn er hatte einen großen Drang, sich zu bewegen. Sein Bewegungsdrang war schon immer enorm gewesen und es hatte ihn sehr geprägt, dass ein großer Teil seines Körpers einfach nicht mehr mitmachte. Ausgestiegen war, sozusagen. So erklärte er sich seine panische Reaktion auf die Fixierung des Oberkörpers. Obwohl er wusste, dass es zu seinem Besten war, fiel es ihm schwer, nicht wütend zu reagieren.

Zita strich ihm sanft durchs Haar: »Du hast schon Schlimmeres erlebt, das wird schon wieder«, tröstete sie ihn.

Das half nicht wirklich. »Wie ist es gelaufen?«, erkundigte er sich schlecht gelaunt. »Hast du schon mit einem Arzt gesprochen?«

Plötzlich war er erleichtert, dass es vorbei war und er nicht mehr fliehen konnte. Jetzt musste er nur noch abwarten und die Zeit für sich arbeiten lassen. Und natürlich bei der Physiotherapie alles geben, auch wenn ihm die Übungen anfangs wahrscheinlich lächerlich erschienen. Wenn keine Besserung eintrat, würde er schon wieder auf die Beine kommen.

»Die Operation ist gut verlaufen, aber du warst ziemlich lange weg. Nachdem sie dich betäubt hatten, kam ein Notfall rein«, antwortete Zita. Sie beugte sich vor und lächelte ihn an. »Deshalb fühlst du dich heute so schlecht, du lagst lang in Narkose.«

»Und der Rücken?«, fragte Ben ungeduldig.

»Mal sehen«, murmelte Zita. Ihre Stimme klang weit weg.

*

Am nächsten Morgen war Zita immer noch oder schon wieder da. Da Ben immer wieder aufwachte und sich nicht erinnern konnte, jemals allein gewesen zu sein, war er überzeugt, dass Zita in seinem Zimmer auf dem Besucherstuhl geschlafen hatte. Aber sie trug ein neues Shirt und versicherte ihm, dass sie im Hotel gewesen sei, um sich auszuruhen. Noch vor dem Frühstück kam eine Pflegerin ins Zimmer, lächelte und zeigte auf Bens Rollstuhl. »Den kann ich doch woanders hinstellen, oder? Dann ist hier mehr Platz.«

Fast hätte Ben protestiert, denn der Rollstuhl war für ihn inzwischen mehr als nur ein verhasstes Hilfsmittel geworden, schließlich gehörte er zu ihm und war der Grund, warum er sich ein Stück Bewegungsfreiheit und Selbstständigkeit zurückerobert hatte.

Ein fast wohliges Gefühl breitete sich in ihm aus, als er sich daran erinnerte, wie er zum ersten Mal in dem neuen Modell gesessen hatte. Sein Rollstuhl war jetzt sportlich, schlank und etwas unauffälliger als das erste Modell, das er zu Beginn benutzt hatte. Anfangs hatte Ben zwar Probleme, das Gleichgewicht zu halten, weil der Rollstuhl keine Armlehnen hatte, aber er hatte sich daran gewöhnt. Inzwischen kippte er nicht mehr zur Seite, sondern hielt sich aufrecht. Der Aktivrollstuhl gab ihm mehr Freiheit und er fühlte sich unabhängiger. Seit er das neue Modell hatte, konnte er ihn besser als etwas akzeptieren, das er für seinen Alltag brauchte.

Bewusst wurde ihm das gerade mit aller Härte, als die Pflegerin den Rollstuhl weg parkte, außerhalb seiner Reichweite.

»Ich habe gerade gemerkt, dass ich meinen Frieden mit dem Rollstuhl gemacht habe«, murmelte Ben zu seiner Freundin, nachdem die Pflegerin das Zimmer verlassen hatte. Aus seiner liegenden Position aus konnte er den Rollstuhl nicht sehen und es fühlte sich merkwürdig an, als wäre er nackt mitten auf einem belebten Platz oder als hätte er eine zu weite Hose an, ohne an einen Gürtel gedacht zu haben.

»Ich mag ihn auch«, bestätigte Zita und beugte sich vor. Mit der Nase rieb sie über Bens Wange und murmelte etwas von unrasiert, was Ben zum Schmunzeln brachte. Grinsend richtete Zita sich wieder auf. »Es war wirklich gut, dass du auf das neue Modell bestanden hast, auch wenn die Sozialversicherung die Kosten nur anteilig übernommen hat.«

»Es hat mir ein Stück Selbstbestimmung zurückgegeben. Ich bin zwar gezwungen, im Rollstuhl zu sitzen, aber wenigstens habe ich mir das Exemplar selbst ausgesucht.« Am liebsten hätte Ben Zita in den Arm genommen, aber er konnte sich wegen der vielen Kabel und der Fixierung am Oberkörper immer noch nicht bewegen.

Am Abend hatte er wieder einen spastischen Anfall. Man hatte ihn gewarnt, aber Ben konnte sich nicht vorstellen, dass es so schlimm werden würde. Aber er sagte sich immer wieder, dass dies ein Zeichen dafür sei, dass etwas in seinem Rücken passierte, auch wenn er es hasste, noch mehr Medikamente zu bekommen.

Die vielen Medikamente machten ihn einerseits so schläfrig, dass er sich nicht mehr konzentrieren konnte, und andererseits so unruhig, dass er glaubte, er könne keine Minute länger im Bett bleiben. Da er durch seine Unruhe die Heilung seines Rückens gefährdete, bekam er noch mehr Tabletten: Beruhigungsmittel, die ihn sehr emotional machten.

»Egal, was ich nehme, es wird Nebenwirkungen haben, also muss ich noch mehr nehmen«, beschwerte er sich bei Zita, die nickte und sich auf die Suche nach einem Arzt machte. Nach einem Gespräch mit der diensthabenden Ärztin wurden die Medikamente etwas reduziert, wofür Ben sehr dankbar war.

Obwohl er manchmal sehr schlecht gelaunt war, blieb Zita an seiner Seite und verließ sein Zimmer nur, um Kleinigkeiten für Ben zu besorgen. Ansonsten hielt sie seine Hand oder las ihm einen Krimi vor.

Ben liebte Krimis, obwohl er von Berufs wegen wusste, wie unrealistisch sie waren. Zita stand mehr auf Liebesromane, aber sie hatte zugestimmt, dass er sich das Buch aussuchen durfte. Da er oft unkonzentriert war, musste Zita manchmal ganze Absätze zweimal lesen.

Die Spastik war zwar ein gutes Zeichen, aber die Ärzte wollten sich nicht festlegen, inwieweit eine Besserung eingetreten war. Tatsache war, dass Ben seine Blase immer noch nicht spüren konnte, aber ein seltsames Brennen fühlte. Zunächst freute er sich sehr darüber, dann wurde seine Freude nach einigen Tagen jäh unterbrochen. Es stellte sich heraus, dass er sich durch den Dauerkatheter eine Blasenentzündung zugezogen hatte. Von nun an war er auf andere Inkontinenzprodukte angewiesen. Ein absoluter Tiefpunkt für ihn.

Um sich abzulenken, fing Ben an, Vermutungen darüber anzustellen, was Zita ihm verheimlichte, aber sie schüttelte den Kopf und verließ manchmal sogar den Raum, sobald Ben damit anfing.

»Warum rennst du immer weg?«, fragte Ben genervt, als sie wieder abhauen wollte. »Ich finde das so unfair, weil ich dir jetzt nicht mal mehr in meinem Rollstuhl folgen kann.«

»Du musst dich auf deine Genesung konzentrieren«, antwortete Zita und las weiter aus dem Krimi vor, als könnte sie seine Fragen einfach ignorieren.

*

Auch in den nächsten Tagen durfte Ben das Bett nicht verlassen, was ihn ziemlich verrückt machte. Er war ein Mensch, der Bewegung brauchte und aktiv sein musste. Im Bett liegen war nicht sein Ding. Überhaupt nicht sein Ding. Immerhin kam jeden Tag eine Physiotherapeutin und machte Übungen mit ihm, was eine willkommene Abwechslung war.

An ihrem Geburtstag brachte Zita ihm Kuchen und half ihm, ihn zu essen.

»Meine hart erkämpfte Selbstständigkeit ist völlig dahin«, sagte Ben genervt, als Zita ihm eine Gabel mit Schokoladenbuttercreme an die Lippen drückte.

»Das ist nur vorübergehend«, erinnerte Zita ihn.

Mit finsterer Miene nickte Ben. »Kann es sein, dass du mehr von dem Kuchen bekommen hast?«, murmelte er und schaute auf den Kuchen auf Zitas Schoß.

»Hey!«, rief Zita lachend. »Ich hab doch Geburtstag, oder?«

Auch Ben musste lachen. Egal, wie verzweifelt er war, Zita brachte ihn immer wieder zum Lachen. Er liebte Zitas Sarkasmus, ihren Humor und die Art, wie sie über das Pflegepersonal lästerte. Normalerweise war das keine besonders angenehme Eigenschaft, aber sie tat es so übertrieben, dass er wusste, dass sie es nur machte, um ihn aufzuheitern.

Helena und Roland schrieben fast täglich Nachrichten und riefen ab und zu an. Ben genoss es, wenn Zita ihm das Handy gab und er Rolands Stimme hören konnte. So war er immer auf dem Laufenden, was die Schwangerschaft und die Polizeiarbeit anging.

Björn malte für Ben Bilder, auf denen Ben laufen und mit ihm um die Wette springen konnte. Er befürchtete, dass Björn etwas missverstanden hatte und erwartete, dass er in der Schweiz vollständig genesen würde, aber Zita schüttelte den Kopf und erinnerte ihn daran, dass Björn einfach eine blühende Fantasie hatte.

»Glaubst du, er mag mich, obwohl ich im Rollstuhl sitze und nicht mit ihm herumtollen kann?«, fragte er nachdenklich, während er die neueste Zeichnung betrachtete.

»Natürlich mag er dich«, betonte Zita und hob die Schulter. »Aber manchmal ist er bestimmt auch traurig, dass du nicht mit ihm toben kannst. Das heißt aber nicht, dass er dich nicht liebt.« Sie klebte die Bilder so an die Wand, dass Ben sie sehen konnte.

Abgesehen davon schrieben Ben viele andere Menschen, auch solche, mit denen er schon lange keinen Kontakt mehr hatte. Es gab Briefe, SMS, Anrufe und laut Zita war wieder einmal sein ganzer Feed in den sozialen Netzwerken voll mit Genesungswünschen und Beileidsbekundungen. Ben hatte ein schlechtes Gewissen, denn eigentlich sollte er sich darüber freuen, aber das konnte er nicht. Es gab ihm nichts, wenn ihm jemand eine kurze Nachricht hinterließ. Es war kein echter Trost, keine wirkliche Anteilnahme und auch keine Ablenkung. Es hatte ihn schon früher gestört, wenn ihm jemand im Internet zum Geburtstag gratuliert hatte, und jetzt fand er es genauso unpassend.

Nach ein paar Wochen durfte er mit aufgerichteten Rücken im Bett sitzen. Nach dem langen Liegen war ihm zunächst schwindelig, aber nach ein einigen Stunden hatte er sich daran gewöhnt und genoss die neue Freiheit.

Drei Wochen nach der Operation bekam er überraschend Besuch, der ihn zu Tränen rührte. Die Leute aus seiner alten Motorradclique standen ihm plötzlich gegenüber, obwohl er den Kontakt zu ihnen drastisch reduziert hatte. Sogar Roland, der bald Vater wurde, war da und strahlte ihn an.

»Wo kommt ihr denn alle her?«, fragte Ben und richtete sein Bett ein Stück weiter auf, damit er seine Freunde sehen konnte. Die meisten von ihnen hatte er seit seiner Schussverletzung nicht mehr gesehen, aber das Gefühl von Hilflosigkeit und Scham über die Situation, in der er sich befand, kam nicht auf, obwohl er damit gerechnet hatte. Dafür waren die Jungs zu lebhaft und gingen ganz normal mit ihm um.

»Wir machen einen Ausflug«, erzählte Bobby. »Zürich und durch die Berge.«

»Aber eigentlich sind wir deinetwegen hier«, fügte Matthias hinzu.

»Du warst schon ewig nicht mehr bei uns, da dachten wir, wir schauen mal bei dir vorbei«, erwähnte Sebastian und hob die Schulter. »Was machst du denn so, Alter?«

»Ich liege hier rum«, sagte Ben. Es war merkwürdig. Eigentlich hatte er erwartet, schreckliche Traurigkeit zu empfinden, wenn er die Biker-Clique wiedersah, aber stattdessen war er einfach nur froh, sie bei sich zu haben. Das lockte ihn ein wenig aus seinem Trübsinn heraus. »Aber ich hoffe, dass ich bald wieder fit bin. Es ist schwer zu ertragen.«

»Das hoffen wir auch, Benny«, betonte Mike. »So ein Krankenbett steht dir gar nicht.«

Der Besuch der Biker war so locker, dass Ben ganz vergaß, dass er krank war und im Krankenhaus lag. Auch dass er querschnittgelähmt war und nie wieder mit den Jungs auf Tour gehen würde, vergaß er für einen Moment. Es fühlte sich sogar gut an, ihnen eine gute Reise zu wünschen, als sie sich nach zwei Stunden verabschiedeten. Neid empfand er dabei nicht.

»Gute Besserung«, wünschte Matthias.

»Cool, ist das dein neues Fahrzeug?«, fragte Sebastian, als er beim Rausgehen an dem Rollstuhl hängen blieb.

Es war das erste Mal, dass das Thema Rollstuhl zur Sprache kam, und Ben spürte, dass es zum Ende hin unangenehm werden könnte.

»Hör mal, Benny, du bist unser Freund, egal ob du auf einem Motorrad oder im Rollstuhl hockst«, betonte Bobby. Er kam zurück und setzte sich auf den Stuhl neben seinem Bett. »Wir würden uns freuen, wenn du weiter mit uns abhängen würdest.«

Verlegen wandte Ben den Blick ab. Eigentlich hatte er gehofft, so tun zu können, als hätte sich nichts geändert. »Du musst verstehen, dass ...«

»Benny.« Bobby wartete, bis er ihn wieder ansah, dann betrachtete er ihn durchdringend. »Ich verstehe, dass es dich traurig macht, aber in erster Linie sind wir deine Freunde, nicht deine Motorradkumpels. Wir wollen dich in Zukunft wieder öfter sehen. Bitte geh uns nicht mehr aus dem Weg. Du fehlst uns.«

»Genau, du bist immer noch unser Kumpel und damit auch verpflichtet, ab und zu auf ein Bier in unserer Kneipe vorbeizukommen«, betonte Sebastian. »Roland vermisst dich auch schon. Du kannst ihn doch nicht immer allein mit uns rumhängen lassen.«

Nervös räusperte sich Ben, doch gerade als er etwas sagen wollte, warf Mike ein: »Wenn du nicht freiwillig vorbeikommst, holen wir dich in Zukunft einfach ab.«

»Genau.« Sebastian nickte. »Dann packen wir dich ins Auto, werfen den Rolli in den Kofferraum und entführen dich einfach.«

»Und Zita kannst du auch mitbringen.« Hastig drehte Bobby sich um und zwinkerte Zita zu. »Warum hast du sie uns nie zuvor vorgestellt?«

»Ich hatte wohl Angst, ihr würdet euch nicht benehmen«, sagte Ben grinsend und streckte die Hand aus, um Zitas Finger zu berühren. Sie schien schockiert über den rauen Ton der anderen.

»Sie ist eine Dame«, betonte Roland und klopfte Zita freundschaftlich auf die Schulter, woraufhin Zita keuchte. »Also seid höflich zu ihr, Jungs.«

Alle lachten, nur Bobby blieb ernst. »Also, Benny. Sehen wir uns?« Er streckte die Hand aus.

»Wir sehen uns, Bobby«, bestätigte Ben schmunzelnd und schüttelte Bobby feierlich die Hand.

Nacheinander verabschiedeten sich auch die anderen Männer von Ben und Zita und verschwanden im Flur, bis nur noch Roland im Zimmer war. »Alles in Ordnung, Benny?«, fragte er besorgt.

»Hast du das organisiert?«, fragte Ben und schluckte vor Rührung.

»Zita war informiert, aber ja, ich habe die Tour geplant. Ich hoffe, wir haben dich nicht überrumpelt.« Roland kniff die Augen zusammen und sah ihn ernst an.

»Ein bisschen.« Ben berührte Rolands Arm. »Aber vielleicht war das auch mal nötig. Ich ... ich habe es einfach nicht übers Herz gebracht, den Jungs zu begegnen. Ich meine ... Roland, weißt du ... Vielleicht musste ich einfach dazu gezwungen werden.«

»Ich weiß.« Roland sah ihn gequält an. »Wenn ich dir nur effektiver helfen könnte, wenn ich nur irgendetwas tun könnte, um es dir leichter zu machen.«

»Du hilfst mir«, betonte Ben leise. »Danke, Roland. Und fahr vorsichtig. Hier liegen so viele gute Jungs, denen mit dem Motorrad etwas passiert ist.«

»Wir sind vorsichtig. Wir fahren noch bei meiner Schwester vorbei und dann wieder nach Hause.« Als Roland den Raum verließ, wirkte er sehr verletzlich und Ben musste schlucken, nachdem die Tür ins Schloss gefallen war.

»Sind die immer so ... ungehobelt?«, fragte Zita und sah ihn mit einer Mischung aus Ratlosigkeit und Empörung an.

Ben lachte leise. »So sind sie halt.«

Zita schien zwischen Belustigung und Verunsicherung zu schwanken. »Und was hältst du davon, dass sie den Rollstuhl *Rolli* nennen?«

»Ich fand es cool«, antwortete Ben prompt und musste über Zitas schockierten Gesichtsausdruck laut lachen.

Nach diesem Besuch hatte Ben das Gefühl, dass vieles einfacher wurde. Vielleicht würde er nie wieder Motorrad fahren, aber mit seinen Freunden kam er anscheinend immer noch klar. Wenn sie an der Freundschaft zu ihm festhielten, obwohl er nicht mehr mit ihnen auf Tour gehen konnte, schien er ihnen wirklich wichtig zu sein.

*

»Bereust du den Eingriff eigentlich?«, fragte Zita einige Tage später und musterte ihn nachdenklich. Die Ärzte hatten die Hoffnung noch nicht aufgegeben, aber langsam zeichnete sich ab, dass sich kaum was verändert hatte. Oder eigentlich eher: Nichts. Vielleicht käme das noch, trösteten ihn alle. Ben glaubte nicht mehr daran.

Zita nahm Bens Finger in ihre kleine, warme und weiche Hand und berührte vorsichtig die Infusionsnadel, die Ben immer noch benötigte, weil er noch viele Medikamente bekam. Sie saß neben ihm an der Seite des Bettes.

»Ich glaube nicht«, sagte Ben nach einer Weile. Trotz seiner Verzweiflung wusste er, dass ihm keine andere Wahl geblieben war. Hätte er wirklich ein glückliches Leben führen können, ohne diese Chance zu ergreifen? Sicher nicht. Er hätte sich bestimmt immer gefragt, ob er etwas an seiner Situation hätte ändern können, und diese Ungewissheit hätte ihn aus dem Gleichgewicht gebracht.

Trotzdem vermisste er seinen Rollstuhl, denn er hatte ihm die Freiheit gegeben, die er jetzt nicht mehr hatte. Seit er ans Bett gezwungen war, wusste er den Wert seines Rollstuhls erst richtig zu schätzen und wie wichtig er für ihn geworden war. Manchmal fragte er sich, ob er verrückt geworden war, weil er Sympathie für einen Gegenstand empfand, aber irgendwie war sein Rollstuhl nicht nur ein Gegenstand, sondern eher ein kleiner Kamerad, der einen zwar manchmal nervte und auf den man aufpassen musste, mit dem man aber auch viel Spaß haben konnte.

In den letzten Wochen hatte er viel gelernt, unter anderem, dass der Rollstuhl nicht das Schlimmste an einer Querschnittlähmung war, sondern eher das Beste, was einem passieren konnte.

»Auch wenn sich noch nichts gebessert hat?«, fragte Zita und schmiegte sich vorsichtig an Ben, um sich nicht in den Schläuchen zu verheddern.

»Die Ärzte sagen, ich soll die Hoffnung noch nicht aufgeben«, sagte Ben mit sanfter Stimme. Liebevoll schaute er Zita an und drückte sie fest an sich. Er vermisste es ein wenig, dass sie nicht nebeneinander einschlafen und aufwachen konnten. Nun waren sie bereits seit Wochen in den Nächten getrennt voneinander. »Bereust du es?«, fragte er.

»Was? Dass ich dich begleitet habe? Überhaupt nicht«, beteuerte Zita. Tatsächlich wirkte sie ganz zufrieden und viel weniger gestresst als zu Hause.

»Was ist denn in Deutschland, das dich so quält, dass du hierher fliehen musstest?«, versuchte Ben es erneut und runzelte die Stirn. Er äußerte eine neue Vermutung: »Sind es deine Eltern?«

»Meinst du, ich kann dich morgen allein lassen?«, entgegnete Zita, ohne auf Bens Frage einzugehen.

»Ach, Zita.« Gequält stöhnte Ben auf. So konnte es nicht weitergehen. Irgendwann würde Ben hier entlassen werden, dann würden sie nach Deutschland zurückkehren und Zita müsste wieder in ihr altes Leben zurück. Wie auch immer, Zita würde sich dem stellen müssen, denn sie konnte nicht ewig davonlaufen. Es sei denn, Zita würde sich einfach weigern, nach Hause zu kommen. Es war nicht das erste Mal, dass ihm dieser Verdacht kam. Und er ihn schaudern ließ.

»Natürlich nicht. Willst du einkaufen gehen?«, fragte er, als er merkte, dass Zita ihn anstarrte und auf eine Antwort wartete. Insgeheim vermutete Ben, dass Zita das Shoppen vermisste. Sicher vermisste sie auch Daphne. Er konnte sich vorstellen, wie schrecklich langweilig es sein musste, wenn Zita ihm ständig aus Büchern vorlesen musste, die sie gar nicht mochte.

Vielleicht bereute Zita doch ein wenig, dass sie mitgekommen war, aber sie war viel zu stolz, um es zuzugeben. Eine Mallnitz machte keine Fehler, und wenn doch, dann litt sie im Stillen darunter, anstatt darüber zu reden und sich den Fehler einzustehen.

Schnell küsste Zita seine Stirn. »Ich dachte, ich könnte etwas Zeit mit Melanie verbringen. Thorsten musste dringend ins Büro und ist für ein paar Tage nach Hause gefahren. Ist das in Ordnung?«

»Natürlich.« Da er selbst noch nicht so mobil war, hatte er Melanie und Thorsten seit der Operation kaum gesehen. Sie hatten ihn zwar besucht, aber diese Treffen waren ziemlich verkrampft gewesen. Das lag wohl auch an Ben selbst, der sich im Bett nicht wohlgefühlt hatte. Melanie war ihm in ihrem Rollstuhl unglaublich agil erschienen. Er hatte sie beneidet.

»Hast du eigentlich gemerkt, dass ich nicht mehr rauche?«, fragte Zita und lächelte ihn an.

Das überraschte Ben. Anfangs war er nicht begeistert gewesen, dass Zita mit dem Rauchen angefangen hatte, zumal er davon ausgehen musste, dass sie wegen ihm damit angefangen hatte. Aber irgendwann hatte er es aufgegeben, Zita zu bitten, damit aufzuhören.

»Nein, tatsächlich nicht. Was war der Grund für diese Entscheidung?«, fragte er vorsichtig.

»Ich dachte, es wäre vielleicht ein erster Schritt, mein Leben endlich in den Griff zu bekommen«, antwortete Zita.

Plötzlich ergab es Sinn, dass Zita so zuversichtlich in die Schweiz gegangen war. »Heißt das, du willst dein Studium wieder voll aufnehmen?«, fragte er aufgeregt.

Zita hob die Schultern.

»Du könntest wieder mehr mit deinen Studentinnen ausgehen, sobald wir wieder zu Hause sind«, fügte er hinzu. Er würde es Zita von Herzen gönnen, und auch wenn Ben sich erst daran gewöhnen musste, den einen oder anderen Abend allein zu Hause zu sein, freute er sich, wenn Zita trotz seiner Behinderung wieder in ihr altes Leben zurückfand und ab und zu mit ihren Freundinnen in die Disco ging oder mehr mit ihren Kommilitoninnen unternahm.

Zita schwieg eine Weile und streichelte seine Hand. »Setz mich nicht so unter Druck, Benny. Ich will einfach nur mit dem Rauchen aufhören«, meinte sie dann leise.

*

Da Thorsten kurzfristig länger zuhause bleiben musste, half Zita Melanie die nächsten Tage. Melanie schien dankbar für die Hilfe und Zita genoss die Zeit mit ihrer neuen Freundin sichtlich. Gemeinsam gingen die beiden Frauen in den Park oder redeten stundenlang im Klinikcafé. Wenn Zita mittags zu Ben zurückkam, hatte sie rote Wangen und sah fröhlich und dynamisch aus.

Manchmal beneidete Ben sie, aber meistens freute er sich einfach, dass seine Freundin wieder fröhlicher und entspannter wirkte. Außerdem machte auch er Fortschritte und konnte sich etwas freier bewegen. Die Übungen mit der Physiotherapeutin und der Ergotherapeutin wurden schwieriger und forderten ihn endlich ein wenig.

Wenn ihn noch einmal jemand ungeduldig nannte, würde er laut lachen, so viel war sicher. Es kam ihm selbst wie ein Wunder vor, dass er es so lange ausgehalten hatte, still zu liegen.

Frustrierend war nur, dass sich seine Situation tatsächlich nicht verbesserte. Ben versuchte, nicht zu viel darüber nachzudenken, was er hätte gewinnen können, sondern er konzentrierte sich darauf, was weiterhin noch funktionierte.

Als Ben zum ersten Mal von einem Pfleger zum Badezimmer geschoben wurde, fühlte er sich frei und glücklich. Er durfte sogar duschen, was ihm wie Luxus vorkam. Ben konnte nun auch ohne Zitas Hilfe Bücher lesen und im Internet surfen. Dabei stieß er auf die Homepage eines Typen, die er sich genauer ansah. Der Mann war angeblich auch querschnittgelähmt, fuhr aber trotzdem wieder Motorrad, weil er kleine, kaum wahrnehmbare Stützräder an seinem Motorrad angebracht hatte. Da Ben zwar gerne Motorrad fuhr, sich aber nicht gut genug auskannte, um das beurteilen zu können, schickte er Roland, Bobby und Mike den Link und fragte sie, ob sie das Video für einen Fake hielten.

»Hör mal, Schatz, wie wär's mit Urlaub, sobald du entlassen wirst?«, fragte Zita, als sie hereinkam. Sie musste im Hotel geduscht haben, denn ihre Haare waren nass.

»Reicht unser Geld überhaupt dafür?«, wollte Ben wissen und runzelte die Stirn. Also hatte er recht behalten? Zita würde sich weigern mit ihm nach Hause zu kommen?

Zita hob die Schultern. »Wenn du nicht zu stolz wärst, das Geld von meinen Eltern anzunehmen, könnten wir sogar drei Jahre hier bleiben.«

Ben verdrehte die Augen und sah wieder auf den Laptop. Es stellte sich wohl als Glücksfall heraus, dass Zita ihren Eltern immer noch hörig war. Ein kurzer Anruf bei Ludwig und dieser würde Zita sofort nach Hause holen lassen. Stirnrunzelnd betrachtete er das Bild mit dem behindertengerechten Motorrad und hob dann den Kopf.

»Sag mal, humpelst du?«, fragte er schließlich verwirrt und schob den Laptop zur Seite.

Zita setzte sich zu ihm. »Ich glaube, ich bin heute Morgen umgeknickt, als Melanie und ich unterwegs waren«, antwortete sie und beugte sich vor, um Ben zu küssen.

Energisch hob Ben den Arm und zog Zitas linken Fuß vorsichtig in seinen Schoß, um die Schnallen zu lösen. »Warum trägst du dann Stöckelschuhe, Baby?«

»Ich trage immer Stöckelschuhe«, beharrte Zita.

»Weißt du, was mit Frauen passiert, die immer Stöckelschuhe tragen?«, fragte Ben leise und massierte sanft ihren Knöchel. Er verstand nicht, warum Zita sich mit ihren unbequemen Schuhen und den unpraktischen Fingernägeln so häufig freiwillig selbst behinderte, während er so viel auf sich nahm, um seine unfreiwillige Behinderung loszuwerden. Ernst sah er Zita an. »Ihre Sehnen verkürzen sich, und dann werden ihre Füße in einer Operation gebrochen, um das wieder in Ordnung zu bringen.«

Müde sah Zita ihn an. »Ich trage flache Schuhe, wenn ich Sport mache, Schatz. Wie wäre es jetzt mit Urlaub?«

Bildete Ben es sich nur ein, oder zeigte Zita tatsächlich wenig Motivation zurückzukehren? »Wirst du eigentlich mit mir zurück nach Deutschland kommen?«, erkundigte er sich leise.

Sichtlich zuckte Zita zusammen. »Ich habe darüber nachgedacht, von dort wegzugehen.«

»Das ist aber kein besonders raffinierter Plan, mich zum Bleiben zu überreden, oder?« Ben kniff die Augen zusammen. »Du hast doch nicht heimlich unser Haus verkauft, oder, Zita? Ich meine, nachdem du dein Auto verkauft hast, ohne mir davon was zu erzählen, könnte ich dir das durchaus zutrauen.« Er runzelte nachdenklich die Stirn. Dann wurde ihm ein wenig übel.

Eigentlich hatte es ein Scherz sein sollen, aber Ben merkte, dass es gar nicht so abwegig war. Das würde erklären, warum Zita so gute Laune hatte und warum ihr das Lernen so unwichtig geworden war. Vielleicht wollte Zita wirklich alle Zelte abbrechen.

Zum Glück fing Zita an zu lachen. »Nein, Benny, ich will dich nicht entführen.«

»Es gibt hier also kein Haus, das du heimlich gekauft hast und mir präsentierst, sobald ich wieder auf den Beinen bin?«, fragte Ben grinsend und drückte Zita einen Kuss auf die Lippen.

»Nein.« Zita schüttelte lächelnd den Kopf. »Wirklich nicht.«

»Das hätte ich wirklich als Vertrauensbruch empfunden«, ließ er Zita wissen und runzelte die Stirn, als Zita erneut zusammenzuckte.

Verdammt, es war nicht leicht, mit jemandem eine Beziehung zu führen, der so verschlossen war. Nachdenklich blickte Ben auf den Fuß, der auf seinem Schoß lag. Er konnte zum Glück keine Schwellung entdecken.

»Tut es sehr weh, Baby?«, fragte er und massierte den Knöchel sanft.

»Ja«, hauchte Zita und schloss die Augen. Sie ließ sich neben Ben ins Kissen sinken und genoss die Massage sichtlich.

Als er lächelnd zur Seite sah, bemerkte er, dass Zita auf den Laptop starrte.

»Was schaust du dir da an?«, fragte sie.

»Das solltest du dir ansehen«, sagte Ben und schob ihr den Laptop zu. Während er weiter massierte, sah sie sich die Homepage an, die er gefunden hatte.

*

Mit der Zeit ließ die Spastik in seinen Beinen nach, und die Ärzte setzten die meisten Medikamente ab. Das war der Moment, in dem Ben endgültig mit der Angst konfrontiert wurde, dass es vorbei war, ohne dass sich etwas verändert hatte. Er war es zwar gewohnt, nichts zu spüren, aber noch nie hatte er sich in seinem Körper so gefangen gefühlt. Er wusste, wenn sie die Medikamente absetzten, war das ein Zeichen, dass sie ihn entlassen wollten. Und dass die Spastik nachgelassen hatte, bedeutete wahrscheinlich, dass ... dass alles umsonst gewesen war.

»Du musst Geduld haben«, tröstete Zita, als Ben von einer plötzlichen Panikwelle überrollt wurde. »Die Ärzte haben gesagt, dass das passieren kann, aber das heißt nicht, dass wir schon verloren haben.«

Hektisch versuchte Ben zu schlucken und schloss die Augen, als er das Gefühl hatte, keine Luft mehr zu bekommen.

»Zähl bis zehn«, forderte Zita ihn auf und drückte ihm ein Glas Wasser in die Hand. »Das hat mir mein Vater immer geraten, wenn ich kurz vor einer Ballettaufführung stand.«

»Dann hat es ja nicht wirklich geholfen«, murmelte Ben und öffnete die Augen. »Du hast mir mal erzählt, dass du nur selten auf die Bühne gegangen bist, weil du so schüchtern warst.«

»Trink das Wasser, du Klugscheißer. Und fang keinen Streit an«, bat Zita mit ernster Stimme. Allein an ihren Augen konnte Ben erkennen, dass Zita nicht wirklich böse war.

Kopfschüttelnd lachte Ben und drückte Zita die Hand, bevor er langsam das Wasser trank. »Wie läuft es eigentlich mit dem Rauchen?«, fragte er, vielleicht auch, um sich von der Erkenntnis abzulenken, dass sich keine Verbesserung einstellen würde. Wirklich nicht, egal wie sehr er daran glauben wollte.

»Ich bin jetzt Nichtraucherin«, sagte Zita und lächelte ihn an. »Manchmal überkommt mich noch das Verlangen, aber ich habe mir fest vorgenommen, keine Zigarette mehr anzurühren. «

»Ich bin so stolz auf dich.« Ben küsste sie und zog sich dann zurück, um seine Freundin zu betrachten.

Sie wirkte so fröhlich und befreit wie schon lange nicht mehr. Er wusste nicht einmal, ob er sie schon einmal so glücklich gesehen hatte. Dennoch war Ben sich sicher, dass Zita große Probleme hatte und diese Heiterkeit nur vorübergehend war. Das beunruhigte ihn, und inzwischen ahnte er, was los war.

Bevor er Zita darauf ansprechen wollte, würde er einige Nachforschungen anstellen, denn er wollte sicher sein, bevor er Zita mit seinem Verdacht konfrontierte. Es verletzte ihn ein wenig, dass Zita nicht einfach auf ihn zugekommen war und ihm ihre Probleme erklärt hatte, aber Ben war sich bewusst, dass er in den letzten Wochen sehr auf sich selbst fixiert gewesen war.

Es war nicht so, dass er sich selbst dafür verurteilte, denn das, was ihm widerfahren war, ließ sich nicht so leicht wegstecken. Auch wenn andere behaupteten, sie hätten es besser verkraftet, war ihm klar, dass die meisten Menschen an seiner Stelle genauso verzweifelt gewesen wären.

Aber jetzt verlagerte sich sein Fokus und weitete sich wieder ein wenig. Er war stolz darauf, sich wieder als gleichwertigen Partner von Zita sehen zu können.

Er war dabei, sich wieder normaler zu fühlen. Und das war gut.

Außerdem war es Ben wichtig, dass Zita lernte, auf ihre eigenen Bedürfnisse und Wünsche zu achten. Darin war sie bereits früher nicht sehr gut gewesen, weil sie immer das gemacht hatte, was ihre Eltern ihr gesagt hatten, aber seit Ben im Rollstuhl saß, hatte Zita sich ebenfalls viel zu sehr auf ihn konzentriert.

*

Der Tag, an dem Luna Weber das Licht der Welt erblickte, begann wie jeder andere. Es war auch der Tag, an dem Ben merkte, dass er keinen Tag länger hier bleiben wollte, weil es wahrscheinlich nichts mehr bringen würde.

Er versuchte gerade, Rolands emotionale E-Mail auf dem kleinen Display seines Handys zu entziffern, was nicht leicht war, denn Rolands Rechtschreibung war auch ohne Emotionen katastrophal, als die Ärztin kam. Sie wollte seine Sensibilität testen, wie sie es jeden Tag machte - erfolglos natürlich. Luna war in der Nacht geboren worden, und Roland hatte vor lauter Glück wohl vergessen, dass Ben Schwierigkeiten haben könnte, sein Wortwirrwarr, welches er eine Nachricht nannte, zu verstehen. Grübelnd betrachtete Ben den seltsamen Satzbau und versuchte zu verstehen, was Roland ihm damit sagen wollte.

»Spüren Sie das?«, fragte die Ärztin stirnrunzelnd und fuhr mit einem spitzen Gegenstand über seine Fußsohle.

»Nein«, antwortete Ben und öffnete neugierig den Anhang. Auf dem Bild war ein Baby zu sehen, ziemlich rot und ein bisschen verschrumpelt.

»Und?«, fragte Zita, als sie das Zimmer betrat und sich auf den Besucherstuhl setzte.

»Äh«, sagte Ben und zeigte auf die Ärztin. »Noch nichts, aber Roland hat geschrieben.« Erfreut drehte er sein Handy zu Zita.

»Müssten sich denn nicht endlich mal Verbesserungen bemerkbar machen?«, fragte Zita besorgt und schüttelte den Kopf, dann schaute sie auf das Bild von Luna und ihr Gesichtsausdruck wurde weicher, was Ben das Herz aufgehen ließ. Wieder fragte er sich, ob er jemals ein Kind zeugen könnte. Dass sie das Thema Kinderwunsch nie wirklich ernsthaft thematisiert hatten, war zwar in Bens Sinne, aber er wusste natürlich, dass sie irgendwann darüber reden mussten. Aber eine andere Sorge drängte sich in sein Bewusstsein.

»Meine Freundin hat Recht, oder?«, fragte er besorgt.

»Ich will ehrlich zu Ihnen sein«, antwortete die Ärztin, »je mehr Zeit vergeht, desto unwahrscheinlicher wird es, Herr Asare, das wissen Sie. Inzwischen sind viele Wochen vergangen und die Nerven müssten wieder Informationen transportieren. Wenn sie denn könnten.«

Wie betäubt blickte Ben auf sein Handy und berührte den Bildschirm an der Stelle, wo sich Lunas kleine Nase befand. Er wusste nicht, wie er sich jetzt fühlen und was er davon halten sollte. War es wirklich umsonst gewesen?

»Geht es dir gut, Benny?«, fragte Zita mit tiefer Stimme.

»Ich ... äh ... weiß nicht genau, wie schwer das Baby ist, denn Roland hat nichts darüber gesagt«, antwortete Ben, nur um irgendwas zu sagen, und kratzte sich am Kopf. »Aber er hat mehrmals geschrieben, dass es wunderschön ist.«

»Benny«, sagte Zita leise. »Geht es dir gut?«

»Vielleicht kannst du diesen Satz entziffern«, fügte Ben hinzu und drückte Zita das Handy in die Hand.

Doch Zita interessierte sich nicht für Rolands Mail. »Bitte sagen Sie uns die Wahrheit«, bat sie energisch. »Damit wir uns nicht länger umsonst Hoffnungen machen.«

»Der Rücken sieht sehr gut aus, wie ich auf dem letzten Röntgenbild gesehen habe«, murmelte die Ärztin. »Die Schwellung ist zurückgegangen und es haben sich wohl auch keine neuen Narben gebildet. Aber Ihr Lebensgefährte spürt immer noch nichts. Fühlen Sie das?« Sie sah Ben ernst an.

»Nein.« Seufzend schüttelte Ben den Kopf.

»Das kann aber noch kommen, oder?«, fragte Zita und berührte Bens Oberschenkel. Dass er ihre Hand nicht spürte, war fast noch schlimmer, als den Gegenstand der Ärztin nicht zu spüren. War also wirklich alles umsonst gewesen?

»Vielleicht«, antwortete die Ärztin und lächelte Ben zuversichtlich an. »Ich werde Sie morgen noch einmal untersuchen. Jetzt gehen Sie erst einmal zur Ergotherapie.«

Zita zog die Decke wieder über seine Beine, wofür Ben ihr sehr dankbar war. Es war einfach blöd, wenn zwei Menschen um einen herumstanden, auf die nackten, dünnen, leblosen Beine starrten und ständig fragten, ob Ben dies oder jenes fühlen könne. Er fühlte sich verpflichtet, ja zu sagen, aber er wollte auch nicht lügen.

Zita begleitete ihn zur Ergotherapie und schwieg, während sie neben ihm lief. Sie trug eine Strickjacke und hatte sie eng um sich gewickelt, als sei ihr sehr kalt.

Ben hielt den Rollstuhl abrupt an und wartete, bis auch sie stehen blieb. »Ich habe mir das mit dem Urlaub noch einmal überlegt«, sagte er, als sie ihn fragend ansah. »Wie wäre es mit dem Gardasee? Auf dem Weg dorthin könnten wir Rolands Schwester besuchen. Julia würde sich freuen, und ich glaube, es würde mir auch gut tun, sie mal wieder zu sehen.«

»Der Gardasee wäre schön«, antwortete Zita leise und nickte abwesend. »Sehr schön.« Sie streckte die Hand aus und ergriff seine, um ihn zu drücken. »Ein Besuch bei Julia wäre auch schön, glaube ich.«

Während die Ergotherapeutin seine Beine dehnte und streckte, betrachtete Ben seine Freundin und spürte, wie ihm das Blut in den Ohren rauschte.

»Warten Sie«, bat er irgendwann gereizt und schüttelte den Kopf. Er lag auf einer Massageliege und richtete sich mühsam in eine sitzende Position auf. »Ich brauche Wasser«, fügte er hinzu, als die Ergotherapeutin ihn verwundert ansah.

»Bleiben Sie sitzen«, sagte sie und stand auf, um ihm etwas zu trinken zu holen.

»Bleiben Sie sitzen?«, wiederholte er verärgert und sah ihr hinterher. »Hat sie das gerade wirklich gesagt? Hat sie keine Augen im Kopf? Sieht sie nicht, dass ich dazu verdammt bin, hier zu sitzen?«

»Sie hat es bestimmt nicht böse gemeint«, besänftigte Zita ihn hastig und schüttelte den Kopf.

»Sie ist Ergotherapeutin und arbeitet in einer Fachklinik für Wirbelsäulenerkrankungen. Da sollte sie sensibler sein«, beharrte Ben ungeduldig.

Zita nickte. »Aber ...«

Ben unterbrach seine Freundin. »Ich bin gerade richtig wütend.«

»Ich weiß, aber das liegt daran, dass du vorhin nichts gespürt hast und nicht daran, dass sie sich blöd ausgedrückt hat«, betonte Zita.

»Sitzen bleiben?«, wiederholte Ben ungläubig.

Erst später merkte er, wie dumm er sich benahm, aber in dem Moment schien es ihm einfach normal, sich nach vorne zu lehnen und die Füße zu belasten. Seine Beine hielten dem Druck nicht stand und knickten ein. Sein Oberkörper sackte zusammen, während der Boden auf ihn zuraste. Es war ein schrecklicher Moment. Aufgefangen von Zita, die entsetzt aufschrie, fiel er fast in Zeitlupe zu Boden. Zumindest kam es ihm so vor.

Gemeinsam stürzten sie.

Für einen Moment sah Ben Rolands damaliges panisches Gesicht vor sich und blinzelte. Bisher hatte er sich nur vage an Friedelmanns Angriff erinnern können. Wahrscheinlich hatte der Schock sein Gedächtnis beeinträchtigt, aber jetzt sah er das Bild so deutlich vor sich.

Der Schmerz im Rücken, die Beine, die ihm nicht mehr gehorchten, der Oberkörper, der zusammensackte, das Rauschen in den Ohren und das Keuchen von Roland. Rolands Hände auf seinem Körper, Rolands hektisches Atmen gegen seine Haut und die bestürzten aufgerissenen Augen, die Ben anstarrten, als Roland den Sturz abfing und mit ihm zu Boden fiel.

Die Situation war so ähnlich, dass Ben für einen kurzen Moment nicht wusste, ob er sich wirklich in der Schweiz befand oder nicht doch von Friedelmann gerade angegriffen worden war.

Aber es waren nicht die grünen Augen von Roland, sondern die blauen von Zita, obwohl der Schrecken, der sich darin spiegelte, genau derselbe war. Hinter ihm stand nicht Friedelmann, sondern die Ergotherapeutin, die vor Schreck das Glas fallen ließ, das sie ihm gebracht hatte. Die Situation war so anders und das beruhigte Ben ein wenig.

Noch während er mit Zita hingefallen war, war ihm bewusst geworden, wie verrückt er sich verhalten hatte. Aber das schien im Moment des Sturzes so unwichtig. Wichtiger war, dass es nicht funktioniert hatte. Es hatte nicht funktioniert. ... Er würde nie wieder stehen und den Boden unter seinen Füßen spüren.

»Ich will jetzt abbrechen«, sagte er leise und räusperte sich, weil seine Stimme sich trocken anfühlte. »Ich glaube nicht mehr daran, dass es besser wird ...«

Fassungslos blickte er zu Zita, die jetzt neben ihm auf dem Boden saß und ihm hektisch über die Wange strich, als könnte das etwas ändern. Ben schüttelte den Kopf. Er konnte nicht sprechen, aber das war auch nicht nötig, denn Zita zog ihn in eine feste Umarmung.

»Alles wird gut, Benny. Alles, alles wird gut«, beteuerte sie immer wieder. »Ich bin da, Benny. Ich bin bei dir, mein Schatz. Ich bin hier, Benny.«

Vor Schreck bemerkte Ben nicht, dass die Ergotherapeutin und Zita ihm halfen, in den Rollstuhl zu kommen. Er bemerkte auch nicht, dass jemand einen Arzt holte, der ihn untersuchte. Er merkte nur, dass Zita da war, ihm gut zuredete und seine Hand hielt. Immer wieder lächelte sie Ben an, küsste seine Finger und erinnerte ihn daran, dass sie jetzt in den Urlaub fahren würden.

Es schien, als wolle Zita sie beide trösten, denn es war offensichtlich, dass sie ebenso wie Ben begriff, dass die Operation umsonst gewesen war. Ihre Finger waren eiskalt und ihre Augen huschten hin und her, als könnten sie sich nicht auf einen Punkt konzentrieren. Als Zita ihre Wange an Bens drückte, konnte Ben die Tränen spüren, die zwischen ihren Gesichtern zerdrückt wurden. Es waren Zitas Tränen, obwohl Zita nur selten weinte.

Zum Glück stellte der Arzt fest, dass Ben nicht verletzt war, dummerweise diagnostizierte er allerdings, dass Zita sich die Hand verstaucht hatte. Er hatte Zita noch nie wehgetan. Nicht körperlich zumindest.

»Das wird schon wieder«, betonte Zita und lächelte tapfer. »Alles wird gut.« Dann fing sie wieder an zu weinen.

»Aber du weinst«, sagte Ben bestürzt und strich Zita die blonden Haare aus dem Gesicht.

Jetzt lächelte Zita wieder, während sie einen Kuss auf die Innenfläche seiner Handfläche setzte. »Aber nicht wegen mir, Benny. Ich weine, weil es für dich anscheinend keine Besserung geben wird.«

Im Gegensatz zu Zita konnte Ben nicht weinen. Wenn er ehrlich war, fühlte er sogar ein wenig Erleichterung. Endlich konnte er diese Klinik verlassen, in der er so lange gefangen gewesen war. Endlich konnte er mit Zita losziehen und sich seinem Problem widmen, nach Hause fahren, Luna im Arm halten und wieder seinen Beruf aufgreifen. Für jemanden wie Ben war es definitiv besser so. Endlich konnte er wieder aktiv werden und für sein Glück kämpfen. Dieses passive Herumliegen war einfach nicht sein Ding. Es hatte ihn ausgelaugt und gelangweilt.

Gemeinsam gingen sie noch am selben Nachmittag zur behandelnden Ärztin, die seufzte und sich die Stirn rieb. »Es tut mir wirklich leid für Sie beide, aber vielleicht ist es wirklich das Beste, jetzt aufzugeben.«

Zita sah ihn betroffen an. »Du willst das alles nicht mehr, oder?«

»Ich fühle mich endlich frei«, sagte er ernst. Seltsamerweise musste er lachen, als er daran dachte, dass jetzt irgendwie alles in Ordnung war, obwohl alle erwartet hatten, dass er traurig reagierte. Vielleicht war das der Schock? Vielleicht würde die Traurigkeit später kommen? Als er in Zitas Augen sah, erkannte er Besorgnis und Verwirrung darüber, wie er klang. Außerdem hörte er selbst, dass er etwas verrückt klang, und als die Ärztin eine Krankenpflegerin rief, um sie zu bitten, Ben am Abend was zur Beruhigung zu geben, wusste er, dass sie Zitas Meinung teilte.

*

Am Abend lag Ben auf dem Bett und blickte ein letztes Mal durch die Balkontür nach draußen. Er würde den Ausblick kaum vermissen, denn er hatte sich daran sattgesehen. Trotzdem hatte er das Zimmer den ganzen Tag nicht mehr verlassen und lag seit seinem verrückten Versuch, sich auf die Beine zu stellen, auf dem Bett. Eigentlich wäre er gerne aufgestanden, um Zita zu begleiten, aber er fühlte sich nicht in der Lage dazu.

Er erinnerte sich an den Moment vor der ersten Reha, als er ebenfalls in einem Anfall von Selbstüberschätzung versucht hatte aufzustehen und auf den Boden gefallen war. Dass ihm das damals passiert war, war verzeihlich, die Behinderung war noch frisch. Aber heute war es wirklich seltsam gewesen.

Er fühlte sich schwindelig und war sich nicht sicher, ob er sich überhaupt aufrecht halten konnte. Die Ärztin war vor einer Stunde gekommen und hatte ihm ein anderes Medikament gegeben, seitdem fühlte er sich seltsam müde. Zita hatte ihn gedrängt, alles zu nehmen, wahrscheinlich weil sie Angst vor Bens Zustand hatte.

Aber das seltsame Gefühl der Benommenheit ließ nicht nach und Ben wünschte sich, er könnte endlich diese Klinik verlassen. Er wollte wegrennen oder wenigstens davonfahren - egal wie - er wollte endlich weg von hier, endlich fliehen und wieder seine Ruhe haben. Die Therapeutinnen und Physiotherapeuten empfand er als störend. Durch die Behandlungen fühlte er sich krank und verletzlich. Obwohl er wusste, dass er ihnen unrecht tat, ärgerte er sich, dass die Ärztinnen und Ärzte ihn umsonst in die Schweiz geholt hatten.

Er könnte jetzt zu Hause sein, bei Luna und in seinem alten Leben. In seinem Rollstuhl, an den er sich gewöhnt hatte. Er könnte einen Alltag haben und das tun, was er immer getan hatte. Er war gesund; trotz seiner Behinderung fit, optimistisch und lebensfroh. Er wollte seine kostbare Zeit nicht länger im Krankenhaus verbringen.

Ziemlich spät kam Zita wieder herein, setzte sich zu ihm aufs Bett und sah ihn ernst an. »Du schläfst gar nicht«, murmelte sie.

»Ich kann nicht«, antwortete Ben leise. »Ich bin zu aufgeregt.«

»Willst du eine Schlaftablette?«

Ben schüttelte schnell den Kopf. »Keine Medikamente mehr, Zita.

Verdammt, ich bin nur ein bisschen traurig, und das ist doch mein gutes Recht, oder?«

Rasch strich Zita über Bens Haare. »Natürlich. Das hast du.«

Nach einem Moment des Schweigens erzählte Zita von dem Gespräch, das sie gerade geführt hatte. Sie hatte sich um alles gekümmert und dafür gesorgt, dass Ben am nächsten Morgen die Papiere unterschreiben konnte. Außerdem hatte sie eine Ferienwohnung am Gardasee gefunden, die behindertengerecht und frei war. Dort würden sie zur Ruhe kommen und sich bestimmt ein paar Tage lang gut erholen können.

Ben war froh, dass Zita auf den Urlaub bestanden hatte, denn er wollte sich noch nicht den Leuten stellen, die ihn mit Mitleid überschütten würden, und er wollte nicht daran denken, dass er tapfer lächeln musste, obwohl er noch nicht sicher war, ob es ihm gut ging oder nicht.

Außerdem musste er endlich mit Zita reden und ihr sagen, dass er wusste, was los war. Wenn er an dieses Gespräch dachte, zog sich etwas in seinem Magen zusammen. Es würde ihnen guttun, eine Woche nur für sich zu haben. Dann konnten sie den Schock überwinden, Ben konnte sich wieder an den Rollstuhl gewöhnen und Zita endlich mit seinem Verdacht konfrontieren.

»Wie geht es dir wirklich?«, fragte Zita und streichelte Ben über die Stirn, als wolle sie seine Temperatur überprüfen.

Etwas überfordert von der Frage hob Ben die Schulter. »Ich weiß nicht. Keine Ahnung.« Ben wusste wirklich nicht, wie es ihm ging. Er war nicht so verzweifelt, wie er gedacht hatte. Aber gleichzeitig so enttäuscht. Und dann wieder erleichtert, dass es vorbei war. Es wurde Zeit, dass er sich wieder mit etwas anderem beschäftigte, etwas, das nichts mit seiner Behinderung zu tun hatte.

»Ich glaube, du stehst unter Schock«, stellte Zita fest und nahm Ben in den Arm. »Wenn wir in Garda sind, werde ich dafür sorgen, dass du wieder auf die Beine kommst.«

»Du meinst, dass ich wieder auf die Räder komme?«, fragte Ben grinsend und rieb die Nase an ihren blonden Haaren, die sich so tröstlich weich anfühlten.

»Beides«, antwortete Zita lächelnd.

*

In der Nacht lag Ben trotz der Beruhigungstabletten, die sie ihm gegeben hatten, noch lange wach. Er konnte nicht glauben, dass es wirklich vorbei war. Nichts hatte sich verändert, außer dass Zita neben ihm eingeschlafen war und die Nacht bei ihm verbringen wollte. Das war natürlich verboten, aber niemand schien bemerkt zu haben, dass sie noch da war. Oder vielleicht drückte der Nachtdienst alle Augen zu. So wie Zita zusammengerollt neben ihm lag, die Haare auf dem Kissen auseinandergefächert, sah sie wunderschön aus. Er hoffte, dass ihr Handgelenk nicht mehr wehtat.

Und noch etwas hatte sich verändert. Ben war wieder bewusst geworden, dass er nichts gegen seine Behinderung unternehmen konnte. Es gab nichts, wogegen er ankämpfen musste, denn es gab keine Hoffnung, dass es besser werden würde. Nie wieder. Plötzlich fühlte es sich sehr endgültig an, was seltsam war, denn auch vorher hatte er damit gelebt, dass seine Behinderung dauerhaft war. Trotzdem war es ein erneuter Schock für ihn. Als wäre ihm das Ausmaß erst jetzt klar geworden. Er würde die nächsten vierzig, fünfzig Jahre im Rollstuhl verbringen, wenn er Glück hatte und nicht krank wurde oder einen tödlichen Unfall hatte. Dieser Gedanke machte ihm ein wenig Angst und frustrierte ihn. Doch in die tiefe Verzweiflung mischte sich auch Erleichterung. Erleichterung darüber, dass er endlich wusste, woran er war, und dass der Kampf vorbei war. Dass er sich zufriedengeben durfte. Dass er nicht mehr kämpfen musste. Dass er sich zurücklehnen konnte.

Mitten in der Nacht wurde Zita unruhig. Sie begann zu schwitzen und vor sich hin zu murmeln. Als Ben sie weckte, wie er es immer tat, wenn Zita schlecht geträumt hatte, schreckte Zita hoch und brauchte ein paar Sekunden, um zu begreifen, wo sie war. Erleichtert atmete sie auf und ließ sich ins Kissen fallen, als ihr klar geworden war, dass sie neben ihm lag und somit in Sicherheit war.

»Wie geht es dir?«, fragte sie und drehte nach ein paar Sekunden

den Kopf zu Ben.

»Besser«, antwortete Ben.

Es stimmte. Er fühlte sich nicht mehr wie in Watte gepackt und seltsam weit weg von seinem eigenen Körper. Obwohl er sehr müde war, fühlte er sich wieder lebendig und nicht mehr in einen Nebel getaucht, wie er es gewesen war, als er realisiert hatte, dass die Behandlung fehlgeschlagen war.

Schon seit Stunden hatte er seine Hand auf seinen Bauch gelegt, seine Beine berührt, seinen Intimbereich erkundet und die Linie auf seiner Brust ertastet, ab der er wieder fühlen konnte. Es kam ihm seltsam normal vor, dass er zwar alles mit der Hand ertasten konnte, aber nicht die Hand auf der Haut spürte. Immerhin lebte er seit fast zwei Jahren damit und die Momente, in denen er früher etwas gespürt hatte, kamen ihm vor wie ein Traum, der gar nicht stattgefunden hatte.

Nachdenklich hob Zita den Kopf und massierte sich sanft das Handgelenk. »Wirklich?«

Ben nickte. »Wirklich«, bestätigte er und berührte ihre Hand. »Wie geht es dir?«

»Geht so«, antwortete Zita. Sie schaute auf ihre Hand und lächelte. »Das wird schon wieder. Aber dass ich ausgerechnet jetzt Albträume habe ... In den letzten Nächten habe ich immer von dir geträumt und ziemlich gut geschlafen.«

»Waren es so gute Träume?«, erkundigte sich Ben.

»Träume, in denen du gelaufen bist und wir unbeschwert waren.« Zita lächelte. »Ja. Es waren gute Träume. In manchen Träumen konntest du nicht laufen, aber auch die waren schön. Wie immer, wenn ich von dir träume.«

»Das ist schön.« Ben streichelte Zita über die Wange.

»Aber der Traum jetzt war ... schrecklich. Ich bin gerannt, aber ich bin nicht vom Fleck gekommen, und ich habe geschrien, aber kein Ton drang aus meiner Kehle ...« Zita schüttelte den Kopf. »Surreal und schrecklich. Einfach schrecklich.«

»Trink etwas«, bat Ben schnell und richtete sich auf, indem er sich mit den Armen hochzog. Es war furchtbar eng, hier zu zweit zu liegen, und durch Zitas Gewicht fühlte er sich instabiler als sonst. »Das wird dir helfen, die Bilder abzuschütteln.«

Langsam beugte er sich über Zita, um das Glas Wasser vom Nachttisch zu nehmen, und lächelte, als Zita automatisch die Hand ausstreckte und ihn stützte. Leider war Ben nicht mehr so akrobatisch wie früher, aber Zita glich seine Bewegungseinschränkungen aus und unterstützte ihn ohne nachzudenken. Sie waren ein eingespieltes Team geworden, was diese Lähmung anging. Und nicht nur da, hoffte Ben.

»Das wird dir helfen«, wiederholte er leise und hielt das Glas fest, als Zita sich aufrichtete. Während sie hastig das Wasser trank, beobachtete Ben sie. Zitas lange, blasse Finger zitterten und ihr Kiefer war angespannt.

»Danke«, sagte Zita und stellte das Glas zurück.

»Du hattest diese Albträume immer, wenn du gestresst warst«, erinnerte Ben seine Partnerin. »Ich weiß, dass du dir Sorgen machst, Zita. Findest du nicht, dass es an der Zeit ist, mit mir darüber zu reden, was dich quält?«

Ein Schatten huschte über Zitas Gesicht. »Ich will dich nicht noch mehr belasten«, murmelte sie.

»Hast du nicht genug von diesem Versteckspiel?«, fragte Ben scharf. »Glaubst du etwa nicht mehr, dass ich dir ein starker Partner sein kann, oder was? Wie mich das alles ankotzt ... «

Zita sah ihn erschrocken an. »Wie kannst du nur so reden?«

»Du sprichst nicht. Du reagierst nicht. Du hörst mir nicht zu. Du antwortest einfach nicht. Verdammt ... was soll ich nur tun?« Ben schüttelte frustriert den Kopf.

»Es tut mir leid«, flüsterte Zita und schluckte.

»Du vertraust mir nicht«, stellte Ben fest und biss sich auf die Lippen. Wahrscheinlich musste Zita erst wieder lernen, in Ben jemanden zu sehen, der sie genauso unterstützen konnte wie umgekehrt. Genauso wie Ben sich erst wieder daran gewöhnen musste, seinen Fokus langsam von sich und seinem Rollstuhl auf andere Menschen auszuweiten.

»Es ist mitten in der Nacht, Benny«, sagte Zita langsam und sah

Ben ernst an. »Der gestrige Tag war für uns beide sehr anstrengend.«

Darauf ging Ben nicht ein. Er strich mit dem Finger über Zitas Bein. »Wie hast du dich gefühlt, als du erfahren hast, dass ich dir verschwiegen habe, dass ich nie wieder laufen kann?«

»Schlecht natürlich.« Seufzend stellte Zita das Glas zurück auf den Nachttisch und rutschte in eine sitzende Position.

»Bitte erzähl mir davon«, bat Ben.

»Warum? Benny, ich glaube, wir sollten schlafen, oder?« Sie kratzte sich am Kopf und seufzte wieder. »Okay. Ich war so traurig, dass du mir nicht vertraut hast. Ich meine, was ist das für ein Armutszeugnis, wenn dein Partner denkt, du verschwindest, nur weil er seine Beine nicht mehr bewegen kann? Mir ist bewusst, dass ich oberflächlich bin und dir vielleicht manchmal das Gefühl gegeben habe, dass ich sehr anspruchsvoll bin, auch was die Wahl meiner Männer angeht, aber du musst doch tief in deinem Herzen gespürt haben, dass ich dich wirklich liebe und dich deswegen nicht verlassen kann.«

»Ich glaube, ich war selbst so schockiert«, gestand Ben. »Ich habe mir selbst nicht zugetraut, damit umzugehen, wie hätte ich das von dir erwarten können?«

»Deinen Freunden hast du es aber erzählt, Benny«, erwiderte Zita leise.

»Hättest du es mir gesagt?« Ben blickte seine Freundin ernst an.

Einen Moment lang zögerte Zita. »Ich weiß nicht.«

»Ich glaube nicht, dass wir generell ein Problem haben. Wir lieben uns«, stellte Ben fest. Er lächelte, als er Zitas Hand nahm. »Wir lieben uns und wir sind ein gutes Team. Ich glaube, wir haben eher ein Problem mit uns selbst.«

»Müssen wir wirklich nachts darüber reden?«, fragte Zita erschöpft. »Wir haben bald viel Zeit und wir ...«

»Bitte lenk nicht wieder ab«, bat Ben eilig.

Nachdenklich sah Zita aus dem Fenster. »Na gut«, sagte sie leise. »Was glaubst du, was unser Problem ist?«

»Weißt du noch, als wir noch nicht zusammen waren? Damals, vor fast drei Jahren ... Wir haben immer versucht, uns gegenseitig zu beeindrucken, nicht wahr?« Um Zita zu zeigen, dass Ben sie sehr liebte, streckte er seine Hand aus und legte sie auf Zitas. Sanft strich er darüber und hoffte, dass die Berührung beruhigend wirkte.

»Das war damals«, beharrte Zita.

Vorsichtig griff Ben nach der verletzten Hand, auf die er gefallen war, als er so dumm gewesen war zu glauben, er könne einfach aufstehen. Sanft strich Ben über die kühle, blasse Haut und massierte die Fingerknöchel. »Ich glaube nicht, dass wir uns sehr verändert haben, zumindest nicht in dieser Hinsicht«, teilte er seiner Partnerin mit und sah sie vorsichtig an.

Zita zögerte kurz, dann drückte sie Ben lächelnd die Hand. »Das ist doch Blödsinn, Benny. Damals ging es nur um Sex und die pure körperliche Befriedigung und jetzt sind wir, wie du so schön gesagt hast, ein Team, und ich glaube, wir haben schon einiges gemeinsam gut gelöst.«

Energisch schüttelte Ben den Kopf. »Darum geht es nicht, Zita. Es geht darum, dass wir uns gegenseitig beeindrucken wollen. Damals wie heute. Ich glaube nicht, dass sich da viel geändert hat.«

»Damals haben wir geflirtet und heute lieben wir uns«, protestierte Zita laut und sah Ben halb amüsiert, halb empört an. »Das ist ein großer Unterschied.«

»Wir haben uns geliebt«, korrigierte Ben. »Damals wie heute noch.«

Zita schüttelte seufzend den Kopf. »Wenn wir uns lieben, sehen wir uns nicht als Konkurrenten.«

»Das tun wir auch nicht«, erwiderte Ben sanft. »Ich glaube, du hast mich falsch verstanden, Babe. Wir sind keine Konkurrenten, wir versuchen einander zu beeindrucken. Das ist ein großer Unterschied. Und ich glaube wirklich nicht«, fügte er laut hinzu, als Zita den Mund öffnete, um etwas zu sagen, »dass sich das geändert hat.«

Zita seufzte noch einmal, dann beugte sie sich über Ben und drückte ihm einen Kuss auf die Lippen. »Was hat das damit zu tun, dass du mir nicht gesagt hast, dass du nie wieder laufen kannst?«

»Ich wollte dich beeindrucken«, erklärte Ben und zuckte mit den Schultern. »Wahrscheinlich hat es mit einem Mangel an Selbstvertrauen zu tun, wahrscheinlich habe ich das Gefühl, dir nicht zu genügen. Und ich ...«

»Das ist Blödsinn«, unterbrach Zita laut. »Ich kann mich nicht erinnern, dir jemals das Gefühl gegeben zu haben, nicht zu genügen, nur weil du im Rollstuhl sitzt.«

»Es ist mein Problem«, erwiderte Ben ebenfalls mit erhöhter Lautstärke. Hoffentlich beschwerte sich das Pflegepersonal nicht, weil sie zu laut waren. »Mein mangelndes Selbstvertrauen. Es ist mein Kopf, der glaubt, dir nicht zu genügen, und deshalb glaubt er, dich immer beeindrucken zu müssen. Und ich glaube, du hast das gleiche Problem.«

»Wie bitte?« Jetzt klang Zita sehr verblüfft.

»Du willst mich genauso beeindrucken wie ich dich. Wir glauben, dass wir einander nicht genügen. Wir machen uns etwas vor«, fuhr Ben fort.

»Wir lieben uns«, wiederholte Zita mit hartnäckigem Unterton.

»Das weiß ich.« Ben nickte und küsste Zita auf die Handfläche. »Aber das hat nichts damit zu tun. Wir glauben, dass wir einander nicht genügen, wenn wir behindert sind und einen Rollstuhl benötigen, um uns fortzubewegen. Oder wenn wir im Studium schon wieder scheitern und durch die Prüfungen rasseln.« Er blickte Zita ernst an, doch sie zuckte nicht zusammen.

Stattdessen presste sie die Lippen zusammen und starrte aus dem Fenster. »Seit wann weißt du es?«, fragte sie mit tonloser Stimme. Sie klang so resigniert und traurig, dass es Ben wehtat.

»Noch nicht so lange. Aber ich weiß schon lange, dass etwas nicht stimmt«, sagte Ben und drückte Zita die Hand. »Zita?« Er wartete, bis Zita ihn wieder ansah. »Warum hast du mir nicht einfach gesagt, dass du durch die Prüfung gefallen bist und das Studium bereits aufgegeben hast?«

Als Zita zusammenbrach, zog sich etwas schmerzhaft in Bens Herz zusammen. Nur selten hatte er Zita so erlebt, denn fast immer war seine Partnerin vernünftig, kontrolliert und mit scheinbarer Gelassenheit an Probleme herangegangen.

Nachdem Ben so schwer verletzt worden war und wochenlang im

Krankenhaus gelegen hatte, war Zita nüchtern und immer besonnen mit der Situation umgegangen. Auf Bens Launen, Wutausbrüche, Tränen und Nervenzusammenbrüche hatte sie selten mit Gefühlsausbrüchen reagiert. Monatelang hatte sie Ben tröstend zur Seite gestanden und fast nie die Fassung verloren. Während Ben haderte, hatte Zita die Wohnung behindertengerecht umgebaut, Rampen in Auftrag gegeben und begonnen, Bücher zu lesen, in denen Ratschläge standen, wie Ben besser mit seinem Darm und seiner Blase zurechtkommen könnte. Roland hatte das lange Zeit abschätzig als emotionslos und unterkühlt beschrieben, aber Ben sah das anders und war froh, in der schlimmsten Phase seines Lebens jemanden an seiner Seite gehabt zu haben, der die Probleme zielorientiert und ohne Hysterie anging.

Doch nun brach sie plötzlich zusammen. Vielleicht war alles zu viel geworden. Vielleicht ging es jetzt nicht mehr nur um ihr Studium, sondern all die Gefühle, die sich in ihr aufgestaut hatten, brachen jetzt aus ihr heraus.

Sie weinte nicht, aber sie legte ihren Kopf auf Bens Schoß und krallte ihre Finger in seine Beine. Er konnte diesen Akt der Verzweiflung nicht fühlen. Aber er sah es deutlich. So deutlich, dass es ihm die Kehle zuschnürte.

Behutsam legte er seine Hand auf Zitas Schulter, die verkrampft und verhärtet war. Wie viele Sorgen hatte Zita die ganze Zeit mit sich herumgeschleppt, ohne mit Ben darüber zu reden? Eigentlich hätte Ben wütend reagieren müssen, aber er war dazu nicht mehr in der Lage, denn Zita wirkte so verzweifelt, dass Ben ihr einfach nicht böse sein konnte.

»Was ist passiert?«, fragte er leise.

»Ich habe es versucht«, beteuerte Zita und hob den Kopf. Sie weinte immer noch nicht, aber ihr ganzes Gesicht wirkte verzerrt, ihr Kiefer vibrierte, ihre Wangen schienen starr, wahrscheinlich weil ihre Muskeln angespannt waren, und ihre Augen bewegten sich unruhig in ihren Höhlen.

»Ich weiß«, sagte Ben hastig. »Aber irgendetwas muss schief gelaufen sein.« Während er Zitas Schultern massierte, wünschte er sich, Zita könnte endlich weinen. Die paar Tränen, die sie seinetwegen vergossen hatte, zählten nicht. Sie musste um sich selbst weinen. Endlich loslassen, sich fallen lassen. Die Verhärtung in Zitas Rücken war vorher nicht da gewesen ... das hätte Ben gemerkt ... aber es war wohl eine Spannung in Zita gewesen, die jetzt, so Bens Verdacht, in ihren Rücken geschossen war. So jedenfalls erklärte sich Ben die Verhärtung dort.

»Ich habe gelernt«, betonte Zita und rieb Ben hastig, aber vorsichtig den Oberschenkel. Vielleicht hatte sie gemerkt, dass sie viel zu fest zugedrückt hatte.

»Aber du bist trotzdem durchgefallen?«, erkundigte sich Ben und verspürte nun Wut, nicht auf Zita, sondern auf ihre Eltern, die Zita immer wieder dazu gedrängt hatten, etwas zu studieren, was sie nicht interessierte, was aber scheinbar prestigeträchtig war. Sahen sie denn nicht, dass es Zita quälte?

»Zuerst durch die Prüfung. Dann auch noch durch die Nachprüfung«, erzählte Zita und wurde endlich etwas ruhiger, zumindest klang ihre Stimme nicht mehr so verstellt und Ben hatte den Eindruck, dass ihre Muskeln unter seiner massierenden Hand weicher wurden. »Ich wusste die ganze Zeit, dass ich es nicht schaffe.«

»Meinetwegen?«, erkundigte Ben sich besorgt.

Zita schüttelte den Kopf. »Nein. Meine Professoren waren sogar ganz nett, als in der Uni bekannt wurde, dass mein Freund schwer verletzt wurde, aber was nützt mir das, wenn alle Mitleid mit mir haben?« Endlich richtete Zita sich ein wenig auf und sah Ben an.

»Gar nichts. Ich weiß«, sagte Ben düster und atmete tief durch.

»Ich habe schon lange gemerkt, dass es mir einfach keinen Spaß mehr macht«, fuhr Zita fort und räusperte sich. »Die Prüfung hat mir gezeigt, dass es nicht funktionieren kann. Also habe ich es hingeworfen. Alles.«

Schnell legte Ben seinen Arm um Zitas Schulter und versuchte, sie ein Stück zu sich zu ziehen. Zita gab seinem Wunsch nach, richtete sich auf und setzte sich im Schneidersitz vor Ben.

»Du hast das Studium also wieder abgebrochen?« Fast ein wenig zu fest umklammerte Ben Zitas Finger. »Ist das so? Wann war das?«

Er hatte keine Ahnung, wann die Prüfung und die Nachprüfung gewesen war, die Zita versemmelt hatte, aber er wusste, dass sie seinetwegen viele Vorlesungen verpasst hatte. Es hatte ihn immer gewundert, dass sie behauptet hatte, sie hätte längst alles wieder nachgeholt. »Seit wann gehst du nicht mehr zu den Vorlesungen?«

Wieder räusperte sich Zita, dann nickte sie. »Ich schaffe es einfach nicht. Und mir fehlt die Motivation, mich da noch einmal reinzuhängen. Ich habe keine Lust mehr.«

»Irgendwie habe ich das länger geahnt.« Ben presste die Lippen zusammen und starrte aus dem Fenster. Die Wut war so groß, dass ihm übel wurde, tief in seiner Kehle, als könnte er nicht mehr schlucken. »Ich habe neulich mit Daphne telefoniert, Zita«, sagte er. Dass er so wütend klang, tat ihm ein bisschen leid, denn seine Wut richtete sich eigentlich nicht gegen Zita, sondern im Moment eher gegen ihre Eltern, obwohl er auch ein bisschen sauer auf Zita war. »Sie hat zugegeben, dass du schon lange keine Lust mehr hast, zur Vorlesung zu gehen. Sie hat mir auch erzählt, dass du dich stattdessen in der Stadt herumgetrieben hast, um das Geld deiner Eltern auszugeben.«

»Und ich habe ihr vertraut«, sagte Zita mit leiser, brüchiger Stimme.

»Sie macht sich Sorgen um dich, Zita«, betonte Ben laut und sah Zita wütend an. »Mit wem hast du noch gesprochen, anstatt es mir zu sagen?«

»Mit Joris.« Zita senkte den Blick.

Joris, ein ehemaliger Mitschüler von ihm, hatte sich bei Zita erkundigt, wie es ihm ging, als er kurz nach seiner Schussverletzung im Krankenhaus lag und sich in den sozialen Medien rargemacht hatte. Seitdem unterhielt Zita eine Art digitale Brieffreundschaft mit ihm. Ben hatte bewusst darauf verzichtet, Joris selbst zu kontaktieren, auch als es ihm langsam besser gegangen war. Zita hatte nicht viele Freundinnen, kaum warmherzige Unterstützung von ihren Eltern. Er war dankbar, dass Zita jemanden hatte, mit dem sie sich verstand.

Joris war damals in der Schule ein fürsorglicher, sehr gerechtigkeitsliebender Mensch gewesen, der dafür bekannt war, gut zuhören zu können. Er war loyal, manchmal etwas chaotisch, aber auch aufrichtig und warmherzig. Was Ben von Zita gehört hatte, sagte ihm, dass Joris ihr eine gute Stütze war.

Dass sie ihm Dinge anvertraut hatte, die sie ihm nicht erzählt hatte, verletzte ihn allerdings sehr. Plötzlich fühlte er sich verraten und betrogen, obwohl er schon seit einigen Tagen wusste, was vor sich ging. »Zita, verdammt, du willst doch nicht wirklich dein Studium abbrechen, um es ein viertes Mal zu versuchen? Wo soll das denn enden?«

»Tut mir leid.« Zita starrte auf ihren Schoß.

»Verdammt!«, entfuhr es Ben. Warum war er so empört, wo er es doch schon seit Tagen wusste? Vielleicht war es ihm erst jetzt klar geworden, weil sie darüber sprachen. »Das kann nicht dein Ernst sein.«

Zita nickte. »Doch.«

»Und warum hast du nie mit mir darüber gesprochen? Verdammt, Zita, bist du verrückt geworden?« Ben starrte seine Partnerin fassungslos an.

»Ich wollte dich unterstützen, nicht belasten, wie es vor deiner Verletzung ständig der Fall war«, antwortete Zita laut. Sie löste sich aus Bens Umarmung und rutschte vom Bett. Erst als sie stand, fuhr sie fort: »Du hast dich verdammt gequält, und ich war erleichtert, als du endlich anfingst, dein Leben zu genießen. Meinst du, das wäre der richtige Zeitpunkt gewesen, dir zu sagen, dass ich ... verdammt ... keine Lust mehr habe?« Verzweifelt hob Zita die Arme und presste die Hände gegen die Stirn.

»Aber was du da gemacht hast, ist ein Vertrauensbruch«, betonte Ben wütend und verschränkte die Arme vor der Brust. »Du bist shoppen gegangen, weil du dich nicht getraut hast, nach Hause zu kommen. Das ist doch nicht normal.«

»Meinst du, es ist leicht, dich so zu sehen?«, fragte Zita und zeigte auf Bens Beine.

Ben schwieg betroffen und leckte sich über die Lippen. Natürlich war ihm bewusst, dass er mit dem Rollstuhl einen verletzlichen Eindruck machte, aber dass er so erbärmlich aussah, dass Zita es nicht wagte, ihn zu belasten, war nicht richtig. Das durfte nicht sein.

»Ich meine, dich so leiden zu sehen?«, korrigierte sich Zita rasch. »Ich wollte dich einfach nicht noch mehr belasten, denn du hattest schon genug mit dir selbst zu tun und ...«

»Mir geht es schon viel besser«, warf Ben scharf ein. »Ich gehe wieder arbeiten, treibe Sport und fahre wieder Auto. Ich komme doch klar.«

»Ich sehe dir an, dass du jetzt am liebsten aufstehen und durch diese Tür verschwinden würdest«, teilte Zita ihm mit.

Erstaunt darüber, dass Zita ihm das ansehen konnte, hob Ben die Schultern. »Wenn ich wirklich wollte, würde ich meinen Hintern in den Rollstuhl schwingen und abhauen, aber ...«

»Weil du weißt, dass du sowieso nur kurz draußen bleibst, denkst du, dass du dir diesen Stress nicht antun musst«, ergänzte Zita.

»Genau.« Ben nickte. »Ich bin nicht so ein Typ wie du, der gerne lange alleine grübelt. Spätestens wenn ich draußen wäre, würde ich das Bedürfnis haben, zurückzukommen und mit dir weiterzudiskutieren. Aber wenn ich wollte, könnte ich verschwinden.« Ben sah sie mürrisch an. Dann fiel ihm etwas ein. Er lächelte, und endlich spürte er, wie sich etwas in ihm löste. »Übrigens bin ich in meinem Rollstuhl sogar schneller als du zu Fuß. Ich fordere dich heraus.«

Zita lächelte leicht, dann entfuhr ihr ein seltsames Stöhnen und sie schüttelte den Kopf. »Es tut mir so leid, dass du das alles erleben musstest. Ich weiß nicht, ob ich dir das je gesagt habe, aber es ist so.«

»Natürlich«, antwortete Ben und war überrascht, wie sanft seine Stimme klang. »So was gönnt man doch niemanden, schon gar nicht jemanden den man liebt, Zita, aber das Leben muss jetzt wieder weitergehen und darf nicht länger stagnieren. Dieser Stillstand tut mir nicht gut. Ich ... Ich bin eigentlich gar nicht so unglücklich. Es ist okay, versteh das doch endlich.«

Zita ließ sich schwer auf das Bett fallen und griff nach Bens Fuß, um ihn zu drücken. Vielleicht wollte sie Ben berühren, aber sie traute sich noch nicht, seine Hand zu nehmen. »Ich wollte nur, dass du stolz auf mich bist und dir nicht noch mehr Probleme aufhalsen.«

Ben streckte die Hand aus und war erleichtert, als Zita über die Matratze rutschte und sie ergriff. »Du musst nicht immer so tun, als wärst du perfekt, denn ich weiß, dass du es nicht bist, Zita.«

»Aber ich war nah dran«, flüsterte Zita kraftlos. »Ich habe dich wieder zum Lachen gebracht und dich unterstützt.«

»Was dich verdammt viel Kraft gekostet hat«, betonte Ben.

»Aber du warst stolz auf mich«, hauchte Zita und fuhr sich mit der Hand über die Augen. »Ich weiß, dass du erleichtert warst, mich an deiner Seite zu haben. Aber jetzt ... bin ich so eine Versagerin. Dumm und unreif.«

»Mein Bild von dir hat sich nicht verändert, Zita«, versicherte Ben und nahm Zitas Gesicht in beide Hände. »Ich bin immer noch stolz auf dich und immer noch froh, dass du an meiner Seite bist. Ich bin dir sehr dankbar, dass du mich nach der Sache mit Friedelmann so unterstützt hast.«

»Aber ich bekomme beruflich nichts auf die Reihe.« Zita biss sich auf die Lippen. Sie sah verführerisch aus, auch wenn sie das mit dieser Geste nicht ausdrücken wollte.

»Du bist trotzdem mein Lieblingsmensch.« Ben küsste Zita auf die Stirn und seufzte tief. Dann blickte er auf seine leblosen Beine.

Alles war umsonst gewesen. Zita hatte ihren Mini verkauft, und sie hatten sechs Wochen umsonst hier verbracht, nur um jetzt zu erfahren, dass sich nichts ändern würde. Das war schon bitter. Was nicht bitter war, war die Tatsache, dass sie endlich miteinander geredet hatten. Deshalb hatte Ben das Gefühl, dass ihr Aufenthalt in der Schweiz nicht umsonst gewesen war. Es war gut, dass sie hier waren. Wirklich gut. Normalerweise war er der Meinung, dass Probleme nicht dadurch gelöst wurden, dass man in ein anderes Land flüchtete, aber in diesem Fall schienen sie die Zeit, die man ihnen hier gegeben hatte, gebraucht zu haben.

»Es tut mir leid«, murmelte Zita an Bens Hals. Ihre Lippen kitzelten, als sie über seine Haut schwebten.

»Daran müssen wir arbeiten, Zita«, betonte Ben und rieb Zita über den Rücken. »Es kann nicht sein, dass wir so wichtige Dinge immer voreinander verheimlichen. Sowas müssen wir miteinander besprechen.«

»Ich komme mir so dumm vor«, gestand Zita.

»Du hast es mir nicht aus Dummheit verschwiegen, Zita, sondern aus Angst, mir nicht zu genügen«, korrigierte Ben. Seine Stimme klang nachdrücklich, aber liebevoll. »Genauso wie ich mich vor anderthalb Jahren nicht getraut habe, dir zu sagen, dass meine Rückenmarksverletzung dauerhaft ist. Auch ich hatte Angst, dir nicht zu genügen. Und genau daran müssen wir arbeiten, Zita.«

Daraufhin schwieg sie.

»Wir werden es schaffen, Zita«, versprach Ben.

Einerseits empfand er Liebe für die verzweifelte Frau in seinen Armen, andererseits war er immer noch wütend. Jedes Mal, wenn er an Zitas Eltern dachte, kochte die Wut in ihm wieder hoch. Warum konnte Zita nicht endlich darüber nachdenken, was sie wollte, und es dann auch durchziehen?

Dann hob Zita den Kopf und fragte: »Zusammen?«

»Zusammen«, bestätigte Ben und küsste Zita auf die Lippen. »Natürlich zusammen. Was denkst du denn? So schnell wirst du mich nicht los.«

Erleichtert ließ Zita sich wieder an Bens Brust sinken. »Danke.«

»Ich bin immer noch sauer«, beharrte Ben.

»Das ist dein gutes Recht. Ich wäre auch sauer«, entgegnete Zita und strich wieder über Bens Oberschenkel, wo sie ihre Finger in das Fleisch gegraben hatte. »Habe ich dir wehgetan?«

Sofort wusste Ben, was sie meinte. Normalerweise hätte er reagiert, etwas gesagt, sie weggeschoben, um nachzusehen. Da er Schmerzen nicht spüren konnte, lief er Gefahr, eine mögliche Verletzung zu unterschätzen. Trotzdem sagte er: »Quatsch. Natürlich nicht.«

»Lass mich kurz nachsehen«, bat Zita schnell.

Zuerst wollte Ben ablehnen, rutschte dann aber doch in die Liegeposition und arrangierte seinen Körper so, dass er die Hose runterziehen konnte.

»Ich bin echt sauer«, fügte er hinzu.

»Ich weiß.« Zita half ihm aus der Hose.

Während Zita seine Oberschenkel nach Wunden absuchte, starrte Ben zur Balkontür hinaus. Er war überzeugt, dass er heute Nacht nicht gut schlafen würde, aber er war auch zu müde, um sich weiter mit Zita zu unterhalten oder über ihr nächstes Studium nachzudenken.

»Zita?« Entschlossen schob Ben Zitas Hand weg, als sie ihm helfen wollte, seine Jogginghose wieder hochzuziehen, und griff stattdessen nach dem Haltegriff, um sich hochzustemmen.

»Was ist los?«, fragte Zita erstaunt.

»Lust auf einen nächtlichen Spaziergang?« Ben lächelte seine Partnerin an.

»Es ist drei Uhr morgens«, erinnerte Zita ihn.

Ben seufzte. »Ich weiß, aber wir können sowieso nicht schlafen und sind zu aufgeregt. Da dachte ich, es wäre schön, wenn wir noch eine schöne Erinnerung an diesen Ort hätten.«

Zita zögerte einen Moment, dann nickte sie. »Ich kann mich gar nicht erinnern, wann wir das letzte Mal so etwas Verrücktes gemacht haben. Willst du mitten in der Nacht aus der Klinik türmen?«

»Es wird Zeit«, betonte Ben und streckte sich nach seiner Jeans aus, die griffbereit auf der Sitzfläche seines Rollstuhls lag.

Zita lächelte und sprang vom Bett, um ebenfalls ihre Hose und ihre Bluse anzuziehen. »Wir werden morgen müde sein und wir wollten doch zu Julia fahren.«

»Dann fahren wir morgen eben später«, sagte Ben und spürte die Abenteuerlust in sich aufsteigen. »Komm, hilf mir mal, dann geht es schneller. Wo sind denn meine Schuhe?«

Irritiert legte Zita den Kopf schief und sah Ben verwundert an, doch er winkte ungeduldig, nachdem er sich mühsam in eine sitzende Position gebracht und die Beine über die Bettkante geschoben hatte.

»Was ist denn los? Knöpf deine Bluse zu und hilf mir endlich mit den Schuhen.«

»Du bist so spontan, das bin ich gar nicht mehr von dir gewohnt«, sagte Zita langsam und ging auf die Knie, nachdem Ben sich in den Rollstuhl gehoben hatte. Langsam schob sie Bens Füße in die Turnschuhe und schnürte sie zu.

»Schlimm?«, fragte Ben grinsend und beugte sich vor, um die Knöpfe an Zitas Oberteil zu schließen, um Zeit zu sparen.

»Überhaupt nicht«, gab Zita schmunzelnd zu, legte ihre Hände auf Bens Oberschenkel und drückte einen Kuss auf seine Lippen. »Ich finde es toll.«

»Komm schon.« Hastig schob Ben Zita ein Stück von sich weg und schloss den letzten unteren Knopf von Zitas Bluse. »Lass uns jetzt endlich gehen, Baby.«

*

Sie machten einen langen Spaziergang, der ihnen sehr guttat. Die kühle Nachtluft, das Leuchten der Sterne, Zitas Hand auf seinen Schultern, Ben fand es fast romantisch. Das Gefühl von Freiheit, und die Gewissheit, etwas erledigt zu haben, stellte sich ein. Endlich kamen sie ein wenig zur Ruhe. Zwei Parallelstraßen weiter fanden sie einen Kiosk, der trotz der späten Stunde noch geöffnet hatte. Sie hatten Lust auf Wein und Ben war kurz davor, alle Vorsicht über Bord zu werfen, aber Zita hielt ihn davon ab. Sie entschieden sich für Almdudler. Ben sollte keinen Alkohol trinken. Zu viele Medikamente, zu hohes Risiko einer Spastik, Schwierigkeiten mit der Blasenkontrolle ... Tja, es war nun mal viel mehr als nur nicht laufen können.

Zurück im Krankenzimmer setzten sie sich auf den Balkon, stießen mit Almdudler an und Zita erzählte Ben leise, wie schrecklich es war, für die Nachprüfung zu lernen, ohne mit Ben darüber reden zu können.

Erst als die Sonne wieder aufging, verabschiedeten sie sich schweren Herzens voneinander. Zita schlief im Hotelzimmer, Ben versuchte es auch, wurde aber beim Schichtwechsel geweckt, obwohl er erst kurz zuvor endlich eingeschlafen war. Unter der Dusche dachte er nach und spürte wieder die Enttäuschung, dass alles umsonst gewesen war. Traurigkeit überkam ihn, sie lag beim Frühstück auf seinen Gedanken wie die fettige Käsescheibe auf dem trockenen

Brot. Nachdem er seine Unterschrift unter die Entlassungspapiere gesetzt hatte, fühlte er sich besser. Sicherlich war es Ausdruck von Überforderung, dass sich seine Laune so häufig änderte.

Endlich kam auch Zita zurück, und Ben lächelte sie tapfer an, als sie sich vorbeugte, um ihn zu küssen.

Wie erwartet, waren sie beide müde.

»Ich bin auch traurig«, sagte Zita und streichelte Ben über die Wange. »Es tut mir so leid für dich.«

Tränen schossen Ben in die Augen und er schüttelte den Kopf. »Es ist nicht fair. Überhaupt nicht fair.«

Schweigend sah Zita ihn an und berührte mit ihrer Hand seine Schulter.

Mit ruhiger Stimme fuhr Ben fort: »Aber ich bin einfach froh, dass es vorbei ist. Dass ich ... mich sortieren und mein Leben in die Hand nehmen kann.«

»Ich weiß im Moment nicht, ob du weinst oder lachst? Verzweifelt oder erleichtert bist?«, fragte Zita.

»Beides.« Ben legte ihr die Finger auf die Hand. Ihr Druck auf seiner Schulter fühlte sich gut an. »Du hältst mich bestimmt für verrückt, aber ehrlich gesagt bin ich weniger traurig, als ich dachte. Gibst du mir ein Taschentuch?«

Zita schaute ihn einen Moment an, dann ging sie zu den Taschen und zog das Taschentuch heraus, das Ben haben wollte, und warf es ihm in den Schoß.

Zum Glück war Thorsten, der Mann ihrer Klinikfreundin Melanie, wieder da und half ihnen, das Auto zu beladen. Nachdem er den Kofferraum geschlossen hatte, schüttelte er erst Ben und dann Zita die Hand. »Sehen wir uns?«

»Wir sehen uns«, bestätigte Ben und nahm sich fest vor, diesmal den Kontakt zu halten.

Zita beugte sich zu Melanie hinunter und die beiden Frauen umarmten sich überschwänglich. »Ich wünsche dir alles Gute«, flüsterte Zita, löste sich von Melanie und drückte leicht ihre Hände. »Lass dich nicht unterkriegen, ja?«

»Du aber auch nicht.« Melanie sah Zita eindringlich an und nickte lächelnd, bevor sie sich Ben zuwandte.

Als sie sich verabschiedeten, verhakten sich die Räder ihrer Rollstühle ineinander und sie brauchten Thorstens Hilfe, um sich voneinander zu lösen. Sie lachten alle vier, ein heiterer Moment zwischen Freunden. Es war leichter, einen Gefallen von Thorsten anzunehmen. Das hatte Ben schon gemerkt, als dieser für ihn den Kofferraum eingeräumt hatte. Die Tatsache, dass Thorstens Frau in einer ähnlichen Situation war, gab Ben immer das Gefühl, dass es in Ordnung war, bei manchen Dingen Hilfe zu brauchen.

Doch dann bemerkte Ben den eindringlichen und ernsten Blick, mit dem Melanie versuchte, Zita anzusehen, die sich jedoch abwandte. Was, wenn Zita noch andere Geheimnisse hatte? Sie hatte so viel Zeit mit Melanie verbracht, gab es etwas, dass Zita nur ihr anvertraut hatte?

»Es ist schon absurd, dass wir so schönes Wetter haben und die Welt sich ganz normal weiterdreht, oder? Ich meine, für dich ist ein Traum geplatzt«, meinte Zita, während beide dem Paar nachsahen, das sich wieder auf den Weg zur Reha-Klinik machte.

Lächelnd griff Ben nach oben und strich Zita eine blonde Strähne hinters Ohr. »Die Welt hat sich doch auch weitergedreht, als mich das Arschloch so feige von hinten niedergeschoßen hat, oder? Nur für uns ist das Leben stehen geblieben.«

Zita legte den Kopf schief und schmiegte ihre Wange an Bens Hand. »Aber das Wetter war nicht schön.«

Stirnrunzelnd versuchte Ben sich zu erinnern, merkte aber, dass er vieles von dem, was damals passiert war, verdrängt hatte. Es war ihm nicht möglich, sich zu erinnern, weil alles in einer dunstigen Nebelwolke verschwand. »Wahrscheinlich nicht«, gab er Zita recht. »Es war schließlich Oktober.«

»Es hat geregnet«, murmelte Zita. »Ich weiß noch genau, dass Roland einen nassen Mantel trug, als er mir alles erzählte. Als er seinen Arm um mich legte, war alles nass. Aber ich war zu schockiert, um mich zu beschweren.«

»Ich kann mich nicht erinnern«, sagte Ben dumpf. »Einzelne Szenen tauchen immer wieder auf, aber es ist mehr wie die Erinnerung von jemanden, der mir davon erzählt hat.« Er hob die Schulter. »War ich bei Bewusstsein, als du kamst?«

Zita biss sich auf die Lippen und schüttelte den Kopf. »Nein. Das warst du nicht. Ich habe dich erst am Tag danach gesehen, aber du warst benommen von den vielen Medikamenten. Ich glaube, du hast gar nicht mitbekommen, welche Sorgen wir uns um dich gemacht haben.«

»Es fiel dir immer so schwer, darüber zu reden«, erinnerte sich Ben. Es war seltsam, dass dieser Tag für Zita emotional schwerer zu ertragen war als für ihn. Vielleicht war es die Narkose, vielleicht das Adrenalin, vielleicht auch die vielen Medikamente, aber Ben hatte die ersten Tage im Krankenhaus nicht als besonders schlimm in Erinnerung. Die danach waren erheblich schlimmer gewesen. Was sie ihm wohl am Anfang alles verabreicht hatten? Anfangs hatte Ben alles ohne Murren geschluckt. Schrecklich war nur die Erinnerung an das erste Mal, als er aufrecht im Bett sitzen musste. Da war ihm wohl klar geworden, wie schlimm die Rückenmarksverletzung war.

»Es gab schönere gemeinsame Erlebnisse«, knurrte Zita leicht verärgert. »Immerhin hat Roland mich in den Arm genommen, obwohl er völlig durchnässt war. Er hat gestunken wie ein nasser Pudel.« Zita verdrehte lächelnd die Augen. »Damit war mein Tag gelaufen. Wirklich.«

Jetzt lachte Ben, während ihm eine einzelne Träne über die Wange lief. Was war nur los mit ihm? Wenn er einfach nur traurig gewesen wäre, hätte er das verstanden, aber warum fühlte er sich gleichzeitig so fröhlich? Vielleicht lag es an der Müdigkeit und daran, dass er noch nicht zur Ruhe gekommen war? Oder die ganzen Medikamente, die er jetzt wieder bekam, machten ihn verrückt ...

Zita drückte seine Hand. »Du bist so still, Benny. Ich hatte erwartet, dass du schreist oder heulst oder wenigstens ein bisschen herumzickst und mich nervst. Statt verzweifelt zu sein, hast du dir die ganze Nacht erzählen lassen, wie es für mich war, durch die Prüfung zu rasseln. Jetzt weinst du, aber da du gleichzeitig lachst, weiß ich nicht, ob es Freudentränen sind. Bist du überhaupt nicht traurig, dass die Behandlung nicht funktioniert hat? Du machst mir ein bisschen Angst, ehrlich.«

Ben hob nachdenklich die Schultern. »Wir haben doch damit gerechnet, oder? Ich werde schon wieder.« Plötzlich musste er wieder lachen.

Nachdem sie sich noch einmal angesehen hatten, stiegen sie ins Auto, und Ben war erleichtert, endlich mit Zita allein zu sein, denn er wusste, dass er Ruhe brauchte, um sich über seine Gefühle klar zu werden.

Zitas Probleme lenkten ihn wahrscheinlich ein wenig von der Traurigkeit ab, die er eigentlich empfinden sollte, weil die Behandlung nicht angeschlagen hatte und er sein Leben mit all den Einschränkungen weiterleben musste. Es tat ihm gut, sich mit etwas zu beschäftigen, das nichts mit seiner Behinderung zu tun hatte.

Tief in seinem Inneren spürte er natürlich diese Unruhe, dieses schreckliche Gefühl, aufstehen und weglaufen zu müssen, es aber nicht zu können, und eine unterschwellige Panik, wenn er daran dachte, dass der Rollstuhl ihn bis an sein Lebensende begleiten würde. Aber er wusste, dass er es schon einmal geschafft hatte und dass er es wieder schaffen würde. Deshalb hielt er es nicht für sinnvoll, seiner Angst Aufmerksamkeit zu schenken. Er durfte einfach nicht zu viel darüber nachdenken.

Jetzt brauchte Zita ihn. Und die Angst, dass Zita daran zerbrechen könnte, wenn sie keine berufliche Erfüllung fand, machte ihn noch nervöser. Sie war nun mal so erzogen worden, dass sie nur etwas wert sein konnte, wenn sie im Beruf über Einfluss und Macht verfügte.

*

Zita fuhr den ersten Teil der Strecke, dann übernahm Ben das Steuer. Sie ließen sich Zeit, machten viele Pausen und obwohl sie von der aufregenden Nacht erschöpft waren, fühlten sie sich mit jedem Kilometer mehr wie im Urlaub.

Als sie bei Julia ankamen, war es schon spät, aber Rolands Schwester begrüßte sie trotzdem freudig. Sie beugte sich vor und nahm Ben in die Arme. Sie drückte ihn fest an sich. »Es ist so schön, dich zu sehen«, murmelte sie.

Da er saß, war es schwierig, einen anderen Menschen zu umarmen. Trotzdem erwiderte Ben die Umarmung so gut es ging und genoss den Körperkontakt. Als sie jünger waren, hatten sie viel zusammen unternommen, aber jetzt hatte jeder seinen eigenen Lebensmittelpunkt. Anna mit Björn, Julia in der Schweiz - nur Roland und Ben trafen sich noch so regelmäßig wie früher.

»Als ich dich das letzte Mal gesehen habe, lagst du noch im Krankenhaus«, flüsterte Julia gerührt und trat einen Schritt zurück. Während sie ihn ansah, räusperte sie sich. Es war ihr anzumerken, dass es ihr schwerfiel, ihn im Rollstuhl zu sehen. Dann trat sie einen Schritt vor und drückte ihn wieder an sich. »Jetzt siehst du schon viel besser aus.«

Schließlich wandte sie sich Zita zu und begrüßte auch sie freundlich.

Da Julia in einer Mietwohnung im zweiten Stock wohnte, konnten Zita und Ben dort nicht übernachten, aber bevor sie ankündigen konnten, dass sie sich ein Hotel suchen würden, teilte Julia ihnen mit, dass ihre Freundin Mara bereits das Schlafzimmer für sie hergerichtet hatte und selbst bei Julia übernachten würde. Ihre Wohnung lag auch weiter oben in einem Mehrfamilienhaus, aber es gab einen Aufzug.

»Freundin oder Freundin?«, fragte Ben und zog die Augenbrauen hoch.

»Freundin«, antwortete Julia fröhlich und drückte ihn noch einmal glücklich an sich.

Da der Tag sehr anstrengend gewesen war, schliefen Zita und Ben fast sofort ein und hielten sich beim Einschlafen an den Händen, wie sie es so oft getan hatten, seit Ben aus der Rehaklinik entlassen worden war und sie weder körperlich noch kommunikativ eine Verbindung zueinandergefunden hatten.

Am nächsten Morgen frühstückten sie zusammen mit Mara und Julia. Für Ben war es nichts Besonderes, Julia mit einer Partnerin zu sehen, aber Zita schien etwas eingeschüchtert und schaute neugierig zu, als Julia und Mara sich küssten. Während Ben Julia früher zum CSD begleitet hatte und sich bis zu seiner Verletzung gelegentlich mit Flo getroffen hatte, einem alten Schulfreund, der seit vielen Jahren offen schwul lebte, hatte Zita in ihrem ganzen Leben noch nie jemanden getroffen, der queer war. In manchen Dingen schien Zita wie unter einer Käseglocke zu leben, dachte Ben erstaunt, als er sah, wie verlegen Zita reagierte.

»Starren euch die Leute eigentlich an?«, fragte Ben und nippte an seinem Kaffee.

»Klar.« Julia nickte.

»Und was macht ihr dagegen?«, hakte Ben nach.

»Zurückstarren«, antwortete Mara und kicherte. Ihre braunen kurzen Locken vibrierten dabei fröhlich. Sie war Ben bereits am Abend zuvor sympathisch vorgekommen, jetzt bemerkte er, dass er sie gerne kennenlernen wollte. Sie passte zu Julia. Und Julia passte zu ihr.

»Ja, das macht sie gerne«, warf Julia ein. »Wenn jemand blöd guckt, guckt sie einfach auch blöd. Die meisten wenden sich dann verlegen ab.«

»Probier das auch mal«, schlug Mara vor. »Meistens merken die Leute erst dann, dass sie unhöflich waren.«

»Ich hasse das.« Ben seufzte in seine Tasse. Er hatte es schon gehasst, bevor er im Rollstuhl saß, weil er wegen seiner Hautfarbe überall auffiel. Aber jetzt schien die Hautfarbe in den Hintergrund zu treten. Die nervösen Blicke hatten sich in Mitleid verwandelt.

Julia berührte seinen Arm.

»Versuch es«, wiederholte Mara freundlich und nickte Ben zuversichtlich zu.

Sie gingen mit den beiden Frauen spazieren und stiegen am frühen Nachmittag viel ausgeruhter als am Vortag wieder ins Auto, um weiterzufahren. Der Abschied von Julia und Mara war herzlich, und wie bei Thorsten und Melanie nahm sich Ben fest vor, den Kontakt wieder zu intensivieren.

*

Die Ferienwohnung, die Zita vom Krankenhaus aus am Gardasee gebucht hatte, war viel geräumiger als das Zimmer in der Reha und Ben hatte das Gefühl, mehr Privatsphäre zu haben, da nicht ständig die Gefahr bestand, dass ein Arzt oder das Pflegepersonal herein-kommen konnte. Die Dusche war behindertengerecht und das Waschbecken unterfahrbar. Zunächst duschte Ben und rasierte sich ordentlich. Das hatte er bei Mara im Bad nicht machen können, und so war es ihm ein großes Bedürfnis, seine Hygiene endlich nachzu-holen. Es war ein wunderbares Gefühl, die Tür hinter sich zuzu-machen und eine Weile ohne Zita sein zu können. Es war nicht Zitas Anwesenheit gewesen, die ihn gestört hatte, aber die Tatsache, dass er in Maras Wohnung ohne ihre Hilfe nicht klargekommen war.

Als Ben fertig war, bemerkte er, dass Zita auf dem Balkon saß und etwas in ihr Smartphone tippte.

»Durst?«, rief Ben nach draußen und holte Eistee aus dem Kühl-schrank, den sie auf dem Weg hierher gekauft hatten, Eiswürfel aus dem Gefrierfach und eine Glaskaraffe aus dem kleinen Regal. Er musste sich kaum strecken, denn alle Möbel waren nicht höher als einen Meter. Wie befreiend es war, sich in einer barrierefreien Umgebung zu befinden, dachte er zufrieden.

Offenbar schrieb Zita Nachrichten. Ben vermutete, dass sie ihre Eltern wissen ließ, dass sie gut angekommen waren. Sie gab ständig Bericht ab, wo sie war. Ihre Eltern fanden es gefährlich, dass sie übermüdet weitergefahren waren, und wollten wohl beruhigt werden, dass ihnen unterwegs nichts passiert war.

»Ja, gerne«, sagte Zita, hob den Kopf und lächelte Ben an. »War es schön unter der Dusche?«

»Wunderbar«, bestätigte er. »Ich genieße meine Freiheit und das Gefühl, meinen Rollstuhl unter dem Hintern zu haben. Es ist viel besser, als die ganze Zeit im Bett zu liegen. Wirklich.« Lächelnd reichte er Zita die Karaffe mit Wasser, die sie auf den kleinen Tisch auf dem Balkon stellte. »Ich verstehe die Leute nicht, die sagen, ich sei an den Rollstuhl gefesselt. Kapieren sie denn nicht, dass er mir Unabhängigkeit bringt? Was soll das heißen, ich sei an den Rollstuhl gefesselt? Was soll das? Klingt das logisch in deinen Augen? Ich könnte mich jederzeit umsetzen, wenn ich wollte, aber mit dem Rollstuhl bin ich viel mobiler.«

Kopfschüttelnd sah Zita ihn an, als er den Rollstuhl zurück zur Küchenzeile lenkte. »Es gab eine Zeit, da hättest du das genauso ausgedrückt. Das ist wohl eine Frage der Perspektive.«

»Nein, es ist das Ergebnis einer behindertenfeindlichen Gesellschaft und einer strukturell diskriminierenden Umgebung, dass wir es so sehen, bevor wir eines Besseren belehrt werden«, beharrte Ben. Er hatte es satt, ständig Unwissenheit als Ausrede gelten zu lassen.

Zita sah ihn an und nickte langsam.

»Ich bin jedenfalls froh, dass ich mich wieder bewegen kann.« Ben hob die Schulter und griff nach dem Foto von Luna, das Roland ihm noch am Tag der Geburt geschickt hatte und das Julia zusammen mit der Mail für ihn ausgedruckt hatte. »Ich muss sie immer wieder anschauen«, murmelte er, nachdem er das Bild einige Sekunden betrachtet hatte. Er legte es zurück, schnappte sich zwei Gläser und die Kekse und verstaute sie auf seinem Schoß.

Er rollte den Rollstuhl über die flache Schwelle zum Balkon, was überhaupt kein Problem war. Die Wohnung war an seine Bedürfnisse angepasst. Ben war ganz begeistert und fühlte sich tatsächlich wie im Urlaub. Es war hier so schön, dass er zurzeit kein Problem damit hätte, hier ganz einzuziehen. Die Wohnung war zwar kleiner als ihr Haus, verfügte aber über alles, was sie benötigten, und war gleichzeitig barrierefrei. Wieder dachte er, dass es ein Fehler gewesen war, in den großen Bungalow zu ziehen, den Zita von ihren Eltern überschrieben bekommen hatte. Diese Schuld würden sie ein Leben lang nicht begleichen können. Hätten sie länger gesucht, hätten sie bestimmt eine passende Wohnung gefunden. Ähnlich wie die hier. Ben hasste diese Abhängigkeit, auch wenn er die Vorzüge des Außenpools schätzte.

»Ja«, antwortete Zita und schnappte sich die Sachen von seinem Schoß. »Sie ist ein süßes Baby.« Sie griff nach einem Keks und steckte ihn sich in den Mund.

»Ich könnte das Bild stundenlang anschauen«, sagte Ben voller zärtlicher Gefühle für das kleine Wesen und schob den zweiten

Balkonstuhl ein Stück zur Seite, damit er den Eistee und die Kekse auf dem Tisch bequem erreichen und seinen Rollstuhl so neben Zitas Stuhl stellen konnte, dass sie beide die Aussicht auf den See genießen konnten. Er goss Wasser aus der Karaffe in die Gläser und schob eines davon Zita zu.

Endlich kam er zur Ruhe. Er atmete tief durch und genoss den Blick auf das Wasser, das so blau wie der Himmel wirkte.

»Meinst du, wenn Julia Kinder gewollt hätte, hätte sie entgegen ihrer sexuellen Präferenzen einen Mann geheiratet?«, fragte Zita nach einigen Sekunden.

Erstaunt über den Themenwechsel sah Ben sie an. »Nein, das glaube ich nicht. Im Mittelalter hat man das so gemacht. Heute gibt es andere Möglichkeiten.«

»Keine, die unkompliziert sind«, murmelte Zita.

Ben grinste. »Hat dich die Begegnung mit einem gleichgeschlechtlichen Paar wirklich so schockiert, Zita?«

Er fragte sich, wie es sein konnte, dass Zita so wenig mit dem Thema in Berührung gekommen war. In seiner Klasse hatte es neben Flo noch andere gegeben, die sich zumindest zeitweise nicht sicher waren, welches Geschlecht sie bevorzugten. War es wirklich so, dass das Thema auf dem Internat, auf das Zita von ihren Eltern geschickt worden war, keine Rolle gespielt hatte? Und was war mit Zitas Kommilitonen? Es musste doch ...

Zita unterbrach seine Gedanken. »Darum geht es mir nicht. Ich frage mich nur, ob Julia traurig ist, dass sie mit Mara keine Kinder bekommen kann.«

Ben vergaß für einen kurzen Moment, zu atmen. Ja, jetzt wusste er, worum es ging. »Vielleicht wollen sie keine?«, fragte er leise. »Oder sie ... adoptieren eines? Oder gehen in eine Kinderwunschklinik?«

Zita saß wie erstarrt auf ihrem Stuhl. »Sie ist gesund, sie könnte es so einfach haben.« Fast mechanisch wandte sie ihm den Kopf zu.

Ben schluckte. »Reden wir von Julia oder von dir?«, fragte er atemlos.

Auch Zita schluckte. Sie hob die Schultern. »Weißt du, ob es ein Thema ist, das uns betreffen könnte?«

»Ich weiß es nicht.« Ben biss sich auf die Lippen. »Ich hätte es untersuchen lassen können, aber ... es ist nicht so einfach. Und ich ... ich wollte ... Ich kann nicht einfach so eine Spermaprobe abgeben, Zita.«

»Ja, das weiß ich.« Zita nickte. Sie zog die Beine auf den Stuhl.

»Aber ich weiß, dass es ... dass es noch andere Möglichkeiten gibt, Zita.« Ben spürte, wie ihm das Herz bis zum Hals schlug. Unsicher sah er Zita an.

Sie nickte. Erst zögerlich, dann energischer. Als sie lächelte, wirkte es ehrlich und zuversichtlich. Sie streckte die Hand aus. »Wir schaffen auch das.«

Ben drückte ihre Hand. Er wünschte, sie hätten das Thema dort gelassen, wo er es am liebsten sah: tief vergraben. Dass er die Untersuchung nicht angegangen war, hatte weniger mit der Angst vor der Biopsie zu tun. Die spürte er nicht, auch wenn ihm der Gedanke ein wenig unheimlich war. Vor allem hatte er Angst vor der Antwort. Er wollte sich nicht mit dem Gedanken auseinandersetzen, dass es auf natürlichem Wege nicht klappen konnte. Selbst wenn er es irgendwie schaffte, zu ejakulieren ... Nicht noch ein Problem vor Augen haben. Bitte nicht ...

Um Zita auf andere Gedanken zu bringen, sagte er: »Bis das mit dem eigenen Kind ein Thema ist, könnten wir uns um dein Patenkind kümmern.«

»Wie bitte?«, fragte Zita in Gedanken versunken und runzelte die Stirn.

Bei ihrem ahnungslosen Blick musste Ben lachen. Sofort fühlte er sich ein wenig besser. »Du bist Lunas Patentante«, sagte er leise. Er nahm sein Glas und trank einen Schluck. Amüsiert beobachtete er Zita, die die Information sichtlich nicht verarbeiten konnte. »Soll ich es wiederholen?«, fragte er fröhlich.

»Nein, Luna wird dein Patenkind«, murmelte Zita.

»Deines«, korrigierte Ben lächelnd. »Nicht meines. Deines. Ich bin Moslem, erinnerst du dich? Du bist die Katholikin unter uns.«

»Luna ist wirklich mein Patenkind?«, hakte Zita nach. »Willst du damit sagen, dass Rolands Tochter mein Patenkind ist?«

»Na ja, so steht es in der Mail von Roland. Hast du den Text noch nicht gelesen?«, erkundigte Ben sich und freute sich über Zitas skeptischen Blick.

Roland hatte ihn am Telefon vorgewarnt. Aber Ben hatte schon vorher gewusst, dass es wegen seiner Konfession schwierig werden würde. Er war nicht eifersüchtig. Er gönnte es Zita von ganzem Herzen.

»Einen Moment.« Zita stand auf und ging mit für sie ungewohnt stampfenden Schritten ins Haus. Als sie zurückkam, hatte sie ein Lächeln auf den Lippen. Ihre Schritte waren jetzt federnd.

»Und? Hatte ich recht?«, fragte Ben.

Zita antwortete nicht. Sie setzte sich und betrachtete das Bild von Luna einige Sekunden, bevor sie nach dem Glas griff und es an ihre Lippen setzte.

Roland und Helena waren sich inzwischen sicher bewusst, dass Zita eine verantwortungsbewusste Person war. Ben erinnerte sich an den Anfang ihrer Beziehung, als vor allem Roland immer wieder Zweifel geäußert hatte. Wahrscheinlich hatten sie sich für Zita entschieden, weil Ben in der katholischen Kirche nicht für die Zeremonie zugelassen werden konnte. Sicher war ihnen klar, dass Ben und Zita zusammenbleiben würden, nachdem sie nun so viel gemeinsam durchgestanden hatten. So würde auch Ben immer eine Rolle im Leben ihrer Tochter spielen. Aber natürlich hätten sie sich auch für eine von Rolands Schwestern oder Helenas Freundinnen entscheiden können. Aber sie hatten sich für Zita entschieden. Und das war für Ben das Zugeständnis, dass sie einerseits daran glaubten, dass Zita und er es schaffen würden, trotz der vielen Schwierigkeiten, die sie hatten, und dass sie ihr neugeborenes Mädchen Zita anvertrauen wollten.

»Ich bin überwältigt«, gab Zita zu und führte ihr Glas langsam an die Lippen.

»Das sehe ich.« Lachend prostete Ben ihr zu.

*

Es war ihr erster gemeinsamer Urlaub, was echt traurig war, wenn man näher darüber nachdachte. Aber leider waren Dinge passiert, die das bisher verhindert hatten. Sie genossen es in vollen Zügen. Ben hatte zwar erwartet, am Boden zerstört zu sein, aber eigentlich war er einfach nur froh, dass er alleine auf die Toilette gehen und die Ferienwohnung verlassen konnte, wann immer er wollte. Vielleicht hatte ihm die Zeit in der Schweiz wirklich die Augen geöffnet und er wusste jetzt, wie viel er noch tun konnte. Es war angenehmer, sich auf die Dinge zu konzentrieren, die noch gut funktionierten, als immer darüber nachzudenken, was nicht mehr ging. Nach den Wochen, die er bewegungslos im Bett verbringen musste, war er dankbar, für all die Möglichkeiten, die er noch hatte. Er hatte ein Herz, einen Kopf. Und seine Hände.

Diesmal schien Zita diejenige zu sein, die am schwersten mit den Folgen zurechtkam. Offenbar war bei ihr genau das passiert, was Ben befürchtet hatte: Sie hatte sich zu viele Hoffnungen gemacht.

Das wurde an einem Nachmittag deutlich, als sie beide am Hafen auf dem Boden saßen, die Enten beobachteten und die Füße über dem Wasser baumeln ließen. Ben lehnte sich an Zita und fand bei ihr Halt, sowohl sprichwörtlich als auch wortwörtlich. Alles war gut, bis sie beschlossen, weiter zu gehen. Er machte den schwierigen Übergang vom Boden in den Rollstuhl. Ja, es war mühsamer als früher.

Vielleicht zu mühsam für den nur kurzen Moment, aber er hatte es mit Zita auf dem Boden genossen. Es hatte ihn nicht gestört, dass er ihren Körper als Stütze brauchte, er fand es einfach schön, für einen Moment ganz nah bei ihr zu sein, nicht getrennt durch das Metall des Rollstuhls. Zu sehen, wie ihre Füße nebeneinander über dem Wasser baumelten, und das zu tun, was Dutzende von Touristen um sie herum auch taten. Es war außerdem wichtig, diesen Transfer zu beherrschen, falls er einmal aus dem Rollstuhl fallen sollte. Also nutzte er die Gelegenheit für eine Übung.

Nachdem er sich im Rollstuhl aufgerichtet hatte, sah er Zita an und bemerkte, wie sie ihn beobachtete. Ihre Stirn war gerunzelt, die Lippen zusammengepresst. Sie schien darüber nachzudenken, wie schwer es für ihn war, nicht darüber, wie dankbar sie sein konnten, dass er sich überhaupt auf den Boden setzen konnte. Er sah es ihr an.

»Wir wussten doch, dass es so kommen könnte«, murmelte Ben, während er seine Beine ausrichtete.

Dass Zita erneut Schwierigkeiten hatte, ihm dabei zuzusehen, war ungewohnt und definitiv etwas, das er vor seiner Reise in die Schweiz lange nicht mehr erlebt hatte. Es verletzte ihn ein wenig.

»Ich weiß«, sagte Zita und drehte sich um.

»Was ist los?«, fragte er und holte sie schnell ein.

»Es ist nur, dass ich ... so traurig bin.« Zita hob die Schultern.

»Ich bin doch nicht erst seit gestern querschnittgelähmt. Natürlich ist es traurig, dass es nichts gebracht hat, aber ehrlich gesagt war von Anfang an klar, dass es - wenn überhaupt - nur kleine Veränderungen geben würde.« Ben hielt den Rollstuhl an. Er sah sie frustriert an, war aber erleichtert, als sie stehen blieb und sich zu ihm umdrehte.

Sie seufzte, versuchte zu lächeln, aber es gelang ihr nicht. Wieder hob sie die Schultern. »Vielleicht ... hatte ich erwartet, dass ... wenn die Sensibilität ... Ich dachte, du ...«

»Ist es ... hast du Angst, dass wir kein Kind bekommen können?« Seit ihrem Gespräch auf dem Balkon ging ihm nicht mehr aus dem Kopf, wie niedergeschlagen Zita gewirkt hatte.

»Macht dir dieser Gedanke denn keine Angst?«, fragte Zita erstaunt.

»Ich will Kinder haben«, betonte Ben. »Und ich werde auch welche haben. Es ist nur noch nicht ganz klar, wie das alles funktionieren soll, aber ich bin fest entschlossen, eine Lösung zu finden.«

Unsicher sah Zita ihn an.

»Ich will ein Kind mit dir, Zita«, flüsterte Ben und griff nach Zitas Hand.

»Ich weiß gar nicht, ob ich Mutter werden will«, sagte Zita leise. »Ich möchte nur sicher sein, dass ich die Wahl habe.«

Schweigend sah Ben sie an und überlegte krampfhaft, wie er Zita trösten könnte.

»Gewissheit hat man nie, oder?« Zita lachte leise. »Es kann auch Menschen treffen, die völlig gesund sind. Und es betrifft auch Menschen wie Julia und Mara. Ich weiß, dass wir nicht die Einzigen sind.

Ich dachte immer, dass du nach der Operation ... du weißt schon.«

»Ja, ich weiß«, knurrte Ben ungeduldig.

»Meine Erwartungen waren zu hoch«, lenkte Zita hastig ein. »Es ist sowieso noch viel zu früh, um über Babys zu reden. Ich sollte jetzt lieber an meine berufliche Zukunft denken, oder?«

»Nein.« Ben schüttelte den Kopf und versuchte, nicht betroffen zu klingen. »Nein. Wir sollten auch *darüber* reden können, und ich weiß auch, dass ich ... ein Problem habe, dass ich mich in meiner Männlichkeit herabgesetzt fühle und deshalb kein Spermiogramm habe machen lassen. Das ist toxisch. Nicht gesund. Schädlich. Das weiß ich. Es wäre besser gewesen, mir Gewissheit zu verschaffen.«

»Es tut mir leid.« Zitas Stimme klang ehrlich und besorgt. »Ich ... verstehe, dass du nicht noch einmal zum Arzt gehen willst.«

»Ich werde zu einem Urologen gehen«, versprach Ben hastig, denn es war besser zu wissen, woran sie waren.

»Danke.« Zita sah ihn erleichtert an.

Ben lächelte und legte seine Hände auf die Reifen seines Rollstuhls, um zu Zita aufzuschließen. Es war kein angenehmes Gespräch, aber es war gut, dass sie darüber geredet hatten. Gerade weil sie hier endlich die Ruhe fanden, die sie so dringend brauchten, war Ben froh, dass sie noch eine Woche Urlaub drangehängt hatten.

*

Nach der Urlaubswoche konnte Ben es kaum erwarten, endlich Luna kennenzulernen und nach zwei Monaten wieder in den Alltag einzutauchen. Der Urlaub am Gardasee hatte ihnen gutgetan, und die Zeit, die er mit Zita verbracht hatte, war nützlich und notwendig gewesen, denn Zita hatte ihm endlich von ihren Problemen in der Uni erzählt und ihm mitgeteilt, dass sie Angst hatte, dass sie keine Kinder bekommen konnten. Es hatte sie als Paar weitergebracht, nun jedoch sehnte Ben sich nach ihrem Zuhause.

Einen Tag vor ihrer Abreise betrat er das Schlafzimmer ihrer Ferienwohnung und fand Zita auf dem Bett liegend vor, den Blick traurig an die Wand gerichtet. Während er in der Küche den

Geschirrspüler eingeräumt hatte, hatte Zita die Koffer packen wollen, die noch leer auf dem Boden standen.

Ben fühlte sich von Zitas Trauer über den Ausgang der Behandlung ein wenig überfordert. Sicher, man durfte traurig sein, wenn ein Traum zerplatzte, aber langsam sollten sie wieder nach vorne schauen und ihr Leben anpacken. Immerhin hatte er ihr versprochen, mit einem Arzt über eine mögliche Zeugungsunfähigkeit zu sprechen. Mehr konnte er im Moment nicht für sie tun. Wenn sich herausstellte, dass es mit einem Kind nicht klappen konnte, mussten sie eine andere Lösung finden.

»Zita«, sagte er leise und hob sich aus dem Rollstuhl auf das Bett. Er strich der in sich zusammengesunkenen blonden Frau über den verspannten Rücken. »Zita«, wiederholte er. »Was ist los, Baby? Ist es so schlimm, dass wir nach Hause gehen? Hast du Angst, dich für einen neuen Studiengang zu entscheiden?« Er hatte ihr geraten, sich Zeit zu lassen und sich jetzt für einen Studiengang zu entscheiden, der ihr wirklich Spaß machte. Ben zögerte einen Moment, dann straffte er die Schultern. »Geht es immer noch darum, dass ich vielleicht keine Kinder zeugen kann?«

Langsam nickte Zita, biss sich dann auf die Lippen und schüttelte den Kopf. »Nein, das ist es nicht«, murmelte sie. »Ich versuche im Moment, nicht mehr daran zu denken.«

Ben seufzte. Er streckte sich auf der Matratze aus. Auf die Dauer war es ihm zu anstrengend, ohne Lehne zu sitzen. Zu anstrengend für seine Schultern, die so viel kompensieren mussten. Er ließ seine Hand auf ihrem Rücken liegen. »Ich finde, wir sollten darüber reden, was dich bedrückt. Oder willst du wirklich wieder Geheimnisse vor mir haben? Was quält dich gerade? Meine Behinderung? Dein Studium? Deine Eltern? Unser Zuhause? Was ist, was dich so aus dem Gleichgewicht gebracht hat?«

Zita drehte sich zu ihm um. Ihre blauen Augen huschten über seinen Körper, bevor sie wieder in Bens Gesicht blickten. »Ich möchte etwas Neues ausprobieren«, gestand sie nach einem tiefen Atemzug.

Ben lachte erleichtert. »Natürlich wirst du etwas Neues ausprobieren, wenn es mit der Politikwissenschaft nicht klappt.«

»Ich glaube, ich brauche deine Hilfe, denn meine Eltern werden ausflippen«, gab Zita zu. »Aber ich weiß nicht, ob ich das von dir verlangen kann. Wahrscheinlich ist es egoistisch, das von dir einzufordern, nach allem was du für mich getan hast. Ich bin Ende zwanzig und selbst schuld, dass ich noch keinen Abschluss habe.«

»Wobei genau brauchst du meine Hilfe?«, fragte er vorsichtig.

Sofort wurden ihre Gesichtszüge weicher. »Während ich in der Reha so viel mit Melanie zusammen war, gab es eine Sache, die in meinem Kopf immer mehr Gestalt angenommen hat. Ich habe mit Melanie darüber gesprochen und ...«

»Melanie ist von Tetraplegie betroffen, gelähmt an allen vier Gliedmaßen«, erinnerte Ben sie sofort. »Außerdem steht sie mit der Diagnose noch ganz am Anfang. Ich bin da schon viel weiter. Bei mir ist es eine Paraplegie, nur wenige Zentimeter tiefer, die aber viel bewirken.«

Irritiert sah Zita ihn an. »Darum ging es nicht. Es ging nicht um dich«, erwiderte sie.

Ben runzelte die Stirn.

»Melanie hat mir geraten, mein Ding durchzuziehen«, verriet Zita und lächelte ihn schüchtern an.

Ben strich ihr beruhigend über die Schulter. »Das finde ich auch. Und ich würde dich gerne unterstützen. Du hast mich auch so lange unterstützt.«

»Ach was«, murmelte Zita. Auch sie streckte sich auf dem Bett aus. Sie lag direkt neben ihn, ohne ihn zu berühren, aber im Gegensatz zu ihm lag sie auf der Seite und sah ihn ein paar Sekunden lang mit einem süßen Lächeln an. »Hör auf damit. Ich will das nicht hören.«

»Zita, ich glaube, es würde uns helfen, wenn wir offen darüber reden würden, anstatt so zu tun, als hätte sich nichts verändert. Es hat sich viel verändert«, antwortete Ben bestimmt.

»Aber du hast dir deinen Alltag wieder zurückerobert.«

Ben lächelte sie an und nickte. »Das stimmt, ich komme langsam wieder zu mir. Zu dem Energiebündel, das du liebst.«

»Das ich fürchte«, korrigierte Zita und lächelte.

»Komm.« Ben legte seine Hand auf ihren Oberarm. »Lenk jetzt nicht ab.«

Jetzt schwieg Zita und schaute auf seine Hände.

»Komm, sag mir, wie ich dir helfen kann«, wiederholte Ben sanft. Er empfand so viel Liebe für sie, er fühlte es gerade so stark. Vielleicht weil sie gerade neben ihm lag, wie damals ganz am Anfang, als sie noch nicht fest zusammen gewesen waren und sich vorgemacht hatten, es würde nur um Sex gehen, ohne sich einzustehen, dass sie nach dem Sex so gerne nebeneinander liegen blieben, um die Anwesenheit des anderen zu genießen.

»Was ist es? Was möchtest du ausprobieren? Sag einfach«, bat er.

»Nein, lass mal. Ich glaube, ich vergesse es einfach«, antwortete Zita schnell.

Ben spürte, dass es länger dauern könnte. Er verlagerte das Gewicht seines Oberkörpers auf die Seite, fasste in die Kniekehlen und bewegte die Beine so, dass er ebenfalls auf der Seite lag. Als seine Beine in der gewünschten Position waren und auch seine Hüfte stabil genug war, richtete er seinen Oberkörper auf, lehnte seinen Kopf gegen die aufgestützte Hand und berührte mit der freien Hand Zitas Taille. Er kippte ein wenig nach vorn, aber es war ihm wichtig, sie ansehen zu können.

»Sag es mir«, flüsterte er und lächelte sie an und hoffte, überzeugend dabei auszusehen.

Zita schüttelte den Kopf. »Nein, das kann ich nicht. So mutig bin ich nicht.«

Ben sah sie nur an, wartete ab. Er wusste, dass sie nur etwas Zeit brauchte.

Sie räusperte sich. »Weißt du, wir wissen nicht, ob das mit den Kindern klappt. Das ist schon in Ordnung. Noch eine Herausforderung für uns, aber irgendwie machbar. Vielleicht habe ich daran zu knabbern, vielleicht bin ich sowieso nicht die richtige Frau, um Mutter zu werden. Wir werden sehen. Aber dann möchte ich wenigstens beruflich etwas erreichen. Ich brauche doch ein Ziel im Leben. Oder?« Zita sah ihn zögernd an.

»Zita, ich möchte ein Kind mit dir haben. Und du wärst eine wunderbare Mutter«, betonte Ben.

»Selbst wenn wir wie durch ein Wunder ein Baby bekommen sollten, möchte ich einen Beruf ausüben, der mir wirklich Spaß macht«, sagte Zita leise. »Meine Mutter war immer zu Hause und ist nie arbeiten gegangen. Das möchte ich für mich nicht. Selbst wenn du genug verdienst und mir einen Haufen Kinder schenkst.«

»Und an was genau hattest du gedacht?«, fragte er interessiert.

»Ich komme an der Uni nicht weiter, das ist einfach nicht mein Ding. Ich glaube, ich bin eher ein praktischer Mensch.« Zita hob die Schultern. »Es langweilt mich. Ich habe keine Lust mehr. Auf das Studium, auf die Vorlesungen. Ich studiere schon so viele Jahre. Ich bin es einfach leid.«

»Das hört sich gut an. Und was willst du stattdessen machen?«

»Ich habe an eine Ausbildung zur Ergotherapeutin gedacht«, fügte Zita hinzu.

Für einen Moment versteifte sich Ben. »Ergotherapeutin, wirklich?«, murmelte er stirnrunzelnd.

Im Gegensatz zu ihr hatte er an eine Ausbildung zur Kosmetikerin gedacht oder an etwas, wo ihre Kreativität gefragt war. Eine Ausbildung im Gesundheitswesen? Damit hatte er nicht gerechnet.

»Ich interessiere mich besonders für Ergotherapie mit den Schwerpunkten Orthopädie, Traumatologie und Rheumatologie«, fuhr Zita fort. »Du hältst mich wahrscheinlich für verrückt, aber ich habe gesehen, wie die Ergotherapeutin mit Melanie das Essen geübt hat, und dann habe ich ihr auch geholfen. Gemeinsam haben wir einen Trick gefunden, wie sie die Gabel halten konnte. Es war ... erfüllend.«

Ben sah sie verwirrt an.

Plötzlich wirkte Zita ein wenig aufgekratzt, als sei sie erleichtert, es endlich erzählen zu können. »Die Ausbildung dauert drei Jahre und ist hauptsächlich schulisch, aber es werden auch Praktika verlangt. Ich werde finanziell von dir abhängig sein. Meine Eltern werden mich bei dieser Berufswahl definitiv nicht unterstützen. Danach könnte ich in einem Rehabilitationszentrum arbeiten oder mich sogar selbstständig machen.«

»Warte mal«, unterbrach Ben fassungslos. »Du willst wirklich beruflich mit Querschnittgelähmten arbeiten?«

Nachdenklich nickte Zita, biss sich auf die Lippen und warf dann hastig ein: »Unter anderem. Aber auch Menschen mit Störungen des Bewegungsapparates, Patienten mit rheumatischen Erkrankungen oder komplizierten Knochenbrüchen oder Menschen, die mit Prothesen oder Schienen leben.«

Ben schaute seine Partnerin schockiert an. »Das ist wirklich dein Ding? Das willst du durchziehen?«

»Ich bin mir sicher«, versicherte Zita eilig. »Wirklich, Benny. Ich weiß, du traust mir das nicht zu, aber ich bin wirklich fest entschlossen, das durchzuziehen. Es ist nicht nur eine fixe Idee, sondern ich habe mir das sehr gut überlegt.«

»Ich würde dich gerne unterstützen«, bestätigte Ben und rieb sich seufzend die Stirn. »Aber warum solltest du das zu deinem Beruf machen, was du zu Hause machst?«

Zita setzte sich auf und sah ihn erstaunt an. »Ich bin deine Partnerin. Nicht deine Ergotherapeutin. Ich bezahle meine Strafzettel ja auch nicht bei dir, sondern per Überweisung.«

Zuerst wollte Ben sie darauf hinweisen, dass das Unsinn war, aber dann wurde ihm klar, dass sein Einwand der war, der keinen Sinn ergab. »Du solltest nicht immer so schnell fahren«, rügte er scherzhaft.

Zita schüttelte den Kopf und drückte ihm grinsend die Hand auf den Mund.

Nachdem er sich befreit und ihre Hand in seine genommen hatte, sah er sie ernst an. »Ich hätte mir dich nie im Gesundheitswesen vorgestellt. Bist du dir sicher?«

»Ich war mir noch nie so sicher wie jetzt«, antwortete Zita leise. »Mit Architektur konnte ich mich nie anfreunden, aber ich dachte, es würde Spaß machen, mit Daphne zu den Vorlesungen zu gehen, und Kunstgeschichte und Politikwissenschaften habe ich nur angefangen zu studieren, weil ich dachte, meine Eltern würden mich dann nicht mehr nerven.«

»Ist dir klar, dass deine Eltern davon nicht begeistert sein werden?«, fragte Ben. »Sie werden denken, dass du das nur machst, um mich zu versorgen. Insgeheim halten sie mich für einen Pflegefall.«

»Ich dachte, ich könnte ihnen für den Anfang sagen, dass ich weiter Politikwissenschaften studiere.« Nervös fuhr sich Zita durch die Haare. »Dann zahlen sie mir weiter Geld und kommen nicht auf die Idee, dass ich das deinetwegen mache.«

»Das ist doch nicht dein Ernst, oder?«, erkundigte sich Ben verärgert.

»Hör mal, es wäre schön, wenn sie mich weiterhin finanziell unterstützen würden. Die Ausbildung fängt erst Anfang nächsten Jahres an. Bis dahin könnte ich zur Vorbereitung ein Praktikum in einem Krankenhaus machen. Vielleicht habe ich Glück und es wird mir später angerechnet, aber ich bekomme kein Gehalt dafür.« Zita schaute ihn mit schief gelegtem Kopf an.

»Hör auf damit«, bat Ben. Sie wusste genau, dass er diesen Ausdruck an ihr süß fand. »Du musst dich nicht mehr von deinen Eltern finanzieren lassen. Ich verdiene Geld.«

»Ich soll mich also von einer Abhängigkeit in die nächste begeben?«, fragte Zita.

Eine berechtigte Frage ... Ben seufzte.

Ratlos sah Zita ihn an. »Du meinst, ich soll es ihnen sagen?«

Seufzend schüttelte Ben den Kopf. »Ich finde, es ist wirklich an der Zeit, dass du ihnen eine Grenze ziehst. Was haben sie mit deiner Berufswahl zu tun? Wenn du diese Ausbildung machen willst, haben sie dir nicht reinzureden. Und sie müssen dir auch kein Geld geben. Wir bekommen das schon hin.«

Jetzt sah Zita nicht mehr begeistert aus, aber als Ben seine Hand auf ihren Oberschenkel legte und über den Stoff ihrer Hose rieb, lächelte sie. Ben schluckte den Ärger hinunter, der in ihm aufstieg, als ihm klar wurde, dass Zita immer noch dachte, es sei besser, ihre Eltern anzulügen, als zu sich selbst zu stehen. Als sie die Affäre mit ihm begonnen hatte, hatte sie auch immer geglaubt, sich gegen ihre Eltern aufzulehnen, aber in Wirklichkeit hatte sie das nicht getan, weil sie die Affäre lange geheim gehalten hatte.

»Komm her.« Er zog sie an sich. »Ich werde dir helfen. Finanziell und auch bei der Sache mit deinen Eltern«, versprach er. Als sie neben ihm lag, beugte er sich vor und küsste sie.

Sie sah wunderschön aus, wie sie ihn anlächelte. »Ich bin froh, es dir gesagt zu haben«, flüsterte sie und ihre Augen sahen so blau aus wie der See, an dem sie an den letzten Abenden gemeinsam entlanggeschlendert waren. »Und ich glaube wirklich, dass es genau das ist, was ich tun will.« Ihre Wangen waren gerötet, die Lippen leicht geöffnet. Und ihre Augen blickten ihn so intensiv an. Mutig, entschlossen, zielstrebig.

»Ich bin stolz auf dich«, flüsterte er heiser, bevor er seine Lippen erneut auf Zitas drückte.

Bereitwillig öffnete Zita ihren Mund und ihre Zungen fanden sich sofort. In diesem Moment wusste Ben, dass er alles tun würde, um ihr durch diese Ausbildung zu helfen. Vielleicht würde sie zwischendurch zweifeln und sich fragen, ob sie wieder aufgeben sollte, aber dann würde er sie genauso unterstützen, wie sie ihn unterstützt hatte, als er keine Ahnung hatte, wie er mit seiner Querschnittlähmung weiterleben konnte.

Verdammt, er hatte diese Zweisamkeit so sehr vermisst. Ihre Küsse, ihr weiches Haar an seiner Wange, ihre warme Haut unter seinen Fingern und diesen unwiderstehlichen Geruch. Nach einer Mischung aus Sonnenmilch, blumigen Parfüm und den Beeren, die sie vorhin gegessen hatte. Und darunter der Hauch von ihrem ganz persönlichen Duft. Zita pur.

Während der Wochen in der Klinik hatte er an solche Nähe nicht einmal denken können, die Woche danach war geprägt von ernsten Gesprächen und der Verarbeitung enttäuschter Erwartungen. Aber jetzt sehnte er sich nach ihr.

Er zog sie näher an sich, schaffte es, sie über sich zu dirigieren, ohne den Kontakt ihrer Zungen zu unterbrechen.

»Ich muss noch packen«, sagte Zita schwer atmend, als sie auf ihm lag. Sie stützte ihr Kinn auf seinen Oberkörper. Einen Moment überlegte sie. Dann schüttelte sie den Kopf. »Oder wir machen es später.«

»Ich liebe dich«, flüsterte Ben.

»Ich dich auch. So sehr.« Zita schenkte ihm ein weiteres Lächeln, eines der ganz besonderen, die sie nur mit ihm teilte. Dann schob sie sein Hemd hoch. Er sah, wie sie ihre Finger auf seinen Bauch legte, dann führte sie ihre Hand nach oben, und irgendwo auf Höhe seiner Brust spürte er Haut auf Haut. Ihre Fingernägel streiften seine Brustwarze und Ben seufzte wohlig.

»Gut, oder?« Lächelnd beugte Zita sich vor und küsste Ben erneut. Sie begann ein zärtliches Spiel mit ihrer Zunge.

Als Ben mit der Hand zwischen ihre Beine griff, schob Zita sie beiseite. »Warte, wir haben genug Zeit. Entspann dich, Sweety. Gefällt dir das?«

»Sehr«, antwortete Ben und stöhnte leise, als Zita begann, seinen Oberkörper mit der Zunge zu erforschen. Er schloss die Augen und entspannte sich völlig unter Zitas Händen, Fingern, Zunge und Lippen. Wie Butter schmolz er unter diesen Berührungen. Es fiel ihm leicht, sich fallen zu lassen, denn Zita wusste inzwischen so verdammt gut, was ihm gefiel. Er gab die Kontrolle ab, ließ sich einfach treiben und genoss Zitas zärtliche Berührungen.

Er wollte sich ganz eins mit ihr fühlen. Und als er ihr das sagte, begann Zita, sie beide auszuziehen, ohne von seinem Oberkörper zu lassen. Nur kurz dachte er, dass so wie er da lag, mit geschlossenen Augen, einem Lächeln auf den Lippen und einem Körper, der unbeweglich unter ihrem lag, sehr passiv wirkte, dann wischte er den Gedanken weg. Es war keine Passivität, nur der Luxus, genießen zu dürfen. Es fiel ihm mittlerweile leichter, zu akzeptieren, dass sie diejenige war, die beweglicher war. Es war halt so. Es war ihre neue Normalität.

Schließlich setzte Zita sich rittlings auf ihn und nahm auf, was sich aufgebaut hatte. Er wusste nicht, wie weit er war. Er konnte es nicht spüren. Er sah es auch nicht. Aber er sah ihre rhythmischen Bewegungen, ihr wogendes Haar, das sich sanft um ihre Brüste schmiegte, und ihre Zähne, die sachte auf ihre Unterlippe bissen. Vielleicht hatte sie nichts in sich aufgenommen. Vielleicht waren sie nicht so miteinander verbunden, wie sie es einst gewesen waren.

Vielleicht war es eine Illusion. Aber es war eine gute Illusion. Eine so verdammt gute Illusion.

Ben hätte sie gern noch einmal gespürt, diese Enge, wenn er in Zita war. Aber bevor er sich der Traurigkeit hingeben konnte, hatte Zita ihn schon wieder abgelenkt, indem sie ihre Hand in Bens Haar schob und leicht daran zog. Bereitwillig hob Ben den Kopf, kam ihr entgegen und sie küssten sich erneut.

Zita bewegte sich sanft, während sie Ben mit ihren Berührungen am Oberkörper und den Küssen stimulierte. Es gab keinen Orgasmus, weder für ihn noch für sie, aber es war ein wunderbares Gefühl. Wärmend, verbindend, befriedigend.

Sie sahen sich an und lächelten, als sie sich voneinander lösten. Schweigend legte sich Zita schließlich neben ihn, legte ihren Kopf auf Bens Schulter und verschränkte ihre Finger mit seinen.

»Ich mag es, mit dir zu schlafen«, flüsterte Ben irgendwann.

Zitas Lippen bewegten sich über seine Haut, als sie antwortete. Ihre Stimme klang entspannt. »Und ich liebe es.«

*

An einem sonnigen Nachmittag saßen sie auf ihrer Terrasse. Am Abend zuvor waren sie nach einer anstrengenden Fahrt mit vielen Staus und Pausen nach Hause gekommen. Der Herbst hatte schon die Blätter der ersten Sträucher verfärbt. Die schönsten Wochen des Sommers hatten sie in der Schweiz verpasst. Bald würde es zu kalt sein, um in ihren Pool zu gehen oder auf der Terrasse zu sitzen.

Zita lag mit ausgestreckten Beinen auf dem Liegestuhl, nippte an ihrem Eistee und las in ihrem Buch. Auch Ben hatte ein Buch auf dem Schoß, aber er hatte keine Lust zu lesen, während er auf die Ankunft von Helena und Roland wartete. Er versuchte zu begreifen, dass der Herbst vor der Tür stand und damit auch der zweite Jahrestag seiner Verletzung im Oktober. So schnell waren zwei Jahre vergangen, und das, obwohl er anfangs geglaubt hatte, keinen einzigen Tag mehr mit diesen Veränderungen in seinem Körper ertragen zu können. Aber er hatte den nächsten Tag ertragen, die nächste Woche, einen ganzen Monat, schließlich ein ganzes Jahr und dann noch ein weiteres.

Als Helena um die Ecke bog, war er erleichtert und löste die Bremse seines Rollstuhls, um ihnen entgegenzukommen. Roland folgte Helena. Ihn mit dem Kinderwagen zu sehen, war ungewohnt. Auch Zita stand auf, schob das Lesezeichen in ihr Buch und ging auf ihre Freunde zu.

»Wie geht es ihr?« Zitas Stimme war leise, während Helena ein winziges Bündel aus dem Kinderwagen hob.

»Nicht so gut«, flüsterte Helena und legte Zita das Baby behutsam in den Arm, »denn sie hat ihre Patentante vermisst.« Dann beugte sie sich zu Ben hinunter und schlang ihre Arme um seinen Hals, so unkompliziert, wie nur sie es konnte. Sie küssten sich auf die Wange, dann richtete Helena sich wieder auf.

»Hey«, sagte Ben schließlich und sah Roland an. »Du siehst ziemlich müde aus.«

Fasziniert betrachtete Ben das Baby in Zitas Armen.

»Sie ist so süß«, hauchte Zita.

»Ja, wenn sie schläft«, erklärte Roland.

»Sie steht dir«, sagte Ben leise. »Das Baby, meine ich. An den Anblick könnte ich mich gewöhnen.«

Lächelnd sah Zita zu ihm hinunter. »Jetzt muss ich erst einmal meine Ausbildung machen. Dann sehen wir weiter.«

Zita setzte sich langsam und drehte sich in seine Richtung, damit er das Kind besser sehen konnte. Vorsichtig berührte er das Beinchen. Luna bewegte langsam ihre dünnen Finger und gähnte mit ihrem kleinen Mund.

»Jetzt wird sie gleich aufwachen«, verkündete Roland. Er klang nicht ärgerlich, sondern so liebevoll, wie Ben ihn noch nie erlebt hatte.

Lächelnd streichelte Ben Lunas kleine, zarten, schrumpeligen Fingerchen, während er sein Kinn gegen Zitas Oberarm schmiegte. Er versuchte, die unterschwellige Panik zu verdrängen. Irgendwie würden er und Zita schon auch eine Familie gründen. Sicher. Auf irgendeine Weise ganz sicher. Auf ihre eigene Weise.

Roland

Als sie die Kneipe betraten, kam eine Kellnerin schnell auf sie zu und stellte sich ihnen in den Weg. »Wir haben heute viel Betrieb. Haben Sie vorher angerufen?«

Die Frau war etwa in seinem Alter, was eher ungewöhnlich war. Normalerweise arbeiteten in dieser Kneipe eher noch jüngere Leute als Bedienung. Roland hob die Schultern und blickte zu Benny hinunter, der in seinem Rollstuhl neben ihm saß. »Hast du reserviert?«, fragte er.

»Keine Ahnung. Das musst *du* doch wissen.« Benny sah ein wenig mürrisch aus. Das war im Prinzip kein Wunder. Es war das erste Mal, dass Benny mitkam und entsprechend aufgeregt war er gewesen, als Roland ihn zuhause abgeholt hatte. Benny fühlte sich zu Hause wohler. Ohne Zita in einer Umgebung voller Barrieren, Stufen und Hindernisse zu sein, war für Benny eine Herausforderung. Seit er im Rollstuhl saß, ging er abends nur noch selten aus. Das war verständlich, denn Roland wusste, wie schwierig es war, als Rollstuhlfahrer auszugehen. Der Mensch empfand sich als ein zivilisiertes Wesen, weil er Treppen erfunden hatte, obwohl Rampen für viele die bessere Alternative wären.

Früher waren sie oft zu kleinen Konzerten gegangen oder hatten sich Fußballspiele in einer Kneipe angesehen. Schon als er mit Zita zusammen gekommen war, hatte sich Benny etwas zurückgezogen, aber richtig schlimm wurde es erst, als er die schweren Folgen seiner Verletzung realisiert hatte. Lange Zeit hatte Benny nur zu Hause gehockt, inzwischen war er zumindest bereit, Freunde zu besuchen oder mit Zita in ein Restaurant zu gehen. Seit zwei Jahren waren sie nicht mehr zusammen in einer Kneipe gewesen. Eine sehr lange Zeit. Roland fragte sich, ob es zu früh war. Oder zu spät, weil Benny sich in vertrautem Terrain eingerichtet hatte.

»Nee, also ich habe nicht reserviert«, sagte Roland zur Bedienung.

»Möchten Sie ... äh einen besonderen Platz?«, erkundigte sich die Frau und sah dabei unentwegt Roland an.

»Ich?«, fragte Roland bewusst provokant. »Nein, eigentlich nicht. Benny, du?« Er legte eine Hand auf Bennys Schultern, weil er wusste, dass Bennys schlechte Laune sich verschlimmerte, weil die Bedienung ihn behandelte, als wäre er schwer krank oder nicht in der Lage, für sich selbst zu sorgen. Die Art und Weise, wie er behandelt wurde, gefiel auch Roland nicht. Benny war niemand, den man einfach ignorieren konnte. Roland konnte sich einfach nicht zurückhalten und genoss es ein wenig, sie ins Messer laufen zu lassen, das Benny zweifellos ziehen würde.

Wie Roland vermutet hatte, stieg Benny mit ein und zwang die Kellnerin, ihn anzusehen. »Im Gegensatz zu anderen Gästen war ich so rücksichtsvoll und habe meinen eigenen Stuhl mitgebracht«, betonte er. Obwohl er wütend war, was Roland an seinen Händen erkennen konnte, die sich verkrampft um die Griffe der Räder klammerten, wirkte er freundlich und ruhig.

»Dann räume ich eben einen Stuhl weg«, verkündete die Kellnerin viel zu laut und lächelte krampfhaft.

Ein seltsames Phänomen. Manche glaubten, Benny könnte kaum was hören, weil er im Rollstuhl saß. Roland hatte bis heute nicht verstanden, woher dieser Zusammenhang kam, aber er hatte es schon einige Male beobachtet. Und jedes Mal hatte es ihn wütend gemacht. Gerade als er den Mund öffnen wollte, um der Kellnerin zu sagen, was er von diesem Verhalten hielt, weil er seinen Kumpel unterstützen wollte, rollte Benny ein paar Zentimeter nach vorne, sodass er nun schräg vor Roland stand.

»Warum reden Sie so laut?«, fragte er ebenso laut. Einige Gäste drehten sich nach ihnen um, was der Bedienung peinlich zu sein schien. Ihre Wangen färbten sich rosa.

»Es tut mir leid.« Die Kellnerin wirkte wie in Schockstarre.

Jetzt hatte Roland fast ein wenig Mitleid mit ihr. Wenn Benny so hart zu ihr war, dann trug er einen Teil der Verantwortung. Benny war vorher schon mies gelaunt gewesen, weil er noch nicht wirklich überzeugt war, dass das eine gute Idee war. In der Kneipe war es eng und er kam mit dem Rollstuhl kaum durch, vor allem heute Abend, wo so viel los war. Aber es war früher eine seiner Lieblingskneipen gewesen, und deshalb hatte Bobby darauf bestanden, hierher zu kommen.

Schließlich gab sich die Kellnerin einen Ruck und lächelte freundlich. »Ich glaube, wir haben hinten noch einen Tisch für zwei Personen. Sie können sich mit dem Rücken zum Gang setzen, da ist ein bisschen Platz. Das sollte kein Problem darstellen.«

»Eigentlich brauchen wir einen Tisch für sechs Personen. Wir können einfach einen der Stühle zur Seite schieben. Ich komme zurecht. Kein Problem. Sie müssen sich keine Mühe geben«, antwortete Benny etwas versöhnlicher.

Roland atmete erleichtert aus. Am Anfang hatte es sich nach einer guten Idee angefühlt, aber jetzt fühlte er sich schlecht, weil er Benny benutzt hatte, um sich an der Kellnerin zu rächen, die wahrscheinlich nur verunsichert war. Wer wusste schon, wie Roland reagiert hätte an ihrer Stelle? Sein bester Kumpel war querschnittgelähmt, deshalb hatte er keine Berührungsängste. Früher hätte er sich vielleicht auch wie ein Idiot verhalten, weil er nicht wusste, wie er sich benehmen sollte.

»Hey, wir haben doch schon einen Tisch.« Bobby kam auf sie zu und deutete nach hinten. »Schön, dich zu sehen, Benny!« Bobby beugte sich ein wenig nach unten und klopfte Benny auf die Schulter.

Kurz darauf kamen die anderen Männer aus der Motorradgruppe und begrüßten Benny freudig. Einer nach dem anderen schüttelte Benny die Hand oder klopfte ihm auf die Schulter. Mike deutete sogar eine Umarmung an. Schließlich zeigte Bobby Benny den Tisch und half ihm, einen Stuhl aus dem Weg zu räumen, damit Benny Platz nehmen konnte. Währenddessen beobachtete Roland, wie sich die Kellnerin wieder ihrem Tresen zuwandte. Sie lächelte Roland zu, bevor sie anfing, Bier zu zapfen. Roland erwiderte das Lächeln versöhnlich.

Langsam ging er ebenfalls zu seinen Kumpels und spürte Zufriedenheit, als er sah, dass Benny sich offensichtlich wohlfühlte und es sichtlich genoss, wieder bei seinen Freunden zu sein.

»Mensch, Roland. Konntest du dich von deinem Baby losreißen?«, fragte Bobby, kurz bevor er ihn an sich drückte. »Wir haben uns ja ewig nicht gesehen. Geht es euch gut?«

»Helena und unserer Tochter geht es gut«, sagte Roland und schob einen Stuhl zurück, um sich ebenfalls zu setzen. Er blickte kurz zu Benny, der sich mit Mike über die Karte beugte und einen sehr fröhlichen Eindruck machte. Dann wandte er sich wieder Bobby zu und begann, von Luna zu erzählen.

Das alte Cover :)

Sonja Bethke-Jehle

Umdrehungen

Das Leben steht still

Ich danke ...

Renee ... meinem Coverdesigner, der der Geschichte um Ben und Zita ein neues Gewand verliehen hat. Ich freue mich auf die weitere Zusammenarbeit.

Dino ... meinem Lektor, ohne dessen Hilfe ich die Veröffentlichung dieser neuen Auflage nicht so ohne Weiteres geschafft hätte. Diese Geduld, diese Bereitschaft Teil dieses großen Projekts zu werden – ich danke Dir!

den Lesenden der alten Auflage ... ohne Euch wäre alles, was danach kam, nicht möglich gewesen. Ihr habt diese Geschichte von mir, der unbekannten Autorin, gelesen, rezensiert, mich kontaktiert, gelobt, angetrieben, kritisiert und damit erst das in Gang gesetzt, was nun zu dieser Auflage geführt hat. Zehn Jahre. Zehn Bücher. Ohne Euch hätte ich das nicht durchgehalten.

den Lesenden der neuen Auflage ... so schön, dass Ihr da seid!

Brian und Brigitte ... für die orthografische und fachliche Unterstützung der alten Auflage – Ihr wart der Anfang, dafür immer mein Dank!

Eike und Daniela ... für das Korrektorat der alten Gesamtausgabe.

Katharina ... für das Cover der Gesamtausgabe.

Markus, Tanja, meinen Eltern, meiner ‚Pöschl'-Oma, Melanie, und allen, die mich unterstützt haben, an mich geglaubt haben, mich begleitet haben ... einfach nur Danke!

Sonja
BETHKE-JEHLE

Weitere Bücher der Autorin

Umwege mit Joris:

Nach dem Tod seines Vaters bricht Joris mit dem Rucksack nach Norwegen auf. Er benötigt dringend Antworten, damit er sein altes Leben wieder aufnehmen kann. Bereits in Kiel trifft er auf Charlie, Fabio und Pete, die mit ihrem verrosteten Camper unterwegs sind. Sie wollen den Sommer in Skandinavien verbringen.

Um Zeit und Geld zu sparen, willigt Joris ein, sich ihnen anzuschließen. Schon bald wird ihm klar, dass er mehr als ein paar Antworten braucht. Joris stellt sein bisheriges Leben in Frage. Können ihm die anderen dabei helfen, wieder zu sich selbst zu finden?

Schrankgeflüster:

Jona lebt ein unauffälliges Leben im Kreise seiner Familie, als er sich verliebt - in einen Mann. Sofort weiß er, dass er es nicht wagen kann, seinen Gefühlen für Flo freien Lauf zu lassen.

Als seine Schwester beginnt, gegen ihr Elternhaus zu rebellieren, denkt auch Jona darüber nach, sich stärker werdende Emotionen zu erlauben.

Immer im Hinterkopf bleibt sein jüngerer Bruder - denn der ist seinen Eltern loyal ergeben und würde jede Gelegenheit nutzen, um Jona vor ihnen schlecht dastehen zu lassen.

Doch je mehr er sich zu Flo hingezogen fühlt, desto unvorsichtiger wird Jona.

Tango in der Dunkelheit:

Felix hat zwei linke Füße und er ist blind. Für die Hochzeit seiner Schwester will er jedoch das Unmögliche möglich machen: Er möchte tanzen lernen. Aber das ist nicht sein einziges Problem. Seine Tanzlehrerin ist ausgerechnet Fiona, die beste Freundin seiner Schwester, mit der er sich noch nie gut verstanden hat. Beide geraten immer wieder aneinander, doch während die Tanzstunden voranschreiten, entwickelt sich zwischen ihnen etwas Unerwartetes: Vertrauen, Freundschaft – und vielleicht sogar Liebe.

Eine besondere Liebesgeschichte: „Tango in der Dunkelheit" erzählt davon, wie zwei Menschen durch das Tanzen nicht nur zu einem neuen Lebensgefühl, sondern auch zueinanderfinden. Trotz oder gerade wegen ihrer Unterschiede.

Neubeginn

Kurzgeschichten-Anthologie über das Aufstehen nach dem Fallen

Nika erinnert sich an seine Kindheit und an **Tom**, der ihm damals geholfen hat. **Bobby** trifft in einer verhängnisvollen Nacht auf **Lena**. **Daniel** ist tief gefallen, aber sein Bruder **Nils** will ihm helfen. **Anna** besucht **Ben** in der Rehaklinik, doch der hat sich verändert, seit er auf den Rollstuhl angewiesen ist. **Vince** ist blind, **Paula** ist taub, das hält sie nicht davon ab, miteinander zu reden. **Jamie** erhält von **Matheo** einen geheimnisvollen Brief. Die Schwestern **Emma** und **Babsel** sind sich fremd geworden, finden sie trotzdem wieder zueinander? **Signe** hat ein Geheimnis, und das hat was mit **Bastian** zu tun. **Oliver** und **Martin** haben sich nichts mehr zu sagen - oder doch? **Thorsten** und **Bea** glauben, ihre Beziehung sei zu Ende. **Lukas** trauert um seinen Bruder, vielleicht kann **Flo** ihm helfen, darüber hinwegzukommen? **Manuela** und **Marco** machen sich Sorgen um ihre Pflegetochter **Samia**.

In der Neuauflage hinzugekommen: **Carla** hat eine Verabredung mit **Len**, aber wird er auch kommen? **Miro** lebt ein zurückgezogenes Leben als Künstler in einer Glasbläserei, kann **Kira** ihn vom Brennerofen weglocken? Kurzgeschichten über das Aufstehen nach dem Fallen.

Eine Leseprobe könnt ihr Euch hier herunterladen:
https://buchshop.bod.de/neubeginn-sonja-bethke-jeh-le-9783759722706

ISBN: 978-3759722706 / ePub: 9783769333831 / mobi: B0DR2W3JN3

Bildbeschreibungen

Auf dem Buchcover der alten Version ist eine kurvige Landstraße zu sehen, die sich durch eine ruhige Landschaft mit grünen Feldern und Büschen schlängelt. Der Himmel ist von dichten, grauen Wolken bedeckt, was eine melancholische oder nachdenkliche Stimmung erzeugt. Am oberen Rand steht der Name der Autorin „Sonja Bethke-Jehle" in Blau. Der Titel „Umdrehungen" ist in großer roter Schrift mittig unten platziert, darunter steht der Untertitel „Das Leben steht still" in weißer Schrift. Ganz unten rechts ist das Wort „Roman" in Rot zu lesen. Das Bild wurde aufgenommen auf der Nordseeinsel Pellworm.

Auf dem Cover der neuen Version ist ein Mann im Rollstuhl zu sehen, der gemeinsam mit einer stehenden Frau mit langen blonden Haaren auf einen Sonnenuntergang über einer Stadt blickt. Beide befinden sich auf einer Wiese unter einem großen Baum, dessen Äste und grüne Blätter oben ins Bild ragen. Die Sonne taucht den Himmel in warmes Licht und verleiht der Szene eine hoffnungsvolle, ruhige Stimmung. Oben in geschwungener Schrift steht der Titel „Umdrehungen", darunter in Großbuchstaben: „Das Leben steht still". Unten am Bildrand ist der Name der Autorin zu lesen: Sonja Bethke-Jehle.

Das Cover zu *Neubeginn* zeigt eine Hand, die einen Schmetterling mit schimmernden, bläulich-lila Flügeln sanft auf dem Zeigefinger balanciert. Die Farbgebung des Covers ist in verschiedenen Nuancen von Blau, Lila und Pink gehalten, was eine träumerische und hoffnungsvolle Atmosphäre schafft. Im Hintergrund sind zarte, federartige Muster angedeutet, die den Eindruck von Leichtigkeit und Bewegung verstärken. Die Schrift ist elegant und verspielt, wobei der Titel „Neubeginn" in einer geschwungenen Schriftart zentral platziert ist. Insgesamt vermittelt das Cover eine Mischung aus Zerbrechlichkeit, Neuanfang und der Schönheit, die in Veränderung liegt.